La amenaza de
Bedford Square

ANNE PERRY

La amenaza de Bedford Square

Traducción de
Jofre Homedes

PLAZA & JANÉS EDITORES, S.A.

Título original: *Bedford Square*

Primera edición: noviembre, 2000

Printed in Spain – Impreso en España

ISBN: 84-01-32842-X
Depósito legal: B. 42.236 – 2000

Fotocomposición: Comptex & Ass., S. L.

Impreso en A & M Gràfic, S. L.
Santa Perpètua de Mogoda (Barcelona)

L 3 2 8 4 2 X

A mi madre

1

Pitt se asomó en camisa de dormir a la ventana del dormitorio, que daba a la calle, desde donde lo miraba el policía, cuyo semblante, amarillo a la luz de la farola de gas, reflejaba una tensión y una contrariedad debidas a algo más que a haber despertado al comisario de Bow Street a las cuatro de la madrugada.

—Muerto, señor —dijo en respuesta a la pregunta de Pitt—, y a juzgar por su estado y lugar no parece un accidente. Disculpe, pero tengo que volver. Me da miedo dejarlo solo, no vaya a moverlo alguien y fastidiarnos las pruebas.

—Sí, claro —asintió Pitt—. Vuelva, agente. Ha hecho lo debido. Bajaré en cuanto me vista. Supongo que no habrá tenido tiempo de avisar al forense ni al depósito de cadáveres.

—No; vengo directamente. Como lo he encontrado ahí...

—Los aviso yo. Usted vuelva y vigile.

—Sí, señor. Lo siento, señor.

—Pues no lo sienta, porque ha hecho lo debido —repitió Pitt, metiendo la cabeza en el dormitorio.

Sufrió un escalofrío involuntario. Era junio, nominalmente verano, pero las noches londinenses seguían siendo frías y flotaba un velo de niebla sobre la capital.

—¿Qué pasa?

Charlotte se incorporó en la cama y buscó a tientas una cerilla. Pitt oyó el frote y vio encenderse la vela, que iluminó suavemente el rostro de su mujer, haciendo brillar los tonos cálidos de su cabello y la trenza medio deshecha.

—Han encontrado un cadáver en Bedford Square, y parece que hay indicios de asesinato —le dijo.

—¿Tanta falta les haces? —protestó ella—. ¿Es alguien importante?

Desde su ascenso, Pitt tenía instrucciones de concentrarse en los casos que poseyeran relieve policial o potencial escandaloso.

—Puede que no —contestó, cerrando la ventana y acercándose a la silla de cuyo respaldo colgaba su ropa.

Se quitó la camisa de dormir y empezó a vestirse, pero sin cuello ni corbata. Vertió en la pila el contenido del aguamanil; estaba frío, pero no había tiempo de encender el fogón de la cocina y calentar el agua para afeitarse. Por desgracia tampoco lo había para una taza de té, que le habría gustado todavía más. La sensación del agua fría en la cara fue muy violenta. Buscó la toalla con los ojos cerrados.

—Gracias. —La cogió de Charlotte y se secó la cara vigorosamente, sintiendo que el rígido algodón le activaba la circulación y hacía que entrara en calor—. Parece que ha aparecido delante de la puerta de una de las mansiones —contestó.

—Vaya.

Charlotte entendió las consecuencias. Londres vivía momentos de especial sensibilidad a los escándalos. El año anterior, 1890, había presenciado uno en Tranby Croft, y el juicio tenía en ascuas a todo el país. Se trataba de un caso bastante lamentable, ocurrido durante una fiesta en una casa de campo en la que alguien había sido acusado de hacer trampas en el bacará (juego ilegal). No obstante el previsible e indignado mentís del supuesto tahúr, no podía ocultarse ni justificarse el hecho de que el príncipe de Gales figurara entre los implicados y estuviera a punto de comparecer delante del juez a fin de prestar declaración. Medio Londres contenía la respiración al abrir el periódico cada mañana.

Pitt terminó de vestirse, abrazó a su mujer y le dio un beso que le permitió sentir el calor de su piel. Después le echó hacia atrás la densa melena y palpó su suavidad con un goce por desgracia efímero.

—Tú sigue durmiendo —dijo con dulzura—. Volveré en cuanto pueda, pero dudo que llegue a tiempo para el desayuno.

Recorrió el pasillo de puntillas y abrió la puerta sin hacer ruido para no despertar a los niños, ni a la criada Grace, que dormía en el piso de arriba. La lámpara de gas del rellano, que siempre dejaban al mínimo, fue suficiente para que viera los escalones. Cuando llegó al recibidor levantó el auricular del teléfono (adquisición que llevaba poco tiempo en su hogar) y solicitó a la operadora que le pusiera con la comisaría de Bow Street. Cuando oyó la voz del sargento le ordenó enviar a Bedford Square al forense y el coche del depósito de cadáveres. Colgó, se puso las botas, recogió la chaqueta del perchero de la puerta principal y salió a la calle.

Hacía un frío húmedo, pero empezaba a amanecer. Caminó deprisa por la calle mojada y dobló por la esquina de Gower Street. Los pocos metros que lo separaban de Bedford Square no le impidieron divisar la inquieta figura del agente que montaba guardia a solas en mitad de la calle, y que balanceó su linterna con cara de alegría, aliviado al verlo emerger con rápidas zancadas de la oscuridad.

—¡Aquí, señor!

Pitt se acercó y miró el lugar que le señalaba. El bulto negro se destacaba claramente contra la escalera de acceso a la primera mansión a mano izquierda. A juzgar por su postura debía de haberse desplomado cuando intentaba alcanzar el timbre. La causa de la muerte era visible: una herida profunda y ensangrentada a un lado de la cabeza, cuyo origen, en verdad, parecía cualquier cosa menos accidental. Ningún percance acaecido en la vía pública lo habría arrojado tan lejos, y no se le apreciaba ninguna otra herida.

—Alúmbreme —solicitó Pitt antes de ponerse de rodillas al lado del cadáver y examinarlo de cerca. Aplicó los dedos a la garganta del desconocido, el cual, si bien falto de pulso, seguía caliente—. ¿A qué hora lo ha encontrado? —preguntó.

—A las cuatro menos dieciséis.

Pitt consultó su reloj de bolsillo. Eran las cuatro y trece.

—¿Y a qué hora había pasado por la plaza por última vez?

—A las tres menos cuarto, señor, y entonces no estaba.

Pitt se volvió para mirar las farolas, y vio que estaban apagadas.

—Busque al farolero —ordenó—. No puede haber pasado hace mucho. Las de Keppel Street siguen encendidas, y a estas horas casi no se ve nada. Se pasa un poco de listo, la verdad.

—¡A la orden! —contestó el agente, aprestándose a obedecer.

—¿Alguien más? —le preguntó Pitt antes de que se marchara.

—No, para los repartidores es demasiado pronto. Empiezan a las cinco, como muy temprano, y las criadas no están levantadas. Tardarán como mínimo media hora más. Para los noctámbulos es un poco tarde; suelen volver hacia las tres, aunque nunca se sabe. Se podría preguntar...

Pitt sonrió con ironía, dándose cuenta de que el agente había renunciado a encargarse de ello y lo consideraba a él más adecuado para hacer indagaciones entre la alta sociedad de Bedford Square y preguntarles si volviendo de sus ocios nocturnos habían visto un cadáver delante de una puerta, o quizá una riña callejera.

—Veremos si es necesario —dijo sucintamente—. ¿Le ha registrado los bolsillos?

—No, señor. Se lo dejaba a usted.

—Y tampoco tendrá ninguna pista sobre su identidad, ¿verdad? ¿No sabe si es criado o vendedor, o si ronda a alguna criada?

—No, señor, es la primera vez que lo veo y creo que no es de por aquí. ¿Quiere que vaya a buscar al farolero antes de que se aleje demasiado?

—Sí, tráigamelo.

—A la orden.

El policía dejó la linterna en el escalón, giró sobre sus talones y se alejó a la luz del alba sin que a Pitt se le hubiera ocurrido ninguna otra pregunta.

El comisario recogió la linterna y examinó el cadáver. Se trataba de un hombre de facciones enjutas y piel curtida, como si hubiera pasado mucho tiempo a la intemperie. Debía de hacer uno o dos días que no se afeitaba. En cuanto al pelo era de un color castaño desvaído, probablemente rubio en su juventud. Poseía rasgos agradables, con cierta tirantez: demasiado breve el labio superior, las cejas escuetas, y en la de la izquierda una discontinuidad que podía deberse a una antigua cicatriz. Era una cara al mismo tiempo armoniosa y fácil de olvidar, como las había a miles. Pitt empleó un solo dedo para bajar la camisa cuatro o cinco centímetros. La piel de debajo era clara, casi blanca.

Examinó a continuación las manos del muerto, manos fuertes, de uñas rotas y no precisamente limpias, pero que no parecían pertenecer a un trabajador. No tenían ningún callo. Los nudillos estaban llenos de cortes, como si el muerto se hubiera peleado a puñetazos poco tiempo atrás (quizá escasos momentos antes de su deceso). La piel estaba levantada en muchos puntos, pero sangraba poco y no había habido tiempo de que salieran morados.

Metió la mano en un bolsillo de la chaqueta y quedó sorprendido por el hallazgo de una cajita de metal, que extrajo y examinó, apreciando su gran calidad. A simple vista no supo si era oro macizo o un baño. Hasta podía tratarse de aquella excelente imitación llamada similor, pero estaba labrada como el relicario de una catedral, de los que se usan para cobijar huesos de santos. La tapa tenía como adorno una minúscula figura en la posición yacente de la muerte, con vestiduras eclesiásticas y mitra de obispo. Abrió la caja y se la acercó a la nariz. Sí, era lo que había supuesto: una cajita de rapé. Difícilmente pertenecería al muerto, que en todo un mes, por no decir un año, no habría reunido el dinero necesario para comprarla, tanto si se trataba de oro como de una imitación.

Bien, pero si lo habían sorprendido en el acto de robarla ¿por qué dejarlo en aquel escalón? Y, sobre todo, ¿cómo se explicaba que el asesino no hubiera recuperado la caja?

Palpó el bolsillo para ver si había algo más, pero sólo encontró un poco de cuerda y unos cordones que parecían nuevos. Los demás bolsillos contenían una llave, un trapo a guisa de pañuelo, tres chelines y cuatro peniques en calderilla y varios trozos de papel, uno de los cuales era un recibo por tres pares de calcetines comprados dos días antes en una tienda de Red Lion Square. Aquellas pruebas, bien investigadas, podían establecer la identidad del muerto. No había nada más que diese pistas sobre su nombre o domicilio.

Por supuesto que había miles de personas sin hogar, gente que dormía delante de las puertas, debajo de los puentes o, en aquella época del año a la intemperie (si la policía, tolerante, no las molestaba), pero el aspecto del cadáver llevó a Pitt a la conclusión de que su ingreso en aquella categoría tenía que haber sido reciente. Llevaba prendas raídas, calcetines agujereados y botas con suelas a punto de perforarse, pero estaba seco. No se apreciaba la capa de mugre ni el olor a moho de las personas sin techo.

Se levantó al oír pasos, y vio acercarse por Charlotte Street la silueta familiar, torpona y angulosa del sargento Tellman. Lo habría reconocido hasta a la luz de la farola, pero el alba ya emblanquecía el cielo de levante.

Tellman se detuvo a pocos pasos. Sólo la chaqueta, mal abotonada, delataba la precipitación con que se había vestido; por lo demás llevaba el cuello tan recto y bien planchado como de costumbre, la corbata impecable y el pelo húmedo y peinado hacia atrás. Su seriedad era la habitual.

—¿Un caballero demasiado borracho para esquivar a un coche de caballos? —preguntó.

Pitt estaba acostumbrado a la opinión del sargento sobre los privilegiados.

—Si era un caballero pasaba muy mala racha —repuso, contemplando el cadáver—. Y no lo han atropellado, no; las únicas señales de la ropa son las de la caída, pero tiene los nudillos pelados, como si se hubiera peleado con alguien. Compruébelo usted mismo.

Tellman siguió la indicación con una mirada interrogante. Se agachó, examinó el cadáver, volvió a levantarse y Pitt le enseñó la caja de rapé.

La frente del sargento se arrugó.

—¿Lo llevaba encima?

—Sí.

—Señal de que era un ladrón.

—¿Y quién lo mató? ¿Por qué delante de esta puerta? ¡No entraba ni salía!

—Dudo que lo mataran aquí —dijo Tellman con cierta satisfacción—. La herida de la cabeza ha debido de sangrar mucho. Es lo normal. Hágase un corte y verá. En cambio en el escalón casi no hay sangre. Sospecho que lo mataron en otro lugar y lo trajeron aquí.

—¿Por ladrón?

—Parece buen motivo.

—¿Y por qué dejaron la caja? Aparte de su valor, es la única pista para saber de qué casa la robó. Dudo que haya muchas que se le parezcan.

—No lo sé —dijo Tellman, mordiéndose el labio—. No tiene lógica. Supongo que habrá que interrogar a los que viven en la plaza.

Su expresión delataba el poco agrado que le inspiraba la idea.

Oyeron ruido de caballos. Un coche dobló por la esquina de Caroline Street, seguido por el del depósito de cadáveres, que se arrimó a la acera a unos diez metros mientras el primero llegaba hasta los dos policías. Bajó el forense, vestido de levita. Se subió el cuello, caminó hacia ellos, los saludó con la cabeza y dirigió al cadáver una mirada de resignación. Después se arremangó un poco el pantalón para no forzar la tela y se puso en cuclillas, dispuesto a acometer el examen.

Pitt, que había oído más pasos, vio llegar al agente en compañía de un farolero muy nervioso. Era un individuo rubio y delgado, a quien su chuzo achicaba. A la luz del alba filtrada por los árboles, parecía un caballero estrafalario, armado de una lanza que superaba sus fuerzas.

—No he visto nada —dijo sin que Pitt tuviese ocasión de preguntárselo.

—Pero sí ha pasado —afirmó el comisario—. ¿Es su ruta?

—Sólo había una respuesta posible.

—Sí.

—¿Cuándo ha pasado?

—Esta mañana —contestó el farolero, como si fuera evidente—. Cuando empezaba a amanecer. Siempre paso a la misma hora.

—¿Cuál? —dijo Pitt pacientemente.

—¡Ya se lo he dicho, cuando empieza a amanecer! —El farolero, nervioso, miró de reojo el cadáver, medio tapado por el forense—. Y no estaba. ¡Yo al menos no lo he visto!

—¿Tiene reloj? —prosiguió Pitt con escasa esperanza.

—¿Para qué? Si cada día amanece a otra hora —dijo el farolero.

Pitt se dio cuenta de que no conseguiría nada más exacto. Desde el punto de vista del farolero era una respuesta bastante sensata.

—¿Ha visto a alguien más en la plaza?

El farolero negó con la cabeza.

—Por este lado no. Al otro había un carruaje llevando a casa a un señorito. Muy fino no iba, pero tampoco se caía. Y no pasó por aquí.

—¿Nadie más?

—No. Para fiestas ya era tarde, y aún faltaba un poco para las criadas y el reparto.

Cierto. Al menos podía precisarse un poco más. El agente había efectuado su ronda anterior cuando todavía era de noche, y había encontrado el cadáver cuando apenas clareaba. El farolero no podía haber pasado mucho antes. Conclusión: el cadáver había sido depositado en el umbral dentro de un intervalo de quince o veinte minutos. Cabía la posibilidad, si les sonreía la suerte, de que se hubiera despertado alguien en una de las casas de aquel lado y hubiera oído pasos, gritos, un chillido... La esperanza era remota.

—Gracias —dijo Pitt, resignado.

Detrás de los grandes árboles del centro de la plaza el cielo se había puesto blanco. La luz recortaba los tejados del lado opuesto y hacía espejear las buhardillas. Se volvió hacia el forense, que parecía haber llegado al término de su examen (necesariamente superficial).

—Una pelea, y creo que corta. Cuando lo haya visto desnudo podré decir algo más. Es posible que aparezcan más excoriaciones, aunque en la chaqueta no hay agujeros ni manchas. Si se cayó o lo derribaron tuvo que ser en suelo seco. En la calle no, eso seguro, porque no veo ningún rastro de barro, estiércol ni nada parecido, y las cunetas están bastante mojadas. —Miró en derredor—. Ayer por la tarde llovió.

—Sí, lo sé —respondió Pitt, viendo brillar los adoquines.

—Claro —dijo el forense, asintiendo con la cabeza—. ¡Qué voy a decirle que usted no sepa! Pero bueno, hay que intentarlo, que para eso me pagan. Un golpe lateral muy fuerte en la cabeza. Es lo que lo mató. Debieron de usar un trozo de cañería de plomo, un candelero o un atizador. Algo así ha tenido que ser. En vista del resultado me inclino por el metal más que por la madera. Algo contundente.

—¿Es posible que al asesino le hayan quedado señales? —preguntó Pitt.

El forense apretó los labios y pensó.

—Algún que otro morado, puede que en el lugar del puñetazo. A juzgar por los cortes que hay en los nudillos, debieron de golpearle en la mandíbula o la cabeza. Con ropa o carne blanda no habría pasado. El otro iba armado y éste no, porque en caso contrario no habría tenido que usar los puños. Mal asunto.

—No se lo discuto —dijo Pitt secamente. Lo asaltó un escalofrío. Empezaba a estar destemplado—. ¿Puede darme algún dato sobre la hora?

—Nada que no pueda deducir usted —contestó el forense—, ni sobre este pobre desgraciado. Le informaré de cualquier novedad. ¿Envío el mensaje a Bow Street?

—Perfecto. Gracias.

El forense se encogió ligeramente de hombros, saludó con una inclinación de la cabeza y regresó al coche del depósito de cadáveres para dirigir el levantamiento.

Pitt volvió a consultar su reloj: las cinco menos cuarto pasadas.

—Ya es hora de que despertemos a la gente —dijo a Tellman—. Sígame.

El sargento suspiró profundamente, pero no tenía más remedio que obedecer. Subieron juntos por los escalones donde había aparecido el cadáver, y Pitt accionó el timbre de latón. Tellman era favorable a la postura de Pitt, que se negaba a usar la entrada de servicio (como correspondía al estatus social de un policía), pero su beneplácito a la teoría no significaba que le gustara la práctica. Habría preferido que Pitt lo hiciera a solas.

Transcurrió más de un minuto, largo e incómodo, hasta que oyeron descorrerse los cerrojos y girar la llave. La puerta se abrió hacia el interior, revelando la presencia de un lacayo que en su prisa por vestirse no se había puesto librea sino un simple conjunto de pantalón oscuro y chaqueta. Los miró parpadeando.

—¿Qué desean? —preguntó, alarmado.

Era demasiado novato para haber adoptado la clásica altivez del lacayo de alto rango.

—Buenos días —contestó Pitt—. Lamento llamar a estas horas, pero ha ocurrido un incidente que me obliga a interrogar al servicio y la familia. —Sacó su tarjeta—. Soy el comisario Pitt, de la comisaría de Bow Street. Haga el favor de entregarle mi tarjeta al señor de la casa y solicitar que me conceda unos instantes. Se trata de un delito de suma gravedad que me impide tener la buena educación de aguardar hasta una hora más apropiada.

—¿Un delito? —El lacayo puso cara de sorpresa—. No hemos sufrido ningún robo, señor. Aquí no ha ocurrido ningún delito. Debe de confundirse.

Se dispuso a cerrar la puerta, aliviado por que todo quedara en la calle. A fin de cuentas era problema de otros.

Tellman dio un paso al frente, como para meter el pie, pero renunció. Habría sido una indignidad. Aquella visita le parecía odiosa. Prefería tratar con gente normal. Le repugnaba la idea de estar al servicio de otra persona. No era una manera decente de ganarse la vida.

—El robo, suponiendo que lo haya, es secundario —dijo Pitt con firmeza—. Vengo por un asesinato.

El lacayo palideció.

—Un... ¿Un qué?

—Un asesinato —repitió Pitt con serenidad—. Hace aproximadamente una hora hemos encontrado un cadáver delante de esta puerta. Haga el favor de despertar al dueño e informarle de que debo hablar con todos los habitantes de esta casa y desearía contar con su permiso.

El acto de tragar saliva imprimió una sacudida al cuello del lacayo.

—Sí... Sí, señor. Esto...

Se quedó sin palabras. Ignoraba por completo dónde había que dejar esperando a dos policías a las cinco de la mañana. En circunstancias normales ni siquiera habrían tenido acceso a la mansión. A lo máximo que se llegaba en días de frío era a servir una taza de té bien caliente al policía del barrio, y eso en la cocina, que era donde tenía que estar aquella gente.

—Esperaré en la sala de desayunos —dijo Pitt, en parte para ayudarlo y en parte porque no tenía intención de quedarse tiritando en el umbral.

—Sí, señor... Voy a avisar al general.

El lacayo entró en la casa, seguido por Pitt y Tellman.

—¿General? —preguntó el comisario.

—Sí, señor. Esta casa pertenece al general Brandon Balantyne.

Le sonaba el nombre, pero tardó un poco en recordar de qué. Debía de tratarse del mismo general Balantyne que había tenido su domicilio en Callander Square en la época en que Pitt investigaba las muertes de los bebés, casi diez años antes; el mismo que tres o cuatro años después había estado implicado en las tragedias de Devil's Acre.

—No lo sabía.

Era un comentario tonto, como reconoció el propio Pitt al pronunciarlo. Vio que Tellman volvía hacia él una expresión sorprendida, y confió en no tener que explicarle los antecedentes. Sólo lo haría en caso de necesidad. Recorrió el vestíbulo a paso rápido y entró en la sala detrás del lacayo, dejando la puerta abierta para Tellman.

El interior se ajustaba con tanta exactitud a sus expectativas que le produjo un sobresalto, y por unos instantes desaparecieron los años interpuestos. La biblioteca era la misma que en la casa anterior; también el mobiliario, de madera oscura y piel verde, pulido por el tiempo. La superficie bruñida de la mesita servía de soporte al modelo a escala del cañón de Waterloo, que reflejaba la luz de la lámpara de gas encendida por el lacayo. La pared de encima de la repisa de la chimenea estaba ocupada por una pieza de la que Pitt también se acordaba: el cuadro de la carga de los Royal Scots Greys, escena que también pertenecía a Waterloo. Compartía pared con la azagaya zulú y las pinturas del veld africano: colores claros emblanquecidos por el sol, tierra roja y acacias de copa horizontal.

Se giró y topó con la mirada del sargento, en cuyo rostro se leía un hondo desagrado. Tellman no conocía al dueño de la casa, pero sabía que era general y que en la época de su pertenencia activa al ejército los oficiales accedían a sus cargos por dinero, no por méritos. Procedían de un puñado de familias ricas de militares y siempre salían de los mejores colegios (Eton, Rugby o Harrow). Algunos completaban su formación con uno o dos años en Oxford o Cambridge, pero la mayoría ingresaba directamente en el ejército; lo hacía, además, partiendo de unos rangos a los que un hombre de clase trabajadora no habría podido aspirar ni con toda una vida de servicio jugándose el pellejo en el campo de batalla y la salud en climas extranjeros sin otra recompensa que los chelines del rey.

Pitt conocía y tenía en buen concepto a Balantyne, pero era inútil decírselo a Tellman, el cual había visto demasiadas injusticias para hacer caso a lo que pudiera decirle su jefe. Prefirió esperar en silencio al lado de la ventana, viendo avanzar la luz por la plaza mientras las sombras de debajo de los árboles centrales se volvían más espesas. Los pájaros —estorninos y gorriones— piaban con fuerza. Se oyó el traqueteo de un coche de reparto que realizó varias paradas. Un recadero montado en bicicleta dobló una esquina con una maniobra demasiado brusca, y en su esfuerzo por no perder el equilibrio se le cayó la gorra encima de las orejas.

Pitt y Tellman se volvieron hacia la puerta, por la que entró un hombre alto y ancho de hombros. Su pelo, de color castaño claro, estaba gris en la sienes y empezaba a despoblarse. Tenía facciones de hombre enérgico: nariz aguileña, pómulos marcados y boca ancha. Pitt lo vio más delgado que en su anterior encuentro, como si el tiempo y las vicisitudes hubieran erosionado sus reservas de fortaleza, pero seguía caminando muy erguido y hasta con cierta rigidez, enderezando los hombros. Llevaba una camisa blanca y un batín sencillo de color oscuro, pero no era difícil imaginárselo de uniforme.

—Buenos días, Pitt —dijo con voz queda—. ¿Debo felicitarle por su ascenso? Me ha dicho mi lacayo que lo han puesto al frente de la comisaría de Bow Street.

—Gracias, general Balantyne —contestó Pitt con cierta cohibición que se tradujo en rubor—. Le presento al sargento Tellman. Lamento molestarlo tan temprano. Por desgracia, el agente que vigila la zona ha encontrado en el umbral de esta casa un cadáver hacia las cuatro menos cuarto de la madrugada.

Las facciones de Balantyne expresaron desagrado, y quizá un matiz de incredulidad, si bien la noticia no podía cogerlo por sorpresa porque ya lo habría informado su lacayo.

—¿De quién se trata? —preguntó.

—Aún no lo sabemos —contestó Pitt—, pero llevaba encima papeles y otras pertenencias que quizá nos permitan identificarlo en poco tiempo.

En la expresión del general no se produjo ningún cambio. No apretó los labios ni se le enturbió la mirada.

—¿Sabe cómo ha muerto? —preguntó Balantyne.

Hizo señas de que Pitt tomara asiento, y su gesto abarcó a Tellman de manera general.

—Gracias, señor —dijo el primero, aceptando el ofrecimiento—, pero le agradecería que diera permiso al sargento Tellman para hablar con la servidumbre. Es posible que hayan oído algo.

Balantyne se puso serio.

—Deduzco que no se trata de un caso de muerte natural, ¿verdad?

—Me temo que no. Ha muerto de un golpe en la cabeza, y es probable que después de una pelea corta pero violenta.

Balantyne abrió mucho los ojos.

—¿Cree que ha ocurrido delante de mi puerta?

—De momento lo ignoro.

—Tiene permiso para que el sargento interrogue a los criados. Es más, se lo encarezco.

Pitt hizo señas a Tellman, que no veía el momento de obedecer. Una vez que la puerta estuvo cerrada, Pitt se acomodó en uno de los sillones de cuero verde y Balantyne se sentó en el de delante con cierta rigidez.

—Por mi parte no puedo decirle nada —prosiguió—. Mi dormitorio da a la fachada, pero no he oído ningún ruido. En esta zona no es normal que ocurran robos tan violentos.

Le contrajo el rostro una inquietud o tristeza pasajeras.

—No ha sido ningún robo —contestó Pitt, reacio a dar el paso siguiente—. Al menos lo que suele entenderse por robo, porque llevaba dinero encima. —Reparó en la sorpresa del general—. Y esto.

Se sacó del bolsillo la caja de rapé y la sostuvo en la mano.

La expresión de Balantyne no sufrió ningún cambio. Su rostro guardaba una inmovilidad absoluta, sin asomo de admiración por la belleza del objeto ni de sorpresa por que estuviera en posesión de un hombre asesinado después de una pelea. Una cosa, sin embargo, era dominar sus emociones y otra evitar que la sangre se retirara de su piel, que quedó lívida.

—Sorprendente... —Suspiró con lentitud—. Parece... —Tragó saliva—. Parece imposible que un ladrón desdeñe un objeto de estas características.

Pitt supo que aquellas palabras eran una manera de llenar el vacío mientras dudaba entre proclamarse propietario de la caja o no. ¿Qué explicación podía dar?

Lo miró fijamente, haciendo el esfuerzo de no pestañear.

—Plantea muchas interrogantes —convino en voz alta—. ¿Lo reconoce, general?

La voz de Balantyne sonó un poco ronca, como si tuviera la boca seca:

—Sí... Sí, es mía. —Pareció a punto de añadir algo, pero cambió de idea.

Pitt formuló la ineludible pregunta.

—¿Cuándo la vio por última vez?

—Pues... Ahora mismo no me acuerdo. Son cosas a las que te acostumbras. Dudo que hubiera reparado en su ausencia. —Parecía incómodo, pero no rehuyó la mirada de Pitt y se adelantó a la pregunta siguiente—. La guardaba en la vitrina de la biblioteca.

¿Tenía alguna utilidad seguir la pista del objeto? Todavía no.

—¿Echa en falta alguna cosa más, general Balantyne?

—No lo sé.

—¿Me haría el favor de comprobarlo? Yo, mientras tanto, averiguaré si algún criado ha reparado en alguna modificación o indicio del paso de un ladrón.

—Muy bien.

—Hay ladrones que antes de dar el golpe llaman a la casa para preparar su estrategia, o...

—Comprendo —lo interrumpió Balantyne—. Cree que uno de nosotros podría identificarlo.

—Sí. Podría ser útil que vinieran usted, el mayordomo o los lacayos al depósito de cadáveres, y vieran si les resulta familiar.

—Como prefiera. —Balantyne no ocultó el desagrado que le inspiraba la idea, pero la aceptó como algo inevitable.

Se oyó un golpe enérgico en la puerta, que se abrió antes de que Balantyne hubiera tenido tiempo de contestar. Pitt recordó de inmediato a la mujer que entró: lady Augusta Balantyne. Poseía una belleza morena y fría y la vivacidad de sus facciones era contenida, introvertida. Ella también debió de reconocerlo, porque adoptó una frialdad cuya causa no podía limitarse a que ella y el resto de la casa hubieran sido despertados a una hora intempestiva. Después de sus dos encuentros anteriores, el recuerdo que guardara de Pitt tenía que ser por fuerza doloroso.

Llevaba un vestido de seda oscuro, apto para visitas matinales. Era un diseño que aunaba moda y discreción, como correspondía a su edad y posición social. Su cabello oscuro tenía mechas blancas en las sienes; las penas habían apagado el color de su piel, pero no la inteligencia ni la férrea voluntad de su mirada.

Pitt se levantó.

—Le pido disculpas por haberla despertado tan temprano, lady Augusta —dijo afablemente—, pero ha aparecido un cadáver en la calle, justo delante de su casa, y me veo en la triste obligación de preguntar si alguno de sus moradores ha oído ruido.

Deseaba ahorrarle sobresaltos. El hecho de que no le resultara simpática le inspiraba una prudencia todavía mayor que la habitual.

—He dado por sentado que se trataría de algo semejante, inspector —contestó ella, negando de entrada cualquier posibilidad de contacto social entre ambos.

Estaban en su casa, a la que Pitt sólo podía llamar en el cumplimiento de su profesión.

Pitt experimentó una absurda crispación interna, y se sintió igual de insultado que si lady Augusta le hubiera propinado un bofetón. Era de prever. Después de todo lo ocurrido entre los dos, de tantas tragedias y culpas, ¿cómo esperar otra cosa? Quiso relajar la tensión de su cuerpo, pero no lo consiguió.

Balantyne también se había puesto de pie y los miraba a ambos como si él también tuviera que pedir disculpas: a Pitt por la condescendencia de su esposa y a ella por la presencia del policía, además de por otra desgracia.

—Un hombre a quien han agredido y asesinado —dijo sin rodeos.

Su mujer respiró hondo, pero no perdió ni un ápice de su compostura.

—¿Conocido nuestro?

—No —dijo Balantyne—. A menos... —Se volvió hacia Pitt.

—Es poco probable —dijo éste, mirando a Augusta—. Parece haber pasado una mala racha, y haber participado en una pelea. Los indicios apuntan a que no se trata de un robo.

Augusta se relajó.

—En ese caso, inspector, le sugiero que interrogue a los criados a fin de averiguar si han oído algo. Si la respuesta es negativa lamentaré no haber podido ayudarlo. Buenos días.

No se movió. Su intención no era marcharse, sino despedir a Pitt.

Balantyne parecía incómodo. No tenía el menor deseo de prolongar la entrevista, pero jamás se había retirado de una batalla, conque plantó una dolorosa resistencia.

—Cuando llegue el momento más oportuno para ir al depósito de cadáveres, avíseme y ahí me tendrá —dijo a Pitt—. Entretanto Blisset le enseñará cuanto desee ver, y no dude de que sabrá si falta algo o ha cambiado de colocación.

—¿Faltar? —inquirió Augusta.

Las facciones de Balantyne se tensaron.

—Es posible que el muerto fuera un ladrón —dijo lacónicamente, sin añadir ninguna explicación.

—Claro. —Su mujer encogió levemente un hombro—. Es una manera de explicar su presencia en la plaza.

Retrocedió para dejar paso a Pitt y aguardó en silencio a que hubiera salido al pasillo.

Blisset, el mayordomo, hombre maduro de porte rígido y militar, aguardaba al pie de la escalera. Cabía suponer que se tratara de un antiguo soldado, a quien Balantyne, conocedor de su historial, hubiera tomado a su servicio. Pitt reparó en su marcada cojera y la atribuyó a una herida de guerra.

—Si hace el favor de acompañarme... —dijo Blisset con gravedad.

En cuanto tuvo la seguridad de que Pitt lo seguía, atravesó el vestíbulo en dirección a la puerta forrada de paño que llevaba a las dependencias de la servidumbre.

Tellman se encontraba de pie al lado de la larga mesa del comedor de los criados, preparada para el desayuno (que a juzgar por su aspecto aún no había sido consumido por nadie). También se hallaba presente una doncella de vestido gris, delantal impoluto y recién planchado y cofia ligeramente torcida, como si se la hubiera puesto con prisas. Su manera de mirar a Tellman revelaba una gran antipatía. También estaban presentes un lacayo de unos diecinueve o veinte años, que estaba de pie al lado de la puerta de la cocina, y el limpiabotas, que miraba a Pitt con ojos como platos.

—De momento nada —dijo Tellman mordiéndose el labio. Tenía un lápiz y un cuaderno abierto, pero casi no había escrito nada—. Parece que en esta casa no hay problemas de insomnio.

Su tono lindaba con el sarcasmo. Pitt pensó que si tuviera que levantarse sistemáticamente a las cinco de la mañana y trabajar casi sin descanso hasta las nueve o las diez de la noche acabaría tan exhausto que dormiría como un tronco, pero no se molestó en señalarlo.

—Me gustaría hablar con las doncellas —dijo a Blisset—. ¿Puedo usar la sala de estar del ama de llaves?

El mayordomo accedió a regañadientes e insistió en presenciar el interrogatorio a fin de proteger a sus subordinados, como era su deber.

Por desgracia, dos horas de pesquisas diligentes y el registro a fondo de la parte principal de la casa no arrojaron ningún dato de interés. Las dos doncellas habían visto la caja de rapé, pero no recordaban hasta cuándo. No faltaba nada más, y podía afirmarse con rotundidad la ausencia de indicios de robo o presencia de personas no autorizadas en cualquiera de las habitaciones de ambas plantas.

Nadie había oído ruido en la calle adyacente.

Todas las visitas correspondían a personas con un largo historial de tratos con la casa. Nadie había visto a ningún vagabundo, novio (al menos reconocido), mendigo, vendedor ambulante o repartidor nuevo.

Pitt y Tellman abandonaron Bedford Square a las nueve y media y tomaron un coche de regreso a la comisaría de Bow Street. Poco antes de llegar hicieron un alto en un puesto callejero, donde pidieron una taza de té y un bocadillo de jamón.

—Dormitorios separados —dijo Tellman con la boca llena.

—Es lo habitual en los matrimonios de su clase —repuso Pitt, que encontró demasiado caliente el primer trago de té.

—¡Qué complicados! —Tellman reflejó en su rostro la opinión que le merecían—. O sea, que nadie puede responder de nadie. Si el muerto entró y lo sorprendieran robando, puede haberlo matado cualquiera. —Volvió a llenarse la boca de pan y jamón—. Es posible que lo dejara entrar una criada. A veces pasa. Podría haberlo oído cualquiera y empezar una pelea. Hasta el general, si mucho me apura.

A Pitt le habría gustado rechazar la idea, pero guardaba un recuerdo demasiado vívido de la mirada de Balantyne al ver la caja de rapé.

Tellman lo observaba esperando la respuesta.

—Todavía es pronto para conjeturas —contestó Pitt—. Empezaremos buscando más pruebas. Haremos una ronda por la plaza para ver si ha habido algún robo en otra casa, si han movido algo o les consta algún altercado.

—¿Quién va a mover algo pudiendo llevárselo?

—Nadie. —Pitt lo miró con frialdad—. Si cogieron in fraganti al ladrón y lo mataron, lo lógico es que el asesino devolviera los objetos robados a su lugar de origen; todo menos la caja de rapé, que no era suya y exigía ciertas explicaciones. A ver qué nos dice el forense cuando haya hecho un examen más concienzudo. Queda el recibo de los calcetines. —Tomó un sorbo de té, que ya estaba más tibio—. Aunque tampoco estoy seguro de que sirva de mucho saber cómo se llamaba.

Nada útil, sin embargo, resultó de sus minuciosas pesquisas por Bedford Square y las calles adyacentes. Nadie había oído nada, ni tenía constancia de ningún objeto cambiado de sitio o robado. Todos afirmaban haber dormido de un tirón.

El general Balantyne y su mayordomo Blisset acudieron al depósito de cadáveres a última hora de la tarde en cumplimiento de su deber, pero ninguno de los dos reconoció el cadáver. Pitt, que en el momento en que se destapó la cara del muerto observaba la expresión del general, advirtió una sorpresa fugaz, como si Balantyne esperara encontrar a otra persona, posiblemente conocida.

—No —dijo serenamente el general—. Es la primera vez que lo veo.

Pitt llegó tarde a casa, y una pequeña crisis doméstica mantuvo a Charlotte demasiado ocupada para comentar el caso en profundidad. Su marido prefirió dejar para más tarde el dato de la implicación del general Balantyne, objeto, según recordaba, de cierta simpatía por parte de Charlotte (hasta el punto de que ella había pasado algún tiempo en su casa ayudándolo en diversas tareas). Era preferible no generar angustias innecesarias, porque aún podía surgir una explicación más sencilla. Tampoco eran asuntos para comentarlos a última hora del día.

A la mañana siguiente fue a informar del caso al subjefe de policía Cornwallis, por el simple motivo de que se había producido en una zona de la ciudad poco acostumbrada a sucesos de aquella índole. Quizá el crimen no tuviera nada que ver con los residentes de la plaza, pero no cabía duda de que les causaría molestias.

Cornwallis llevaba poco tiempo en el cargo. Media vida en la marina lo había acostumbrado al mando, pero en cuestiones de derecho penal y política era poco menos que un recién llegado, y en el caso de la segunda había cosas que excedían su comprensión. Su manera de pensar no tenía nada de maquinadora. No estaba acostumbrado a la vanidad ni al pensamiento circular. El mar no permitía esos lujos; separaba a los diestros de los torpes y a los cobardes de los valientes con una inclemencia que poco tenía que ver con los impulsos de la ambición en los círculos del gobierno y la alta sociedad.

Se trataba de un hombre de estatura mediana, cuya delgadez parecía indicar mayor propensión a las tareas físicas que a las de escritorio. Sus movimientos eran elegantes y controlados. No era guapo (su nariz pecaba de demasiado larga y prominente), pero su cara transmitía equilibrio y franqueza. Su calvicie completa cuadraba bien con el resto de su persona. Pitt tenía dificultad en imaginárselo de cualquier otra manera.

—¿Qué ocurre?

La mirada de Cornwallis abandonó la mesa para concentrarse en Pitt, que acababa de entrar. Como hacía bochorno, las ventanas estaban abiertas y dejaban entrar el ruido del tráfico. Se oía el traqueteo de las ruedas, algún que otro grito de cochero, el estruendo de los carros de cerveza y el pregón de los vendedores ambulantes, que ofrecían cordones, flores, bocadillos y cerillas.

Pitt cerró la puerta.

—Ayer al alba encontramos un cadáver en Bedford Square —contestó—. Yo esperaba que no tuviera relación con las casas de la plaza, pero le encontramos encima una caja de rapé que pertenecía al general Brandon Balantyne, y de hecho apareció en el umbral de su casa.

—¿Un robo? —preguntó Cornwallis con tono de darlo por supuesto.

Su entrecejo se contrajo un poco, como si aguardara a que Pitt justificase el hecho de llevar personalmente el caso a su atención.

—Es muy posible que hubiera entrado a robar en alguna de las casas y que lo pillara in fraganti un criado o el dueño de la casa. Se pelearon con él y lo mataron —dijo Pitt—. Después, por miedo a las consecuencias, lo trasladaron al umbral de la casa de Balantyne en lugar de dejarlo donde estaba y avisar a la policía.

—Adivino lo que quiere decir. —Cornwallis se mordió el labio—. Ningún inocente actúa así, por mucho pánico que le entre. ¿Cómo le mataron?

—De un golpe en la cabeza con un atizador o algún objeto parecido, pero antes, a juzgar por los nudillos de la víctima, se produjo una pelea.

Pitt tomó asiento delante del escritorio de Cornwallis. Se encontraba a gusto en aquel despacho, con sus acuarelas marineras y el bruñido sextante que compartía anaquel con los libros (entre los que figuraban, además de ensayos sobre temas policiales, una novela de Jane Austen, una biblia y varios volúmenes de poesía: Shelley, Keats y Tennyson).

—¿Sabe quién es? —preguntó Cornwallis, apoyando los codos en la mesa y formando un ángulo agudo con las dos manos.

—Todavía no, pero lo investiga Tellman —contestó Pitt—. Llevaba en el bolsillo un recibo por tres pares de calcetines, que podría sernos de ayuda. La compra se verificó sólo dos días antes del asesinato.

—Bien.

Cornwallis parecía indiferente al caso. Quizá tuviera otras preocupaciones.

—La caja de rapé que le encontramos en el bolsillo pertenece al general Balantyne —repitió Pitt.

Cornwallis frunció el entrecejo.

—Es de suponer que la robara, pero no se deduce que le dieran muerte en casa de Balantyne. Me imagino... —Dejó la frase a medias—. Sí, comprendo lo que quiere decir. Es molesto... y desconcertante. Yo y... Conozco un poco a Balantyne, y es buena persona. No me lo imagino cometiendo semejante... estupidez.

Pitt percibió el nerviosismo de Cornwallis, pero le pareció que era anterior a su llegada. Se habría dicho que su superior estaba demasiado preocupado para concentrarse en lo que le decía.

—Yo tampoco.

Cornwallis levantó la cabeza con brusquedad.

—¿Qué?

—Que no me imagino al general Balantyne haciendo algo tan estúpido como dejar un cadáver delante de su casa en lugar de llamar a la policía —dijo Pitt pacientemente.

—¿Lo conoce?

Cornwallis lo miró como si acabara de entrar en una conversación sin haber oído el principio.

—Sí. Investigué dos casos anteriores que lo atañían... indirectamente. Como testigo.

—Ajá. No lo sabía.

—¿Está preocupado por algo? —Pitt sentía aprecio personal por Cornwallis, y aunque era consciente de su falta de conocimientos políticos respetaba mucho su honradez y valentía moral—. ¡No será lo de Tranby Croft!

—¿El qué? ¡No, por Dios! —Cornwallis se relajó por primera vez desde la aparición de Pitt, y hasta parecía a punto de estallar en carcajadas—. Lo siento por todos. Ignoro por completo si Gordon-Cumming hacía trampas o no, pero a partir de ahora lo tendrá muy feo. En cuanto a la opinión que tengo del príncipe de Gales, o de cualquier persona que se pase la vida vagando de fiesta en fiesta sin hacer nada más útil que jugar a cartas, es mejor que me la reserve, tanto en público como en privado.

Pitt no supo si repetir su pregunta o interpretar la respuesta como una evasiva. De lo que estaba seguro era de que el desasosiego de Cornwallis era tan intenso que no le permitía dedicar todas sus energías mentales al tema que estaba sobre la mesa.

El subjefe de policía empujó la silla hacia atrás, se levantó y dio unos pasos hacia la ventana, que cerró de golpe.

—¡Qué ruido más espantoso! —dijo con irritación—. Manténgame al corriente de sus progresos en el caso de Bedford Square.

Era una despedida. Pitt se levantó.

—Sí, señor.

Caminó hacia la puerta.

Lo detuvo un carraspeo.

—He... —empezó a decir Cornwallis.

Titubeó. Pitt se volvió a mirarlo. Las mejillas enjutas de Cornwallis estaban ligeramente sonrosadas. Parecía profundamente inquieto. Se decidió.

—He... He recibido una carta de chantaje.

Pitt se quedó de piedra. Se le habían ocurrido muchas posibilidades, pero ninguna tan extraña.

—Eran letras recortadas del *Times* —añadió Cornwallis—, pegadas a una hoja de papel.

Pitt ordenó sus pensamientos con dificultad.

—¿Qué quieren?

—Es lo raro. —Cornwallis estaba rígido. Miró a Pitt fijamente—. ¡Nada! ¡No piden absolutamente nada! Sólo amenazan.

Pitt odiaba preguntar, pero lo contrario habría sido dejar en la estacada a un hombre cuya amistad tenía en alto precio, un hombre profunda y manifiestamente necesitado de apoyo incondicional.

—¿Conserva la carta?

Cornwallis la exrajo del bolsillo y se la entregó. Pitt leyó las letras, casi todas recortadas una a una, a veces en grupos de dos o tres y en algún caso por palabras enteras.

> Lo sé todo de usted, capitán Cornwallis. Los demás lo toman por un héroe, pero yo sé la verdad. El autor de la hazaña del *HMS Venture* no fue usted, sino el marinero Beckwith, aunque usted se atribuyera el mérito. Ahora está muerto y no puede contar la verdad. Es una injusticia. Debería divulgarse. Yo sé lo que pasó.

Pitt releyó la carta. No había ninguna amenaza explícita, ni petición de dinero u otras formas de pago; no obstante, la sensación de poder era tan fuerte que saltaba de la hoja arrugada como si poseyera vida propia y maligna.

Miró a Cornwallis, que estaba pálido, y reparó en la tensión de los músculos de su mandíbula, así como en el pulso que le latía en la sien.

—Y supongo que no tiene la menor idea de quién la ha escrito.

—Ninguna —repuso Cornwallis—. Me he pasado media noche en vela intentando averiguarlo. —Tenía la voz seca, como si la tensión prolongada le hubiera afectado la garganta. Respiró hondo, sosteniendo la mirada de Pitt—. He repasado varias veces el incidente al que creo que se refiere; he intentado acordarme de quién estaba presente, quién pudo haberlo malinterpretado de esta manera, pero se me escapa la respuesta.

Vaciló. Era un hombre pudoroso con dificultades para expresar sus sentimientos. Prefería con mucho el sobrentendido de la acción. Se mordió el labio y contuvo sus ganas de apartar la vista. Era evidente que percibía la incomodidad de Pitt, y sin quererlo la empeoró. Tenía conciencia de estar pecando de indecisión, de falta de energía, que era justamente lo que más deseaba evitar.

—¿No sería conveniente que me explicase el incidente en cuestión? —dijo serenamente Pitt.

Hizo ademán de tomar asiento, señal de que no pensaba marcharse.

—Sí... —reconoció Cornwallis—. Sí, por supuesto. —Acabó por apartar la mirada y volverse hacia la ventana. La intensa luz diurna subrayaba la profundidad de las arrugas que rodeaban sus ojos y su boca—. Ocurrió hace dieciocho años... dieciocho y medio. Fue en invierno, en el golfo de Vizcaya. Hacía un tiempo espantoso. Yo en aquella época era teniente segundo. Subió un hombre a arriar el sobrejuanete de mesana...

—¿El qué? —lo interrumpió Pitt, que deseaba conocer todos los detalles.

Cornwallis le dirigió una mirada fugaz.

—Ah, sí... Era un barco de tres palos. —Movió los brazos para ilustrar lo que decía—. Palo mayor, vela mayor... Con aparejo de cruz, claro. Se cortó con un cabo suelto. En la mano. Se le enredó no sé cómo. —Frunció el entrecejo y volvió a girarse hacia la ventana—. Yo subí hacia donde estaba; claro que tendría que haber enviado a un marinero, pero el único que tenía cerca era Beckwith y se quedó paralizado. Cosas que pasan. —Hablaba entrecortadamente—. No había tiempo para buscar a otro; la tormenta empeoraba por momentos, con el barco dando cabezadas. Tuve miedo de que el herido se soltara y se descoyuntara el brazo. Nunca me han intimidado las alturas. Lo cierto es que ni siquiera me lo planteé. En mi época de guardiamarina anduve bastante entre las velas. —Apretó los labios—. Conseguí soltarlo, aunque hubo que cortar el cabo. Casi era como trasladar a un muerto.

Logré llevarlo por la verga hasta el mástil, pero pesaba mucho y cada vez soplaba más viento. El barco cabeceaba a lo loco.

Pitt trató de imaginar la escena: Cornwallis desesperado, con frío hasta los huesos e intentando sujetarse a un mástil en perpetuo movimiento a cuarenta metros de un mar embravecido, con la cubierta o el agua a sus pies, y el cuerpo inerte de otro hombre en brazos. Se dio cuenta de que tenía los puños apretados y contenía la respiración.

—Cuando intentaba repartir mejor su peso para bajar por el mástil —prosiguió Cornwallis— vi debajo a Beckwith, que debía de haber salido de su parálisis. Me ayudó a cargar con el marinero y bajamos juntos.

»Para entonces ya se había reunido media docena de hombres al pie del mástil, incluido el capitán, y debió de parecerles que me había rescatado Beckwith. Lo dijo el capitán, pero Beckwith, que era un hombre honrado, contó la verdad. —Volvió la cabeza para mirar a Pitt a los ojos—. El problema es que no puedo demostrarlo. Beckwith murió a los pocos años, y el hombre a quien habíamos rescatado sabía tan poco de quién estaba con él como de lo ocurrido.

—Comprendo —dijo Pitt con calma.

Cornwallis lo miraba fijamente, y al leer la angustia de su rostro Pitt discernió un fondo de miedo que trataba de no manifestarse. El hombre a quien tenía delante había llevado una vida de disciplina contra un elemento que no daba cuartel a nadie, inmisericorde con los hombres y los barcos. Había obedecido sus reglas y visto morir a otros hombres que no las acataban o habían sido segados por el infortunio. Pocos hombres, entre los que se beneficiaban de la seguridad de tierra firme, conocían como él el valor de la lealtad, el honor y la pura, abrumadora valentía física, la obediencia inmediata y completa y la confianza total en los superiores. En los barcos, la jerarquía era absoluta. Atribuirse el mérito del valor ajeno era imperdonable.

Y, por lo que sabía Pitt de Cornwallis, también era inimaginable. Le sonrió sin rehuir su mirada.

—Lo investigaré. Debemos saber quién es el responsable, y sobre todo qué pretende. Sólo hay delito si se pide algo concreto.

Cornwallis, vacilante, mantuvo la mano encima de la carta, como si ya temiera el resultado de cualquier medida. De repente se dio cuenta de lo que hacía y entregó la hoja a Pitt.

Éste la cogió y se la metió en el bolsillo sin volver a mirarla.

—Seré discreto —prometió.

—Sí —dijo Cornwallis—. Sí, claro.

Pitt se despidió de él, abandonó el despacho, recorrió el pasillo, bajó al piso inferior y salió a la calle. Diez metros más allá, absorto en el trance de Cornwallis, estuvo a punto de chocar con un hombre que se interpuso en su camino, obligándolo a detenerse.

—¿El señor Pitt? —dijo el desconocido, mirándolo. La seguridad que se leía en su expresión desmentía el tono interrogativo.

—El mismo —contestó Pitt con cierta dureza.

No le gustaba ser abordado de manera tan directa, y estaba demasiado inquieto por la incómoda situación en que se encontraba Cornwallis para no deplorar cualquier interrupción en sus meditaciones. Incapaz de proteger a una persona por quien tenía aprecio, y temiendo que el peligro fuera muy real, se sentía frustrado e impotente.

—Me llamo Lyndon Remus y trabajo en el *Times* —dijo el hombre, que seguía cortándole el paso. Sacó una tarjeta del interior de la chaqueta y se la tendió a Pitt, que no la cogió.

—¿Qué desea, señor Remus?

—¿Qué puede decirme del cadáver encontrado ayer por la mañana en Bedford Square?

—Lo que ya sabe.

—Así pues, están desconcertados —concluyó Remus sin vacilar.

—¡Yo no he dicho eso! —Pitt estaba molesto. Aquel hombre había formulado una hipótesis injustificada, y él aborrecía los trucos con las palabras—. Le he dicho que no puedo decirle nada que no sepa: su muerte y el lugar donde fue encontrado.

—En el umbral de la mansión del general Brandon Balantyne. Deduzco que sabe algo y no puede decírnoslo. ¿Existe alguna relación entre el caso y el general Balantyne u otro residente de la casa?

Pitt comprendió con irritación que debía andarse con más cuidado en la formulación de sus respuestas.

—Mire usted, señor Remus, ha aparecido un cadáver en Bedford Square —dijo con severidad—. Todavía no sabemos quién era ni cómo murió, sólo que la posibilidad de un accidente parece muy remota. Cualquier conjetura pecaría de irresponsable y amenazaría con deteriorar la reputación de una persona inocente. En cuanto estemos seguros de algo se lo haremos saber a la prensa; y ahora haga el favor de apartarse de mi camino y permítame seguir con mis asuntos.

Remus no se movió.

—¿Piensa investigar al general Balantyne?

Estaba atrapado. No podía contestar que no sin mentir y exponerse a que lo acusaran de prejuicios e ineficacia, mientras que si contestaba afirmativamente Remus deduciría que Balantyne estaba bajo sospecha. La otra alternativa, ignorar la pregunta, daba carta blanca a Remus para interpretarla como quisiera.

El periodista sonrió.

—¿Y bien, señor Pitt?

—Empezaré mis indagaciones por el muerto —contestó Pitt desmañadamente, sabiendo que debería haber previsto aquellas preguntas que lo ponían entre la espada y la pared. Tomó aliento—. Después, como es lógico, seguiré la pista hacia donde me lleve.

Remus sonrió de manera siniestra.

—¿No se trata del mismo general Balantyne cuya hija Christina se vio involucrada en los asesinatos de Devil's Acre, allá por el año ochenta y siete?

—No espere que le haga su trabajo, señor Remus —replicó Pitt, rodeando al periodista—. Buenos días.

Se alejó con rapidez, dejando a Remus con cara de satisfecho.

Llegó a casa del trabajo cansado y de mal humor. Ya tenían todos los datos acerca de la muerte del hombre de Bedford Square. El informe escrito no añadía nada a la postura inicial del forense. Tellman se ocupaba de seguir la pista del recibo de los calcetines e interrogar a todos los residentes de la plaza. Nadie había visto ni oído nada interesante.

A decir verdad, Pitt estaba menos preocupado por el crimen que por la carta de Cornwallis, si bien los dos asuntos se parecían en que ambos podían dañar la reputación de una buena persona mediante rumores, sospechas e insinuaciones previas a la aparición de las primeras pruebas. Para desprestigiar a alguien bastaba con que dichas insinuaciones fueran creídas por un número reducido de personas. Los dos hombres eran vulnerables, pero Pitt conocía y estimaba a Cornwallis, además de creerlo por completo inocente. Lo extraño era que hubiera recibido una misiva amenazadora pero sin condiciones ni exigencias. Era de prever que no tardaran.

Abrió la puerta, colgó la chaqueta, se agachó para desabrocharse las botas y penetró descalzo en la cocina, donde esperaba encontrar a Charlotte. Pese a contar con una excelente criada (Gracie), Charlotte seguía ejecutando personalmente casi todas las labores culinarias. De lavar la ropa blanca, limpiar la casa a fondo y otras tareas similares se ocupaba una criada para todo que venía cuatro veces por semana. Eso tenía entendido Pitt, aunque no era asunto suyo.

Tal como había previsto encontró a Charlotte delante de los fogones. El horno desprendía un sabroso aroma. Todo estaba limpio, con olor a madera bien fregada y ropa de cama recién lavada. Miró el techo y vio sábanas puestas a secar, colgadas de una cuerda que iba de pared a pared sujeta por dos poleas. La porcelana blanca y azul del aparador reflejaba el sol que entraba por las ventanas. Charlotte tenía la parte delantera del vestido manchada de harina, el delantal doblado por una esquina y el cabello soltándose de las horquillas.

Él la rodeó con sus brazos y le dio un beso, sin importarle que el cucharón que tenía en la mano goteara yema de huevo en los fogones y el suelo.

Charlotte correspondió con entusiasmo y después lo regañó.

—¡Mira lo que me has hecho hacer! —Señaló la yema de huevo—. ¡Se ha puesto todo perdido!

Fue al fregadero, escurrió un trapo y regresó para quitar las manchas. Las gotas que habían caído en los fogones estaban quemadas y olían un poco.

Pitt se quedó quieto, pensando en la cara de su superior. Cornwallis no estaba protegido por la seguridad de que gozaba él. No conocía a nadie dispuesto a darle más crédito a él que a los demás; nadie con quien compartir la tensión de esperar la llegada de la carta siguiente, ni a quien explicar por qué era tan importante.

—¿Qué pasa? —preguntó Charlotte, observándolo con mayor atención. Hizo un movimiento automático para apartar del calor el plato que contenía la yema de huevo—. ¿Es lo del cadáver de Bedford Square? ¿Tendrás que investigar alguna de las casas de la plaza?

—No lo sé —contestó él, sentándose en una de las sillas de la mesa de la cocina—. Es posible. Esta tarde me ha abordado un periodista que quería saber si pienso investigar al general Balantyne.

Charlotte se puso tensa.

—¿Balantyne? ¡Si vive en Callander Square! ¿Por qué vas a investigarlo?

—Debe de haberse mudado —contestó él, sin olvidar sus temores por Cornwallis—. Siento decirte que el cadáver apareció en el umbral de su casa. Simple mala suerte, imagino.

Sólo se acordó de la caja de rapé hacia el final de la cena, mientras comía el flan; entonces se dio cuenta de que lo que le había dicho a Charlotte no era ni mucho menos toda la verdad, pero era inútil preocuparla con el dato porque ella no podía hacer nada.

Estaba demasiado absorto en sus cavilaciones para atribuir algún significado al silencio de su esposa. ¿Cómo investigaría la carta de Cornwallis? ¿Cómo lo protegería?

2

Charlotte quedó muy apenada por la noticia de que la tragedia del asesinato volvía a cebarse en el general Balantyne, aunque se debiera únicamente al hallazgo de un cadáver delante de su puerta. Era un lugar público, por el que podía pasar cualquier persona sin necesidad de que se enterara el general, y menos de que la conociera.

A la mañana siguiente, después de que se marchara Pitt, dejó a Gracie la tarea de recoger los platos del desayuno y acompañó al colegio a Jemima y Daniel, de nueve y siete años respectivamente. A continuación volvió a la cocina con el periódico, que el señor Williamson, vecino de la misma calle, tenía la amabilidad de dejarle en la puerta. Lo primero que le llamó la atención fueron las últimas noticias sobre el caso Tranby Croft. Corrían rumores de que el príncipe de Gales sería llamado a declarar como testigo, y, como no podía ser menos, se especulaba sobre el contenido de su declaración. Que el heredero del trono se personara en el juzgado como un hombre cualquiera era un hecho tan insólito como inimaginable días atrás. La sala estaría abarrotada, tal era la curiosidad por verlo en persona y oír sus palabras en respuesta a las preguntas de los letrados, a las que no tendría más remedio que contestar. Sólo se podía acceder con entrada.

Sir William Gordon-Cumming estaba representado por sir Edward Clarke, cuyo oponente era Charles Russell. Entre los presentes, el periódico citaba a lord Edward Somerset, el conde de Coventry y la señora Lycett-Green.

El bacará era un juego ilegal. Cualquier género de apuestas topaba con muchas y severas críticas. Las cartas se consideraban una pérdida de tiempo valioso. Se sabía que el juego tenía miles de practicantes, pero entre saber y ver mediaba un mundo. Corría el rumor de que la reina estaba desquiciada, y no era de extrañar en alguien tan severo y puritano (por decirlo con comedimiento). En los treinta años que habían discurrido desde la muerte del príncipe Alberto, fallecido de fiebre tifoidea, la reina parecía haber perdido cualquier afición a los placeres de la vida, y estaba resuelta a imponer su actitud a los demás. Al menos era lo que había oído Charlotte, y las escasas apariciones públicas de la soberana no contribuían a desmentirlo.

El príncipe de Gales era un individuo manirroto, glotón y demasiado indulgente consigo mismo, amén de pródiga y sistemáticamente infiel a su esposa, la sufrida princesa Alejandra (sobre todo con lady Frances Brooke, beneficiaria asimismo de la íntima admiración de sir William Gordon-Cumming). Hasta entonces Charlotte se había compadecido muy poco de él, pero tener delante al tribunal, sir Edward Clarke y el público no sería nada en comparación con soportar los reproches de su madre.

Siguió recorriendo la página hasta topar con un artículo firmado por un tal Lyndon Remus, que informaba sobre el cadáver aparecido en Bedford Square.

> La identidad del hombre hallado sin vida en el umbral del domicilio del general Brandon Balantyne dos días atrás sigue siendo un misterio. El comisario Thomas Pitt, de Bow Street, ha informado a quien suscribe de que la policía todavía ignora su identidad. Es más: el comisario afirma saber de ella lo mismo que cualquier ciudadano.
>
> A pesar de la insistencia del reportero, el señor Pitt se ha negado a aclarar si se propone investigar al general Balantyne, el cual, como recordarán nuestros lectores, era el padre de Christina Balantyne, tristemente famosa por los asesinatos de Devil's Acre que escandalizaron a Londres en 1887.

Seguía un resumen escabroso de aquel caso terrible y trágico, que Charlotte conocía de sobra y recordó con tristeza. Rememoró la expresión de Balantyne en el momento de conocer la verdad, momento en que nadie había podido ayudarlo o consolarlo.

Ahora lo acechaba otra desgracia, y revivían las penas y amarguras del pasado. Charlotte no conocía a Lyndon Remus, pero echó pestes contra él y la embargó una gran preocupación por Balantyne.

—¿Se encuentra bien, señora?

La voz de Gracie penetró en sus pensamientos como un cuchillo. La menuda criada cogió la plancha y ahuyentó maquinalmente a *Archie*, el gato blanco y rojizo, que se levantó de su nido encima del montón de ropa, deshizo el ovillo en que había quedado convertido y se alejó con pasos perezosos, sabiendo que Gracie no le haría ningún daño.

Charlotte levantó la cabeza.

—No —contestó—. El cadáver que mi esposo encontró la otra noche apareció en el umbral de la casa de un viejo amigo mío, y la prensa insinúa que podría estar involucrado. Hace unos años se produjo un crimen atroz en el seno de su familia. Ahora la prensa lo ha desenterrado y se lo recuerda a todo el mundo justo cuando mi amigo y su mujer podrían estar empezando a olvidar un poco y sentirse otra vez gente normal.

—Algunos de los que escriben en los periódicos son unos granujas —dijo Gracie con ira, blandiendo la plancha como un arma. Ella sabía perfectamente en quién depositar su lealtad: en los amigos. Siempre estaba con los débiles, los que lo pasaban mal, los desvalidos. A veces, con grandes dosis de razonamiento y persuasión, era posible lograr que cambiara de postura, pero no era fácil ni frecuente—. ¿Piensa ayudarlo? —dijo, mirando a Charlotte con sagacidad—. No hace falta que se quede. Puedo ocuparme yo de todo.

Charlotte no tuvo más remedio que sonreír. Gracie era una cruzada nata. Había llegado a casa de los Pitt siete años antes, pequeña y esmirriada, con ropa que le iba grande y botas agujereadas; desde entonces sólo había engordado un poquito y aún le tenían que entrar y acortar los vestidos, pero se había convertido en una criada irreprochable, ducha en todas las tareas del hogar. Además, y con la ayuda de Charlotte, había aprendido a leer y escribir (contar siempre se le había dado bien). Lo más importante, sin embargo, era haber pasado de chiquilla miserable rechazada por todos a joven orgullosa de trabajar para el mejor policía de Londres, es decir, del mundo entero. La propia Gracie no dejaba de informar de ello a cualquier persona que diera señas de ignorarlo.

—Gracias —dijo Charlotte, tomando una decisión rápida. Cerró el periódico, se levantó y lo embutió con brusquedad en el agujero para meter carbón—. Voy a visitar al general, por si puedo ayudarlo de alguna manera —dijo desde la puerta—, aunque sólo sea demostrando que sigo siendo su amiga.

—Bien dicho —respondió Gracie—. Quizá podamos echarle una mano.

Se incluyó con orgullo y determinación. Se consideraba partícipe del trabajo de detective, al que ya había contribuido de manera significativa en casos anteriores. Su esperanza, su intención eran seguir haciéndolo.

Charlotte subió al piso de arriba, se cambió su sencillo vestido de muselina azul por otro de color amarillo pastel que hacía juego con su tono de piel y realzaba el brillo cobrizo de su melena. Se trataba de un modelo muy favorecedor, de cintura estrecha, hombros ahuecados, falda lisa y muy poco polisón, como dictaba la moda. Era su lujo más reciente, el único. Por lo general tenía que conformarse con prendas sufridas y que pudieran durar varias temporadas sin cambiarlas demasiado; claro que su hermana Emily, que se había casado por segunda vez después de enviudar de un excelente partido, la proveía generosamente de modelos desechados o que no acababan de gustarle, pero Charlotte se resistía a aceptar demasiados por miedo de que Thomas acusara con mayor intensidad el descenso en el escalafón que representaba un matrimonio con un policía. De todos modos era época de vacaciones parlamentarias; Emily y Jack estaban en el campo y esta vez se habían llevado a la abuela. Hasta Caroline, la madre de Charlotte, se había marchado a Edimburgo, donde se representaba la última obra de su marido Joshua.

Lo que no admitía dudas era el que aquel modelo figurase entre lo más granado de su vestuario, propio o prestado.

Salió a Keppel Street, donde lucía el sol. No hacía falta plantearse el tema del transporte, porque la distancia no excedía unos centenares de metros. Teniendo en cuenta lo cerca que estaba la nueva casa del general Balantyne, no dejaba de ser curioso que nunca se hubieran encontrado; claro que debía de haber decenas de vecinos a quienes no conocía, y Bedford Square y Keppel Street pertenecían a ámbitos sociales muy diferenciados, pese a la proximidad física.

Saludó con la cabeza a dos chicas. Ellas le devolvieron el saludo con formalidad y volvieron a enfrascarse en una charla animada. Pasó un cupé abierto cuyos ocupantes contemplaban el mundo con mirada de superioridad, y un hombre que caminaba muy deprisa sin mirar a los lados.

Charlotte ignoraba en qué casa vivían los Balantyne. Pitt sólo le había dicho «en el centro del lado norte». Apretó los dientes y llamó al timbre de la que le pareció más probable. Le abrió la puerta una guapa doncella que la informó de su error y la dirigió dos puertas más allá.

Charlotte le dio las gracias con todo el aplomo que pudo y se marchó. Habría preferido no seguir, entre otras cosas porque carecía de un plan coherente que le dictara qué decir si el general estaba en casa y la recibía. Su salida de casa obedecía a un impulso. Quizá el general hubiera cambiado por completo desde su último encuentro. Habían pasado cuatro años, y las tragedias podían cambiar a la gente.

Era una idea ridícula, quijotesca y abierta a las peores interpretaciones. ¿Por qué seguía caminando en lugar de dar media vuelta y volver a casa?

Porque le había dicho a Gracie que iba a ver a un amigo en quien se había cebado la desgracia, y garantizarle su lealtad. No podía volver a casa y reconocer que le había faltado valor, que tenía miedo de hacer el ridículo. Gracie la despreciaría. Se despreciaría ella misma.

Subió por la escalera, cogió la cadena del timbre y le dio un fuerte estirón sin concederse el tiempo necesario para cambiar de opinión.

Aguardó con el pulso acelerado, como si al abrirse la puerta pudiera aparecer un peligro mortal. Recordó la imagen de Max, el antiguo lacayo de los Balantyne; recordó la trágica violencia que se había desencadenado, a Christina... ¡Cuánto debía de haber sufrido el general! Era su única hija.

Su comportamiento era ridículo. ¡Se estaba metiendo descaradamente donde no la llamaban! ¿Qué razón tenía para suponer que el general tuviera algún deseo de verla después de todo lo que Pitt se había visto obligado a hacer a su familia, y con la ayuda de ella, Charlotte? Hasta podía decirse que Balantyne tenía motivos para tratarla con menos amabilidad que a nadie. ¿A él qué le importaba su amistad? Su visita era de mal gusto... y francamente pretenciosa.

Retrocedió un paso, pero justo cuando empezaba a dar media vuelta se abrió la puerta y oyó la voz de un lacayo:

—Buenos días, señora. ¿En qué puedo ayudarla?

—Eh... Buenos días. —Podía pedir que la orientaran y fingirse en busca de una persona ficticia. No estaba obligada a reconocer que venía de visita—. Quería saber si...

—¡Señorita Ellison! Digo... Discúlpeme, señora. Señora Pitt, ¿verdad?

Charlotte lo miró sin recordarlo. ¿Cómo era posible que la hubiera reconocido?

—Sí.

—Pase, señora Pitt. Ahora mismo me informo de si están en casa lady Augusta o el general Balantyne.

El lacayo se apartó para dejarla entrar, si así lo deseaba ella.

No tuvo alternativa.

—Gracias.

Charlotte notó que temblaba. ¿Qué diría a lady Augusta si la encontraba en casa? Antes de lo de Christina ya se caían mal. ¡Qué no sería después! ¿Qué decirle, por Dios? ¿Cómo justificar su presencia?

La condujeron al salón de mañana, en cuya mesa reconoció la reproducción del cañón de Waterloo. Parecía que los años se hubieran replegado sobre sí, como un telescopio, y se hubieran esfumado. El horror de los crímenes de Devil's Acre la afectó como si aún estuvieran ocurriendo, con todo su dolor e injusticia.

Dio varias vueltas por la sala, y en el transcurso de una de ellas llegó hasta la puerta del pasillo y la abrió. La presencia de una doncella en la escalera le impedía marcharse sin ser vista. Sería todavía más ridículo que quedarse.

Cerró la puerta y aguardó de cara a ella lo inevitable, como aprestándose a un ataque.

Fue el general Balantyne quien la abrió. Estaba envejecido. La tragedia había dejado huellas en su rostro. Sus ojos y su boca denotaban un conocimiento del dolor ausente de su primer encuentro. No obstante, mantenía la espalda igual de derecha y los hombros erguidos. Seguía mirando a los ojos, como siempre.

—¡Señora Pitt! —Adoptó una expresión de sorpresa, suavizada por muestras casi seguras de agrado.

Charlotte recordó el gran aprecio que había sentido por el general.

—¡General Balantyne! —Avanzó sin pensárselo—. Confieso que no sé por qué he venido. Sólo quería decirle lo mucho que lamento que haya tenido la mala suerte de que un pobre desgraciado haya escogido el umbral de su casa para morirse. Confío en que se aclare todo cuanto antes, y que usted... —Dejó la frase a medias. El general no merecía tantos formulismos. Bastante daño había hecho Lyndon Remus resucitando el caso de Devil's Acre. El perjuicio era irremediable, fuera cual fuese el desenlace del nuevo asesinato—. Lo siento —dijo con sinceridad—. Supongo que sólo quería decir eso. Claro que podría haber escrito una carta.

El general sonrió.

—Una carta elegante y con mucho tacto que no habría significado gran cosa, y en la que no la habría reconocido —contestó—. Entonces pensaría que había cambiado y lo lamentaría.

Se ruborizó ligeramente, como si se diera cuenta de que se había excedido en su franqueza.

—Espero haber aprendido algunas cosas —dijo ella—, aunque no acierte siempre a ponerlas en práctica.

Tenía ganas de quedarse un poco más, aunque sólo fueran unos minutos. Quizá se le ocurriera una manera de ayudar al general. Las preguntas estaban descartadas, a menos que quisiera caer en la mayor de las impertinencias. De todos modos ya debía de haberlas hecho Pitt. ¿Por qué se creía capaz ella de hacer algo más?

El general rompió el silencio.

—¿Cómo está? ¿Y su familia?

—Muy bien. Los niños crecen. Jemima ya está muy alta...

—Ah, sí, Jemima... —Volvió a aflorar una sonrisa en los labios de Balantyne. Seguro que los dos pensaban en Jemima Waggoner, la mujer que se había casado con el único hijo varón del general y había dado nombre a la hija de Charlotte—. ¿Sabe que le devolvieron el cumplido?

—¿El cumplido?

—Sí. Al segundo hijo le pusieron Thomas.

—¡Oh! —Charlotte también sonrió—. No, no lo sabía. Ya se lo diré. Seguro que se lleva una alegría. ¿Están bien?

—Estupendamente. Brandy ha sido destinado a Madrid y casi no nos vemos.

—Debe de echarlo en falta.

—Sí.

Apareció una profunda soledad en la mirada del general, que volvió la cabeza hacia el jardín tranquilo y fastuoso, lleno de rosas acariciadas por el sol de una mañana de verano. Ya se había evaporado todo el rocío.

Se oía el tictac del reloj de la chimenea.

—Mi madre ha vuelto a casarse —comentó Charlotte por decir algo.

El general hizo el esfuerzo de volver al presente y la miró.

—¿De veras? Pues... espero que sea feliz.

No era una pregunta. Habría sido una impertinencia hacer preguntas sobre temas tan íntimos. La felicidad o su ausencia eran cuestiones que el tacto prohibía comentar, siquiera de pasada.

Charlotte miró al general a los ojos y sonrió.

—Mucho. Su marido es actor.

Vio que Balantyne puso cara de perplejidad.

—¿Cómo dice?

¿Se había excedido? Quizá el general hubiera interpretado como una ligereza lo que era un simple esfuerzo por aliviar la tensión. Como ya no podía echarse atrás, Charlotte optó por ahondar en el tema.

—Se casó con un actor bastante más joven que ella. —¿Lo escandalizaría? Sintió que le ardían las mejillas—. Es un hombre muy valiente... y encantador. Me refiero a la valentía moral, la de permanecer fiel a los amigos en momentos difíciles y luchar por lo que se considera justo.

La expresión del general se suavizó, al igual que las arrugas de su boca.

—Me alegro. —Por un instante, casi demasiado breve para estar segura, Charlotte creyó ver en sus ojos un profundo pesar. Después el general respiró—. Me parece advertir que le tiene simpatía.

—Mucha, y mamá es muy feliz, aunque está bastante cambiada. Ahora se mueve en un círculo con el que años atrás no habría imaginado alternar; en cuanto a sus amigas de antes, temo que hayan interrumpido sus visitas. Hasta fingen no verla al cruzarse con ella por la calle.

Balantyne no ocultó del todo su regocijo.

—Me lo imagino.

Se abrió la puerta y apareció lady Augusta Balantyne. Presentaba un aspecto magnífico; su oscura y larga melena, recogida encima de la cabeza, ganaba en espectacularidad por la presencia de algunas mechas blancas. Iba vestida a la última, de lila y gris, con un collar y unos pendientes de amatistas preciosos. Miró a Charlotte con frío desagrado.

—Buenos días, señora Pitt. ¿Debo llamarla así?

Era una manera sarcástica de recordar que Charlotte había entrado por primera vez en casa de los Balantyne con la excusa de ayudar al general en la redacción de sus memorias, y había empleado su apellido de soltera con el objetivo de ocultar su relación con Pitt y la policía.

Charlotte volvió a sentir que se le calentaban las mejillas.

—Buenos días, lady Augusta. ¿Cómo está?

—Perfectamente, gracias —replicó Augusta, entrando un poco más en la sala—. ¿Me equivoco o viene a informarse de nuestra salud por algo más que simple cortesía?

La situación era difícil, pero había que pechar con ella. Difícilmente empeoraría.

Charlotte sonrió con viveza.

—No, al contrario. —Todos sabrían que era mentira, pero nadie osaría decirlo—. Hasta ayer no me había dado cuenta de que fuéramos vecinos.

—Ah... los periódicos —dijo Augusta con desdén.

Las damas de la alta sociedad no leían los periódicos, a excepción de las páginas de sociedad y los anuncios. Quizá Charlotte fuera de buena cuna, pero el hecho de haberse casado con un policía eliminaba cualquier pretensión de refinamiento.

Charlotte arqueó las cejas.

—¿Su dirección estaba en los periódicos? —dijo con inocencia.

—¡Por supuesto! —respondió Augusta—. Sabe perfectamente que mataron a un desgraciado delante de nuestra puerta. No sea falsa, señora Pitt. Se le da muy mal.

Balantyne enrojeció hasta las orejas. Sentía la misma aversión por los enfrentamientos emocionales que la mayoría de los hombres, sobre todo cuando los contendientes eran mujeres, pero nunca había desertado de su deber.

—¡Augusta! La señora Pitt ha venido a comunicarnos lo mucho que siente nuestra mala suerte en este último caso —dijo con tono de reprobación—. Imagino que se habrá enterado por el comisario Pitt, no por la prensa.

—¿Eso imaginas? —contraatacó Augusta con la misma frialdad—. Pues eres muy ingenuo, Brandon. En fin, peor para ti. Salgo a visitar a lady Evesham. —Se volvió hacia Charlotte—. Que tenga usted buen día, señora Pitt, porque seguro que cuando vuelva ya no la encontraré.

Dio media vuelta, haciendo girar la falda, y dejó abierta la puerta.

Balantyne la cerró de un portazo, para sorpresa del lacayo que esperaba en el vestíbulo con la capa de Augusta.

—Disculpe —dijo, profundamente avergonzado. No dio explicaciones ni intentó justificar el comportamiento de su esposa. Lo único que habría conseguido negando la verdad habría sido borrar cualquier rastro de sinceridad entre los dos—. Ha sido...

—Merecido, probablemente —concluyó Charlotte en su lugar, apesadumbrada—. Esta visita es una pésima idea, e ignoraba por completo qué decir salvo que lamento lo ocurrido y espero que me considere amiga suya, pase lo que pase.

Su franqueza tuvo dos efectos: desconcertar al general y procurarle una gran satisfacción.

—Gracias... Cuente con ello.

Parecía a punto de decir algo más, pero optó por callar. Seguía estando muy afectado. Su rabia o vergüenza por la actitud de Augusta, o por lo incómodo que se sentía él cuando le hablaban sin rodeos, dejaba traslucir una emoción más poderosa.

—En realidad sí he leído el periódico —reconoció ella.

—Lo suponía —dijo él con un amago de sonrisa.

—¡Qué vergüenza de artículo! Son unos irresponsables. He venido por eso: por indignación. Y para que sepa que me tiene de su lado.

El general apartó la mirada.

—Habla de lo que no sabe, señora Pitt. No puede prever lo que ocurrirá.

No era una afirmación gratuita. La rigidez del cuerpo del general, la congoja de su expresión y su manera de no mirarla convencieron a Charlotte de que tenía miedo de algo concreto, y de que todos sus pensamientos estaban ensombrecidos por la angustia que le producía ese algo.

Tuvo miedo por él, y su reacción fue protegerlo de manera instantánea e irreflexiva.

—¡Por supuesto que no! —convino—. ¿Qué clase de amigo condiciona su apoyo al conocimiento de lo que ocurrirá, y a la seguridad de que no habrá sorpresas desagradables, inconvenientes, malos tragos ni costes?

—Una clase muy nutrida —dijo con calma el general—, pero no la más selecta. La lealtad, sin embargo, debe ser mutua. Ninguna persona de bien permitiría que sus amigos se metieran en situaciones peligrosas o desagradables sin saberlo. Tampoco les pediría un compromiso, tácito o explícito, cuyo precio supiera y ellos ignorasen. —De repente se dio cuenta de que había exagerado el ofrecimiento de Charlotte, y se avergonzó—. Quiero decir que...

Ella caminó hacia la puerta, pero antes de salir se volvió hacia el general y lo miró a los ojos.

—No es necesario que se explique. Ha pasado cierto tiempo desde que nos vimos por última vez, pero no tanto. Nos entendemos perfectamente. Cuente con mi amistad en lo que vale. Buenos días.

—Buenos días... señora Pitt.

Charlotte volvió a casa, tan deprisa que se cruzó con dos conocidos y ni siquiera los vio. Entró en la cocina sin tomarse la molestia de quitarse el sombrero.

Ya estaba todo planchado, y *Archie* dormía en la cesta vacía.

Gracie, que pelaba patatas, levantó la mirada y se quedó con el cuchillo en la mano y la inquietud en el rostro.

—Pon agua a calentar —le pidió Charlotte, sentándose en la silla que tenía más cerca.

Lo habría hecho ella, pero por limpios que estuvieran los fogones era preferible no encenderlos con un vestido amarillo.

Gracie obedeció al momento. Después sacó la tetera y las tazas, fue a buscar leche a la despensa, puso en la mesa la jarrita azul y blanca y retiró su cubierta de muselina, que tenía colgados varios pesos de cristal para que no saliera volando.

—¿Cómo estaba el general? —preguntó, bajando el bote de galletas del aparador.

La operación seguía exigiéndole ponerse de puntillas y estirar los brazos, pero se negaba a guardar el bote en un estante inferior porque habría significado reconocer su derrota.

—Muy angustiado —contestó Charlotte.

—¿Conocía al muerto? —preguntó Gracie, dejando las galletas en la mesa de la cocina.

—No se lo he preguntado. —Charlotte suspiró—. Pero me da miedo que la respuesta sea afirmativa. Estaba muy preocupado por algo.

—Y supongo que no ha dicho qué.

—No.

El vapor salió silbando por la espita. Gracie levantó el recipiente con una manopla y enjuagó la tetera con un poco de agua caliente, que tiró después al fregadero. A continuación puso tres cucharadas de hojas de té, llevó la tetera a los fogones y vertió el resto del agua. Dejó lleno el recipiente para calentar agua, como tenía por costumbre. Hasta en junio era imprescindible tener a mano agua caliente.

—¿Haremos algo? —preguntó, llevando la tetera a la mesa y sentándose delante de Charlotte.

Que esperaran las patatas. Aquello era importante.

—No se me ocurre nada.

Charlotte la miró y se quitó el sombrero distraídamente. Gracie hizo una mueca.

—¿Tiene miedo de que el general sea culpable de algo?

—¡No!

Se mordió el labio.

—¿Seguro?

Charlotte vaciló. ¿De qué tenía miedo Balantyne? Porque lo tenía, eso seguro. ¿Quizá de sufrir más, de que sus asuntos personales y familiares volvieran a quedar expuestos a la luz pública? Todas las familias tienen problemas, motivos de vergüenza, peleas o equivocaciones que prefieren ocultar a la ciudadanía en general, así como al círculo en que se mueven. Es tan natural como no querer desnudarse en plena calle.

—No del todo —dijo, dejando el sombrero encima de la mesa—. Considero que es un hombre de honor, pero nadie está a salvo de tomar una decisión equivocada. Cuando se trata de proteger a personas queridas, o de las que nos sentimos responsables, siempre corremos el peligro de actuar con desacierto o precipitación.

Gracie llenó las tazas.

—¿Y el general de quién es responsable?

—No lo sé. De su mujer, quizá de algún criado, de un amigo...

Gracie dedicó varios minutos a la reflexión.

—¿Cómo es su mujer? —acabó preguntando.

Charlotte bebió un sorbo de té y procuró ser justa.

—Muy guapa y muy fría.

—¿Y no será que el muerto era su amante?

—No.

Charlotte no se imaginaba a Augusta tan buena actriz como para tener un amante, y menos a alguien que apareciera muerto delante de una puerta.

Gracie la observaba con agitación.

—Se nota que no le cae muy bien.

Charlotte suspiró.

—No, no demasiado, pero me extrañaría que hubiera atacado a alguien sin un motivo muy sólido, y no se me ocurre ninguno para matar a otra persona sin avisar a la policía y justificar el crimen. Imagínate que lo hubiera sorprendido robando, y que él la hubiera agredido.

—¿Y si lo descubrió el general? —preguntó Gracie, cogiendo una galleta.

—Lo mismo. ¿Por qué no iba a llamar a la policía?

—No lo sé. —Gracie también bebió un sorbo de té—. ¿Seguro que estaba preocupado por el cadáver y no por otra cosa?

—Me parece que sí.

—Pues será cuestión de ir enterándose de lo que averigüe el señor —dijo Gracie con seriedad.

—Sí —asintió Charlotte, que habría preferido anticiparse en algo a Pitt.

Gracie la observaba en espera de que tomase la iniciativa con algún plan práctico e inteligente.

Charlotte sólo tenía dos cosas en la cabeza: la sensación de miedo que le había transmitido el general Balantyne cuando miraba por la ventana y la seguridad de que el sargento Tellman se sentía atraído por Gracie, aunque fuera el primero en lamentarlo porque discrepaban en casi todo. Gracie consideraba una gran suerte trabajar en casa de los Pitt, tener techo, cama caliente cada noche y buena comida a diario, cosas que no siempre había tenido ni esperado tener. También creía estar desempeñando un trabajo muy importante y útil, del que lógicamente se sentía orgullosa.

Tellman albergaba profundos sentimientos acerca de la maldad social intrínseca al hecho de que una persona fuera criada de otra. Aquella discrepancia de base originaba otras muchas sobre todos los temas de justicia social y valoración de las personas. Gracie, además, era de naturaleza alegre y extravertida, mientras que él era serio y pesimista. Ninguno de los dos se había dado cuenta de que compartían un sentido apasionado de la justicia, un fuerte rechazo hacia la hipocresía y la voluntad de trabajar y arriesgar su integridad en la lucha por sus creencias.

—Han puesto al frente al sargento Tellman —dijo Charlotte.

—Pues no creo que sirva de mucho —repuso Gracie, arrugando un poco la nariz—. No digo que a su manera no sea listo... —Le costó un poco reconocerlo—. Pero seguro que a un general no le hace ningún favor.

—Sí, lo sé —admitió Charlotte, pensando en la opinión que le merecía a Tellman cualquier privilegio hereditario. Lo supuso enterado de que en la época en que el general había prestado sus servicios los cargos se compraban con dinero—. Pero al menos es alguien conocido.

Gracie estaba perpleja.

—¿Lo dice para hablar con él?

—Sí. —En la mente de Charlotte empezaba a fraguarse un plan, aunque de momento no era gran cosa—. Podríamos convencerlo de que nos diera toda la información.

Gracie se animó.

—¿Usted cree? ¿Piensa pedírselo?

—Más que en mí pensaba en ti.

—¿Yo? ¡Pero si a mí no me diría ni pío! Me despacharía a la primera diciendo que qué me importa. ¡Anda que no! Ya me imagino la cara que pondría si empezara a hacerle preguntas sobre su trabajo. ¡No le digo adónde me enviaría!

Charlotte respiró hondo y fue al grano.

—Mi idea es que en vez de dar el parte al señor Pitt en Bow Street venga a dárselo a casa, y que coincida con que el señor Pitt haya salido.

—¿Y cómo nos las apañamos?

Gracie no salía de su asombro.

Charlotte se acordó de cómo miraba Tellman a Gracie la última vez que los había visto juntos.

—Es factible, pero tendrías que ser muy amable con él.

Gracie abrió la boca para protestar, y se le subieron los colores.

—Supongo que si es tan importante se podría arreglar...

Charlotte la obsequió con una sonrisa radiante.

—Gracias. Te lo agradeceré mucho. Me doy cuenta de que habrá que planearlo muy a fondo. También es posible que unas veces funcione y otras no. Quizá haga falta más de un subterfugio.

Gracie frunció el entrecejo.

—¿Más de un qué?

—Decir alguna verdad a medias.

—Ah, ya... Sí, claro, ya lo entiendo.

Gracie también sonrió, mientras bebía un sorbo de té y cogía la segunda galleta. *Archie*, que seguía en la cesta de la ropa sucia, se despertó, se desperezó y empezó a ronronear.

Enfrentado a la tarea de identificar el cadáver aparecido en el umbral de la casa del general Balantyne, el sargento Tellman había empezado por el lugar más lógico: el depósito de cadáveres. Examinarlos formaba parte de su deber, pero le desagradaba profundamente. Para empezar estaban desnudos, cosa que, si bien necesaria, lo obligaba a atentar contra la intimidad de un congénere. En segundo lugar el olor a carne muerta, formol y ácido fénico le revolvía el estómago, y hacía frío en todas las épocas del año. Acababa sudando y tiritando al mismo tiempo. Era, sin embargo, un hombre concienzudo, y cuanto más le desplacía un trabajo más ahínco ponía en él.

Por desgracia, ni el examen más diligente le permitió descubrir algo más que lo observado en Bedford Square a la luz de la linterna. El muerto era tirando a flaco, de musculatura recia, piel blanca en las partes cubiertas por la ropa y curtida en las demás, como si pasara mucho tiempo a la intemperie. No tenía manos de trabajador. Se le observaban varios rasguños, sobre todo en los nudillos, señal de que quizá hubiera vendido cara su piel. Le habían asestado un impacto fortísimo en la cabeza, matándolo de un solo golpe.

Tellman calculó que pasaba de los cincuenta. Tenía media docena de cicatrices antiguas de tamaños diversos, ninguna de las cuales parecía deberse a una herida grave sino a los lógicos percances de quien tiene un trabajo peligroso o vive básicamente en la calle. Sólo había una excepción: una cicatriz larga y fina en las costillas del lado izquierdo, como podía dejarla un cuchillazo.

Devolvió la sábana a su lugar, no sin alivio, y pasó a la ropa. Estaba raída, bastante sucia y descuidada. Las suelas de las botas necesitaban un arreglo. Todo correspondía con exactitud a lo que cabía esperar de un hombre pobre que hubiera pasado el día en la calle, y probablemente la noche anterior. No sacó nada en claro.

El contenido de los bolsillos fue más revelador; claro que lo más interesante era la caja de rapé, y se la había quedado Pitt. Tellman no acertaba a elucidar su significado; había una docena de posibilidades, todas las cuales apuntaban de manera más o menos directa al general Balantyne. No obstante, Pitt había dicho que lo investigaría personalmente. Un año antes Tellman lo habría interpretado como una simple excusa para proteger a la clase alta del justo castigo a sus malas acciones. Ahora sabía que no era así, pero seguía estando resentido.

Aparte de la caja, el único artículo que parecía relevante para la búsqueda de la identidad del muerto, o la de su asesino, era el recibo por los tres pares de calcetines. A decir verdad, Tellman no acababa de entender que un hombre tan castigado por la vida comprara calcetines en una tienda que imprimía su nombre en las facturas. Lo lógico habría sido que los adquiriera a un vendedor ambulante o en el mercado. Ahí estaba el recibo, sin embargo, y pensaba seguirle la pista.

Fue un gran alivio salir a la luz del sol y respirar el aire relativamente puro de la calle, con su olor a humo, estiércol de caballo y cloaca seca, su ruido de cascos en el empedrado, los gritos de los vendedores ambulantes, el traqueteo de las ruedas y el eco lejano de un organillo, acompañado por los silbidos de un recadero que desafinaba.

Subió a un ómnibus de caballos, aunque tuvo que correr un poco porque ya se apartaba de la acera. Al saltar a bordo atrajo sobre sí las reconvenciones enérgicas de una mujer gorda con vestido de bombasí.

—¡Oiga, joven, que así se matará!

—Espero que no, pero gracias por la advertencia —contestó él educadamente, para sorpresa de ambos.

Pagó el pasaje al conductor. La infructuosa búsqueda de asiento lo obligó a permanecer de pie, cogido a la barra central del pasillo.

Se apeó en High Holborn y recorrió las dos manzanas que lo separaban de Red Lion Square, donde encontró con facilidad la tienda de ropa masculina. Entró con el recibo en la mano.

—Buenos días, señor —dijo con tono servicial el joven dependiente que atendía detrás del mostrador—. ¿Desea que le enseñe algún artículo? Tenemos camisas de caballero de muy buena calidad y a precios muy razonables.

—Unos calcetines —contestó Tellman, pensando si podía permitirse la adquisición de una camisa (las del escaparate parecían muy limpias y bien planchadas).

—Sí, señor. ¿De qué color? Los tenemos todos.

Tellman recordó los calcetines que llevaba el muerto.

—Grises —contestó.

—Muy bien. ¿Qué talla necesita?

—La nueve.

Si el muerto podía comprar calcetines, él también.

El joven se agachó para abrir un cajón que había detrás del mostrador y sacó tres pares diferentes de calcetines grises de la talla nueve.

Tellman escogió uno, echó una ojeada al precio y sacó el dinero, dejando lo suficiente para el billete de vuelta a Bow Street (no, por desgracia, para la comida).

—Gracias, señor. ¿Desea algo más?

—No. —Tellman enseñó la factura—. Soy policía. ¿Puede decirme quién compró estos calcetines grises hace cinco días?

El dependiente cogió el papel.

—Pues... Vendemos muchos, señor, y en esta época del año el gris tiene mucho éxito, porque es más claro que el negro y queda mejor que el marrón. Lo malo del marrón es que siempre parece un poco campestre. ¿No cree?

—Sí, sí. Haga un esfuerzo de memoria, por favor. Es muy importante.

—¿Ha cometido algún delito? Lo que puede decirle es que están pagados.

—Ya, lo veo. No sé qué hizo, pero está muerto.

El joven palideció. Quizá hubiera sido un error táctico decírselo.

—Unos calcetines grises —repitió Tellman, muy serio.

—Sí, señor. ¿Sabe qué aspecto tenía?

—Más o menos igual de alto que yo —dijo el sargento, pensando con un escalofrío en lo mucho que se parecía al muerto—. Delgado, fuerte, de cabello claro y un poco calvo. —Al menos en eso no coincidían. Él tenía el pelo oscuro, liso y todavía recio—. Calculo que rondaría los cincuenta y cinco años. Vivía o trabajaba a la intemperie, pero no con las manos.

—Podrían ser dos o tres clientes habituales —dijo el joven, pensativo—. George Mason, Willie Strong... O alguien que sólo vino una vez. No los conozco a todos de nombre. ¿No puede darme más datos?

Tellman se concentró. Quizá fuera su única oportunidad de identificarlo.

—Tenía en el pecho una cicatriz muy larga, de cuchillo o bayoneta. —Se señaló el suyo en la zona correspondiente, hasta caer en la cuenta de que no tenía mucho sentido explicárselo al vendedor—. Quizá fuera soldado —añadió, más que nada para defender lo dicho.

La expresión del dependiente se animó.

—Me viene a la memoria un caballero, y ahora que lo pienso compró varios pares. Charlamos un poco sobre el oficio de soldado y lo importante que es tener sanos los pies. Me acuerdo de que dijo: «Un soldado con dolor de pies no sirve de nada.» Por eso él, que pasaba una mala racha, se dedicaba a vender cordones. Lo que no puedo decirle es cómo se llama y dónde vive. Tampoco recuerdo haberlo visto antes, y el día que vino tampoco lo vi muy bien porque llevaba la bufanda hasta la nariz. Estaría resfriado. Delgado sí que era, y aproximadamente de su misma estatura. Moreno o rubio ya no lo sé.

—¿Dónde vendía los cordones? —preguntó Tellman—. ¿Lo dijo?

—Sí, en la esquina de Lincoln's Inn y Great Queen Street.

—Gracias.

Tardó el resto del día en encontrar a George Mason y Willie Strong, las dos personas cuyos nombres le había facilitado el vendedor y que estaban vivitas y coleando.

A continuación hizo indagaciones sobre los vendedores ambulantes de Lincoln's Inn Fields y averiguó que en la esquina noroeste, cerca de Great Queen Street, solía trabajar un antiguo soldado de nombre Albert Cole. Nadie, sin embargo, recordaba haberlo visto en los últimos cinco o seis días. Varios abogados de la zona tenían por costumbre comprarle a él los cordones y lo describieron con bastante exactitud. Uno de ellos se ofreció a pasar al día siguiente por el depósito de cadáveres para identificar al muerto.

—Sí —dijo con tristeza el abogado—, me temo que se parece mucho a Cole.

—¿Puede afirmar que sea él? —preguntó Tellman—. Si ha de ser a disgusto no conteste.

—¡Comprenderá que en estas circunstancias no esté precisamente a gusto! —replicó el abogado—. Pero sí, estoy bastante seguro. ¡Pobre diablo! —Sacó cuatro guineas del bolsillo y las dejó sobre la mesa—. Páguele un entierro decente. Había sido soldado. Sirvió a su reina y su país. No se merece acabar en la fosa común.

—Gracias —dijo Tellman, sorprendido.

No esperaba aquel rasgo de generosidad con un desconocido, un simple vendedor ambulante, y menos procediendo de un hombre por cuya clase sentía un desprecio innato.

El abogado lo miró con frialdad y se dispuso a marcharse.

—¿Sabe algo más de él? —dijo Tellman, siguiéndolo hasta la calle—. Es muy importante.

El abogado redujo el paso de mala gana. Tenía muy arraigada su formación jurídica.

—Era soldado, creo que licenciado por causas de salud. Desconozco a qué regimiento pertenecía. Nunca se lo pregunté.

—Es probable que logre averiguarlo —dijo Tellman, adaptándose a su paso—. ¿Algo más? ¿No sabe dónde vivía o si tenía algún domicilio aparte de Lincoln's Inn Fields?

—Lo dudo. Solía estar siempre, lloviera o nevase.

—¿Le oyó comentar de dónde obtenía los cordones?

El abogado puso cara de sorpresa.

—¡No! Sólo le compraba algún par suelto, sargento. No me quedaba a conversar. Lamento su muerte, pero no puedo ayudarlo en nada más. —Se sacó el reloj de oro del bolsillo y lo abrió—. Ya le he dedicado todo el tiempo de que disponía; más, de hecho. Debo regresar a mi despacho. Le deseo éxito en la búsqueda del asesino. Que tenga un buen día.

Tellman lo vio confundirse con la multitud. Al menos había averiguado la identidad del muerto, y además de boca de un testigo inmejorable, alguien cuya palabra tendría un peso indudable delante de un tribunal.

Ahora bien, ¿qué hacía Albert Cole, ex soldado y vendedor de cordones, en Bedford Square, y además en plena noche? La distancia era pequeña, poco más de un kilómetro, pero los vendedores ambulantes no tenían por costumbre trasladarse, ni siquiera un par de manzanas. Hacerlo significaba meterse en terreno ajeno, ofensa moral por la que podían pedirles cuentas. En general no era gente violenta. Las pocas excepciones podían provocar peleas serias, pero no asesinatos (a menos que fueran accidentales).

De acuerdo, pero nadie vendía cordones a medianoche.

La conclusión era obvia: la presencia de Cole delante de la puerta del general Balantyne tenía otro motivo. No la afición a una criada, porque entonces habría ido a la puerta de servicio. Por nada del mundo habría subido a la entrada principal, exponiéndose a ser visto por el policía de ronda o cualquier viandante; y una doncella que se hubiera dado cita con él jamás lo habría dejado entrar por la puerta grande.

Siguiendo con el razonamiento, y admitiendo la hipótesis de un robo, ¿qué razón había para demorarse en la puerta principal más de lo estrictamente necesario? Cualquier aspirante a caco merodearía por los callejones, los patios traseros y las entradas de servicio, donde se repartían el carbón y los productos de cocina y se recogía la basura.

Entonces, ¿qué hacía en la puerta principal y con la caja de rapé de Balantyne en el bolsillo?

Tellman caminó por la acera con la cabeza gacha, absorto en sus pensamientos. No encontraba ninguna respuesta satisfactoria, pero tenía la certeza de que la casa de los Balantyne tenía algo que ver. No era casualidad. Había una explicación.

Sintió la necesidad de saber algo más sobre el general Brandon Balantyne. También de su mujer, lady Augusta.

En realidad no sospechaba de ella, y menos como única culpable. Tampoco sabía muy bien cómo investigarla. Tellman no era cobarde ni sentía respeto innato por la posición social o la riqueza, pero la idea de hablar con Augusta lo intimidaba.

Lo del general era otro cantar. Tellman comprendía mucho mejor a los hombres, y le sería relativamente fácil consultar el historial militar de Brandon Balantyne, que en gran medida debía de ser de dominio público en el ejército. Tampoco había nada que le impidiera buscar y consultar la hoja de servicios de Albert Cole.

—¿Albert Cole? —repitió el empleado del registro militar—. ¿Segundo nombre de pila, sargento?

—Ni idea.

—¿Lugar de nacimiento?

—Tampoco.

—¡Pues sí que sabe poco!

Era un hombre de mediana edad que se aburría con su trabajo y le daba más importancia de la que tenía (exagerando, en aquel caso, su complicación e incomodidad). A Tellman le estaba costando no perder los estribos, pero necesitaba la información.

—Sólo que ha sido asesinado —contestó.

—A ver qué puede hacerse.

El empleado tensó los músculos faciales y salió a consultar los archivos, dejando a Tellman sentado en un banco de madera del despacho exterior.

Tardó casi una hora en regresar, pero lo hizo con la información.

—Albert Milton Cole —dijo, dándose muchos aires—. Tiene que ser éste. Nacido en Battersea el 26 de mayo de 1838. Sirvió en el 33.º regimiento de infantería. —Miró a Tellman—. ¡Es el del duque de Wellington! En 1875 recibió una herida de bala en la pierna izquierda. Muy arriba. Le partió el hueso. Lo mandaron a casa con una pensión. Después no consta nada. Ni bueno ni malo. Parece que no llegó a casarse. ¿Le sirve?

—Todavía no. ¿Qué puede decirme del general Brandon Balantyne?

Las cejas del empleado se arquearon.

—¿Ahora tocan generales? Eso es harina de otro costal. ¿Tiene autoridad para ello?

—Sí. Investigo el asesinato de un soldado que apareció con el cráneo roto... ¡en el umbral de la casa del general Balantyne!

Después de algunas vacilaciones, el empleado decidió que él también sentía curiosidad. No tenía especial afecto por los generales. Puesto que no había más remedio que hacerlo, y le parecía muy probable que así fuera, daría una imagen menos insignificante si lo hacía de manera voluntaria.

Volvió a marcharse y reapareció a los quince minutos con varias hojas de papel que tendió a Tellman.

Éste las cogió y las leyó.

Brandon Peverell Balantyne, nacido el 21 de marzo de 1830, era el hijo mayor de Brandon Ellwood Balantyne, de Bishop Auckland, condado de Durham. Había estudiado en Addiscombe y se había graduado a los dieciséis años. Al cumplir los dieciocho su padre le había comprado un grado de oficial. Justo después de llegar a India como teniente del cuerpo de ingenieros de Bengala, había participado en la segunda guerra de los sijs. Presente en el sitio de Multan, se había distinguido en la batalla de Gujrat, de la que había salido herido. En 1852 se había puesto al frente de una columna en la primera expedición contra los hazaras, en la frontera noroeste, y un año después participaba en otra contra los afridis de Peshawar.

Durante el gran motín de 1857 había estado con Outram y Havelock en la primera liberación de Lucknow y en su captura final. Había permanecido en la región en 1858 y 1859, realizando una brillante labor contra las bandas rebeldes de Oudh y Gwalior. Después le habían entregado el mando de una división en la guerra china de 1860, misión por la cual había sido condecorado.

En 1867, cuando el general Robert Napier había recibido la orden de dirigir la expedición a Abisinia, Balantyne estaba en el ejército de Bombay y lo había acompañado.

Después había sido ascendido al mando y había pasado unos años en África: en 1873 y 1874 se había distinguido en Ashanti, y en 1878 y 1879 en las guerras zulúes. A continuación el retiro, y el definitivo regreso a Inglaterra.

Era una carrera llena de honores, pero también de privilegios inmerecidos que había empezado por pagar su padre.

Tellman consideraba esto último altamente ofensivo, una injusticia inherente al sistema social que despreciaba. De manera más superficial, su ira nacía de la falta de coincidencias entre las carreras de Balantyne y Albert Cole.

Agradeció su ayuda al empleado y se marchó.

A la mañana siguiente Tellman emprendió la tarea de investigar a fondo a Balantyne. Para ello montó guardia delante de la casa de Bedford Square, alternando los momentos en que aguardaba impacientemente debajo de los árboles con breves paseos en redondo (pero sin perder de vista la entrada principal). Tenía pocas esperanzas de que hablara algún criado, porque sabía que en aquellas mansiones la servidumbre era leal y ningún empleado valía el daño de que corrieran chismes sobre los dueños de la casa. Nadie podía permitirse ser despedido sin referencias. Significaba la ruina.

El general Balantyne salió por la puerta principal poco después de las diez y media y caminó muy erguido por la acera de Bayley Street. Dobló a la izquierda por Tottenham Court Road en dirección a Oxford Street, donde torció a la derecha. Llevaba un conjunto elegante de pantalones oscuros y chaqueta de corte impecable. Tellman tenía opiniones muy definidas sobre las personas que necesitaban a un criado para vestirse de manera satisfactoria.

El general no habló con nadie. De hecho caminaba con la vista al frente. El verbo adecuado habría sido «marchar». Parecía tenso, como si estuviera a punto de entrar en combate. Mientras Tellman lo seguía, pensó que era un hombre frío, rígido... y sin duda orgulloso como Lucifer.

¿Qué pensaba de la gente que dejaba atrás? ¿Que eran el equivalente civil de los soldados de infantería, seres a quienes no hacía falta dejar paso ni tener en cuenta? Ciertamente, el general parecía ajeno a su presencia; no saludaba a nadie, y nadie lo saludaba. Hasta se cruzó con dos o tres soldados de uniforme, pero los ignoró, así como ellos a él.

Al llegar a Argyll Street torció bruscamente a la derecha, despistando a Tellman, que se dio cuenta justo a tiempo de que subía por la escalera de un elegante edificio y entraba por la puerta.

El sargento lo siguió y leyó en una placa de latón: CLUB PARA CABALLEROS JESSOP. Titubeó. Seguro que en el vestíbulo había algún mayordomo que conocía a todos los miembros. Ello lo convertía en fuente inmejorable de información, en quien por desgracia se repetiría la dependencia entre sustento y discreción.

Era necesaria una buena dosis de inventiva. No servía de nada quedarse parado en la calle. ¡Lo tomarían por un vendedor ambulante! Se arregló la solapa, irguió los hombros e hizo sonar el timbre.

Acudió un hombre de mediana edad con librea elegante pero un poco desteñida.

—¿Qué desea?

Dirigió a Tellman una mirada neutra que evaluó de inmediato su posición social.

Tellman sintió que se ruborizaba. Tuvo ganas de explicarle a aquel hombre su opinión acerca de los caballeros que se pasaban el día con los pies en alto o jugando a cartas o al billar: parásitos que se alimentaban de la gente de bien, eso eran todos. Tampoco se habría guardado su desprecio por los que se ganaban el pan ejecutando los caprichos de aquellas sanguijuelas.

—Buenos días —dijo con frialdad—. Soy el sargento Tellman, de la comisaría de Bow Street.

Enseñó su tarjeta para demostrarlo. El mayordomo la miró sin tocarla, como si estuviera sucia.

—En efecto —dijo inexpresivamente.

Tellman apretó los dientes.

—Buscamos a un hombre que adopta la identidad de un oficial retirado y condecorado para estafar sumas considerables de dinero.

La desaprobación ensombreció el rostro del mayordomo. Tellman había conseguido captar su atención.

—¡Espero que lo detengan!

—Se hace lo que se puede —repuso con ardor—. Se trata de un hombre alto, ancho de hombros, muy erguido y de porte militar. Viste bien.

El mayordomo frunció el entrecejo.

—Se me ocurren varias personas que responden a la descripción. ¿Podría darme algún dato más? Como supondrá conozco a todos nuestros miembros, pero algunos caballeros traen invitados.

—Por lo que sabemos no lleva barba ni bigote —prosiguió Tellman—. Claro que podría habérselos dejado. Tiene el pelo rubio, un poco ralo y con canas en las sienes. Rasgos aguileños, ojos azules...

—No, no lo he visto.

—Acabo de seguir a un hombre hasta aquí.

El rostro del mayordomo perdió su gravedad.

—¡Ah! Era el general Balantyne. Lo conozco de hace años.

Su expresión sugería algo próximo a la diversión.

—¿Está seguro? —insistió Tellman—. El canalla a quien buscamos recurre libremente a nombres ajenos. El general... ¿Balantyne? Sí. ¿El general Balantyne le ha parecido el mismo de siempre?

—Pues... no sabría decírselo.

El mayordomo vaciló, y Tellman tuvo una inspiración.

—Verá —dijo con tono confidencial, acercándose un poco—, sospecho que el muy sinvergüenza utiliza el nombre del general Balantyne... para comprar de fiado y hasta tomar dinero en préstamo...

El mayordomo se puso blanco.

—¡Debo avisar al general!

—¡No! No lo haga. Sería mala idea, al menos de momento. —Tellman tragó saliva—. Se enfadaría mucho; quizá sin darse cuenta pusiera sobre aviso al falso general, y debemos atraparlo antes de que repita el mismo procedimiento con otra persona. Le pido un favor: hábleme un poco del auténtico general y sabré que los demás lugares que frecuenta no sufren los engaños del impostor.

El mayordomo asintió con la cabeza.

—Comprendo. Pues creo que pertenece a algún otro club; también a White's, aunque dudo que vaya con frecuencia.

Añadió lo último con orgullo, enderezando un poco los hombros.

—¿No es muy sociable? —aventuró Tellman.

—Pues... siempre es muy correcto, pero sin excesivas confianzas. No sé si me entiende.

—Perfectamente. —Tellman recordó los tiesos andares del general y sus zancadas por Oxford Street sin hablar con nadie—. ¿Sabe si es aficionado al juego?

—Me parece que no. Tampoco bebe mucho.

—¿Va al teatro o las variedades?

—Lo dudo. —El mayordomo negó con la cabeza—. Nunca le he oído referirse a ningún espectáculo, pero creo que asiste a la ópera con cierta frecuencia, y a conciertos sinfónicos.

Tellman gruñó.

—Y a museos, sin duda —dijo sarcásticamente.

—Eso creo.

—Son pasatiempos bastante solitarios. ¿No tiene amigos?

—Siempre ha sido un hombre muy agradable —dijo, pensativo, el mayordomo—. Nunca he oído nada malo de él, pero no frecuenta las conversaciones ni... ni es de los que hablan por el gusto de hablar. Ya me entiende. Es que no juega.

—¿Tampoco le interesa el deporte?

—Que yo sepa no.

Lo dijo con sorpresa, como si nunca se le hubiera ocurrido.

—¿Prudente en sus gastos? —concluyó Tellman.

—Derrochador no es —reconoció el mayordomo—, pero tampoco tacaño. Lee mucho, y una vez le oí decir que le gustaba dibujar. Ha viajado mucho, por descontado: India, África y me parece que hasta China.

—Pero siempre por cuestiones militares.

—La vida de soldado —dijo el mayordomo con tono casi sentencioso y mucho respeto.

Tellman se preguntó si sentiría el mismo por los de infantería, que eran los que llevaban el peso de las batallas.

Siguió hablando varios minutos con el mayordomo, pero ya se había formado una imagen bastante clara: un hombre frío y poco espontáneo que debía su carrera al dinero familiar, había hecho pocos amigos, aprendido poco de la camaradería y nada de las artes del placer, salvo las que consideraba socialmente admirables (como la ópera, que por lo que había oído Tellman siempre era extranjera).

No se observaba ninguna relación con Albert Cole, y sin embargo la había. Tenía que haberla. De lo contrario ¿cómo había conseguido Cole la caja de rapé? Y ¿por qué era lo único que faltaba?

El general Brandon Balantyne era un hombre inflexible y solitario, como sus aficiones. Había sido un privilegiado durante toda su vida, sin trabajar por ninguna de las ventajas que poseía: dinero, rango militar, posición social, su hermosa mansión de Bedford Square, su aristocrática esposa... Sin embargo también era un hombre atormentado. Tellman era lo bastante buen psicólogo para saberlo, y se proponía averiguar la causa de su tormento, sobre todo si le había costado la vida al pobre, vulgar, mal alimentado y mal vestido Albert Cole. La gente honrada denunciaba a los ladrones, no los mataba.

¿Qué habría visto el desgraciado de Albert Cole en aquella casa de Bedford Square para que lo mataran?

3

El caso del cadáver encontrado en Bedford Square preocupaba a Pitt, pero no tanto ni con tanta urgencia como el problema de Cornwallis. De momento, en lo concerniente a averiguar la identidad del muerto y el motivo de su presencia nocturna en la plaza, podía hacer poco que no se le diera igual de bien a Tellman. Seguía considerando como hipótesis más probable la de un robo con final trágico. Deseaba con fervor que Balantyne no tuviera nada que ver, que el muerto hubiera empezado por robar la casa del general y llevarse la caja de rapé y lo hubieran matado al cogerlo in fraganti en otro lugar, quizá por accidente. El asesino había recuperado sus pertenencias pero había dejado la caja de rapé por miedo a que su posesión lo incriminase.

Debía de tratarse de un lacayo o mayordomo de otra casa. Una vez que se hubiera descubierto a cuál pertenecía harían falta grandes dosis de tacto, pero el resultado final no se vería alterado ni por toda la discreción del mundo. Por lo demás, Pitt confiaba en que Tellman fuera igual de diestro que él en el rastreo. Él, mientras tanto, haría lo posible por ayudar a Cornwallis.

Salió de casa como cada mañana, pero en lugar de dirigirse a Bow Street o Bedford Square tomó un coche de caballos y pidió al cochero que lo llevase al almirantazgo.

Mucho tuvo que insistir y discutir para que le facilitaran el historial naval del *HMS Venture* sin explicar para qué lo quería. Gracias al empleo abundante de palabras como tacto, reputación y honor, logró a media mañana, sin haber dado nombres, estar sentado en una salita soleada y leer lo que había pedido.

El informe era sencillo: hallándose de servicio el teniente

John Cornwallis, un marinero había resultado herido mientras trataba de arrizar el sobrejuanete de mesana en medio de una borrasca que se agravaba por momentos. Cornwallis afirmaba de su puño y letra haber subido a ayudarlo y haberlo devuelto a cubierta en estado de semiinconsciencia. Decía que en los últimos metros lo había ayudado el marinero de primera Samuel Beckwith.

Beckwith era analfabeto, pero su informe oral, puesto por escrito por otra persona, coincidía con el de su superior. No se observaba ninguna discrepancia con la versión oficial. Su relación se limitaba a pocas frases, palabras sencillas sobre la página blanca que no decían nada sobre la dimensión humana de los participantes, los rugidos del viento y el mar, el balanceo de la cubierta, el pavor del marinero atrapado en el mástil... y en peligro de caer sobre unas planchas de madera que le romperían los huesos o en unas profundidades cavernosas que lo engullirían sin rescate posible. Cualquier persona que cayera en ellas desaparecería para siempre, como si jamás hubiera existido, jamás hubiera estado vivo, reído o tenido esperanzas.

El texto no decía nada sobre la calidad de los participantes, su valor o cobardía, prudencia o insensatez, mendacidad o franqueza. Pitt conocía a Cornwallis, o al hombre en que se había convertido como subjefe de policía: taciturno, de una honradez a prueba de bombas, poco familiarizado con la política e ignorante de sus trapacerías.

Pero no conocía al de quince años atrás, al teniente enfrentado con el peligro físico y la posibilidad de la admiración y el ascenso. ¿Se trataría acaso del único error de un hombre por lo demás honorable?

Lo dudaba. Un engaño de aquella envergadura habría dejado huellas más profundas. Si Cornwallis hubiera aprovechado la oportunidad de recibir una recompensa que no le correspondía y atribuirse el mérito del valor ajeno, ¿no estaría condenado a dejar una mancha de mentira en todo lo que tocase? ¿No lo habría atormentado durante toda su carrera el miedo a que Beckwith contara la verdad? ¿No habría elaborado una defensa contra aquella posibilidad, sabiéndose amenazado en cada momento? ¿Y no se habría notado en sus demás acciones?

¿Se lo habría explicado a Pitt?

¿O llegaba su arrogancia a creerse capaz de utilizarlo sin que se diera cuenta?

Esto último distorsionaba tanto la imagen que Pitt tenía de Cornwallis que lo desechó por prácticamente imposible.

Quedaba, pues, la duda de si el chantajista creía en la verdad de lo que afirmaba o tan sólo en que su víctima no podría demostrar lo contrario.

Cornwallis afirmaba que Beckwith había muerto, pero ¿tenía algún pariente o conocido a quien hubiera explicado el episodio a una luz más heroica, falseándolo un poco a su favor? ¿Le habría dado crédito esa persona, como haría sin duda un hijo o un sobrino?

O, por qué no, una hija. Una mujer era igual de capaz que un hombre de recortar letras en un periódico y formular una amenaza.

Decidió aprovechar su estancia en el almirantazgo para recabar toda la información que pudiera sobre la carrera naval de Cornwallis, y sobre Samuel Beckwith, con preferencia por el paradero de sus familiares vivos, en caso de haberlos.

Una vez más tuvo que recurrir a todas sus dotes de persuasión para que le entregaran un resumen muy abreviado de la carrera de Cornwallis, restringido a los datos que en gran medida ya eran de dominio público, como lo que pudieran haber observado otros miembros de la marina.

En dos años había sido ascendido y trasladado a otro barco. En 1878 y 1879 había estado en los mares de China y se había destacado en el bombardeo de Borneo contra los piratas.

Un año después había asumido el mando por primera vez y había participado en varias acciones de escaso relieve en el Caribe, principalmente escaramuzas con negreros que proseguían sus negocios en África Occidental.

En 1889 se había retirado con todos los honores y una hoja de servicios sin mácula. Sólo constaba una lista de los barcos donde había prestado servicio y los rangos por él ostentados.

Pitt comparó su carrera con la de Samuel Beckwith, truncada por su muerte en alta mar (lo había lanzado por la borda un mástil derribado por una tormenta). Había muerto soltero, dejando una hermana que por aquel entonces residía en Bristol y a quien se habían enviado los efectos y la paga retrasada del difunto. Constaba como «señora Sarah Tregarth», junto a su dirección.

Beckwith, sin embargo, había sido analfabeto, mientras que la carta recibida por Cornwallis estaba escrita con buen estilo y contenía varias palabras complejas. ¿Era posible que Sarah Beckwith, hermana de un analfabeto, hubiera alcanzado semejante maestría?

Lo confirmaría una carta discreta a la policía de Bristol.

Leyó la lista de barcos donde había servido Cornwallis y copió una docena de nombres de integrantes de sus tripulaciones, incluidos los del capitán y el teniente de navío del *Venture*.

A continuación enseñó su lista al hombre que había estado ayudándolo y pidió las direcciones de los que no estuvieran de servicio.

El hombre lo miró con suspicacia y leyó la lista.

—Éste murió en combate hace diez años —dijo, mordiéndose el labio. Pasó al siguiente—. Éste está retirado y se ha marchado a vivir al extranjero, no sé si a Portugal. Éste vive en Liverpool. Éste aquí, en Londres. —Alzó la mirada—. ¿Qué quiere de ellos, comisario?

—Información —repuso Pitt con una sonrisa forzada—. Necesito averiguar la verdad acerca de un incidente, a fin de impedir graves perjuicios. Un delito —añadió para recalcar la urgencia de su cometido y evitar dudas sobre su derecho de injerencia.

—Ah... Por supuesto. Tardaré un poco. ¿Tiene inconveniente en regresar más o menos dentro de una hora?

Pitt tenía hambre y sobre todo sed, por lo que aceptó con gusto la propuesta y salió a comprarse un bocadillo de jamón y una taza de té cargado en un puesto callejero. Los consumió muy a gusto en una esquina, tomando el sol y observando a los transeúntes. Vio pasar a varias niñeras con sus delantales y sus cochecitos, o vigilando a niños un poco mayores que jugaban con aros o cabalgaban palos con cabeza de caballo. Un niño que jugaba con una peonza no hizo caso cuando lo llamaron. Las niñas, con sus pichis de volantes, daban pasitos cortos con la cabeza en alto, imitando a sus mayores. Pitt pensó en Jemima con ternura, y en lo deprisa que había crecido: empezaba a tener en cuenta su aspecto físico, consciente de que le faltaba poco para hacerse mujer. Los años transcurridos desde sus primeros pasos se le antojaron meses a su padre.

En su primer encuentro con Balantyne, Pitt ni siquiera era padre. Cuando el general había perdido a su única hija de la peor manera imaginable, Jemima farfullaba sus primeras palabras, que solía ser Charlotte la única en entender.

El recuerdo convirtió al bocadillo en serrín. ¿Cómo era posible no morir de tanta pena? Tuvo ganas de volver corriendo a casa y cerciorarse por partida doble (o triple) de que Jemima estuviera bien. Quiso tenerla en brazos, vigilarla las veinticuatro horas del día, tomar todas las decisiones en su lugar, decidir adónde iba, con quién entablaba amistad...

Era una ridiculez que sólo le granjearía el justo odio de su hija.

¿Cómo era posible que la gente soportara tener hijos, verlos crecer y equivocarse, verlos sufrir y hasta morir, o padecer dolores peores y más inexplicables que la muerte? ¿Habría obtenido Balantyne alguna ayuda o consuelo de Augusta? ¿Qué efecto había tenido el sufrimiento compartido? ¿Unirlos o convertirlos en seres más aislados, más solos en su dolor?

¿Qué nueva tragedia se les echaba encima? Quizá hubiera hecho mal en delegarlo en Tellman, pero no podía dejar a Cornwallis en la estacada.

Tiró el resto del bocadillo, apuró la taza de té y volvió al almirantazgo. No tenía tiempo para estar ocioso.

Empezó por el teniente Black, que había sido segundo de a bordo de Cornwallis en los mares de China. Estaba de permiso y posiblemente no tardara mucho en recibir otra misión. Como vivía en South Lambeth, Pitt cogió un coche y cruzó el río.

Tuvo la suerte de encontrar en casa al teniente, dispuesto a recibirlo, y el infortunio de que las palabras de Black fueran demasiado honorables para aportar datos de interés. Su lealtad profesional hacia un colega de oficialidad era tan grande que borró cualquier individualidad y significado de sus comentarios. Las declaraciones de Black decían mucho del propio teniente, de su manera de ver el mundo, su encendido patriotismo y fidelidad al cuerpo donde había pasado toda su vida adulta, pero reducían a Cornwallis a un nombre, un rango y una serie de deberes bien cumplidos. En ningún momento lo presentó como un ser humano, ni para bien ni para mal.

Pitt le dio las gracias y buscó el siguiente nombre de su lista. Tomó otro coche y se dirigió hacia el norte, a Chelsea. Al cruzar el puente de Victoria contempló los barcos de recreo llenos de mujeres con vestidos claros, sombreros de colores vivos y bufandas, hombres con la cabeza expuesta al sol y niños vestidos de marineros que comían manzanas caramelizadas y pirulíes de menta a rayas. Las notas de los organillos atronaban el aire, disputándoselo con gritos, carcajadas y el ruido del oleaje.

El teniente Durand resultó ser un hombre muy distinto. Era

delgado, de facciones afiladas, más o menos de la misma edad que Cornwallis pero todavía en activo.

—¡Pues claro que me acuerdo! —dijo con ímpetu.

Lo condujo a una salita muy acogedora, llena de recuerdos de la marina (probablemente de varias generaciones) y con vistas a un jardín lleno de flores de verano. Se notaba que era una casa de larga tradición familiar, y a juzgar por los retratos vistos por Pitt en el pasillo, Durand procedía de un linaje distinguido de oficiales de marina, muy anterior a Trafalgar y la época de Nelson.

—Siéntese —dijo el teniente, señalando una butaca muy gastada. Él ocupó la de delante—. ¿Qué quiere saber?

Pitt ya había expuesto el motivo de su visita, pero esta vez debía formularlo con mayor destreza y averiguar algo acerca de Cornwallis.

—¿Qué cualidades lo hacían apto para el mando?

Durand no disimuló su sorpresa. Si algo esperaba no era aquello.

—Da usted por sentado que lo consideraba buen capitán —dijo con las cejas arqueadas, mirando a Pitt de manera muy directa y socarrona.

Tenía la cara quemada por el viento, las cejas rubias y ralas.

—He supuesto que lo diría —contestó Pitt—, y quería algo menos neutro. ¿Me equivocaba?

—La lealtad antes que la sinceridad. ¿No le sirve?

Seguía presente el matiz humorístico. Como Durand estaba sentado de espaldas a la ventana, Pitt tenía a la vista el soleado jardín.

—En absoluto. —Se apoyó en el respaldo, que era muy cómodo—. En ocasiones es lo único que encuentro.

—Desde el punto de vista naval puede ser un defecto —señaló el teniente con un matiz de amargura—. Además el mar no tiene esa sentimentalidad. No perdona nada. No hay nada como el mar para saber si una persona da la talla. Al final, el único honor es la verdad.

Pitt lo observó con detenimiento, sensible a la viva emoción que se adivinaba en sus palabras. Podía tratarse de ira, o de la convicción de que se había producido una injusticia o tragedia.

—Y dígame, teniente: ¿Cornwallis era buen capitán?

—Era buen marinero —contestó Durand—. Comprendía el

mar. En cierto modo me parece que lo quería, en la medida en que podía sentir amor por algo.

Era un comentario extraño, dicho sin afecto. La expresión de Durand, a contraluz, era de difícil lectura.

—¿Sus hombres confiaban en él? —prosiguió Pitt—. ¿Se fiaban de sus capacidades?

—¿Capacidades para qué?

Durand no estaba dispuesto a dar ninguna respuesta a la ligera. Había decidido ser franco, lo cual le impedía facilitar las cosas con evasivas.

Pitt se vio obligado a concentrarse y clarificar sus ideas. ¿Qué quería decir?

—Para tomar las decisiones correctas en una tormenta, conocer las mareas, el viento, la...

Durand sonrió.

—Usted no es marino, ¿verdad? —No era una pregunta, sino una afirmación hecha con paciencia (y hasta condescendencia, porque había reaparecido el humor)—. Me imagino que querrá saber si era meticuloso, por ejemplo. Sí, en extremo. ¿Sabía leer las cartas de navegación, calcular la posición del barco e interpretar el tiempo? Sí, las tres cosas. ¿Era previsor y hacía planes con antelación? Como el que más. De vez en cuando cometía algún error. En esos casos, ¿sabía pensar con rapidez, adaptarse y salir del paso? Siempre, aunque a veces con más éxito que otras. No se libró de sufrir algunas pérdidas.

Hablaba con voz neutra, atento a no expresar sus emociones.

—¿De barcos? —Pitt estaba horrorizado—. ¿De hombres?

—No, señor Pitt; en ese caso lo habrían retirado del servicio mucho antes.

—¿No lo retiraron por ellas? —preguntó Pitt con excesiva prontitud.

—No que yo sepa —dijo Durand, reclinando un poco la espalda sin apartar la vista de su interlocutor—. Sospecho que fue algo tan sencillo como ver que su carrera se había estancado y cansarse de ella. Tenía ganas de volver a tierra firme, y cuando le presentaron una alternativa cómoda la aceptó.

Pitt reprimió la fuerte tentación de hacer un comentario ácido sobre la situación presente de Cornwallis, porque la necesidad de obtener información le prohibía indisponerse con su interlocutor. Era evidente que Durand tenía en mal concepto a su antiguo capitán. Quizá la causa, en gran medida, fuera el acceso de Cornwallis al rango superior, mientras él seguía en el servicio sin pasar de teniente.

—¿Qué más preguntaría si conociera un poco el mar? —dijo Pitt con cierta afectación, tratando de ocultar sus sentimientos.

Durand no parecía haberse dado cuenta. El ángulo de su cabeza y sus hombros, recortado a contraluz, indicaba concentración. Tenía muchas ganas de hablar.

—¿Era buen jefe? —dijo—. ¿Le importaban sus hombres? ¿Los conocía individualmente? —Se encogió ligeramente de hombros—. No, nunca dio esa impresión; ellos, en todo caso, no lo creían así. ¿Gozaba del aprecio de sus oficiales? Apenas lo conocían. Era un hombre introvertido, celoso de su intimidad. Tenía la dignidad del capitán, pero también el aislamiento de un hombre frío. No es lo mismo. —Hablaba observando el rostro de Pitt y vigilando sus reacciones—. ¿Poseía el don de comunicar a la tripulación su fe en ella y en la misión asignada al barco? —continuó—. No. No tenía sentido del humor, campechanía ni humanidad visible. ¿Por qué cree que destacó Nelson entre sus contemporáneos? Por su mezcla de genio y humanidad. Su extraordinario coraje y previsión se compensaban con una vulnerabilidad absoluta a las penas y desgracias propias de la gente normal. —Su voz se endureció—. Cornwallis carecía de ella. La tripulación respetaba sus dotes de marino, pero no le tenía afecto. —Respiró—. Y para ser buen capitán hay que inspirarlo. Es lo que alienta a los hombres a ir más allá de su deber, a trascender lo que se espera de ellos, a ser audaces, sacrificarse y conseguir lo que estaría fuera del alcance de una tripulación de menor entidad, aunque el barco fuera el mismo.

La exposición, cierta o no, había sido magistral, como Pitt tuvo que reconocer para sí. Él tenía otra imagen de Cornwallis, y pocos deseos de cambiarla. Si se quedaba, si seguía escuchando, era a la vez por probidad y miedo. Temía que se le notara en la cara, y encontraba molesta la idea de quedar expuesto ante Durand.

—Ha hecho usted alusión a la valentía —dijo Pitt después de carraspear, esforzándose por que su voz no traicionara su antipatía hacia el teniente ni sus lealtades—. ¿Cornwallis era valiente?

Durand se puso tenso.

—Indudablemente —reconoció—. Nunca le vi pasar miedo.

—No es exactamente lo mismo —observó Pitt.

—No... Por supuesto que no. Es más: supongo que son cosas

opuestas —convino Durand—. Me imagino que alguna vez sí que lo pasaría, ya que lo contrario denotaría estupidez, pero tenía un control gélido de su persona, ese control que esconde todas las emociones. No se le apreciaba ninguna humanidad —repitió—. Pero no, cobarde no era.

—¿Físicamente? ¿Mentalmente?

—Físicamente seguro que no. —Durand vaciló—. Moralmente lo ignoro. En el mar hay pocas decisiones morales de envergadura. Las que tomó en la época en que estuve a su servicio no lo fueron. Creo que es un hombre de ideas demasiado ortodoxas para ser un aventurero moral. Si lo que pregunta es si se emborrachaba o actuaba con abandono... ¡No! No le recuerdo la menor indiscreción. —La última frase estaba llena de un extraño desdén—. Ahondando en su pregunta... Sí, es posible que fuera un cobarde moral, temeroso de coger la vida por los cuernos y...

Perdió el hilo de la metáfora y se encogió de hombros, señal de que estaba satisfecho. Había pintado el retrato que deseaba, y lo sabía.

—Hombre de pocos riesgos —resumió Pitt.

El juicio de Durand había sido cruel, ideado para hacer daño, pero quizá en su ignorancia de lo que estaba en juego hubiera dicho exactamente lo que quería oír Pitt: no que Cornwallis fuera demasiado honrado para atribuirse el mérito de otro hombre, sino que era demasiado cobarde moralmente para correr ese riesgo. El miedo a que lo descubrieran lo habría paralizado.

Durand adoptó una postura cómoda, con el sol en la espalda.

Pitt se quedó otro cuarto de hora, le dio las gracias y se marchó, contento de huir del ambiente claustrofóbico de envidia que flotaba en aquella casa acogedora, con sus retratos familiares de hombres que habían tenido éxito y confiado en que las futuras generaciones siguieran sus pasos y suministrasen nuevas y más rutilantes imágenes, con galones dorados y rostros orgullosos.

Al día siguiente Pitt localizó a dos marineros de primera y un cirujano naval. El primero era MacMunn, que se había retirado después de un ataque pirata en Borneo que lo había dejado con una sola pierna. Vivía con su hija en una casa pequeña y arreglada, de alfombras remendadas y muebles lustrosos con olor a cera. Habló sin hacerse de rogar.

—¡Sí, sí! Me acuerdo mucho del señor Cornwallis. Era estricto pero justo. Siempre muy justo. —Asintió varias veces con la cabeza—. ¡Qué rabia les tenía a los matones! No podía ni verlos. ¡Hay que ver cómo los castigaba! No era demasiado aficionado al látigo, pero cuando veía a alguien abusar de los que tenía a sus órdenes le dejaba la espalda en carne viva.

—¿Era un hombre duro? —preguntó Pitt, temiendo la respuesta.

MacMunn rió.

—¡Qué va! ¡Ni mucho menos! El señor Farjeon, ése sí era duro. —Hizo una mueca que le tiró hacia abajo las comisuras de los labios—. Para mí que le habría gustado pasar por la quilla a más de uno. Tendría que haber vivido en la época de los azotes por toda la flota. ¡Entonces sí que habría disfrutado!

—¿En qué consistían?

Pitt no estaba muy versado en historia naval. MacMunn lo miró con los ojos entornados.

—Te ponían en un bote, te paseaban por todos los barcos de la flota y te daban latigazos en cada cubierta. ¿Qué le parece?

—¡Una muerte segura! —protestó Pitt.

—Sí —asintió MacMunn—, aunque si el médico del barco era bueno lo dejaba a uno tan dormido que ni se enteraba. Según mi abuelo se morían deprisa. Fue artillero en Waterloo.

Al decirlo, el marinero se irguió de manera inconsciente, y Pitt le sonrió sin saber muy bien por qué, salvo por una herencia compartida y la conciencia del valor y el sacrificio.

—¿O sea que Cornwallis no era duro ni injusto? —dijo con calma.

—¡No, por Dios! —MacMunn desechó la idea con un movimiento de la mano—. Sólo tranquilo. A mí la idea de ser oficial nunca me ha gustado. Me parece... no sé, como muy solitario. —Dio un sorbo ruidoso a su taza de té—. Cada cual tiene su sitio, y cuando corres peligro da igual qué rango tengas, porque siempre hay compañeros. En cambio cuando eres el único no puedes hablar con los de arriba ni ellos contigo, ni tampoco hablar con los de abajo. Cuando eres oficial la gente espera que siempre tengas razón, y el señor Cornwallis se lo tomaba muy en serio. No sabía relajarse. ¿Me entiende?

—Sí, creo que sí. —Pitt recordó una decena de ocasiones en que Cornwallis había estado a punto de sincerarse y se había reportado en el último momento—. Es un hombre muy reservado.

—Eso. En fin, supongo que el que quiere ser capitán no tiene más remedio. Como te equivoques o parezcas débil se te come el mar. Te vuelves duro, pero también leal. En el señor Cornwallis siempre se podía confiar. Era un poco cuadriculado, pero honrado como pocos. —MacMunn sacudió la cabeza—. Me acuerdo de que una vez tuvo que castigar a uno que había hecho algo malo; ahora mismo no me acuerdo de qué, pero no era gran cosa. Lo que pasa es que las normas decían que había que azotarlo. Lo dijo alguien, creo que el contramaestre. Se notaba que el señor Cornwallis no quería. El contramaestre era un malnacido; pero claro, en un barco no se puede romper la disciplina porque te vas a pique. —El recuerdo del incidente le arrancó una mueca—. Luego el señor Cornwallis lo pagó caro. Se pasó varios días dando vueltas por la cubierta, hecho una fiera. Sufría tanto que parecía que lo hubieran azotado a él. —Respiró hondo—. El contramaestre cayó por la borda, y el señor Cornwallis se desvivió por saber si lo habían empujado. —Otra mueca—. Al final no se supo.

—¿Y era verdad? —preguntó Pitt.

MacMunn sonrió, enseñando los dientes por encima de la taza.

—¡Pues claro! Pero nos pareció que en el fondo el señor Cornwallis no quería enterarse.

—Y no se lo dijeron.

—Exactamente. Como era buena persona no queríamos ponerlo en dificultades, y si llega a enterarse cuelga al culpable del penol. ¡Aunque se le partiera el alma, y aunque por gusto hubiera sido él el primero en tirar al contramaestre! —Sacudió la cabeza—. Tenía la imaginación mal puesta. Era el colmo de la compasión, pero se lo tomaba todo demasiado al pie de la letra, ¿sabe?

—Sí, me parece que sí —contestó Pitt—. ¿Le parece posible que se atribuyera el mérito de la valentía de otra persona?

MacMunn lo miró con incredulidad.

—¡Antes se habría dejado colgar por culpa de otro! El que lo haya dicho, además de mentiroso es tonto. ¿Quién ha sido?

—No lo sé, pero tengo la intención de averiguarlo. ¿Estaría dispuesto a ayudarme, señor MacMunn?

—¿Yo?

—Sí. Por ejemplo: ¿el capitán Cornwallis tenía enemigos personales, gente que le tuviera envidia o rencor?

MacMunn, que se había olvidado del té, arrugó la cara.

—No sé qué decirle. No querría mentir. Yo no le conozco ninguno, pero nunca se sabe cómo va a reaccionar una persona cuando ve que no lo ascienden y a otros sí, o que le echan algo en cara. El que es honrado sabe que cada cual responde de sus actos... pero...

Se encogió de hombros.

MacMunn, sin embargo, tenía poco que aportar en un sentido concreto. Viendo que no servía de nada insistir, Pitt le dio las gracias y se marchó con ánimos renovados, como si el encuentro con algo limpio hubiera disuelto la sensación de abatimiento que le había dejado la entrevista con Durand. Había desaparecido un miedo interno.

A primera hora de la tarde se encontraba en Rotherhithe con el marinero de primera Lockhart, hombre taciturno y ligeramente bebido que no le proporcionó ningún dato interesante acerca de Cornwallis, a quien parecía recordar como un capitán a la vez temido y respetado por su tripulación. Lockhart tenía antipatía a todos los oficiales de rango superior, y así lo dijo. Fue el único tema en que dio una respuesta que excediera el monosílabo.

Horas después el aire permanecía caliente e inmóvil, la ciudad había quedado envuelta por una especie de bruma y el río era como una cinta de plata. Pitt subió por la cuesta que llevaba desde el embarcadero al hospital naval de Greenwich, donde trabajaba el señor Rawlinson, antiguo cirujano de la marina.

Lo encontró ocupado y tuvo que esperar más de media hora en una salita; la espera, sin embargo, fue bastante cómoda, amenizada por visiones y sonidos que se salían de lo rutinario.

Rawlinson llegó con el cuello de la camisa blanca abierto y las mangas recogidas, como si hubiera trabajado duro. Tenía manchas de sangre en los brazos y otras partes del cuerpo. Era un hombre alto y fornido, de cara ancha y amable.

—¿De la comisaría de Bow Street? —dijo con curiosidad, examinando a Pitt de pies a cabeza—. ¡Espero que no se haya metido en líos nadie del hospital! Por otro lado, estamos bastante lejos de su territorio.

—Descuide. —Pitt se apartó de la ventana por la que había estado contemplando el agua y el tráfico del puerto de Londres—. Sólo quería hacerle unas preguntas acerca de un oficial que sirvió con usted en tiempos pasados. John Cornwallis.

Rawlinson puso cara de incredulidad.

—¡Cornwallis! ¡No me dirá que lo investigan! Pero ¿no estaba en la policía? A menos que fuera el Ministerio del Interior...

—No; en la policía. —Parecía inevitable dar explicaciones. Pitt había prometido ser discreto, pero ¿cómo hacerlo y ser de alguna ayuda a su amigo?—. Se trata de un incidente del pasado que ha sido... malinterpretado —repuso con cautela—. Estoy investigándolo de parte del capitán Cornwallis.

Rawlinson apretó los labios.

—Yo era el cirujano de a bordo, señor Pitt. Pasaba mucho tiempo en la cubierta inferior, donde llevan a los heridos y los operamos.

Un clíper remontaba la corriente del río en dirección a los muelles de Surrey, y su espléndido velamen desplegado reflejaba la luz del sol. Era un espectáculo de cierta tristeza, como el declinar de una época.

—Ajá... Pero ¿conocía a Cornwallis? —insistió Pitt, volviendo a lo que tenía entre manos.

—Sí, cómo no —dijo Rawlinson—. Navegué a sus órdenes, pero el cargo de capitán de barco no es muy sociable. Si nunca ha estado en alta mar es probable que ignore el poder que concentra el capitán, y el necesario aislamiento que le impone ese poder. —Hizo el gesto maquinal de limpiarse las manos en los pantalones, sin pensar que los mancharía de sangre—. Para ser buen capitán hay que mantener cierta distancia con la tripulación, incluido el resto de los oficiales.

Dio media vuelta y condujo a Pitt por una puerta acristalada que daba a una espaciosa galería. Unos escalones los llevaron hasta el césped, desde donde se divisaba en pendiente una panorámica del río.

Pitt fue tras él escuchando sus palabras.

—El concepto de tripulación se basa en una jerarquía muy estricta. —Rawlinson hablaba moviendo las manos—. Si hay demasiada familiaridad los hombres pierden el respeto al capitán. Debe parecerles un poco sobrehumano, próximo a la infalibilidad. Si perciben su lado vulnerable, sus dudas, flaquezas o miedos, perderá una parte de su poder. —Miró a Pitt de reojo—. Es algo que sabe cualquier buen capitán, y que sabía Cornwallis. A mi juicio se adecuaba a su carácter; era un hombre tranquilo, solitario por voluntad propia. Se tomaba el cargo muy en serio.

—¿Era buen capitán?

Rawlinson sonrió y siguió caminando por la hierba, bañada por el sol. La brisa del río olía a sal. Las gaviotas daban vueltas por el cielo, entre fuertes chillidos.

—Sí —contestó—. La verdad es que mucho.

—¿Por qué se retiró? —preguntó Pitt—. Es relativamente joven.

Rawlinson se detuvo, y por primera vez parecía a la defensiva.

—Disculpe, señor Pitt, pero ¿a usted en qué le concierne?

—Alguien se propone hacerle daño —contestó Pitt, mirando al médico a la cara—, perjudicar su reputación. Si quiero defenderlo debo conocer la verdad.

—¿Quiere saber lo peor que pueden decir de él sin faltar a la verdad?

—Sí.

Rawlinson gruñó.

—¿Y qué motivos tengo para no sospechar que sea usted el enemigo?

—Pregúnteselo a Cornwallis.

—En ese caso, ¿por qué no le pregunta usted por lo mejor y lo peor de su carrera? —La pregunta fue hecha con ironía pero sin mala intención. Rawlinson cruzó sus brazos manchados de sangre y sonrió.

—Por el simple motivo, señor Rawlinson, de que no solemos vernos igual que los demás —repuso Pitt—. ¿También quiere que se lo explique?

Rawlinson se relajó.

—No. —Reanudó su paseo, haciendo señas a Pitt de que lo acompañase—. Cornwallis era un hombre valiente —dijo—, tanto física como moralmente. Quizá le faltara un poco de imaginación. Tenía sentido del humor, pero lo demostraba poco. Sus diversiones eran sosegadas. Le gustaba leer. Sobre todos los temas. Poseía dotes sorprendentes de acuarelista; pintaba el reflejo de la luz en el agua con una sensibilidad que siempre me dejaba asombrado, porque revelaba una faceta de su personalidad completamente distinta. Te dabas cuenta de que a veces el genio no es lo que pones sino lo que dejas de poner. Conseguía transmitir... —Dibujó un círculo con las manos—. ¡El aire! ¡La luz! —Rió—. Nunca me habría imaginado que tuviera tanta... audacia.

—¿Era ambicioso? —Pitt trató de formular una pregunta que

propiciase una respuesta sincera, no un acto de lealtad. Rawlinson reflexionó.

—Creo que a su manera sí, pero no se advertía a simple vista, como en otras personas. Más que parecer sobresaliente lo que quería era serlo. Su orgullo, su mayor anhelo, no tenía por objeto las apariencias, sino la realidad. —Miró rápidamente a Pitt, para ver si lo entendía—. Por eso... —Buscó una manera de expresar lo que pensaba—. Por eso a veces parecía distante, y para alguna gente hasta evasivo. Yo creo que no, que era un hombre complejo, diferente de ellos. Se exigía más que nadie, pero no porque quisiera complacer o impresionar a los demás.

Pitt lo acompañó en silencio, pensando que si él no hablaba lo haría el doctor.

Acertó.

—No sé si sabe que perdió a su padre bastante pronto, creo que a los once o doce años: edad suficiente para conocerlo desde una perspectiva de niño, pero no para decepcionarse o cuestionarlo.

—¿Su padre también era marino?

—¡No, en absoluto! —se apresuró a decir Rawlinson—. Era un pastor inconformista, de fe profunda y sencilla, y lo bastante valiente para practicarla y predicarla.

—Veo que conoce al capitán más de lo que había dado a entender.

Rawlinson se encogió de hombros.

—Es posible. Lo cierto es que sólo fue una noche. Tuvimos una refriega bastante dura con un barco de esclavos. Lo abordamos, pero era de teca y se incendió. —Miró a Pitt—. Ya veo que no le dice nada. Lógico. Las astillas de teca son puro veneno, no como las de roble —explicó—. Tuvimos unos cuantos heridos, pero nuestro primer oficial, que era un buen hombre por quien el señor Cornwallis tenía gran afecto, estaba bastante grave. El capitán me ayudó a extraer las astillas y ayudarlo en lo posible, pero le entró fiebre y pasamos la noche en vela. Durante el día y la noche siguientes nos turnamos.

Llegó al sendero de gravilla y reemprendió el ascenso de la cuesta con Pitt a su lado.

—Me dirá que no es el trabajo de un capitán —continuó—, y tendrá razón, pero nos encontrábamos muy lejos de la costa y el barco de esclavos ya había sido vencido. Él hacía una guardia en cubierta, y la siguiente conmigo. —Apretó la mandíbula—. Sabe Dios cuándo dormiría, pero salvamos a Lansfield, que sólo perdió un dedo. Fue entonces cuando hablamos. Es lo habitual en las guardias nocturnas, cuando la gente está desesperada y no hay ayuda que prestar. Después ya no nos vimos demasiado, salvo cuando lo dictaba el deber. Supongo que me he quedado con su imagen de esa noche, con la linterna amarilla iluminando su cara demacrada por la inquietud: furioso, impotente y tan cansado que apenas conseguía mantener erguida la cabeza.

Pitt juzgó inútil preguntar si Cornwallis era capaz de atribuirse un acto de valentía ajena. Dio las gracias a Rawlinson y dejó que volviera junto a sus pacientes. Él, por su parte, descendió hacia el río bajo los últimos rayos del sol, dirigiéndose hacia el embarcadero, donde podría tomar un trasbordador que, pasando por Deptford, Limehouse, Wapping, la Torre de Londres, el puente de Londres y el de Southwark, lo dejara al fin, probablemente, en Blackfriars.

Ahora sabía mucho más sobre Cornwallis, y estaba si cabía más resuelto a defenderlo del chantajista; en contrapartida sabía casi tan poco como antes acerca de la identidad de este último, a excepción de que cada vez era más difícil creer que una persona que hubiera estado a las órdenes de Cornwallis creyera sinceramente en la acusación.

Recordó el estilo del mensaje y su corrección gramática, así como su ortografía y léxico. No se debía a un simple marinero, ni probablemente a un familiar, como pudiera ser una esposa o una hermana. Si se trataba del hijo o hija de un miembro de aquella profesión, su posición social había mejorado mucho desde la infancia.

Cuando llegó a la orilla, con el olor a sal y algas en la nariz, la humedad del aire en la piel y el oleaje en los oídos (interrumpido por los chillidos de las gaviotas, tan ligeras en su vuelo), supo que le quedaba un largo camino por recorrer.

Esa mañana, Charlotte abrió la primera entrega de cartas y encontró una a su nombre que barrió los años interpuestos como el viento las hojas. Antes de abrirla ya estuvo segura de que la enviaba el general Balantyne. El texto era muy breve:

Querida señora Pitt:

Ha sido muy generosa preocupándose por mi bienestar y ofreciendo una amistad renovada en circunstancias tan difíciles.

Esta mañana pienso dar un breve paseo por el Museo Británico. Estaré en la sección egipcia hacia las once y media. Si se halla libre de otras ocupaciones y pasa por ahí, me complacerá en extremo verla.

Su humilde servidor,

BRANDON BALANTYNE.

Era una manera estirada y muy formal de declararse necesitadísimo de la amistad que le ofrecían, pero la propia existencia de la carta manifestaba con suma claridad los sentimientos de su autor.

Charlotte dobló la hoja con un movimiento rápido y se levantó de la mesa de la cocina para echarla al fuego. La carta fue consumida al instante por una llamarada voraz que borró cualquier rastro de ella.

—Salgo —dijo a Gracie—. Tengo ganas de ir a ver la sección egipcia del Museo Británico. No sé cuándo volveré.

Gracie le lanzó una mirada fugaz y preñada de curiosidad, pero se abstuvo de preguntas.

—Sí, señora —dijo con los ojos muy abiertos—. Ya me ocupo yo de todo.

Charlotte subió al piso de arriba y sacó su segundo mejor vestido de verano; no el amarillo pastel, que era el mejor (ya se lo había puesto la primera vez), sino otro de muselina rosa y blanca que le había regalado Emily, por no hallarlo tan favorecedor como esperaba.

Ir al Museo Británico era un pequeño paseo, razón sin duda de que lo hubiera elegido el general. Charlotte salió a las once y diez para estar a y media en la sección egipcia. Era un encuentro de amigos, no una cita amorosa ni de sociedad donde el retraso pudiera ser considerado de buen gusto o interpretado como recatada indecisión.

Llegó a las once y veinte y enseguida vio al general, muy tieso y con las manos en la espalda. Le daba la luz en el cabello, entre rubio y gris. Su figura transmitía una acendrada soledad, como si la gente que lo rodeaba formara parte de una gran unidad que sólo lo excluía a él. Saltaba a la vista que esperaba a alguien, porque la contemplación de los cuerpos momificados que tenía delante, o de las tallas intrincadas y el oro de los sarcófagos, habría hecho que moviera más los ojos.

Charlotte se acercó a él, pero su presencia no fue advertida.

—General Balantyne...

Él se volvió con rapidez, y su alegría inicial se trocó en vergüenza por no haber reprimido sus emociones.

—Señora Pitt... Gracias por venir... A menos que yerre en suponer...

Charlotte sonrió.

—Naturalmente que no —lo tranquilizó—. Siempre había tenido ganas de ver la sección egipcia, pero no conozco a nadie a quien le interese, y si viniera sola podrían confundirme con una clase de mujer sumamente indeseable, además de llamar una atención que no deseo.

—¡Ah! —Por lo visto el general no había tenido en cuenta aquella posibilidad. Ser hombre le confería una libertad que daba por supuesta—. Claro, claro. Veámosla, pues.

Lo había entendido mal. Lo cierto era que Charlotte podría haber ido al museo en cualquier momento, con Emily, su tía abuela Vespasia o la mismísima Gracie. Su intención había sido dar una pincelada de humor que pusiera más cómodo al general.

—¿Ha estado en Egipto? —preguntó mirando el sarcófago.

—No; o sí, pero sólo de paso. —Titubeó un poco y siguió hablando como si hubiera tomado una gran decisión—. He estado en Abisinia.

Charlotte lo miró fugazmente.

—¿De veras? ¿Y por qué? ¿Por interés en el país, me refiero, o en una misión? Ignoraba que hubiéramos luchado en Abisinia.

Balantyne sonrió.

—Hemos luchado en casi todas partes, mi querida señora. Le sería difícil mencionar algún lugar en cuyos asuntos no nos hayamos entrometido.

—¿Y por qué nos entrometimos en Abisinia? —preguntó ella con interés, además del deseo de que el general hablara a gusto de algo.

—Es una historia absurda. —Balantyne seguía sonriendo.

—Perfecto —dijo ella—. Tengo debilidad por las historias absurdas, y cuanto más lo sean mejor. Cuéntemela.

Él le ofreció el brazo, y emprendieron juntos un lento paseo de pieza en pieza sin fijarse en ninguna.

—La crisis estalló en enero de 1864 —empezó a relatar—,

pero hacía tiempo que se fraguaba. El emperador de Abisinia, que se llamaba Teodoro...

—¡Teodoro! —repitió ella con incredulidad—. No suena muy abisinio, que se diga. Debería ser un nombre... qué sé yo... ¡africano! Disculpe. ¡Siga, por favor!

—Era de origen muy humilde. Su primer trabajo fue de escriba, pero ganaba tan poco que prefirió dedicarse al bandidaje. Se le dio tan bien que a los treinta y siete años fue coronado emperador de Abisinia, Rey de Reyes y Elegido de Dios.

—¡Veo que he subestimado el bandidaje! —Charlotte profirió una risa aguda—. No sólo en su aceptabilidad social, sino en su peso político.

La sonrisa de Balantyne se ensanchó.

—Por desgracia estaba bastante loco. Escribió una carta a la reina...

—¿Nuestra reina o la suya? —lo interrumpió ella.

—¡La nuestra! Victoria. Teodoro deseaba enviarle una delegación a modo de denuncia contra la opresión a que lo sometían los musulmanes, a él y otros buenos cristianos de Abisinia. Le pidió formar una alianza contra ellos.

—¿Y la reina no quiso? —preguntó Charlotte.

Se habían detenido delante de una piedra bellísima con grabados jeroglíficos.

—Nunca lo sabremos —contestó él—, porque la carta llegó a Londres en 1863 pero fue extraviada por algún funcionario del Ministerio de Asuntos Exteriores. A menos que no se les ocurriera qué contestar. En suma, que Teodoro se enfadó mucho y metió en prisión al cónsul británico en Abisinia, el capitán Charles Cameron. Lo torturaron en el potro y lo azotaron con un látigo hecho de piel de hipopótamo.

Charlotte lo miró sin saber si hablaba del todo en serio. Vio en sus ojos que sí.

—¿Y entonces qué pasó? ¿Enviaron al ejército en su rescate?

—No. El Ministerio de Asuntos Exteriores se apresuró a encontrar la carta, redactó una respuesta en que solicitaba la liberación de Cameron y la entregó a un asiriólogo turco que se llamaba Rassan, pidiéndole que la llevara a su destino. La carta llevaba fecha de mayo de 1864, pero sólo llegó a las manos del emperador de Abisinia en enero del segundo año contando desde entonces. Teodoro recibió calurosamente a Rassan... y lo encerró con Cameron.

—¿Y entonces enviamos al ejército?

—No. Teodoro volvió a escribir a la reina y en esta ocasión le pidió obreros, maquinaria y un fabricante de municiones.

La sorna hacía temblar las comisuras de los labios del general.

—¿Y enviamos al ejército? —concluyó Charlotte.

Él la miró de reojo.

—Tampoco. Enviamos a un ingeniero de caminos con seis peones.

Ella levantó un poco la voz sin poder evitarlo.

—¡No me lo creo!

Él asintió con la cabeza.

—Llegaron hasta Massawa, esperaron medio año y los llamaron otra vez a Inglaterra. —La expresión del general recuperó su seriedad—. Pero en julio de 1867 el secretario de Estado para India telegrafió al gobernador de Bombay preguntando cuánto se tardaría en organizar una expedición, y en agosto el gabinete optó por la guerra. En septiembre enviaron un ultimátum a Teodoro. Entonces zarpamos. Yo vine de India y me uní a las tropas del general Napier: caballería bengalí, zapadores y mineros de Madrás, infantería nativa de Bombay y un regimiento de caballería de Sind. Se sumó a nosotros un regimiento británico, el treinta y tres de infantería, aunque en realidad estaba compuesto en su mitad por irlandeses. También llevábamos casi cien alemanes, y cuando desembarcamos cerca de Zula había turcos, árabes y africanos de todas las procedencias. Recuerdo que informó de ello un corresponsal joven que se llamaba Henry Stanley y estaba fascinado por África.

Dejó de hablar y se quedó mirando la pieza que tenían delante, un relieve de alabastro que representaba un gato. Era una obra exquisita, pero el rostro de Balantyne no reflejaba la menor admiración, sólo vergüenza y dolor.

—¿Luchó usted en Abisinia? —preguntó Charlotte.

—Sí.

—¿Fue una guerra cruenta?

Él expresó su negativa con un gesto casi imperceptible, un mero temblor.

—Ni más ni menos que las demás. Siempre hay miedo, mutilaciones y muerte. Te preocupas por los tuyos y los ves reducidos a la mínima expresión de una persona, y elevados a lo máximo: terror y valentía, egoísmo en unos y nobleza en otros, hambre, sed, dolor... un dolor espantoso. —Evitaba mirarla, como si no pudiera decirle a los ojos lo que sentía—. Es algo que borra todas las pretensiones, tuyas y de los demás.

Charlotte no sabía si interrumpirlo. Aumentó un poco la presión sobre su brazo.

Él permaneció en silencio.

Ella aguardó. Pasaba gente, y algunos se volvían a mirarlos. Se preguntó vagamente qué pensarían, y no le importó.

El general aspiró profundamente yexhaló en silencio.

—No quería hablar de batallas. Perdone.

—¿Qué deseaba decirme? —preguntó ella con dulzura.

—Pues... quizá... —Él volvió a titubear.

—Después, si quiere, lo olvido —prometió ella.

El general contrajo los labios en una dura sonrisa. Seguía concentrado en su interior, no en Charlotte.

—En aquella campaña hubo una acción en que caímos en una emboscada. Se saldó con treinta heridos, entre ellos el oficial al mando. Fue una especie de fiasco. Yo recibí una bala en el brazo, pero sin gravedad.

Charlotte aguardó a que siguiera, sin darle prisas.

—Recibí una carta. —Balantyne lo dijo con dificultad y el rostro tenso, como si tuviera que arrancarse las palabras a la fuerza—. Su autor me acusa de ser la causa de aquella derrota... De... de cobardía con el enemigo, de ser responsable de las heridas de mis compañeros. Sostiene... que me entró pánico y fui rescatado por un soldado raso, pero que se encubrió el hecho para salvar el honor del regimiento y su moral. Es mentira, pero no puedo demostrarlo.

No dijo que la difusión de la calumnia lo hundiría. Daba por supuesto que Charlotte lo sabía.

Así era, y como ella cualquiera, sobre todo en un momento en que el caso Tranby Croft aparecía en todos los periódicos y las conversaciones. Hasta la gente menos acostumbrada a ocuparse de aquel sector de la sociedad hablaba de él y acechaba el decurso de los acontecimientos, impaciente por asistir a una catástrofe.

Debía contestar con inteligencia. Bien estaba la compasión, pero no tenía utilidad práctica, y el general necesitaba ayuda.

—¿Qué le pedían? —dijo en voz baja.

—Una caja de rapé, como simple prenda de buena voluntad.

Charlotte se llevó una sorpresa.

—¿Una caja de rapé? ¿Tiene valor?

Él profirió una risa seca y brutal, burlándose de sí mismo.

—No... Unas guineas. Es de similor, pero bonita. Muy original. La reconocería cualquiera como mía. Es una prueba de que estoy dispuesto a pagar. Para algunos sería una confesión de culpa. —Crispó los dedos, y Charlotte sintió en los suyos la dureza de los músculos de su brazo—. En realidad sólo es una señal de mi pánico... que es justamente de lo que me acusan. —La amargura de su voz lindaba con la desesperación—. Pero nunca he dado la espalda al enemigo físico. Sólo al mental. ¡Qué extraño! Nunca había sospechado que me faltara valor moral.

—No es cierto —dijo ella sin la menor vacilación—. Se trata de una estrategia de aplazamiento... hasta que conozcamos la fuerza del enemigo y algo más de su naturaleza. El chantaje es un acto de cobardía, quizá el mayor.

Era tal su indignación, tan violenta, que ni siquiera se había dado cuenta del uso que había hecho de la primera persona del plural.

Él movió la otra mano y suave, fugazmente, tocó los dedos de Charlotte que estaban en contacto con su brazo. Después dio media vuelta y echó a caminar hacia la siguiente vitrina, donde había varias piezas antiguas de cristal.

Charlotte lo siguió con presteza.

—Me niego a involucrarla —dijo él—. Sólo se lo he dicho porque... porque necesitaba contárselo a alguien y sabía que en usted podía confiar.

—¡Claro que puede! —dijo ella en un arrebato—. Pero no pienso mantenerme al margen y ver que lo torturan por algo que no ha hecho. Y no lo digo porque en caso contrario me desentendiera. Todos cometemos errores, o tenemos momentos de debilidad, miedo o estupidez. Ya es castigo suficiente el hecho en sí. —Se colocó al lado del general, pero esta vez no unió su brazo al de él. Balantyne no la miraba—. ¡Plantaremos cara!

Se volvió hacia ella.

—¿Cómo? Ignoro por completo quién la ha escrito.

—Pues habrá que averiguarlo —replicó ella—, o ponerse en contacto con alguien que estuviera en la batalla y pueda desmentir lo que dice el chantajista. Es necesario confeccionar una lista de todas las personas que tengan conocimiento del episodio.

—Todo el ejército —dijo él con una vaga sonrisa.

Charlotte estaba decidida.

—¡Ánimo, general! ¡Fue una escaramuza en Abisinia, no Waterloo! Además ocurrió hace veintitrés años. Ni siquiera estarán todos vivos.

—Veinticinco —la corrigió él con una dulzura repentina en la mirada—. ¿Qué le parece si empezamos durante el almuerzo? No estamos en el lugar más indicado para redactar nada.

—Por supuesto —aceptó ella—. Gracias. —Volvió a cogerle el brazo—. Será un comienzo excelente.

Comieron juntos en un pequeño y acogedor restaurante. Si Charlotte hubiera estado menos preocupada habría disfrutado de aquella comida exquisita en cuya elaboración no había tomado parte, pero el problema era demasiado grave y absorbía por completo su atención.

Balantyne se esforzó por rememorar los nombres de todas las personas de cuya participación en los hechos de Abisinia tuviera constancia. Logró acordarse de todos los oficiales, pero en cuestión de soldados rasos no pudo pasar de la mitad.

—Seguro que figuran en los archivos militares —dijo con cierto desánimo—, aunque dudo que nos sirva de ayuda. ¡Ha pasado tanto tiempo!

—Como mínimo se acuerda una persona —señaló Charlotte—. El que envió la carta tiene alguna relación con la batalla. Los encontraremos. —Releyó la hoja del cuadernillo de notas que había comprado el general antes de ir al restaurante. Había quince nombres—. ¡Imagino que en el ejército conocerán sus domicilios!

Las facciones del general se llenaron de pesar.

—Después de tanto tiempo es posible que se hayan mudado a otra región, o quizá a otro país. También, como ha observado usted, podrían estar muertos.

Charlotte percibió su sufrimiento y comprendió su miedo. Ella lo había sentido en varias ocasiones: no el terror agudo y próximo a la náusea asociado con el dolor o la destrucción físicos, sino el miedo frío e insidioso a perder algo, a sufrir de mente o corazón; miedo a la soledad, la vergüenza, la culpa y el desierto de la falta de amor. Ella, que no estaba amenazada, debía tener fuerzas para los dos.

—Lo que está claro es que la persona que buscamos sigue viva, e imagino que residirá en Londres —dijo—. ¿Adónde envió la caja de rapé?

El general abrió mucho los ojos.

—Pasó a buscarla un mensajero, un chico en bicicleta. Hablé con él pero desconocía su destino. Sólo sabía que había recibido dinero de un hombre con quien se reuniría en el parque al atardecer. La única descripción que supo darme fue que llevaba una chaqueta y una gorra de tela, ambas a cuadros. Lo más probable es que sea un disfraz, porque no se me ocurre ningún otro motivo para vestirse así. Ignoro si se trata del chantajista. Es posible que actuase por delegación. —Respiró hondo—. Pero tiene usted razón: está aquí en Londres. Hay algo que no le he dicho... El hombre que apareció muerto delante de mi puerta tenía la caja de rapé en el bolsillo.

—Ah... —Charlotte sintió un escalofrío al darse cuenta de cómo lo interpretaría cualquier miembro de la policía, incluido Pitt—. Comprendo. —Ahora se explicaba mejor el miedo de Balantyne.

Éste la observaba, dispuesto a hacer frente a su cólera, sus críticas o su cambio de postura.

—¿Sabe quién es? —preguntó ella mirándolo a los ojos.

—No. Fui al depósito de cadáveres por indicación de Pitt con la esperanza de reconocerlo, pero no me resultó familiar.

—¿Es posible que fuera soldado?

—Sin duda.

—¿Y que se tratara del chantajista?

—No lo sé. En cierto modo lo deseo, porque significaría que está muerto. —Crispó los dedos que tenía apoyados en el mantel, y tuvo que hacer un esfuerzo consciente para no cerrar los puños. Charlotte lo advirtió en que su mano se tensaba y destensaba—. Pero yo no lo maté... y ¿quién pudo haberlo hecho... en el umbral de mi casa? ¿Quién sino el verdadero chantajista, para llamar sobre mí la atención de la policía? —Se había puesto a temblar muy ligeramente—. Cada vez que pasa el cartero estoy pendiente de que llegue otra carta diciéndome qué quiere. Como no se lo daré divulgará la historia, y quién sabe si no se la contará a la policía.

—En ese caso debemos encontrar a alguien que estuviera presente y pueda desmentirla —dijo ella con más rabia y esperanza que convicción—. Seguro que usted tiene amigos o conocidos que puedan ayudarlo a encontrar a estas personas. —Señaló la lista—. ¡Empecemos cuanto antes!

Él no dijo nada, pero la angustia de su expresión y el cansancio de su postura traslucían su nula confianza en el éxito. Sólo lo intentaba porque la rendición no entraba en su manera de ser, aunque estuviera convencido de la derrota.

Tellman estaba seguro de que Albert Cole tenía algo que ver con el general Balantyne, y decidió a averiguar el qué. Una vez que hubo agotado las fuentes inmediatas de conocimiento sobre el general volvió a la carrera militar de Cole. Era la posibilidad más evidente.

Al consultar el historial de su regimiento, el 33.º de infantería, vio que había participado en la campaña abisinia de 1867-1868. Era el punto de contacto con los años de Balantyne en India, enviado a África en una breve misión. ¡Exacto! De repente todo cuadraba. Habían servido juntos. El motivo de la presencia y ulterior asesinato de Cole en Bedford Square era un episodio de aquella campaña.

Sintió que se le aceleraba el pulso por el entusiasmo. Debía ir a Keppel Street para informar a Pitt de aquella noticia tan importante.

Tomó el ómnibus, bajó en Tottenham Court Road y caminó unos cien metros hasta la casa de los Pitt.

Llamó al timbre y retrocedió un paso. Le abriría Gracie, por supuesto. Se pasó los dedos por la parte interior del cuello de manera inconsciente, como si le apretara, y después por el cabello, que peinó hacia atrás sin necesidad. Tenía la boca un poco seca.

Se abrió la puerta. Gracie parecía sorprendida. Lo miró a los ojos, alisándose el delantal a la altura de las caderas.

—Vengo a informar al señor Pitt —dijo Tellman de manera un poco brusca.

—Pues entonces será mejor que pase, ¿no? —dijo ella sin darle tiempo a explicarse de manera más cortés.

Se apartó para dejar que entrara. Él aceptó y recorrió el pasillo hasta la cocina oyendo el repiqueteo de sus botas en el suelo de linóleo. Los pies de Gracie, que iba tras él, hacían un ruido más suave, femenino, a pesar de que su dueña era menuda como una niña.

Tellman entró en la cocina pensando encontrar a Pitt sentado a la mesa, y al no verlo reparó en su error: claro, estaría en el salón. Como no era una visita social hablarían en la cocina, no en la parte delantera de la casa.

Se detuvo en el centro de la estancia, rígido y receptivo a la calidez del ambiente, los olores a pastel, ropa limpia y vapor del agua puesta a hervir, así como a las minúsculas partículas de carbón. El primer sol de la tarde entraba por la ventana e iluminaba las piezas de porcelana a franjas azules y blancas del aparador. Junto al fuego dormitaban dos gatos, uno rojizo y blanco y el otro negro como el carbón de los fogones.

—¡No se quede ahí parado como una farola! —le espetó Gracie—. Siéntese. —Señaló una de las sillas de madera—. ¿Quiere una taza de té?

—Vengo a comunicar información muy importante al señor Pitt —dijo él fríamente—, no a beber té con usted en la cocina. Vaya a decirle que he llegado.

No se sentó.

—No está en casa —dijo ella, colocando el recipiente del agua en el centro de la placa—. Si es tan importante lo mejor es que me deje a mí el mensaje. Me ocuparé de que lo reciba en cuanto llegue.

Tellman vaciló. Era importante, sí. El agua hervía tentadoramente. Llevaba mucho tiempo sin sentarse, y más sin comer ni beber. Le dolían los pies.

El gato negro se desperezó, bostezó y volvió a dormirse.

—He hecho un bizcocho. ¿Le apetece? —dijo Gracie, desplazándose por la cocina con celeridad.

Bajó la tetera e intentó alcanzar la caja del té, que se había quedado al fondo del estante, pero no le sirvió de nada ponerse de puntillas ni saltar. Sí que era bajita.

Tellman se acercó, bajó la caja y se la entregó.

—¡Puedo hacerlo sola! —dijo ella secamente, arrebatándosela—. ¿Qué se cree que hago cuando no está usted?

—Beber agua.

La mirada de Gracie fue como una hoja de afeitar, pero llevó la caja hasta el fogón.

—Pues aproveche para bajar algunos platos —le indicó—. No sé si quiere pastel, pero yo sí comeré.

El sargento obedeció. Quizá fuera mejor dejarle a ella el mensaje. De esa manera tardaría lo mínimo en llegar hasta Pitt.

Se sentaron cara a cara, tiesos y muy formales, dando sorbos a un té demasiado caliente y comiendo un bizcocho delicioso.

Tellman expuso los datos sobre Albert Cole, el treinta y tres de infantería, la expedición a Abisinia y la llegada de Balantyne procedente de India.

Ella escuchó con gran seriedad, como si la contrariasen las noticias.

—Se lo diré —prometió—. ¿Y usted cree que el asesino es el general Balantyne?

—Es posible.

No quiso comprometerse. Si lo afirmaba y acababa demostrándose que estaba equivocado, Gracie le perdería el respeto.

—¿Y ahora qué piensa hacer? —preguntó ella con gravedad, mirándolo fijamente.

—Averiguar todo lo posible acerca de Cole —contestó él—. Debía de tener alguna razón para buscar a Balantyne después de tanto tiempo. Casi ha pasado un cuarto de siglo.

Gracie se inclinó hacia él.

—Seguro que es algo muy importante, y si lo averigua tendrá que decírselo al señor Pitt... esté donde esté y haga lo que haga. Yo le aconsejo que venga aquí y nos deje el mensaje a la señora Pitt o a mí. Con la gente de postín, como los generales, puede ponerse la cosa muy fea. No decida nada usted solito. —Lo miró con profunda inquietud—. De hecho... lo mejor es que informe a la señora Pitt antes que a nadie; puede que le ayude, porque también es de buena familia. Así impedirá que se equivoquen usted y el señor Pitt, que no son de la misma clase.

Se leía en sus ojos el anhelo de que Tellman la entendiese.

Era una simple criada, hacía poco tiempo que sabía leer y escribir, y procedía de... cualquier barrio pobre, a saber cuál, pensó el sargento, sin duda parecido al suyo. Podía ser Wandsworth, Billingsgate o un centenar de colmenas humanas, antros de pobreza y opresión. No obstante era mujer, por lo que carecía hasta de la más rudimentaria educación. Tellman, en cambio, había mejorado mucho de posición.

La propuesta, con todo, tenía su lógica.

Gracie le sirvió otra taza y le cortó otro trozo de pastel.

Él aceptó gustoso ambas cosas, sorprendido por sus dotes de cocinera. Le parecía demasiado menuda y escuchimizada para saber algo de comida.

—Venga a contármelo —repitió ella— y me aseguraré de que la señora Pitt le evite líos al señor, porque hay gente influyente que si se equivoca podrían perjudicarlo.

Tellman cada vez se encontraba más a gusto en la cocina. Él y Gracie estaban en desacuerdo sobre toda clase de temas. A ella le quedaba mucho que aprender, sobre todo en temas sociales, de equidad y justicia para el pueblo, pero era bienintencionada y nadie podía acusarla de no luchar por sus creencias.

—No parece mala idea —reconoció.

Prefería, dentro de lo posible, que Pitt no se metiera en berenjenales políticos. No lo prefería necesariamente (o no del todo) por lealtad a su superior, por quien seguía albergando sentimientos encontrados, pero había una cuestión de justicia: si el general Balantyne se creía por encima de la ley haría falta mucha destreza y buena labor detectivesca para atraparlo y demostrar su culpabilidad.

—Así me gusta —dijo Gracie con satisfacción, cogiendo un trozo de pastel—. Lo dicho: venga y díganos a mí o a la señora lo que sepa. Así ella se lo dirá al señor y al mismo tiempo lo ayudará a no ser imprudente, con el riesgo de que nunca se sepa la verdad. Piense que una cosa es la puerta principal y otra la de servicio.

Miró al sargento con atención para cerciorarse de que lo hubiera entendido.

—¡Ya lo sé! —dijo él—. Pero no debería ser así. Los ricos no son mejores soldados que los pobres. ¡Más bien lo contrario!

Ella lo miró inquisitivamente.

—¿Ahora con qué me viene?

—El general Balantyne sólo es general porque su padre le compró el rango —explicó con paciencia. Quizá esperara demasiado de ella—. Seguro que aparte de dar órdenes nunca ha pisado el campo de batalla.

Gracie se movió en la silla, como si le costara demasiado no perder los estribos para estarse quieta.

—Pues si tiene tanto dinero más vale que nos andemos con pies de plomo —dijo, enfadada y sin mirar a Tellman. Después levantó una mirada que echaba chispas—. ¿Seguro que se puede llegar a general por dinero? Y siendo tan rico, ¿qué sentido tiene meterse en el ejército? Es una tontería.

—Usted no lo entendería —dijo él con engreimiento—. Son diferentes de nosotros.

—Cuando les pegan un tiro no —replicó ella al instante—. La sangre es sangre, sea de quien sea.

—Eso lo sabemos usted y yo, pero ellos se creen que la suya no sólo es diferente sino mejor.

Gracie suspiró con toda la paciencia del mundo, como cuando Daniel le llevaba la contraria por principio y desobedecía sólo para ver hasta dónde podía llegar.

—De eso, señor Tellman, usted sabrá mucho más que yo. ¡Qué suerte tiene el señor Pitt de contar con alguien que le ahorre tantas equivocaciones!

—Se hace lo que se puede —dijo él, aceptando el tercer trozo de pastel y permitiendo que volviera a llenarle la taza—. Gracias, Gracie.

Ella gruñó.

Media hora más tarde, sin embargo, cuando el sargento se marchó sin haber visto a Pitt ni a Charlotte, lo asaltó una gran inquietud por lo que acababa de prometer. El día había sido largo y fatigoso. Hacía calor, le dolían los pies y había caminado varios kilómetros sin comer nada aparte de un bocadillo de queso y pepinillos y el bizcocho de Gracie. Ella había conseguido que estuviera a gusto, y él, sin darse cuenta, le había dado su palabra de que le transmitiría cualquier novedad sobre el caso Albert Cole antes que a Pitt. ¡Debía de haber perdido el juicio! Nunca había cometido tamaña estupidez, ni tan opuesta a todo lo que le habían enseñado.

Esto último, de todos modos, no solía disuadirlo de nada. No era de los que obedecían órdenes contra su parecer.

Estaba demasiado cansado para tener la ideas claras. Lo abrumaba únicamente la sensación de estar desorientado, de haber obedecido al impulso más que a su manera de ser, sus costumbres y el proceder habitual.

Sin embargo había dado su palabra... ¡y ni más ni menos que a Gracie Phipps!

4

Al llegar a casa, Pitt recibió las noticias de Tellman por boca de Gracie y lo entristeció profundamente el hecho de que las pruebas parecieran relacionar más estrechamente a Albert Cole y Balantyne. Se propuso ordenar al sargento que averiguara todo lo posible acerca de Cole, con preferencia por sus antecedentes de robo o tentativas de extorsión. En realidad le parecía imposible que en la vida de Balantyne hubiera algo que pudiera convertirlo en víctima de una de ellas. Ya hacía años que las tragedias del pobre general habían sido expuestas con violencia a la luz pública, sin que quedara ningún recoveco de amargura por iluminar.

Recordó una vez más las circunstancias cuando pasó al lado del vendedor de periódicos y le oyó pregonar los titulares:

—¡Aparece un cadáver delante de la casa de un general! ¡El asesinato de un viejo soldado en Bedford Square trae de cabeza a la policía! ¡Léanlo todo y saquen sus propias conclusiones! ¿Quiere uno, señor? Gracias ¡Tenga!

Pitt cogió su ejemplar, lo abrió y sintió aumentar su ira y consternación a medida que avanzaba en la lectura. El texto era demasiado vago para ser llevado a los tribunales, pero la insinuación quedaba clara: puesto que Balantyne era general, seguro que en algún momento había tenido al muerto a sus órdenes. Los unía algún vínculo de amor u odio, conocimiento, venganza o conspiración. Ni siquiera faltaba una alusión velada a la traición, tan sutil que a algunos podía pasarles desapercibida, pero no a todos. Nada de lo dicho carecía de cierta verosimilitud.

Y todo era capaz de hundir a Balantyne.

Dobló el periódico, se lo puso debajo del brazo y siguió caminando hasta la comisaría de Bow Street.

Justo después de que entrara llegó un agente a decirle que tenía un mensaje: el subjefe Cornwallis deseaba verlo de inmediato. No había declarado el motivo.

Pitt volvió a levantarse sin mirar nada de lo que tenía encima de la mesa. Lo primero que temió fue que Cornwallis hubiera recibido otra carta donde figuraran las condiciones por las que el chantajista guardaría silencio. Se le ocurrieron todas las posibilidades, desde simple dinero a información sobre casos delictivos, y hasta manipulación de pruebas.

No se tomó la molestia de dejar un mensaje a Tellman, el cual se las arreglaría perfectamente solo. El sargento no necesitaba instrucciones de Pitt ni de nadie para investigar la vida y costumbres de Albert Cole.

Salió a la calle, caminó hasta Drury Lane y cogió un coche. El vehículo dio media vuelta y se dirigió hacia el sur sin que su ocupante prestara atención a nada: el resto del tráfico, la mañana bulliciosa y soleada, la discusión de dos carreteros que transportaban cerveza, los cocheros dejando paso a una espléndida carroza fúnebre en perfecta armonía con cuatro caballos negros adornados con penachos del mismo color... Tres manzanas más allá tampoco se fijó en un cupé abierto cuyas pasajeras, seis chicas guapas, reían coquetas y movían sus sombrillas, poniendo en peligro a todos los vehículos de tiro que pasaran lo bastante cerca para ser golpeados por los mencionados adminículos.

Lo introdujeron al despacho de Cornwallis, a quien encontró como tantas otras veces al lado de la ventana que daba a la calle. Oyéndolo entrar, Cornwallis giró sobre sus talones. Estaba pálido, con ojeras y los labios tensos.

—Buenos días —dijo mientras Pitt cerraba la puerta—. Pase. —Señaló las sillas de delante de la mesa con un vago ademán, pero él siguió de pie y en equilibrio inestable, como si tuviera intención de empezar a pasearse por el despacho en cuanto gozara de la atención completa de Pitt—. ¿Conoce a Sigmund Tannifer?

—No.

Cornwallis lo miraba fijamente. Tenía el cuerpo tenso y las manos en la espalda.

—Es un banquero con mucho renombre en la City y un gran poder en los círculos financieros.

Pitt aguardó.

Cornwallis empezó a pasearse de manera compulsiva: cinco pasos en un sentido, media vuelta veloz y cinco en el contrario, como si el despacho fuera la cubierta de un barco con el viento a favor y a punto de entrar en combate.

—Anoche me llamó —dijo atropelladamente—. Parecía... angustiado. —Llegó al final y dio otra media vuelta, mirando a Pitt de reojo—. No quiso decirme de qué se trataba, pero me preguntó por el caso de Bedford Square, concretamente quién lo investigaba. —Giro y vuelta—. Le dije que usted y me pidió verlo... en privado... lo antes posible; esta mañana, de hecho. —Volvió a acercarse con las manos cruzadas en la espalda—. Yo le pregunté si tenía información sobre el caso, pensando que quizá le hubieran robado a él o a algún conocido... algún vecino de Bedford Square. —Se detuvo con mirada de desconcierto, muy desmejorado—. Dijo que no sabía nada, que se trataba de otro asunto, privado y muy grave. —Se aproximó al escritorio y entregó un papelito a Pitt—. Tenga la dirección. Está en casa esperándolo.

Pitt cogió el papel y lo leyó de un vistazo. Tannifer vivía en Chelsea.

—Sí, señor. Voy enseguida.

—Perfecto. Gracias. —Por fin se quedó quieto Cornwallis—. Comuníqueme de qué se trata. Estaré de vuelta antes que usted... o eso creo.

—¿De vuelta? —preguntó Pitt.

—¿Cómo? Ah, sí. —Cornwallis espiró con lentitud—. Tengo que ir a mi club, el Jessop. Confieso que no tengo ganas ni tiempo. —Esbozó una sonrisa para disimular un poco lo primero. Le tenía pavor a visitar el club, como si hubiera alguna posibilidad de que sus amigos y colegas ya conocieran el contenido de la carta y le dieran crédito (o como mínimo dudaran)—. Pero tengo que ir —explicó—. Es un comité de caridad, demasiado importante para faltar. Para los niños.

Lo dijo un poco avergonzado, y se apresuró a dar media vuelta para recoger el sombrero y salir después de Pitt.

Pitt tomó un coche y, nuevamente ensimismado, pidió que lo llevaran a Queen Street, justo al lado del embarcadero de Chelsea. Era un barrio bonito, próximo al Jardín Botánico, allende la fachada del hospital de Chelsea y el amplio espacio de Burton's Court. El final de la calle desembocaba directamente en el río, que estaba azul y gris y reflejaba el sol.

Llamó a la puerta del número apuntado en el papel y enseñó su tarjeta al lacayo que la abrió. Le franquearon el acceso a un vestíbulo con suelo enlosado y varias alfombras persas, cuyas paredes estaban adornadas por una gama completa de armas históricas, desde una espada de cruzado a dos pares de pistolas de duelo y dos estoques, pasando por un sable napoleónico. Poco después lo condujeron a un estudio con paredes de madera cuya puerta se abrió a los cinco minutos de espera, dando paso a un hombre alto y de pelo negro. Era un personaje que llamaba la atención, si bien de facciones demasiado poderosas, demasiado carnosas para ser calificado de apuesto.

Pitt le calculó unos cincuenta y cinco años, amén de una fortuna considerable. Su ropa era de un corte intachable, y de una tela que por su caída quizá llevara algo de seda. Lo mismo indicaba el lustre de su corbata.

—Gracias por venir, comisario. Ha sido muy amable. Póngase cómodo, se lo ruego.

Señaló las sillas de cuero oscuro y gastado, y en cuanto vio sentado a Pitt en una de ellas hizo lo propio con la del lado opuesto, pero lejos de relajarse permaneció erguido y con las manos juntas. No delataba un nerviosismo a flor de piel, pero se observaba en él una profunda inquietud.

A Pitt se le ocurrieron varias preguntas, pero se las guardó. Dejaría hablar libremente a Tannifer.

—Tengo entendido que investiga el desgraciado incidente de Bedford Square —dijo el dueño de la casa, tanteando el terreno.

—Sí —contestó Pitt—. En estos momentos mi sargento indaga en la vida del muerto con el objetivo de averiguar qué hacía en la plaza. Solía moverse por Holborn. Vendía cordones en una esquina de Lincoln's Inn Fields.

—Sí. —Tannifer asintió—. He leído en el periódico que había sido soldado. ¿Es cierto?

—En efecto. ¿Sabe algo de él, señor Tannifer?

El banquero sonrió.

—Nada, por desgracia. —Se le borró la sonrisa—. Sólo quería hablar con usted por lo que da a entender la prensa acerca de la posible implicación del pobre Balantyne. No cabe duda de que es usted un hombre perspicaz y discreto, merecedor de la plena confianza de Cornwallis. De lo contrario no le habría asignado un caso de estas características.

Observaba a Pitt con gran detenimiento, formándose una opinión de él.

Pitt consideró que holgaba contestar. Una negativa dictada por la modestia habría estado fuera de lugar. Tannifer estaba resultando ser todo un experto en el caso.

Apretó los labios.

—Señor Pitt, he recibido una carta muy inquietante. Podría ser calificada de chantaje, de no ser porque no pide nada.

La impresión dejó a Pitt casi sin aliento. Era lo último que esperaba. El opulento banquero en cuya presencia se hallaba no tenía el aspecto angustiado de Cornwallis, pero quizá se debiera a que aún no había evaluado toda la importancia de lo que significaba la carta. Tarde o temprano llegarían la tensión, el miedo y las noches en vela.

—¿Cuándo la recibió, señor Tannifer?

—En el último reparto de la tarde —contestó el banquero—, e informé a Cornwallis sin dilación. Como nos conocemos hace tiempo, consideré que podía tomarme la libertad de acudir a él directamente y hasta ir a molestarlo a su casa. —Respiró muy hondo y vació los pulmones, relajando los hombros de manera voluntaria—. Verá usted, señor Pitt, me encuentro en una posición muy delicada. Mis posibilidades de seguir con mi carrera, de ser útil a alguien, dependen por completo de la confianza.

Miró a Pitt a la cara para ver si lo entendía, y apareció en sus ojos un asomo de duda. Quizá esperara demasiado.

—¿Puedo ver la carta? —pidió Pitt.

Tannifer se mordió el labio y cambió de postura, pero no opuso resistencia.

—Cómo no. Está aquí, en la esquina de la mesa.

La señaló con una mano, como si le diera reparo el mero hecho de volver a tocarla.

Pitt se levantó y levantó el sobre de la superficie bruñida donde descansaba. El nombre y la dirección habían sido confeccionados con letras recortadas de los periódicos, pero tan minucioso y preciso era el recorte, estaban tan bien pegadas, que a primera vista parecían impresas.

El matasellos correspondía a la zona centro y a la tarde anterior. La abrió y leyó la única hoja que contenía.

Señor Tannifer:

El ejercicio de sus dotes financieras le ha granjeado riqueza y respeto, siempre con dinero ajeno. Ambas cosas se basan en la confianza de la gente, que no pone en duda su honradez. ¿Pensarían lo mismo si supieran que en una ocasión no fue usted ni mucho menos tan escrupuloso, y que incrementó su fortuna personal usando fondos desfalcados a sus clientes?

Warburton y Pryce, al parecer. Ignoro la suma, y es posible que ni usted la recuerde. Quizá no llegara a conocerla. ¿Para qué contar lo que no pensaba devolver? ¿Tiene usted sentido del absurdo?

Debe de tenerlo, o no permitiría a nadie confiarle su dinero. ¡Yo no lo haría!

Quizá llegue el día en que nadie lo haga.

Eso era todo. El sentido estaba clarísimo, como en la carta de Cornwallis, y al igual que en ésta no se pedía nada ni se formulaban amenazas concretas y explícitas. Sin embargo la dureza, la malevolencia y el peligro no podían ser más claros.

Pitt miró a Tannifer, que lo observaba casi sin pestañear.

—¡Ya lo ve! —dijo el banquero con acritud, como si el sosiego fuera un mero y fino barniz—. No pide nada, pero la amenaza está presente. —Se inclinó hacia la mesa, arrugándose la chaqueta—. ¡Es completamente falso! No he robado medio penique en toda mi vida, y creo poder demostrarlo con tiempo suficiente y una auditoría minuciosa de los libros del banco.

Se quedó mirando a Pitt, escudriñando sus ojos y su cara como si anhelara vivamente percibir esperanza o comprensión.

—Pero el simple hecho de que hiciera tal cosa o la creyera necesaria —continuó— sembraría la duda. Basta con una insinuación para hundirme; a mí y al banco, a menos que me despidan. La única solución sería dimitir. —Hizo un gesto amplio y un poco torpe con las manos—. Y aun así habría gente que lo interpretaría como un reconocimiento de culpa. ¡Dios mío! ¿Qué puedo hacer?

Pitt habría querido darle una respuesta que le infundiera la esperanza que tanto ansiaba, pero no había ninguna manera de hacerlo sin incurrir en falsedad.

¿Debía decirle que no era el único?

—¿Lo sabe alguien más? —preguntó, señalando la carta.

—Sólo mi mujer —contestó Tannifer—. Se dio cuenta de mi estado y tuve que elegir entre contarle la verdad o inventar una mentira. Siempre he confiado plenamente en ella, y se la enseñé.

Pitt pensó que había sido un error. Temía que la esposa del banquero se asustara tanto que no supiera disimular su congoja, y hasta sintiera la necesidad de confiar en terceros, como pudiera ser su madre o una hermana.

Tannifer debió de leerle los pensamientos en la cara, porque sonrió y dijo:

—No tema, señor Pitt. Mi esposa es una mujer de lealtad y valentía excepcionales. Confío en ella más que en nadie.

Era una afirmación poco habitual. Bien pensado, sin embargo, Pitt habría dicho lo mismo de Charlotte. Por eso se ruborizó un poco y se sintió culpable por haber menospreciado a la señora Tannifer sin ninguna prueba.

—Le pido disculpas —dijo, arrepentido—. Sólo pensaba...

—Es natural —lo interrumpió el banquero, restando importancia al incidente y sonriendo por primera vez—. Por lo general tendría usted razón. No hay motivo para avergonzarse.

Asió la cuerda de la campanilla y tiró de ella. Poco después aparecía un lacayo.

—Haga el favor de llamar a la señora Tannifer —le ordenó Tannifer. Cuando estuvieron a solas volvió a mirar a Pitt con seriedad—. ¿Qué ayuda puede prestarnos, comisario? ¿Cómo debo comportarme respecto a esta... amenaza?

—Lo primero es no contársela a nadie —repuso Pitt con mirada grave—. No propicie la menor sospecha. Piense en alguna causa verosímil a la que atribuir su angustia en previsión de que repare alguien en ella. Es preferible no fingir que va todo bien, porque se arriesgaría a no ser creído. No dé pábulo a las especulaciones.

—Claro, claro.

Tannifer asintió con la cabeza.

Se oyeron golpes suaves en la puerta, que se abrió poco después y reveló a una mujer cuyo aspecto, a simple vista, parecía bastante anodino. Era de estatura mediana, un poco delgada y de hombros angulosos; debajo del vestido, que casi no tenía polisón, las caderas se adivinaban demasiado estrechas para ajustarse a la moda, e incluso a la idea de feminidad. Su pelo rubio oscuro poseía una ondulación natural. Sus facciones no eran hermosas: la nariz carecía de elegancia, y los ojos, grandes y azules, miraban muy fijamente. En su boca delicada se leía una extraña vulnerabilidad. Lo llamativo era el porte. Aquella mujer estaba dotada de una gracia peculiar que la habría llevado a destacar en cualquier multitud, y su atractivo crecía cuanto más se la miraba.

Los dos hombres se levantaron.

—Parthenope, te presento al comisario Pitt, de Bow Street —dijo Tannifer—. Viene a propósito de la maldita carta.

—¡Cuánto me alegro! —se apresuró ella a contestar. Su voz era cálida y un poco ronca. Miró a Pitt con seriedad—. ¡Es diabólico! El que la ha escrito es el último en creer en lo que dice. Utiliza la amenaza de una mentira para hacer daño y... Algo quiere, pero ignoro qué. ¡Ni siquiera lo dice! ¿Cómo podemos luchar contra él?

Se aproximó a su marido y unió su brazo con el suyo de manera casi inconsciente. Era un gesto a la vez espontáneo e intensamente protector.

—En primer lugar compórtese con naturalidad —repitió Pitt, dirigiéndose esta vez a Parthenope Tannifer—, pero si alguien se da cuenta de que está nerviosa justifíquelo de otra manera. No intente engañarlo con una negativa en la que no creería.

—El hermano de mi esposa está en India, concretamente en Manipur, de donde llegan noticias bastante inquietantes. —Viendo que Pitt asentía con la cabeza, el banquero siguió hablando—. Sabrá usted que en septiembre del año pasado hubo un golpe en palacio. Los nuestros lo interpretaron como una rebelión, y en marzo de este año nuestro representante en Assam se puso al mando de cuatrocientos gurkhas y marchó sobre Imphal, la capital de Manipur, para entablar conversaciones. A su llegada fueron capturados y muertos.

Frunció el entrecejo, como si aún no diera crédito al resto de la historia.

—Parece —dijo— que no quedó ningún oficial con rango suficiente, por lo que la joven viuda del agente político condujo fuera de la ciudad a los oficiales británicos y gurkhas supervivientes, atravesando la jungla y subiendo por las montañas en dirección a Assam. Fueron rescatados por una tropa de gurkhas que llegaba en dirección contraria. —Se permitió una breve risa—. Siempre puedo decir que estoy preocupado por él. Deberían creerme.

Miró a Parthenope, que expresó su conformidad con un brillo de imaginación y orgullo en la mirada. Pitt recondujo sus pensamientos desde los sucesos insólitos de Manipur a la presente y lamentable situación en Londres. La idea de que dos destacados personajes sufrieran la amenaza de una forma peculiar de desprestigio público, sin que en ningún caso se les pidiera un precio, le dio escalofríos.

También lo obligó a preguntarse si el general Balantyne no sería la tercera víctima del plan, del cual no habría hablado por miedo o vergüenza. En su caso, la amenaza era naturalmente mayor: la aparición de un cadáver delante de su puerta había despertado la atención pública y las pesquisas de la policía.

¿Era Albert Cole el chantajista?

Parecía muy poco probable. Las reflexiones de Pitt llevaban a descartarlo. Cogió la carta de Tannifer y la releyó. Su estilo elaborado no podía deberse a un simple soldado convertido en vendedor ambulante de cordones.

Sin embargo, llevaba en el bolsillo la caja de rapé del general, objeto que había resultado carecer de valor pero no de belleza ni probablemente de unicidad.

Tannifer y Parthenope lo miraban con atención.

—¿Se ha guardado algo importante, comisario? —preguntó el primero, preocupado—. Me inquieta la expresión de su cara.

Parthenope estaba rígida y con la boca torcida por el miedo.

Pitt tomó una decisión rápida.

—No es usted el único que sufre las amenazas del autor de la carta, señor Tannifer...

Calló al ver asombro en la cara del banquero, y algo que podía interpretarse como alivio.

—¡Qué horror! —estalló Parthenope, tensando todo el cuerpo y apartando su brazo del de Tannifer. Juntó estrechamente las manos por delante—. ¿A quién más...? ¡Perdón, perdón! Qué estúpida pregunta. Comprendo que no puede decírnoslo. Sé que lo contrario implicaría explicar nuestra difícil situación a otras personas.

—No, señora Tannifer —corroboró Pitt—, le garantizo que jamás hablaría de ella sin su permiso. Se trata, al igual que su marido, de un hombre de honor, un personaje destacado cuya reputación nunca había sido puesta en entredicho. Se le acusa de una falta que le repugna más que cualquier otra; por desgracia no puede demostrar su inocencia, que es completa. De momento no puede, aunque es posible que una labor concienzuda se lo facilite. El acto que se le achaca también pertenece al pasado, y muchas de las personas que podrían haberlo desmentido han muerto.

—¡Pobre! —dijo Parthenope con compasión. Tenía la cara arrebolada y la mirada franca—. ¿Qué podemos hacer, señor Pitt?

Éste anhelaba encontrar una respuesta que infundiera ánimos a la mujer del banquero y le diera la sensación de participar en la lucha, pero su siguiente intervención iba dirigida a su esposo.

—El culpable debe quedar definido por una serie de condiciones —dijo, pensativo—. Es necesario que conozca el incidente que motiva la carta. ¿Tuvo alguna divulgación?

—Ninguna. —Tannifer se animó—. Sí, entiendo lo que dice: sólo puede tratarse de alguien que lo vivió o lo supo a través de uno de los implicados. Es cierto que las posibilidades quedan muy restringidas, pero ha aludido usted a más de una condición. ¿Cuál es la otra?

—Es necesario que desee algo de usted, algo que le sea de provecho. Una manera de saber algo más acerca de su identidad es que piense usted qué puede hacer por él, aparte, claro está, de pagarle una suma de dinero.

Tannifer frunció el entrecejo.

—¿No cree que vaya a pedirme dinero, una vez que se sienta seguro de su poder?

—Es posible —repuso Pitt—. ¿Es usted un hombre rico, con fondos a su disposición?

Tannifer vaciló.

—Pues... A corto plazo no podría pagar sumas elevadas, y vender propiedades lleva su tiempo...

—¡Influencia! —intervino Parthenope con impetuosidad—. Claro, es lo más lógico. —Miró a Tannifer y después a Pitt—. ¿Tiene influencia la otra víctima, comisario?

—Sí, señora Tannifer, más influencia que dinero. Posee mucha en ciertos ámbitos.

Apareció una sonrisa amarga en la boca de Tannifer.

—Deduzco que no se refiere a Brandon Balantyne, cuya influencia actual es nula. —Sacudió ligeramente la cabeza, gesto extraño de desesperación—. Este caso es repugnante, comisario. Rezo por que pueda ayudarnos.

Parthenope también miró a Pitt con gravedad, pero no añadió nada a las palabras de su marido.

—¿Podría hacer una lista, señor Tannifer? —sugirió Pitt.

—Por supuesto. Se la enviaré a Bow Street en cuanto la haya

terminado —prometió el banquero, tendiéndole la mano—. Gracias por venir, señor Pitt. Deposito en usted toda mi confianza. La de los dos. Le ruego que dé las gracias de mi parte a Cornwallis por enviarlo a usted con tanta rapidez.

Pitt se marchó abrumado por los malos presentimientos y la sensación de que las cartas a Cornwallis y Tannifer delataban un poder mucho mayor de lo que había imaginado en un inicio. No tenían nada de torpe o precipitado, ni procedían de un hombre codicioso que quisiera sacar dinero del conocimiento de un error. Todo lo contrario: se trataba de un plan trazado con esmero, y probablemente con tiempo; un plan cuyo objetivo era ganar poder mediante la corrupción de una serie de personajes influyentes.

Y a pesar de las palabras de Tannifer acerca del retiro de Balantyne, Pitt no pudo evitar preguntarse si también sería víctima de un chantaje. Estaba seguro de que el general tenía miedo de algo, y de que ese algo guardaba relación con la caja de similor hallada en el bolsillo de Albert Cole. ¿Cómo había llegado a manos de este último? La respuesta aclararía muchas cosas sobre la causa de su muerte.

Regresó a Bedford Square con el firme propósito de volver a hablar con Balantyne y tratar de sonsacarle algo. No descartaba preguntarle directamente si había recibido una carta. El lacayo, sin embargo, le informó de que el general había salido a primera hora sin decir en qué momento regresaría. No se esperaba que lo hiciera antes de la cena.

Pitt dio las gracias al criado y fue a la City para indagar sobre Tannifer, su reputación y categoría como banquero y, de ser posible, la influencia que pudiera tener sobre las economías ajenas. También quería saber si existía alguna relación entre él y Cornwallis, e incluso Balantyne.

Charlotte no tenía ninguna intención de dejar que el general Balantyne persiguiera por su cuenta al chantajista. Por eso a la mañana siguiente unió sus fuerzas a las de él. Se encontraron en la escalinata del Museo Británico, donde volvió a reconocerlo a varios metros de distancia, pese a la gran cantidad de transeúntes y la presencia de media docena de personas que esperaban o conversaban entre sí. Lo que llamaba la atención (seguramente más de lo que sospechaba el propio general) era su porte exageradamente erguido. Charlotte pensó que parecía esperar la carga inminente de un pelotón con bayonetas o una horda de guerreros zulúes.

La cara de Balantyne se iluminó al verla, pero su alegría, por lo demás evidente, no consiguió aliviar su tensión.

—Buenos días, señora Pitt —dijo, descendiendo a la acera para ir a su encuentro—. Es usted muy generosa por prestarme su ayuda y sacrificar su tiempo a una búsqueda que podría no dar frutos.

—No hay batalla que merezca ese nombre sin el riesgo del fracaso —le recordó ella con tono enérgico—. Cuando empiezo las cosas no necesito la seguridad del éxito.

El general se ruborizó un poco.

—No pretendía dar la impresión de que pongo en duda su coraje...

Ella le dirigió una sonrisa efusiva.

—Lo sé. Lo interpreto como simple abatimiento por ser víctima de algo tan cobarde, y por tener que luchar contra un enemigo invisible. —Caminó por Great Russell Street con paso decidido; no tenía la menor idea de adónde se dirigían, pero era mejor que quedarse parados—. ¿Por quién empezamos?

—Geográficamente, el más cercano es James Carew —contestó él—. Vive en William Street, cerca del parque.

Levantó el brazo para detener un coche. Ofreció la mano a Charlotte para ayudarla a subir y tomó asiento a su lado con la espalda derecha y la mirada perdida. Ya había dado la dirección al cochero, el cual empezó a sortear con rapidez a carros y carretas, ómnibus y coches de caballos.

Charlotte tenía a punto varios temas de conversación, pero miró de reojo a su acompañante y pensó que cualquiera de ellos significaría una intromisión en sus pensamientos. Prefirió guardar silencio. Era evidente que una simple charla, lejos de atenuar la angustia de Balantyne, lo irritaría insoportablemente. Habría sido la prueba de que Charlotte no entendía la hondura de sus preocupaciones.

Se apearon en William Street.

Cuando llamaron a la puerta de la dirección que les habían facilitado, un lacayo les dijo que James Carew había emprendido una aventura en las Montañas de la Luna. No sabían si volvería ni cuándo.

—¡Las Montañas de la Luna! —dijo Charlotte, caminando velozmente hacia Albany Street con un remolino de faldas, mientras Balantyne intentaba no quedarse atrás—. ¡Necio impertinente!

Él la cogió del brazo y la retuvo con una suave presión.

—Están en Ruwenzori, en el centro de África —explicó—. Fueron descubiertas por el mismo Henry Stanley de quien ya le hablé. ¿Se acuerda? Hace dos años...

—¿Dos años?

Charlotte estaba sorprendida.

—Las descubrió hace dos años —aclaró él—, en 1889.

—Ah. —Ella redujo el paso y recorrió unos metros en silencio, sintiéndose un poco tonta—. ¿Cuál es el siguiente? —preguntó al llegar a Albany Street.

—Martin Elliott —contestó él sin mirarla.

Lo dijo con tan poca esperanza que Charlotte olvidó su irritación.

—¿Dónde vive?

—En York Terrace. Podríamos ir caminando... a menos que...

Titubeó. Se le notaba en la cara que acababa de ocurrírsele la posibilidad de que ella no quisiera caminar tanto o no estuviera acostumbrada.

—Por supuesto —dijo ella con firmeza—. Hace un día estupendo, y el paseo nos dará la oportunidad de hacer planes para después de haber visto al señor Elliott. Si conoce al culpable o es él, dirá cualquier cosa menos la verdad. ¿Qué clase de persona es?

Balantyne se mostró desconcertado.

—Apenas lo recuerdo. Era bastante mayor que yo, oficial de carrera de una familia con larga tradición militar. Me parece que era rubio y había pasado la infancia en la frontera escocesa, pero no recuerdo si fue en el lado inglés o el escocés.

Recayó en su anterior silencio, y caminó mirando el suelo como si estudiara el pavimento.

Charlotte se concentró en las pruebas de que disponían. El cadáver de Cole había sido encontrado delante de la puerta de Balantyne con la caja de rapé en el bolsillo. Veintincinco años atrás había servido en la misma campaña abisinia que el general. El autor de la carta aún no había pedido nada a excepción de la caja de rapé, como prenda, y Balantyne, demasiado consciente del daño que podían hacerle, no había podido negársela.

—¿Qué podrían querer aparte de dinero? —dijo en voz alta.

Él, sorprendido, giró sobre sus talones.

—¿Qué?

Charlotte repitió la pregunta.

Balantyne desvió la mirada, mientras poco a poco enrojecían sus mejillas.

—Quizá el mero ejercicio del poder —respondió—. Hay gente que lo tiene como meta.

Ella habló por impulso, sin tiempo para dudas que pudieran destruir su arrojo, ni para una prudencia que derivara en algo más de tacto.

—¿Sabe quién podría ser?

El general se detuvo y la miró azorado.

—No. ¡Ojalá! —Se ruborizó levemente—. Perdone, pero es que es uno de los aspectos más desagradables de esta situación. Pienso en todos mis conocidos, en todas las personas que he considerado amigas mías o como mínimo dignas de respeto, al margen de que me fueran más o menos simpáticas, y ahora dudo. La carta empieza a contaminar mi visión de la gente. De repente, sin quererlo, me pregunto si lo saben, si conocen mis temores y al verme sonríen en secreto, esperando que pierda los nervios. Y todos serán inocentes menos uno. —Apareció en sus ojos una ira amarga—. Es uno de los grandes males de la acusación secreta: lo venenosa que es, su capacidad de destruir lentamente la confianza en unas personas que deberían merecerte el mayor aprecio y respeto. ¿Y los inocentes? ¿Cómo pretendo que me perdonen por no haber sabido que lo eran y haber albergado la menor sospecha? —Bajó la voz—. ¿Cómo voy a perdonarme yo?

Una mujer que paseaba a un perrito pasó junto a ellos, pero Balantyne estaba tan angustiado que ni siquiera la saludó con el sombrero (gesto que en él era tan automático que en circunstancias normales lo habría ejecutado sin pensar).

Charlotte obedeció al impulso de tender la mano y apoyársela en el brazo, ejerciendo cierta presión.

—Debe perdonarse —dijo, muy seria—. En cuanto a los demás, no tendrán necesidad de hacerlo por el simple motivo de que no sabrán nada. Quizá sea el objetivo del chantajista: desmoralizarlo tanto que cuando pida lo que quiera lo encuentre dispuesto a dárselo sólo para librarse del miedo y las dudas y conocer la identidad del enemigo para saber de una vez por todas quiénes son sus amigos.

Apretó un poco el brazo del general y notó que tensaba la musculatura, pero sin apartarse.

—He recibido otra carta —dijo él, mirándola a la cara—. Se parecía mucho a la primera: recortes del *Times* pegados a una hoja. Ha llegado con el primer correo del día.

—¿Qué ponía? —preguntó ella, haciendo un esfuerzo de contención.

Había que evitar a toda costa que advirtiera su nerviosismo.

El general tragó saliva. Estaba muy pálido y se notaba que le costaba reproducir las palabras.

—Que si mis amigos se enteraran de que fui un cobarde que huyó de la batalla, fue salvado por un soldado raso y no quiso reconocer su vergüenza, prefiriendo ser encubierto por él, me rechazarían y cambiarían de acera para no cruzarse conmigo. —Volvió a tragar saliva con un movimiento doloroso de la garganta. Tenía la voz ronca—. Que mi esposa, que ya ha padecido tanto, sufriría el golpe de gracia, y mi hijo se vería obligado a renegar de su apellido para no ver destruida su carrera. —Miró a Charlotte con dolor e impotencia—. Y en todo ello no hay una sola palabra de verdad. Se lo juro por Dios.

—No he dudado de usted en ningún momento —dijo ella con calma. La intensidad del sufrimiento del general surtió el extraño efecto de implantar en Charlotte la firme resolución de luchar en su defensa hasta agotar sus fuerzas o imaginación—. Jamás permita que se crea victorioso —dijo con convicción—; a menos, claro está, que sea como ardid para lograr que se delate. Ahora mismo, sin embargo, no me parece beneficioso en ningún sentido.

Él reemprendió la marcha. Se cruzaron con media docena de personas que reían o hablaban entre sí: mujeres de finísima cintura y voluminosas faldas, con flores y plumas en el sombrero, y hombres con chaqueta de verano. La calzada soportaba un flujo continuo de carruajes.

Encontraron el antiguo domicilio de Elliot y fueron informados de que había muerto dos meses antes por una enfermedad del hígado.

Comieron en un restaurante pequeño y tranquilo, esforzándose ambos por no perder el ánimo. Después tomaron el ferrocarril subterráneo y cruzaron toda la ciudad hasta llegar a Woolwich en busca de Samuel Holt. Para Charlotte fue una experiencia extraordinaria y completamente novedosa, a pesar de que se la había contado Gracie. Le pareció claustrofóbica y ruidosa. El tren corría a toda máquina por túneles larguísimos que parecían tubos, y rugía como cien bandejas de hojalata cayendo en un suelo de piedra. Reconoció, con todo, que el viaje había sido notablemente corto. Salieron al viento racheado y tibio del norte del río, sólo a dos manzanas de la casa de Holt.

Éste tuvo mucho gusto en recibirlos, a pesar de que no podía levantarse del sillón (de lo cual se disculpó, un poco avergonzado). Había quedado inválido por viejas heridas y el reuma, pero contestó rotundamente que había participado en la expedición abisinia y la recordaba perfectamente. ¿En qué podía ayudarlos?

Charlotte y Balantyne aceptaron los asientos que les ofrecía.

—¿Recuerda el asalto al tren de suministros en la llanura de Arogee? —dijo Balantyne, ansioso e incapaz de disimular su esperanza.

—¿Arogee? ¡Cómo no! —Holt asintió—. Fue horrible.

Balantyne se inclinó hacia él.

—¿Recuerda que hubo un grupo reducido de soldados que sucumbieron al panico bajo el fuego enemigo?

Holt reflexionó con una mirada vidriosa y ausente en sus ojos azules, como si retrocediendo un cuarto de siglo volviera a ver las llanuras de Abisinia, los cielos brillantes, la tierra seca y los colores de los combatientes.

—Horrible —repitió—. Así se mueren muchos. El pánico es lo peor.

—¿Se acuerda de mí?

Miró al general con los ojos entrecerrados.

—Balantyne —dijo, complacido.

—¿Se acuerda de que volví en busca de los heridos? —preguntó ansiosamente el general—. Mi caballo cayó y yo acabé en el suelo, pero tardé poco en levantarme. Cogí a Manders y lo ayudé a ponerse a salvo. Tenía un balazo en la pierna. Usted fue en busca de Smith.

—Ah, sí... Smith. Sí, me acuerdo. —Holt lo miró con una sonrisa encantadora y los ojos muy abiertos—. ¿En qué puedo ayudarlo, señor?

—¿Se acuerda de lo que le digo?

—¡Pues claro! Fue espantoso. —Sacudió la cabeza, y el sol iluminó su pelo blanco—. Lástima, porque eran hombres valientes.

El rostro de Balantyne se ensombreció.

—¿Los abisinios?

Holt frunció el entrecejo.

—No; los nuestros. Me acuerdo de que los chacales... se comían a los muertos. ¡Qué horror! ¿Por qué me lo pregunta? —Parpadeó varias veces—. ¿Perdió a muchos amigos?

Las facciones de Balantyne se contrajeron. Su lobreguez parecía acusar la muerte de una esperanza.

—Simples recuerdos —contestó apoyándose en el respaldo—. Diferencias de opinión con otra persona.

—Pregúnteselo a Manders y se lo dirá. Si no llega a rescatarlo usted el pobre se habría muerto, eso está clarísimo. Es lo que habría hecho cualquier oficial como Dios manda. ¿Quién lo niega? —Holt estaba azorado y molesto—. Se derramó mucha sangre. Todavía me acuerdo de la peste de los cadáveres.

La angustia le crispó la cara. Charlotte miró a Balantyne y vio que también estaba afectado por el triste recuerdo.

—Era buena gente —murmuró Holt con tristeza—. Manders no estaba entre las bajas, ¿verdad?

—Lo mataron en India pocos años después —dijo Balantyne en voz baja.

—¡Vaya! Qué lástima. Es que perdí la cuenta. ¡Con tantos muertos!

Se quedó callado, observando al general. Éste respiró hondo, se levantó y tendió la mano.

—Gracias, Holt. Le agradezco que haya tenido tiempo para mí.

El viejo soldado se quedó sentado en su silla con cara de satisfacción, estrechando con fuerza y prolongadamente la mano de Balantyne. Le brillaban los ojos de alegría.

—Gracias, general —dijo—. Su visita me ha alegrado mucho.

Cuando salieron a la calle, Charlotte estaba impaciente por mirar a su amigo y comprobar su alivio.

—¡Ya está demostrado! —dijo, exultante—. El señor Holt estaba con usted y podrá negar rotundamente la acusación.

—Por desgracia no —contestó Balantyne, esforzándose tanto por dominar sus emociones que eludió mirarla—. En Magdala no hubo bajas. Lo cierto es que en toda la campaña sólo perdimos a dos hombres. Naturalmente que hubo muchos heridos, pero sólo dos muertos.

Charlotte no entendía nada.

—Pero ¿y el olor? —protestó, sin resignarse a lo que acababa de oír—. Él se acordaba.

—Abisinios. En Arogee, cuando lo del tren de suministros, eran setecientos, y en Magdala ni lo sé. Mataban a sus prisioneros y los arrojaban por encima de la muralla. Es de lo peor que he visto.

—Pero si Holt... ha dicho... —balbuceó ella.

—Está mal de la cabeza. ¡Pobre! —El general caminaba deprisa y muy erguido—. Tiene momentos de lucidez. Yo creo que al marcharnos sí que se acordaba de mí. Durante el resto del tiempo se sentía solo... y con ganas de complacernos.

Charlotte, que le veía la cara de perfil, percibió su dolor y lo ronco de su voz. Balantyne caminaba a gran velocidad, tanto que ella tuvo que recogerse la falda y dar zancadas sin que él se diera cuenta. Lo acompañó en silencio con algún que otro saltito para no quedarse rezagada. Lo único que podía ofrecerle era su lealtad.

Tellman estaba ocupadísimo con sus indagaciones en la vida reciente de Albert Cole. Empezó en Lincoln's Inn Fields con un par de cordones. Encontró la esquina habitual del difunto y vio que ya la ocupaba otra persona, un hombre delgado en cuyo rostro, por lo demás jovial, destacaba una nariz más larga de lo normal.

—¿Quiere cordones?

El nuevo vendedor le enseñó un par que Tellman cogió y examinó de cerca.

—No los encontrará mejores —le aseguró el hombre.

—¿Son del mismo proveedor que los del que estaba aquí hasta hace poco? —dijo Tellman, fingiendo simple curiosidad.

El vendedor titubeó, porque no estaba seguro de qué respuesta lo beneficiaba más. Un vistazo a la cara de Tellman no aclaró sus dudas.

—Sí —se decidió a contestar.

—¿Quién era el anterior?

—Cómpremelos a mí, jefe. Tengo los mejores cordones de todo Londres.

Tellman sacó la suma pertinente, que era baja.

—Sigo queriendo saber dónde los consigue. Es para la policía.

El hombre palideció.

—¡No son robados!

—Ya lo sé. Quiero averiguar todo lo posible sobre Albert Cole, que estaba aquí antes que usted.

—¿El que la palmó?

—Ése. ¿Lo conocía?

—Sí, por eso tengo el puesto. ¡Qué mala pata! Era buena persona. Había sido soldado hasta que le pegaron un tiro, no sé si en África. Lo que ya no sé es qué carajo hacía en Bedford Square.

—¿Robar? —sugirió Tellman con dureza.

El vendedor se puso tenso.

—Perdone, pero eso no se dice sin poderlo demostrar. Albert Cole era un hombre honrado que sirvió a su país, y espero que encuentren al cerdo que lo mandó al otro barrio.

—Cuente con ello —prometió Tellman—. Pero a lo que iba: ¿de dónde sacaba los cordones?

—Era buena persona —dijo el proveedor de cordones cuando lo encontró Tellman. Hizo un gesto entristecido con la cabeza—. Londres ya no es una ciudad segura. Si matan a un hombre tranquilo que no hacía daño a nadie es que la policía no hace bien su trabajo.

Tellman ignoró la crítica.

—¿Tenía problemas económicos?

—Claro, como cualquiera que venda cordones en una esquina —dijo el otro con mal tono—. ¿Usted se gana la vida con esto o lo hace por afición?

Tellman tuvo que esforzarse mucho para no perder los estribos. Se acordó de su padre, que cuando él era niño se levantaba a las cinco de la mañana, salía de las dos habitaciones que ocupaba la familia en Billingsgate y se dedicaba a llevar fardos y cajas todo el día en el mercado de pescado. Por la tarde sustituía a un cochero amigo suyo y podía llegar a trabajar hasta medianoche. Lo hacía las cuatro estaciones, tanto en verano, cuando los embotellamientos eran diarios y el aire caliente apestaba a estiércol (o cuando la lluvia obstruía las cunetas, las calles se llenaban de porquería y la luz de las farolas iluminaba adoquines negros y brillantes), como en invierno, cuando el viento agrietaba la piel y las herraduras resbalaban peligrosamente por el hielo. No lo arredraba ni la niebla más espesa.

—Sólo tengo lo que gano —dijo con un matiz de rabia en la

voz—, y mi padre podría enseñarle a cualquiera el sentido de la palabra trabajo, incluido usted.

El proveedor de cordones retrocedió un paso; no lo asustaban las palabras del sargento, sino el pozo de ira que había destapado sin darse cuenta. Tellman se calmó, aunque la herida del recuerdo seguía sin cicatrizar. Se le apareció la cara chupada de su padre, agobiado por el frío y las preocupaciones y demasiado cansado para cualquier cosa que no fuera comer y dormir. Había tenido catorce hijos, de los cuales vivían ocho. En cuanto a su mujer, cocinaba, lavaba, cosía, barría, limpiaba cubos de agua y los acarreaba, fabricaba jabón con lejía y potasa y velaba noches enteras a los niños o los vecinos enfermos. Era ella quien amortajaba a los muertos, que en demasiadas ocasiones eran familiares suyos.

La mayoría de los colegas de Tellman en la policía no se imaginaba el significado real del agotamiento, el hambre y la pobreza; creía conocerlo, pero no era así. En cuanto a la gente como el general Brandon Balantyne, con su carrera comprada, vivía en otro mundo, como si fuera más que humano, e infrahumanos Tellman y los suyos. De hecho respetaba más a sus caballos. ¡Mucho más! Y les daba mejor vida: establo caliente, buena comida y una palabra de afecto al final de la jornada.

No obstante, y a pesar del sobresalto, el proveedor no supo darle ningún dato nuevo acerca de Albert Cole, a excepción de que era un negociante completamente honrado y no podía achacársele ninguna irregularidad en su trabajo, como no fuera algún día de enfermedad. Se había esfumado un día y medio antes de que apareciera su cadáver en Bedford Square; el proveedor, sin embargo, aseguró desconocer el motivo de su presencia en la plaza.

Tellman volvió a coger el ómnibus hasta Red Lion Square, donde visitó las casas de préstamo y preguntó por Albert Cole. Nadie lo conocía de nombre, pero el dueño del tercer establecimiento visitado dio señas de reconocerlo por la descripción de Tellman, sobre todo el corte de la ceja izquierda.

—Se parece a un hombre que venía bastante a menudo —dijo con resignación—, siempre con algo más o menos suculento. La última vez fue un anillo de oro.

—¿Un anillo de oro? —preguntó Tellman—. ¿De dónde lo sacaba?

—Dijo que lo había encontrado —contestó el prestamista,

mirándolo sin pestañear—. A veces baja a las cloacas y encuentra de todo.

Se rascó la nariz con irritación.

—¿A las cloacas?

—Sí. —Asintió con la cabeza—. Hay oro, diamantes... de todo.

—Ya lo sé —dijo Tellman—. Por eso es tan caro conseguir un trecho donde patrullar, y el que se mete en territorio ajeno se gana una buena paliza.

El prestamista parecía nervioso. Por lo visto no esperaba que Tellman estuviera tan familiarizado con aquella clase de actividades.

—¡Pues es lo que dijo! —replicó con brusquedad.

Tellman lo fulminó con la mirada.

—¿Y usted se lo creyó?

—Sí. ¿Por qué no? ¿Cómo iba a saber si era verdad o mentira?

—¿No tiene nariz?

—¿Nariz?

El prestamista, sin embargo, había captado el sentido de la pregunta. Las personas que se dedicaban a hurgar en las cloacas desprendían un olor inconfundible, igual que las que bajaban al río con cedazos en busca de tesoros ocultos.

—Conque ladrón —dijo Tellman con amargura—. Pero claro, usted eso no lo sabe. ¿Cuántas veces vino?

El prestamista, que estaba muy incómodo, volvió a rascarse la nariz.

—Unas seis o siete, creo, pero no sabía que fuera un ladrón. Siempre tenía una buena excusa. Lo había tomado por un...

—Sí, uno de los que buscan por las cloacas —dijo Tellman en su lugar—. Ya lo ha dicho antes. ¿Siempre traía joyas? ¿Alguna vez vino con cuadros, adornos o cosas así?

—¿De la cloaca? —La voz del prestamista ascendió una octava—. ¡Puede que no sepa tanto de esa gente como usted, pero hasta yo sé que a nadie se le caen cuadros por el desagüe!

El sargento sonrió enseñando los dientes.

—Usted y cualquier prestamista que compre anillos de oro a los que registran las cloacas. Si esos objetos fueran trigo limpio no habría ninguna necesidad de deshacerse de ellos de mala manera.

El prestamista lo miró con agresividad.

—¿Y qué sé yo de dónde los sacaba? Si robaba es cosa suya.

¿Tiene alguna pregunta más? Si no ya puede ir saliendo de mi tienda, porque me espanta a la clientela.

Tellman se marchó enfadado y perplejo. Aquella imagen de Albert Cole no se parecía en nada a la que le habían dado anteriormente.

Comió tarde en la taberna Bull and Gate, de High Holborn, a pocos metros de la esquina donde Cole había vendido cordones. Quizá el difunto la hubiera visitado alguna vez para resguardarse del frío, aunque sólo fuera para pedir una jarra de cerveza y una rebanada de pan.

Él pidió su jarra con un suculento y grueso bocadillo de ternera y salsa de rábano picante, y escogió su asiento con el objetivo de trabar conversación con algún cliente habitual. Empezó a comer. Tenía hambre. Había caminado toda la mañana, y fue un alivio sentarse. Hacía poco tiempo que se preocupaba por su vestuario. En los últimos dos meses había comprado algunas prendas: una chaqueta azul marino y dos camisas, todo ello de primera mano. Había que tener dignidad. En lo que más gastaba, sin embargo, era en botas cómodas, artículo al que ya había dedicado una parte generosa de su primer sueldo.

Dio un mordisco al pan y pensó en el bizcocho de Gracie. La comida casera, y consumida en la mesa de la cocina, tenía algo que la volvía más digestiva que la mejor carne consumida y pagada en un local anónimo. La personalidad de Gracie era una mezcla curiosa: a veces hablaba como una persona independiente y hasta mandona, pero trabajaba para Pitt, vivía en su casa y no tenía hogar propio. Estaba las veinticuatro horas del día a disposición del amo de la casa.

Comió el bocadillo de ternera pensando en la muchacha: tan menuda (piel y huesos), no respondía al modelo de mujer atractiva para la mayoría de los hombres. No había nada que abrazar. Pensó en otras mujeres que le hubieran gustado: Ethel, rubia y de piel suave, curvilínea y afable. Su matrimonio con Billy Tomkinson había sido un duro golpe. La facilidad con que pensaba en ello, hasta con una sonrisa, dejó al sargento sorprendido.

¿Qué opinión habría tenido Gracie de Ethel? Se le ensanchó la sonrisa, creyendo oír su comentario: «¡Vaya pedazo de inútil!» Imaginó la expresión tolerante y burlona de su rostro, de ojos grandes y facciones pequeñas y marcadas. Gracie era fuerte. Tenía todo el valor y determinación del mundo. Era incapaz de dejar a nadie en la estacada, como lo era de huir. Siempre plantaba cara, como un pequeño terrier. Y sabía diferenciar el bien y el mal. Su conciencia era de hierro; no, de acero, afilada... y brillante. ¡Qué extraña importancia adquirían esas cosas cuando se meditaban a fondo!

Y tampoco era fea, no. Tenía su atractivo. Su cuello, tan terso, era una hermosura, y sus orejitas las más finas que había visto Tellman en su vida. Otra cosa bonita que tenía, las uñas, ovaladas, siempre rosadas y limpias.

¡Basta de ridiculeces! Menos soñar despierto y más dedicarse a su trabajo. Debía averiguar muchas más cosas acerca de Albert Cole. Pidió otra pinta de cerveza y entabló conversación con un hombre alto que estaba de pie en la barra.

Una hora después salió de la taberna sin haber oído nada malo sobre Cole. En opinión del encargado, y de otros clientes con quienes había hablado, era un buen hombre, simpático, trabajador, honrado a carta cabal y prudente en sus gastos, aunque siempre dispuesto a pagar una ronda cuando le correspondía.

Alguna tarde en que llovía y hacía demasiado mal tiempo para vender cordones, Cole pedía tres o cuatro pintas y las hacía durar horas. Entonces contaba anécdotas de su carrera militar. Podía tratarse de historias de la última guerra en Europa o de las hazañas de su regimiento, que había estado al mando del mismísimo duque de Wellington y se había distinguido en la lucha contra el francés durante las guerras napoleónicas. En contadas ocasiones, y después de mucha insistencia (siendo como era hombre modesto, y hasta callado en lo relativo a sus propios actos), hablaba de la campaña de Abisinia. Consideraba que el general Napier era tan buen militar como el mejor, y se enorgullecía enormemente de haber estado a sus órdenes.

Al salir de la taberna, la rabia y confusión mental de Tellman habían llegado a su ápice. Las opiniones contrapuestas sobre Cole no tenían sentido. Presentaba dos caras: una, la de un hombre honrado y perfectamente normal que había servido a su país, vivía en una pensión, se ganaba la vida en una esquina vendiendo cordones a la gente acomodada de Lincoln's Inn Fields y bebía con los amigos en el Bull and Gate; otra, la de un ladrón que vendía su botín a un prestamista, probablemente robara casas en zonas como Bedford Square y lo había pagado con la vida.

Además le habían encontrado la caja de rapé en el bolsillo.

Bien, pero si lo habían asesinado por querer robar a alguien... ¿qué hacía fuera de la casa, y no dentro?

¿Era posible que le hubieran golpeado en otro lugar, dándolo por muerto, y que él se hubiera marchado a rastras? ¿Había subido hasta la puerta del general Balantyne en busca de ayuda?

Tellman caminó deprisa por High Holborn en dirección este y dobló por Southampton Row para ir a Theobald's Row, que caía al norte. Tenía intención de proseguir sus investigaciones.

Ninguna de ellas le aclaró la situación. Un recitador ambulante que salmodiaba las últimas noticias y rumores para entretener a los transeúntes relataba en verso la muerte de Cole. Tellman le pagó una buena suma y se enteró de que Cole era un hombre normal, ligeramente serio pero buen vendedor de cordones y con buena fama en el barrio. Se le conocían gestos de bondad, como dar una taza de caldo a la florista o el regalo de un par de cordones a un anciano, y tenía palabras amables para todo el mundo.

Un policía de la comisaría de la zona, que había visto dibujada su cara en el periódico, lo identificó como un simple ladronzuelo más pendenciero que otros que vivía en el este de Shoreditch (zona que había sido el último destino del agente). Al individuo en cuestión le faltaba un trozo de ceja, despoblada por una cicatriz infantil. Era mala persona, propenso a ataques de furia, y se había enemistado con uno (si no varios) de los vendedores de objetos robados que trabajaban por Shoreditch y Clerkenwell.

Una prostituta lo calificó de chistoso y gastador y lamentó que hubiera muerto.

Cuando Tellman abandonó el barrio de Lincoln's Inn Fields y High Holborn ya era demasiado tarde para pasar por Bow Street, pero las contradicciones de la personalidad de Albert Cole lo afectaban demasiado para no informar a Pitt lo antes posible.

Reflexionó por espacio de varios minutos. Aún era de día, pero faltaba poco para las ocho. Habían pasado muchas horas desde el bocadillo del Bull and Gate. Estaba sediento y cansado, y le dolían las piernas. Soñaba con una buena taza de té y tiempo para sentarse (al menos media hora, y preferiblemente una entera).

¡Lo primero, sin embargo, era el deber!

Iría a dar el parte a Keppel Street. Sí, era la opción correcta. No tardaría ni veinte minutos.

Llegó con los pies ardiendo y las piernas destrozadas, pero no encontró en casa a Pitt ni a su mujer. Le abrió la puerta Gracie, con delantal almidonado y aspecto descansado.

—Ah... —dijo el sargento, consternado. Se le había acelerado el pulso—. Lástima, porque me urgía explicarle lo que he averiguado hoy.

—Pues si es tan importante más vale que pase —contestó ella, abriendo más la puerta y mirándolo con una mezcla de satisfacción y desafío.

Debía de tener mucha curiosidad por Albert Cole.

—Gracias —dijo él con gran formalidad, antes de seguirla y esperar a que cerrara la puerta.

Se dejó conducir por el pasillo que llevaba a la cocina, donde encontró el olor hogareño de siempre: madera fregada, ropa limpia y vapor.

—Siéntese —ordenó ella—. Si se queda aquí en medio no puedo seguir con mis cosas. ¿O pretende que lo esquive?

Tellman obedeció, notándose la boca igual de seca que las calles por las que había venido.

Gracie lo observó de pies a cabeza con mirada crítica, desde el pelo peinado hacia atrás hasta las botas polvorientas.

—Parece un conejo muerto de hambre. Seguro que lleva varias horas sin probar bocado. Tengo un cordero frío muy bueno, con patatas y verdura. ¿Quiere col con patata, que se hace en un momento?

Se agachó sin aguardar a la respuesta, sacó la cacerola del armario y la colocó encima del fuego. También puso agua a calentar con gesto maquinal.

—Si sobra... —dijo él, respirando hondo.

—¡Pues claro, hombre! —contestó ella sin mirarlo—. A ver, ¿qué es lo que venía a decir y qué era tan importante? ¿Ha descubierto algo?

—¡Pues claro! —Tellman imitó su tono—. He investigado la vida de Albert Cole y es un misterio.

Se apoyó en el respaldo, cruzó los brazos y en aquella postura más cómoda observó a Gracie, que se movía rápidamente por la cocina. Ella cortó una cebolla de la ristra que tenía colgada en la puerta de la despensa, la puso en la tabla de picar, deshizo un trozo de manteca en la cacerola y, con rapidez de experta, empezó a cortar la cebolla en cubitos que echó en la manteca hirviendo. El olor era tan agradable como el sonido. Daba gusto ver trabajar a una mujer.

—¿Qué tiene de misteriosa —dijo ella—, aparte de quién lo mató, por qué lo mató y por qué lo dejaron delante de la puerta del general?

—Que era un buen soldado que sirvió a su reina y su país en un regimiento de primera, se licenció por heridas de guerra y se dedicó a vender cordones en la calle —repuso él—, pero también era un ladrón pendenciero que fue a robar a Bedford Square y se equivocó de casa.

Gracie giró sobre los talones para mirar al sargento.

—¿O sea que lo ha resuelto todo? —dijo con los ojos muy abiertos.

—No, claro que no —replicó él con cierta dureza.

Le habría gustado ofrecerle una solución brillante, quizá antes que Pitt, pero sólo disponía de fragmentos que no encajaban.

Ella siguió mirándolo y se le suavizó la expresión.

Tellman pensó que a su manera era francamente guapa, pero con carácter, no como aquellas muñequitas desaboridas.

—¿Dicen que era buena persona y a la vez ladrón? —preguntó ella.

—No, la misma gente no —contestó él—. Parece que tenía dos facetas opuestas, pero no sé por qué. No tenía familia ni jefes o compañeros de trabajo a los que impresionar.

—¡Uy!

Un fuerte estallido de manteca hizo que Gracie se volviese. Removió la cebolla con un cucharón, mezcló la col y la patata chafada y las echó en la cacerola. Mientras se doraban, cortó tres porciones generosas de cordero frío y las dejó en uno de los platos azules y blancos. Después puso el cubierto a Tellman, preparó té, le llevó una taza y sacó de la despensa la jarra de la leche mientras removía el cordero.

Una vez que estuvo todo listo lo sirvió y se lo puso a él delante. La taza humeaba. Sintiendo que se le escapaba una sonrisa, el sargento quiso adoptar una expresión menos entusiasta... y menos transparente.

—Gracias —dijo, rehuyendo la mirada de Gracie—. Es usted muy amable.

—No se merecen, señor Tellman —contestó ella mientras se servía una taza de té y tomaba asiento delante de él. Entonces se acordó del delantal y volvió a levantarse con presteza para quitárselo. Esta vez se sentó con más finura—. Y ¿de dónde ha sacado tanta información? Más vale que le diga al señor Pitt algo que tenga sentido, y no cosas sueltas.

Tellman expuso todos los hechos y opiniones contradictorios que había recabado en los últimos dos días, esforzándose por no hablar con la boca llena. Pensó en sugerirle que lo apuntara todo para evitar olvidos, pero no estaba seguro de que supiera escribir. Sabía que la señora Pitt le había enseñado a leer, pero no era lo mismo, y no quería avergonzarla.

—¿Se acordará de todo? —preguntó. Nunca había comido una col con patatas tan buena, pero se había excedido.

—Por supuesto —contestó ella con gran dignidad—. Tengo una memoria perfecta. ¡Qué remedio! Sólo sé escribir desde que entré en esta casa.

El sargento quedó ligeramente avergonzado. Iba siendo hora de marcharse. Prefería que Pitt no volviera a casa y lo encontrara ahí sentado, justo después de disfrutar de una opípara cena. La cocina era acogedora hasta el último detalle: el olor a limpio, el calor, el suave silbido del agua hirviendo, Gracie con la cara roja y los ojos relucientes...

La vida de Albert Cole no era lo único confuso. Lo era igualmente estar sentado ahí y haber dado el parte a Gracie como si fuera su superior, mientras se dejaba servir, mimar y poner cómodo por ella.

—Tengo que irme —dijo a su pesar, apartando la silla—. Dígale al señor Pitt que seguiré investigando a Cole. Si solía pelearse por su botín es posible que muriera por eso. Debo averiguar con quién trabajaba.

—Se lo diré —prometió ella—. Quizá sea la explicación. Tiene más lógica que lo demás.

—Gracias por la cena.

—¡Si sólo era col con patata!

—Estaba buenísimo.

—De nada.

—Buenas noches, Gracie.

—Buenas noches, señor Tellman.

¡Qué ceremonioso! ¿Debía decirle que se llamaba Samuel? No. ¡Valiente tontería! Como si a ella le importara algo su nombre de pila. Gracie había estado enamorada de aquel criado irlandés de Ashworth Hall. Además no estaban de acuerdo en nada importante: la sociedad, la política, la justicia, los derechos y obligaciones del hombre... Ella estaba contentísima con ser criada, mientras que él encontraba deplorable la idea de serlo, además de contraria a la dignidad de cualquier ser humano.

Avanzó por el pasillo con paso decidido.

—Lleva deshecho el lazo de la bota —señaló ella amablemente.

Se vio obligado a agacharse y atarlo, para no arriesgarse a tropezar en su camino hacia la puerta.

—Gracias —masculló, furioso.

—No hay de qué —contestó ella—. Lo acompaño hasta la puerta. Es por buena educación. La señora Pitt haría lo mismo.

Él se puso derecho y la miró fijamente.

Ella sonrió con alegría.

Tellman dio media vuelta y fue hacia la salida, seguido por los pasos ligeros y rápidos de Gracie.

5

Charlotte sabía que Gracie tenía algo que explicar a Pitt, por su conversación con Tellman de la tarde anterior, pero estaba teniendo una mañana llena de tropiezos y no pudo quedarse en la cocina el tiempo suficiente para escuchar. El día anterior había sido tibio y soleado, pero ahora soplaba un viento frío y amenazaba con llover. Las ropas que había preparado para Jemima, la cual estaba a punto de marcharse al colegio, no estaban bastante calientes. Jemima estaba muy seria y no formuló sus quejas habituales sobre el pichi, señal de que tenía alguna preocupación. Esto último era lo más urgente.

Averiguar la naturaleza exacta de la dificultad requirió un interrogatorio paciente y minucioso, y la respuesta, articulada con seriedad, recordó a Charlotte que a los nueve años las cuestiones sociales ya han adquirido una importancia enorme. La solución acertada al problema de cómo aceptar favores de la cabecilla reconocida de las veintitantas alumnas de la clase era un tema de gran trascendencia. Había que estar a la altura de las deudas contraídas. Las negativas debían explicarse sin ofender, a riesgo de verse expulsada del círculo mágico de las favorecidas.

Dispensó al problema el trato serio que merecía. Ella no había ido al colegio. Como tenía dos hermanas había sido educada en casa por una institutriz, pero los principios eran los mismos que en la sociedad adulta, y la estructura jerárquica, en ocasiones, igual de duradera. La exclusión, en todo caso, dolía igual.

El resultado fue que Daniel, dos años menor que Jemima, percibió que ocurría algo importante y que él quedaba fuera.

Optó por dar golpes, armar jaleo, tirar cosas al suelo y hacer comentarios en voz alta, como si hablara consigo mismo. Su objetivo, sin embargo, era llamar la atención de su madre.

Por eso, una vez estuvo solucionado lo de Jemima, Charlotte decidió acompañar a Daniel al colegio en lugar de que lo hiciera Gracie. A su regreso, después de haber terminado con la colada, decidido cuánta vida les quedaba exactamente a los calcetines y a qué camisas había que girar los cuellos y puños (trabajo que odiaba), era media mañana. Fue entonces cuando se sentó en la cocina para tomar una taza de té, y Gracie le explicó lo que le había contado Tellman acerca de la personalidad extraña y contradictoria de Albert Cole.

—Te felicito —dijo Charlotte con sinceridad.

—Le di de cenar. Nada especial, sólo cordero frío y col con patata. ¿Le parece bien? —contestó Gracie, roja de satisfacción.

—Perfecto —le aseguró Charlotte—. Por esa información puedes darle la mejor comida que haya en casa. Hasta se la compraría.

Pensó para sí que la comida era secundaria. Lo que atraía al sargento era estar con Gracie. Charlotte había notado que se ponía un poco rojo, y que todos sus esfuerzos no conseguían evitar cierto endulzamiento en la mirada. Nada, sin embargo, había sido tan conmovedor como la incomodidad y la compasión de Tellman cuando Gracie había tenido que digerir la destrucción de sus sueños en Ashworth Hall.

Prefirió no decirlo para no avergonzar a Gracie y no alentar la sospecha de que sus vivencias más personales ocasionaran reflexiones y planes ajenos.

—No hace falta —dijo la muchacha—. Se daría demasiados aires. Ahora, que algo hay que darle.

—Desde luego. Lo dejo a tu criterio.

Charlotte no dejaba de pensar en las palabras de Tellman sobre Cole. Creía a Balantyne en todos los aspectos (la falsedad del acto de cobardía en Abisinia y, cómo no, el asesinato de Cole), pero cuanto más sabía más difícil le parecía demostrarlo. De momento no había dicho nada a Pitt sobre el chantaje, pero su conciencia le impedía callar mucho más tiempo. Por otro lado, y en vista de la situación similar de Cornwallis, seguro que él ya tenía en cuenta la posibilidad.

Sintió la necesidad de comentárselo a alguien de absoluta confianza, alguien que además de discreto fuera buen conocedor de la clase de personas a la que pertenecían Cornwallis y Balantyne, así como del mundo en que se movían. La tía abuela Vespasia cumplía ambos requisitos a la perfección. Rondaba los ochenta y cinco años, su posición social era incuestionable y había sido la mujer más hermosa de Londres, quizá de toda Inglaterra. Solía acertar en sus juicios personales, y Charlotte no conocía a nadie que los expresara con una lengua tan afilada, compensada por el don de no herir a nadie. También tenía la valentía de seguir los dictados de su conciencia y luchar por las causas en que creía sin parar mientes en los gustos ajenos. Charlotte le profesaba mayor afecto que a nadie.

—Voy a visitar a lady Vespasia Cumming-Gould —anunció a Gracie cuando se levantó de la mesa—. Creo que necesitamos su opinión sobre el caso.

—Dudo que sepa mucho de alguien como Albert Cole —dijo Gracie, sorprendida—. No pasó de soldado raso, y por lo que dice el señor Tellman era ladrón. Parece que discutió con su cómplice por lo que se habían llevado, y que salió perdiendo. Dice el señor Pitt que parecía que se hubiera peleado a puñetazos.

La idea tuvo sobre Charlotte un efecto bastante tranquilizador. Parecía lógico. Persistía sin embargo, como dato inquietante, el hallazgo de la caja de rapé.

—Puede que robaran algo más —continuó Gracie como si le adivinara los pensamientos. Estaba al lado del fregadero con el trapo en la mano—. Quizá el otro se olvidara la caja por las prisas, pero se llevara el resto. Quizá huyera al ver al farolero.

—Es posible —asintió Charlotte. No podía decirle a Gracie ni a nadie que Balantyne había entregado la caja. ¿Quién era Cole, el autor de las cartas o un simple mensajero? También era posible que se la hubiera robado al chantajista por pura e insólita casualidad—. De todos modos me parece que iré a ver a lady Vespasia —declaró—. Probablemente coma fuera.

Gracie la miró de manera penetrante, pero se limitó a darse por enterada.

Charlotte subió y dedicó varios minutos a escoger el vestido adecuado. En ocasiones, cuando se había visto en la necesidad de dar una imagen más sofisticada o llamativa de lo que permitía su limitado vestuario, la tía Vespasia le había regalado vestidos, capas o sombreros que ella ya no utilizaba. En tales ocasiones la doncella de la anciana los adaptaba al cuerpo de Charlotte, más opulento, además de actualizarlos y aumentar su comodidad en detrimento de otros valores más en boga en la época en que se los había puesto Vespasia. Ésta siempre había sido muy aficionada a la ropa, y no estaba dispuesta a seguir la moda sino a precederla.

La única pega era que Vespasia era octogenaria y más delgada que gruesa. Tenía el pelo blanco y los gustos caros, como correspondía a su posición social. Charlotte era una treintañera de hermoso pelo castaño y piel dorada. Se imponían algunos arreglos.

Escogió un modelo de muselina azul claro con mangas espectaculares y un pequeño polisón verde unido a una chaquetilla, el cual compensaba la delicadeza del vestido solo, sofisticado en Vespasia pero un poco insípido en Charlotte. En cuanto a sombrero, tenía uno de color claro que conjuntaba con el vestido. Salió a las doce menos cuarto, bastante satisfecha con el resultado. La única manera de desplazarse yendo vestida de aquella manera era llamar a un coche (a menos que se tuviera uno de propiedad, por supuesto).

Llegó a casa de Vespasia poco después de mediodía. Le abrió la doncella, que a aquellas alturas la reconocía perfectamente.

Vespasia estaba sentada a pleno sol en su habitación favorita, que se abría al jardín. Llevaba su vestido preferido, de encaje color marfil enriquecido por el suave brillo de varias ristras de perlas. Su perrita blanca y negra, estirada hasta entonces a sus pies, se levantó y recibió a Charlotte con entusiasmo. Vespasia permaneció sentada, pero se le iluminó la cara de alegría.

—¡Qué sorpresa, querida! Ya tenía ganas de que vinieras. Llevo una temporada de aburrimiento supino. Está visto que no hay nadie con un mínimo olfato para lo imprevisible. Dicen y hacen todos exactamente lo que espero de ellos. —Expresó su desagrado con un gesto elegante del hombro—. Hasta adivino lo que se pondrán. Todo muy a la moda, pero sin el menor interés. Es espantoso. Empiezo a tener miedo de estar vieja. Tengo la impresión de saberlo todo... ¡y no me gusta! —Arqueó las cejas—. ¿Qué sentido tiene estar vivo si nunca te cogen completamente por sorpresa, si no te dispersan las ideas como el viento las hojas, obligándote a recogerlas y volver a juntarlas hasta descubrir una imagen nueva y diferente? Si no puedes sentir pasión ni sorpresa es que estás muerto. —Miró a Charlotte con censura y afecto—. Lo que llevas tú sí que no lo había previsto. ¿Puede saberse de dónde sacas este vestido?

—Es de los tuyos, tía Vespasia.

Charlotte se inclinó para besarla en la mejilla. Vespasia arqueó todavía más las cejas.

—¡Válgame Dios! Haz el favor de no contárselo a nadie, porque me moriría de vergüenza.

Charlotte no sabía si ofenderse o reír. Tenía ganas de ambas cosas.

—¿Tan horrible es?

Vespasia le hizo señas de retroceder un poco y dedicó al vestido un examen largo y severo.

—Es que no me sienta bien el azul claro —le explicó Charlotte.

El desagrado de su tía parecía centrarse en la adición del color verde.

—Combinado con un crema sí —respondió Vespasia—. El verde que llevas es demasiado fuerte. ¡Parece que te hayas caído al mar y hayas salido cubierta de algas!

—¡Ah! ¿Y parezco una ahogada, como la dama de Shalott?[1] —preguntó Charlotte.

—Menos serena —dijo Vespasia con mordacidad—, y no me obligues a seguir. Ahora deja que te lo quite y te encuentre algo mejor.

Se levantó y, apoyada en su bastón con mango de plata, condujo a su sobrina al vestidor, que estaba en el piso de arriba. Charlotte la siguió sin rechistar.

Mientras revisaba su colección de chales y accesorios, la anciana dejó escapar un comentario inocente.

—Imagino que estarás preocupada por el lamentable incidente de Bedford Square. Recuerdo que tenías amistad con Brandon Balantyne.

Inevitablemente, Charlotte se puso muy roja. Ella no lo habría dicho así. Contempló la espalda elegante de Vespasia, que palpaba una pieza de seda de color crema plateado meditando cómo quedaría. Cualquier protesta contra las palabras empleadas equivaldría a quedar en evidencia. Respiró hondo.

—Me disgusta, sí. Fui a verlo, pero no se lo digas a Thomas, por favor. Él no lo sabe. Es que... lo hice por impulso, sin pensar. Sólo quería... manifestarle mi amistad...

1. Célebre poema de tema artúrico de lord Tennyson, que daría lugar a una obra del pintor prerrafaelista W. Holman Hunt. *(N. del T.)*

Se quedó sin palabras.

Vespasia dio media vuelta con la prenda de seda en las manos, que era suave como una gasa y tenía un poco de brillo.

—Esto le dará vida —dijo con decisión—. Lo de aquí es un mantón. Esto se pasa por el polisón y luego por delante. Quedará más vistoso. Fuiste a verlo porque le tienes afecto y querías que supiera que este incidente no cambia vuestra relación. Es normal. —Su expresión adquirió más seriedad y un matiz de dulzura—. ¿Cómo estaba? —Miró a Charlotte muy atentamente, y al detectar sus emociones se entristeció ella misma—. Mal.

—Lo están chantajeando —contestó Charlotte, sorprendida de que la afectara tanto el simple hecho de decirlo, como si para ella también fuera una novedad—. Por algo que no hizo, pero no puede demostrarlo.

Vespasia permaneció callada cierto tiempo, pero su rostro delataba un silencio reflexivo, no de indiferencia o falta de comprensión.

Charlotte tuvo la súbita y escalofriante sensación de que su tía sabía o adivinaba algo que a ella se le pasaba por alto. Aguardó con un nudo en la garganta.

—¿Por dinero? —dijo la anciana, casi como si no esperara una respuesta afirmativa.

—Por nada. De momento, sólo... sólo para demostrar que el chantajista tiene poder.

—Ya. —Vespasia pasó el pañuelo de seda por encima de los hombros de su sobrina nieta y lo anudó con pericia. Después hizo varios retoques, pero el movimiento de sus dedos era maquinal—. Ya está —dijo al acabar—. ¿Así te gusta más?

Charlotte se miró en el espejo. Le quedaba mucho mejor, pero era un hecho sin importancia.

—Sí, gracias. —Se volvió—. Tía Vespasia...

Su tía, sin embargo, ya caminaba hacia la escalera, por la que descendió cogida a la baranda (cosa que no habría hecho uno o dos años atrás). Charlotte tomó conciencia de su fragilidad, y le dolió un poco darse cuenta de lo mucho que la quería. Quiso decírselo, pero tuvo miedo de incurrir en exceso de confianza. A fin de cuentas no eran parientes de verdad, ni era el momento adecuado.

Cuando llegó al pie de la escalera, la anciana se dirigió al salón de mañana, que ahora estaba completamente soleado.

—Tengo un amigo —dijo, pensativa—: el juez Dunraithe White.

Charlotte la alcanzó y entraron juntas en la luminosa estancia. El jarrón verde del centro de la mesa estaba lleno de rosas blancas, las primeras del año. El sol se filtraba por las hojas y hacía dibujos en la alfombra.

—Dice Theloneus que últimamente ha tomado decisiones bastante... peculiares, que no cuadran con su comportamiento habitual. Ha emitido dictámenes que en el mejor de los casos merecen el adjetivo de excéntricos.

Theloneus Quade también era juez, además de sempiterno admirador de Vespasia. Veinte años atrás había estado muy enamorado, hasta el punto de querer casarse con ella, pero Vespasia había juzgado excesiva la diferencia de edad. El juez seguía enamorado, pero su relación se había enriquecido con una sólida amistad.

La anciana tomó asiento en su sillón favorito, cerca de la ventana, y soltó el bastón. La perrita blanca y negra sacudió la cola de alegría. Su dueña miró a Charlotte de hito en hito.

—¿Tú qué crees? ¿Estará enfermo o...? —empezó la segunda, hasta darse cuenta de su lentitud de reflejos—. ¡Sospechas que también lo chantajean!

—Creo que sufre una fuerte presión —precisó Vespasia—. Lo conozco desde hace muchos años y siempre ha sido escrupulosamente honrado. A lo único que da más importancia que a su deber de juez es a su amor por su esposa Marguerite. No tienen hijos, y es posible que se hayan consolado mutuamente hasta conseguir una intimidad mayor que en muchos otros casos.

Charlotte se sentó delante de ella y se colocó bien el vestido recién mejorado. Vacilaba en pasar a la siguiente pregunta, pero su preocupación por Balantyne le confería una audacia superior a la habitual.

—Las decisiones que dices ¿son a favor de alguien en concreto, de algún interés?

Por los ojos de Vespasia pasó la chispa de la comprensión, y una tristeza irónica.

—Todavía no. Según Theloneus son puramente erráticas y desacertadas, y eso que es un juez que solía meditarlo todo mucho y sopesar todos los factores. —Frunció el entrecejo—. Es como si las tomara pensando en otra cosa. Al saberlo me quedé muy preocupada. Pensé que podía ser una enfermedad, y es posible que lo sea. Hace dos o tres días lo vi y tenía muy mala cara, como de dormir poco, pero aparte de eso estaba como distraído. La idea del chantaje sólo se me ha ocurrido al oírte explicar lo de Brandon Balantyne. —Movió un poco las manos—. ¡Pueden insinuarse tantas cosas sin que el afectado esté en situación de desmentirlas! Basta pensar en la ridiculez de Tranby Croft para darse cuenta de lo fácil que es hundir a una persona con una palabra inoportuna, una simple acusación, independientemente de que pueda demostrarse.

—¿Gordon-Cumming acabará mal? —preguntó Charlotte—. Y otra cosa: ¿es inocente?

Sabía que Vespasia tendría cierta familiaridad con los principales afectados, y probablemente supiera mucho de sus vidas privadas.

La anciana movió un poco la cabeza.

—No sé si es inocente, pero podría serlo. Para empezar, ni siquiera tendría que haberse planteado. El caso se ha tratado fatal. Lo lógico, cuando pensaron que hacía trampas, era dar por terminado el juego sin pedirle que firmara ninguna promesa de no volver a jugar a cartas, porque era como reconocer su culpabilidad. El hecho de condenar a uno de los participantes era una incitación a que hablara alguien de ello, y desde entonces el escándalo era inevitable. Lo habría previsto cualquiera con dos dedos de frente.

Sacudió la cabeza con impaciencia.

—¡Pero tiene que haber algún remedio contra esta amenaza de chantaje! —protestó Charlotte—. Es una injusticia pavorosa. Podría ocurrirle a cualquiera.

Vespasia estaba muy tensa, y la inquietud le grababa arrugas donde no solía haberlas.

—Lo que me preocupa es lo que pueda pedir el chantajista. ¿Dices que a Balantyne todavía no le ha puesto ninguna condición?

—No... sólo una caja de rapé... que apareció en el cadáver del hombre asesinado delante de su puerta. —Notó que se le crispaban lo dedos—. Thomas, lógicamente, lo sabe todo del crimen, porque se lo han asignado, pero hay algo más...

—Algo peor —dijo Vespasia en voz baja. Más que una pregunta era una conclusión.

—Sí. También chantajean al subjefe de policía Cornwallis, y vuelve a ser por un hecho del pasado donde no puede demostrar su inocencia.

—¿Concretamente cuál?

—Atribuirse un acto de valor ajeno.

—¿Y el general Balantyne?

—Pánico delante del enemigo, y permitir que lo encubriera otra persona.

—Ya.

Vespasia parecía muy preocupada. Conocía de sobra una amarga verdad: que aquella clase de rumores podía volver prácticamente insoportable la vida de una persona, aunque se tratara de simples murmuraciones y la víctima pusiera el mayor empeño en desmentirlos. Sobraban ejemplos de acusaciones menos malévolas que en el mejor de los casos habían llevado a que la persona afectada abandonara por completo la vida pública y se instalara en lo más remoto de Escocia, o incluso abandonara Gran Bretaña y se expatriara sin objetivo. En el peor habían provocado suicidios.

—Tenemos que luchar —dijo Charlotte con vehemencia—. No podemos consentirlo.

—Tienes razón. Lo que no sé es si tenemos alguna posibilidad de victoria. Los chantajistas tienen todas las ventajas. —Volvió a usar el bastón para levantarse. La perrita la imitó, abandonando su posición estirada—. Emplean métodos que nosotras no podríamos ni querríamos usar —prosiguió—. Atacan desde la oscuridad. No hay nadie más cobarde. Primero comeremos y luego iremos a casa de los White.

Dunraithe y Marguerite White residían en Upper Brook Street, entre Park Lane y Grosvenor Street. Charlotte y Vespasia se apearon del carruaje bajo el sol intenso de mediodía. Vespasia dominaba el arte de visitar en días «de recibir» (uno o dos al mes), cuando las casas estaban abiertas a cualquier persona que tuviera suficiente relación con sus dueños. En realidad todas las «visitas matutinas» se celebraban por la tarde: de tres a cuatro las más formales y ceremoniosas, de cuatro a cinco las que no lo eran tanto y de cinco a seis las de los íntimos.

Había, sin embargo, una serie de ventajas asociadas a la buena cuna y el paso del tiempo. Cuando Vespasia decidía infringir las normas nadie se quejaba, salvo los que querían hacerlo pero no se atrevían, y aun éstos formulaban sus críticas muy de tapadillo (si llegaban a oídos importunos, además, las negaban).

Afortunadamente no se trataba de un día «de recibir», por lo que la señora White estaba sola. Una doncella un poco perpleja se llevó la tarjeta de Vespasia y volvió al cabo de un rato para anunciar que la señora las recibiría.

Charlotte estaba demasiado preocupada por los temas que motivaban su visita para fijarse en la casa y su mobiliario. Percibió vagamente cuadros con marcos macizos y dorados, bastante roble tallado y cortinas con flecos.

Marguerite White estaba de pie en el salón, al lado de una tumbona cubierta de cojines de la que parecía acabar de levantarse. Era esbelta, blanca de piel y con el cabello oscuro y abundante. Tenía los ojos hundidos, los párpados carnosos y las cejas finas. Era una mujer hermosa, pero la principal impresión que se llevó Charlotte fue que no era robusta y que el menor esfuerzo la fatigaría. Llevaba un vestido oscuro de muselina que desde luego no se habría puesto en caso de prever alguna visita.

Otra sorpresa todavía mayor fue encontrar tras ella a su marido, poco más alto que ella, ligeramente grueso y ancho de hombros. A pesar de su físico robusto y la jovialidad de sus facciones, el señor White también parecía convaleciente. Su piel carecía de color, y tenía ojeras muy marcadas.

—¡Vespasia! ¡Cuánto me alegro!

Hacía un esfuerzo de cortesía y se le notaba en la voz el buen talante, pero no consiguió disimular del todo su sorpresa por la visita, acrecentada por la presencia de una desconocida como Charlotte.

Vespasia lo saludó efusivamente e hizo las presentaciones de rigor. No faltaron los clásicos comentarios sobre la salud y el tiempo, ni el ofrecimiento del té, a pesar de que a esa hora nadie esperara una respuesta afirmativa.

—No, gracias —dijo Vespasia con una sonrisa, mientras se sentaba en el ancho sofá y se alisaba la falda con un gesto conciso, señal de que pensaba quedarse.

Marguerite puso cara de perplejidad, pero no había ninguna manera de evitarlo como no fuera incurrir en la peor grosería. Por otro lado, su reacción al ver a Vespasia había sido indicio suficiente de que le tenía afecto y quizá un poco de temor.

Charlotte, que estaba nerviosa, tomó asiento preguntándose qué decir en aquella situación a la vez tan absurda e importante. Algo halagador pero inocuo, sin duda. Echó un vistazo por la ventana.

—Tiene usted un jardín exquisito, señora White.

Marguerite puso cara de alivio. Debía de tratarse de un tema que le procuraba muchas satisfacciones, porque se le relajaron los músculos del rostro y se le iluminaron los ojos.

—¿Le gusta? —preguntó con entusiasmo—. Yo preferiría que fuera más grande, pero hacemos lo posible por dar sensación de espacio.

—Es admirable cómo lo consigue. —Charlotte no tuvo que mentir—. Ya quisiera yo tener tanta maña. ¿O debería decir arte? Dudo que pueda aprenderse.

—¿Le apetece verlo de más cerca? —propuso Marguerite.

Vespasia no deseaba otra cosa. Tenía intención de insinuarlo a la primera oportunidad, y he aquí que su sobrina lo lograba en los primeros minutos de visita.

Charlotte se volvió hacia ella. Los buenos modales le exigían informarse de si podía aceptar.

Vespasia sonrió como si no tuviera importancia.

—Por supuesto, querida. Aprovecha que hace sol y puedes verlo en todo su esplendor. Seguro que la señora White no tendrá ningún reparo en que te acerques lo suficiente para admirar la delicadeza de los detalles.

—En absoluto —asintió Marguerite—. Es una de las virtudes que tenemos casi todos los jardineros: nos encanta presumir, pero en general no nos molesta compartir ideas. —Se volvió hacia su marido—. ¿Verdad que no te importa? Casi nunca viene nadie cuyo interés exceda la simple tolerancia de mi pasión. ¡Me tienen tan cansada los buenos modales vacíos!

—Adelante, querida —dijo él con dulzura.

En ese momento cambió su actitud hacia Charlotte. Por su expresión y su manera de relajar los hombros al caminar hacia la cristalera para abrírsela a las dos, quedó claro que Charlotte se había granjeado su amistad con un simple gesto.

Una vez ambas estuvieron fuera y sus elegantes siluetas se desplazaron por el césped contra el telón de fondo de los árboles (entre macetas de flores de colores claros expuestas al sol y el drámatico contraste de las petunias blancas con las llamas oscuras de los cipreses), el señor White cerró las dos hojas y volvió con Vespasia.

—Te veo cansado, Dunraithe —dijo ella amablemente.

Él permaneció de pie, un poco ladeado.

—Ayer tardé en dormirme, pero es normal. Nos pasa a todos.

Vespasia no podía perder el valioso tiempo que le concedía el paseo de Marguerite por el jardín. Estaba segura de que Dunraithe no le diría nada en su presencia, porque siempre se había desvivido por protegerla de cualquier disgusto. El riesgo contrario era precipitarse y que él se sintiera víctima de una intromisión. En ese caso, además de no ayudarlo habría dañado una preciada amistad.

—Es verdad —asintió con un ligero encogimiento de hombros, como si se tuviera en menos. De repente se le ocurrió una idea. No había tiempo para evaluar sus méritos. El jardín era pequeño, y Charlotte sólo podría retener a Marguerite un tiempo limitado—. Yo últimamente también duermo menos.

—¡Vaya! Pues lo lamento —dijo él con una sonrisa ausente. No se le ocurrió preguntar por el motivo. Iba a hacer falta una franqueza mucho mayor que la deseada.

—Es por culpa de unas aprensiones —dijo Vespasia.

Esta vez a White ya no le sería tan fácil contestar sin comprometerse.

—¿Aprensiones? —Por fin estaba interesado de verdad—. ¿Tienes miedo de algo, Vespasia?

—Sí, pero no por mí —contestó ella mirándolo a los ojos—, sino por mis amigos, aunque supongo que en el fondo viene a ser lo mismo. Nuestras penas y alegrías dependen de los seres queridos.

—Claro. —White lo dijo con una intensidad inesperada—. Son la base de nuestra existencia. Si no pudiéramos querer sólo viviríamos a medias... o menos; y lo que poseyéramos no tendría ningún valor, ni nos daría ninguna alegría.

—Tampoco penas —añadió ella.

A White se le enturbió la mirada, y en su rostro apareció una embarazosa ternura. De pronto tenía las emociones al desnudo. Vespasia siempre habría sabido que quería a Marguerite, pero ahora adivinó la profundidad de aquel amor, así como su vulnerabilidad. No pudo evitar preguntarse si Marguerite White era tan frágil como creía su marido. La respuesta, sin embargo, sólo tenía derecho a darla él.

—No, claro —dijo White, o susurró—. No se puede separar una cosa de otra.

Ella se mantuvo a la expectativa, pero la respuesta no tuvo segunda parte. O White estaba demasiado absorto en sus emociones o consideraba indiscreto hacerle preguntas personales.

Vespasia respiró hondo y espiró en silencio.

—Cuando ves que sufre un amigo de verdad y que puede llegar a perderlo todo, lo único que quieres es ayudarlo. —Lo dijo mirando atentamente a White.

Éste irguió bruscamente la cabeza y tensó el cuerpo como si las palabras de su amiga hubieran sido un puñetazo. El miedo flotaba por toda la sala, silenciosa e iluminada por el sol que bañaba el jardín. Aun así no dijo nada.

Vespasia no podía ni quería renunciar.

—Necesito que me aconsejes, Dunraithe. Por eso he venido a una hora tan inoportuna. ¿O acaso crees que tengo la costumbre de presentarme sin avisar a las tres de la tarde?

Por la cara de White pasó una expresión fugaz de humor dolorido.

—Tú tienes que disculparte menos que nadie. ¿Cómo quieres que te ayude?

¡Por fin!

—Una persona que me merece gran afecto —contestó ella—, y cuyo nombre prefiero callar por motivos que comprenderás enseguida, está siendo sometida a un chantaje.

Calló. La expresión de White no sufrió el menor cambio; permaneció, de hecho, más impasible de lo normal, pero se le pusieron rojas las mejillas, y después cenicientas. Ya no podía dudarse que también figurara entre las víctimas.

¿Sospecharía él hasta qué punto lo había delatado el cambio de color? ¿Había notado el acaloramiento de su piel y la sucesiva palidez? Vespasia lo miró a los ojos, pero le quedó la duda. Sólo continuó porque la única alternativa era la retirada.

—Por algo que en realidad no hizo. —Esbozó una sonrisa—. Lo que ocurre es que no puede demostrarlo. Sucedió hace muchos años, y ahora depende de la palabra de unas personas cuya memoria deja que desear o cuyo testimonio podría no bastar. —Se encogió muy levemente de hombros—. Supongo que sabes como yo que una mera insinuación, por nimia que sea, puede causar un daño irreparable, al margen de su veracidad. Muchas veces, la gente a la que se querría admirar peca de poco caritativa cuando tiene delante la oportunidad de causar revuelo con rumores. No hay que ir muy lejos para comprobarlo.

Él quiso decir algo, pero tragó saliva convulsivamente.

—Siéntate, Dunraithe —dijo ella con suavidad—. Hazme caso. Pareces mareado. Quizá te convenga un brandy solo, aunque creo que te ayudaría más una palabra de amistad. A ti también te agobia algo. Se daría cuenta cualquiera, no sólo los amigos. Yo te he confesado lo que me preocupa, y ahora me siento mejor, tanto si puedes aconsejarme como si no. La verdad es que no me imagino qué consejo podrías darme. ¿Qué se puede hacer contra el chantaje?

White rehuyó su mirada y contempló las rosas de la alfombra Aubusson, donde tenía apoyados los pies.

—No lo sé —contestó con voz ronca—. Si pagas, lo único que consigues es seguir empantanándote; estableces un precedente y le demuestras al canalla que le tienes miedo y cederás.

—Es uno de los inconvenientes. —Ella lo observó—. ¿Sabes qué ocurre? Que no ha pedido nada.

—¿Que no ha... pedido nada?

White lo dijo muy pálido, con voz forzada.

—De momento, no —prosiguió hablando con serenidad—. Mi amigo, claro está, tiene miedo de que tarde o temprano lo haga. La pregunta es: ¿qué pedirá?

—¿Dinero?

La pregunta tenía un matiz esperanzado, como si una petición de dinero casi fuera un alivio.

—Imagino que sí —contestó ella—. En caso contrario quizá se trate de algo mucho más desagradable. Es un hombre influyente. La peor posibilidad es que le exijan un acto corrupto... un abuso de poder...

White cerró los ojos y su amiga tuvo miedo de que se desmayara.

—¿Por qué me lo cuentas, Vespasia? —susurró él—. ¿Qué sabes?

—Sólo lo que te he dicho, y que temo que no sea la única víctima. Dunraithe... Tengo mucho miedo de que exista una conspiración a escala considerablemente más vasta que la de la angustia de un hombre, y hasta de dos. Ninguna reputación, por justa que sea, puede preservarse mediante un acto deshonroso, posiblemente mayor que aquel de que se acusa en falso a su dueño.

De pronto White la miró a los ojos, embargado por la rabia y la desesperación.

—Ignoro cuánto sabes; no sé si es el motivo de tu visita, ni sé hasta qué punto es ficticio tu amigo. —Hablaba con brusquedad, casi con enfado—. Pero confieso que también están chantajeándome por una falta que no cometí. Sin embargo, no me arriesgaré a que la divulgue nadie. ¡Nadie! Con tal de que no hable le pagaré lo que pida. —Temblaba, y tenía tan mala cara que parecía a punto de sufrir un colapso.

—Mi amigo es tan real como tú. —Vespasia no quería que él creyera que le había mentido, aunque fuera con buena intención—. Ignoraba que fueras otra víctima. Sólo lo he pensado al ver tu mala cara, y no sabes cuánto lo lamento. Es el delito más repugnante. —Pasó a expresarse con mayor fervor—. Sin embargo hay que luchar, y si hay que hacerlo juntos, que así sea. Es necesario que confiemos el uno en el otro. Mi amigo ha sido acusado de cobardía delante del enemigo, pecado que además de resultarle odioso lo avergonzaría hasta extremos insoportables.

—Lo siento. —Cada palabra era una agonía. Vespasia no dudó de la sinceridad y la pasión con que las pronunciaba, porque se le leían en la cara, la postura del cuerpo y la contracción de los hombros—. Pero la divulgación del acto de que se me acusa sería una tortura demasiado grande para Marguerite, y eso no pienso consentirlo, haga lo que haga el chantajista. Es inútil que intentes disuadirme, Vespasia. Estoy dispuesto a todo con tal de evitar que le hagan daño. Además, acabaría deshecha.

No era el momento de andarse con evasivas ni con diplomacia. Charlotte y Marguerite podían volver en el instante menos pensado. Charlotte ya había prolongado milagrosamente la conversación sobre jardinería.

—¿De qué te acusan? —preguntó Vespasia.

Su amigo estaba pálido, y una vez más tuvo que hacer un gran esfuerzo para contestar.

—De tal vez ser el padre del hijo de uno de mis mejores amigos. —Respiró con esfuerzo—. El marido falleció hace poco tiempo y ni siquiera puede negarlo. —Levantó la voz—. ¡Desde luego que no! Era su hijo, y por nada del mundo habría pensado lo contrario. Por desgracia, cualquier asomo de duda destruiría la reputación de la madre y la mía, sobre todo porque éramos amigos. Hasta podría cuestionarse el derecho del hijo a heredar el título de su padre, y su fortuna, que es grande. —Arrugó la cara y se le quebró la voz—. Si alguien me creyera capaz de algo así, Marguerite se moriría. Es... muy frágil, ya lo sabes. Nunca ha sido fuerte, y últimamente ha sufrido... ¡No pienso permitirlo!

—Pero tú no has hecho nada malo —señaló Vespasia—. Ni tú ni Marguerite tenéis nada de que avergonzaros.

Él contrajo los labios. El sol que entraba por las ventanas iluminó una mueca de desdén.

—¿Y tú crees que la gente se dejaría convencer? ¿Toda? Habría cuchicheos, miraditas... —Profirió una risa burlona—. Siempre habría algún entrometido que le contara los rumores a Marguerite, a modo de advertencia o por simple maldad.

—Conclusión: que harás lo que te pida —dijo Vespasia—. La primera vez, la segunda... y quién sabe si la tercera. ¡Para entonces ya tendrás algo de que avergonzarte, y su dominio sobre ti será real! —Se inclinó un poco—. ¿Hasta dónde llegarás? Tú eres juez, Dunraithe. Tu compromiso con la justicia debe tener prioridad sobre todo.

—¡Sobre Marguerite no! —White casi gritaba y tenía los puños apretados—. La he querido casi toda mi vida, y haré lo que sea por protegerla.

Vespasia no dijo nada. No hacía falta insistir en que si White traicionaba la confianza puesta en él y vendía su honor también destrozaría a Marguerite. Seguro que él lo leía en sus ojos. No soportaba ver más allá del primer peligro e ir solucionándolos uno por uno, pagar el precio y pensar en el siguiente con la esperanza de esquivarlo de alguna manera. Con algo de suerte el chantajista sería derrotado a tiempo por otra persona.

Se abrió la cristalera y entraron Charlotte y Marguerite inmersas en una ráfaga de viento, sol y movimiento de faldas. Marguerite tenía las mejillas encendidas y parecía entusiasmada, feliz.

Dunraithe hizo un esfuerzo supremo por sojuzgar el dolor y el miedo que exudaba poco antes por todos los poros. Su expresión sufrió un cambio radical. Enderezó el cuerpo y sonrió a las dos mujeres, haciendo partícipe a Charlotte de su afecto.

—Tienen un jardín absolutamente precioso —dijo ella con sincera admiración—. Cuando se posee el don de saber lo que hay que hacer y la destreza de cumplirlo, el resultado es una maravilla. Confieso que siento una envidia sana.

—Me alegro mucho de que le haya gustado —dijo él—. ¿Verdad que tengo una esposa inteligente?

Su orgullo era enorme, expresión de un gozo sin atenuantes. Marguerite se puso radiante de felicidad.

Trajeron té, y como eran casi las cuatro se sentaron todos para media hora más de conversación trivial. Siguieron las despedidas, y la orden de avisar al carruaje.

De camino a Keppel Street, Vespasia contó a Charlotte lo que había averiguado.

—Temo que sea bastante más grave de lo que habíamos imaginado —dijo, extremadamente seria—. Lo siento, querida, pero ya no puedes ocultarle a Thomas lo que sabes del chantaje a Brandon Balantyne. Sé que no será fácil explicarle cómo lo has averiguado, pero no tienes alternativa.

Charlotte la miró fijamente.

—¿Crees que es una especie de conspiración, tía Vespasia?

—¿A ti no te lo parece? Cornwallis, Balantyne, y ahora Dunraithe White.

—Sí, supongo que sí. ¡Ojalá hubiera pedido dinero!

—Seguiría siendo necesario pararle los pies —señaló la anciana—. El dinero sólo es el principio.

—Supongo que sí.

Tal como había predicho Vespasia, la conversación no fue fácil, pero Charlotte abordó el tema en cuanto llegó Pitt a casa. Por una vez volvió temprano, se quitó los zapatos, entró en la cocina y encontró a su mujer guardando la vajilla limpia. Ella se lo comentó enseguida, porque una vez tomada la decisión no estaría tranquila hasta cumplirla. Había ensayado varias veces, pero nunca a su entera satisfacción.

—Thomas, quería decirte algo sobre el caso Bedford Square. No sé si es relevante; espero que no, pero me parece necesario que lo sepas.

No era su manera de hablar habitual. Por eso él, que estaba lavándose las manos en el fregadero, se volvió con cara de sorpresa.

Ella estaba en el centro de la cocina con media docena de platos en la mano. Respiró hondo y tomó la palabra sin dejarle tiempo para preguntas o interrupciones.

—He pasado la tarde con tía Vespasia. Un amigo suyo, el juez Dunraithe White, está siendo víctima del mismo chantajista que amenaza al señor Cornwallis.

Él se puso tenso.

—¿Cómo lo sabes? ¿Se lo ha dicho él a Vespasia? —Su tono agudo revelaba incredulidad.

—Comprenderás que no ha sido fácil —contestó ella, dejando los platos en la mesa y dándole a él un trapo limpio—, pero son amigos desde hace mucho tiempo. Yo he distraído a su mujer, que es buenísima jardinera. Ya te lo contaré más a... ¡No, luego! —se interrumpió ella misma apresuradamente—. Vespasia ha hablado a solas con el señor White y él le ha confesado su situación. Está loco de miedo y de preocupación, pero lo acusan de ser el padre del hijo mayor y heredero de uno de sus mejores amigos. Ahora que ha muerto el amigo y ya no puede desmentirlo, el chantajista sostiene que pensaba denunciar al señor White...

Pitt hizo una mueca, señal de que comprendía lo doloroso de la maniobra. Dejó el trapo en el respaldo de una silla.

—Y ha dicho el señor White que si se entera su esposa se moriría. Es una mujer muy frágil. Por eso no tienen hijos. El señor White la adora, y pagará el precio que sea con tal de que no se divulgue.

Pitt encorvó los hombros y metió las manos en los bolsillos.

—Van tres. Cornwallis, White, y hoy me he enterado del tercero: un tal Tannifer, un banquero de la City acusado de estafar a sus clientes.

—¿Otro? —Charlotte estaba sobrecogida. Empezaba a parecerle que tenía razón Vespasia, y que era un problema de mayor amplitud y gravedad que un simple chantaje individual por dinero.

Pitt la miró con seriedad.

—¿Se te ha ocurrido que también chantajeen al general Balantyne? Ya sé que es una idea desagradable, por lo del cadáver en su puerta, pero no puedo soslayarla sólo porque no me guste.

Era el momento.

—Ya lo chantajean.

Charlotte observó a su marido para ver si se lo tomaba a mal. Pitt no se movió, pero en sus ojos luchaban toda clase de emociones: la rabia, la sorpresa, la compasión, la comprensión y algo que ella, por unos instantes, tomó por el rencor de sentirse traicionado. Siguió hablando atropelladamente para suavizar la tensión.

—Fui a manifestarle mi solidaridad por la nueva tragedia... sobre todo porque la prensa había desenterrado lo de Christina, como si no bastara con sufrirlo una vez. —La expresión de Pitt ya no tenía nada de ambigua: reflejaba una gran compasión, el recuerdo de un dolor indescriptible, no suyo sino de Balantyne, y la comprensión de lo que había hecho ella—. Sabía que le pasaba algo más, algo muy grave —prosiguió, sonriéndole por primera vez—, y le ofrecí mi amistad por si le servía de consuelo. Me dijo, muy avergonzado, que están chantajeándolo por un episodio inexistente de hace veinticinco años, durante la campaña de Abisinia, pero que no puede demostrar su falsedad. La mayoría de los demás implicados están muertos, en el extranjero o chochos.

Hizo una pausa para respirar y continuó.

—A él tampoco le han pedido dinero ni nada, pero tiene otra carta muy amenazadora. La acusación los hundiría a todos: a él, a lady Augusta (que no es santo de mi devoción) y a Brandy. Está intentando encontrar a alguien que estuviera con él en Abisinia y pueda ayudarlo, pero de momento no lo ha conseguido. ¿Qué podemos hacer, Thomas? ¡Es espantoso!

Él guardó silencio.

—Thomas...

—¿Qué?

—Perdona que haya tardado tanto en contarte lo del general Balantyne. Quería ver si averiguaba algo y demostraba su inocencia.

—Y no querías decírmelo para que no sospechara que mató a Albert Cole, porque la caja de rapé era suya —dijo Pitt serenamente—. ¿Se la dio él a Cole?

—No, al chantajista. Se la pidieron en prenda y la recogió un chico que iba en bicicleta.

Permaneció a la expectativa de lo que dijera su marido. ¿Se enfadaría mucho? Había hecho mal en no decírselo.

Él la miró.

Ella sintió calor en las mejillas, pero no habría dudado en actuar igual ante los mismos hechos. Estaba convencida de la inocencia de Balantyne. El general necesitaba que lo defendieran, y no podía esperarse que lo hiciera Augusta.

Pitt sonrió de manera peculiar. A veces resultaba inquietante lo mucho que la conocía.

—Se aceptan las disculpas, aunque no se crean del todo —dijo con dulzura—. Te sugiero que en tus horas libres leas el *Quijote*.

Charlotte hizo una mueca y bajó la mirada.

—¿Listo para cenar?

—Sí.

Pitt se sentó a la mesa y esperó a que ella pusiera los platos, guardara el resto de la vajilla, terminara de preparar la cena y la sirviera.

Vespasia desconocía lo de Sigmund Tannifer, pero los datos de que disponía la preocupaban tanto que hasta recurrió al teléfono (aquel instrumento prodigioso) a fin de preguntar a su amigo Theloneus Quade si podía visitarlo aquella misma tarde.

Él formuló una contrapropuesta: visitarla él, y Vespasia estaba lo suficientemente cansada para aceptar con gratitud. Con otra persona quizá se hubiera negado, e incluso con dureza, porque no estaba dispuesta a hacer concesiones a la edad más allá de las puramente obligatorias, y menos en presencia de otras personas. Theloneus, sin embargo, era una excepción. Con el tiempo, Vespasia se había dado cuenta de que su amor había trascendido la fascinación inicial por una belleza que le había durado hasta bien entrada la sesentena, y cuyos fundamentos pervivían en ella. Ahora era amor por su persona y las experiencias compartidas a lo largo de toda una vida, así como de un siglo turbulento; siglo que empezaba, al menos para ella, cuando el emperador Napoleón había puesto en peligro la propia existencia de Gran Bretaña. Aún se acordaba de Waterloo. Entonces la reina Victoria todavía era una niña relativamente desconocida.

Ahora también era una anciana que vestía de negro y presidía los destinos de una cuarta parte del mundo. Los mares estaban surcados por barcos de vapor, y la orilla del Támesis iluminada con luz eléctrica.

Theloneus llegó un poco antes de las ocho y le dio un beso en la mejilla. Vespasia percibió un olor pasajero a piel aseada y ropa limpia de algodón, y sintió el calor del cuerpo de su amigo.

Después Theloneus retrocedió.

—¿Qué ocurre? —preguntó con ceño—. Te veo muy preocupada.

Se hallaban en el salón de la casa. Fuera aún lucía el sol. Faltaban dos horas para que oscureciera, pero el aire, no obstante el fulgor dorado del astro, empezaba a enfriarse.

Él se sentó, sabiendo cuánto la irritaba tener que mirar hacia arriba.

—He pasado varias horas con Charlotte —empezó ella—. Hemos visitado a Dunraithe White, y mucho me temo que tus temores sobre él fueran fundados. Me confesó el motivo de su congoja. Es peor de lo que sospechabas.

Theloneus se inclinó hacia ella con arrugas en su rostro delgado y amigable.

—¿Verdad que tenías miedo de que fuera demencia senil? —preguntó ella.

Él asintió con la cabeza.

—Sí, en el peor de los casos sí. ¿Qué te ha dicho para que lo consideres todavía más grave?

—Que están chantajeándolo.

—¡A Dunraithe White! —Estaba horrorizado—. Me resisto a creerlo. No he conocido a nadie de una rectitud tan sistemática como la suya, ni de una honradez tan evidente. ¿Qué causa puede haber dado a un chantajista? No me cabe en la cabeza, y menos que esté dispuesto a pagar por su silencio.

La compasión y la inquietud le llenaban la cara de arrugas, pero seguía presente una incredulidad de fondo.

Vespasia lo entendió. Dunraithe White sólo era vulnerable por su amor a Marguerite, y eso era justamente lo que daba más miedo. Para ser consciente de ello, el chantajista tenía que ser una persona de cierta confianza, pues de lo contrario no habría perdido el tiempo en intentarlo.

Theloneus la observaba, pendiente de la respuesta.

—No es culpable de nada —dijo ella con suavidad— como no sea del deseo de proteger a Marguerite de unos rumores cuya falsedad no los hace menos hirientes.

Acto seguido le explicó la reacción de Dunraithe.

Theloneus permaneció callado.

La perrita blanca y negra dormía al sol, entre suaves ronquidos y algún que otro gemido en sueños.

—Comprendo —acabó diciendo él—. Tienes razón: es mucho peor de lo que temía.

—Accederá a lo que le pidan —dijo ella gravemente—. He intentado convencerlo con argumentos racionales. Le he dicho que ahora no tiene nada de que avergonzarse, que Marguerite lo entenderá, pero que si el chantajista consigue obligarlo a algo ya tendrá un motivo de vergüenza y ella también se enterará.

—¿Y Dunraithe no lo había pensado?

—Creo que tiene demasiado miedo por ella para hacer previsiones con más de un día de antelación —contestó Vespasia—. El miedo puede tener ese efecto: paralizar la voluntad o la capacidad de ver lo que es demasiado horrible.

—¿Y es verdad que su mujer sea tan frágil?

Theloneus parecía dividido entre el miedo a ser grosero y la necesidad de preguntarlo. Ella meditó bastante la respuesta. Pensó en lo que sabía de Marguerite White después de tantos años, relacionó sus recuerdos y se preguntó cómo los había interpretado entonces y de qué otra manera podía interpretarlos a la luz de los hechos posteriores.

—Es posible que no —dijo al fin, hablando lentamente—. Lo que está claro es que nunca ha tenido buena salud, aunque no sabría concretarte su grado de enfermedad. Como mínimo tiene cuarenta y cinco años, y es posible que alguno más, señal de que en su juventud debieron de atribuirle una fragilidad superior a la real. Le dijeron que no podía tener hijos porque sería jugarse la vida.

Él ponía la misma atención en escucharla que en mirarla.

Vespasia quería ser justa, pero se le acumularon los recuerdos y con ellos las dudas. Se alegraba de estar hablando con Theloneus, una persona querida, por la que no quería ser tenida en mal concepto, pero en quien confiaba lo suficiente para atreverse a permitir que viera lo que en ella había de vulnerable, quizá temeroso, débil o no exactamente bello. La juzgaría con ojos de amigo.

—¿Y? —dijo él, animándola a seguir.

—También está acostumbrada a verse como alguien que debe ser protegido, a quien no hay que poner nervioso ni pedir demasiado. Dunraithe la ha mimado, claro que con la mejor intención, y es posible que haya extremado sus desvelos hasta extremos poco prudentes. Si ella hubiera tenido más contacto con la realidad quizá se hubiera fortalecido, al menos mentalmente. Cuando tenemos a alguien que nos proteja, haga frente a todas las adversidades en nuestro lugar y lo considere un privilegio, lo normal es que optemos por la huida.

—¿Sería capaz de soportarlo? —preguntó él, mirando a Vespasia fijamente con los ojos muy abiertos.

—No lo sé —repuso ella—. Me lo he preguntado varias veces y me he planteado todas las medidas posibles, incluida la de precipitar una crisis para hacer que el villano dé la cara. Casi no me atrevo a pensar qué ocurrirá si pide a Dunraithe algo que suponga un abuso de autoridad...

Theloneus le tocó la mano suavemente, sin ejercer ninguna presión. Ella se fijó con sorpresa en lo huesuda que era la de su amigo, y en lo visibles que eran las venas. Había envejido mucho más que la cara, que conservaba intacto el perfil de la nariz, la intensidad de la mirada y la carnosidad de los labios. ¡Era tan natural proteger a un ser querido, alguien a quien se considerara vulnerable y en quien se depositara una ardiente lealtad! Alguien en cuya ausencia no existiría felicidad, risa ni alegrías o penas compartidas; alguien (y quizá fuera lo más importante) por quien saberse amado.

—La respuesta, querido, es que en los dos casos, tanto si Marguerite es capaz de superarlo como si no —dijo con convicción—, Dunraithe nunca estaría lo bastante seguro para arriesgarse. Debemos partir del hecho de que si le ponen alguna condición la aceptará.

Theloneus se apoyó en el respaldo.

—En ese caso tendré que ejercer una vigilancia rigurosa sobre todas sus decisiones, lo cual no me apetece en absoluto. No pienso preguntarte de qué lo acusa la persona en cuestión, pero quizá deba saber si se trata de un delito penalizado que pueda afectar a su posición.

—No, es puramente moral —contestó ella con una sonrisa ladeada—. Si estuviera penalizado nuestras cárceles quedarían repletas y el parlamento vacío.

—Ah... —Él correspondió a su sonrisa—. Conque de ésos. Comprendo. En el caso de Dunraithe me costaría creerlo, pero me doy cuenta de lo difícil que sería para Marguerite, aunque supiera que era falso. A veces la risa es la más cruel de las sentencias.

Era necesario contarle el resto.

—Hay más, Theloneus. Más y peor.

Hubo algo en su voz, una nota de temor, que lo sobresaltó. ¡Vespasia tenía miedo de tan pocas cosas! Frente a un acto de maldad, su reacción habitual era enfadarse.

—¿De qué se trata?

—Dunraithe White no es el único. John Cornwallis y Brandon Balantyne también están siendo chantajeados, y es casi seguro que por la misma persona... o personas.

—¿Brandon Balantyne? —El asombro desorbitó la mirada de Theloneus—. ¿John Cornwallis? Me resulta... casi imposible de creer. Y has dicho «personas». ¿Crees que podría haber más de un culpable?

Ella suspiró. De repente se sentía agotada por el esfuerzo de imaginar cosas tan desagradables.

—Tal vez. De momento no ha habido ninguna exigencia. Dunraithe no es un hombre rico, pero tiene mucho poder e influencia. Es juez. Corromper a un juez es algo terrible, un golpe en la raíz de la única barrera que existe entre la gente y la injusticia. Significa una pérdida de confianza en que la sociedad proteja a sus miembros, en última instancia del caos y la ley de la selva.

Vio en su cara que estaba de acuerdo. Él no la interrumpió.

—En el caso de John Cornwallis puede decirse casi lo mismo —prosiguió Vespasia—. No es rico, pero en tanto que subjefe de policía tiene mucho poder. Si la policía está corrompida, ¿qué nos protegerá de la violencia o el robo? El orden empieza a desgastarse, y la gente, que no confía en los demás, se toma la justicia por su mano. Lo que no entiendo es lo de Brandon Balantyne.

Vio que su amigo no le seguía el hilo.

—¿Él te ha dicho que lo chantajeen? —preguntó Theloneus de inmediato.

—No; a Charlotte. Está muy preocupada, porque lo quiere mucho. Ése es otro problema.

Tampoco esta vez fue comprendida. Lo leyó en los ojos de su amigo.

—No —dijo con una sonrisa—, no me refiero a nada de eso. —Contestaba así a una pregunta que aún no había sido formulada—. Pero Charlotte no se da cuenta de que quizá el afecto de él por ella sea superior a lo que creen los dos. —Movió la otra mano, dejando la idea para otro momento—. Estoy asustada, Theloneus. ¿Qué querrá el chantajista? Si ejercita su poder con suficiente destreza podría causar daños incalculables. ¿Qué otros afectados puede haber?

Theloneus había palidecido.

—Lo ignoro, querida, pero creo que debemos tener en cuenta la posibilidad de que haya más y no podamos encontrarlos, ni adivinar su identidad. El caso, Vespasia, puede ser gravísimo. Quizá esté en juego mucho más que la reputación de una o varias personas, que ya es importante. ¿Crees posible convencer a Brandon Balantyne de que resista la presión?

—Quizá. —Ella pensó en lo que sabía de Balantyne; vagos recuerdos, su cara de joven, las desgracias que había sufrido desde entonces...—. Se le acusa de cobardía ante el enemigo.

Theloneus se estremeció. No era un hombre muy militar, pero sabía bastante de la guerra y el honor para comprender el alcance de la acusación.

—Ha sufrido tanto... —dijo ella en voz baja—. Pero quién sabe si habiendo pasado por tantas dificultades no será capaz de volver a aguantar la ignominia con más valentía que otros. Confío en que no sea necesario.

—¿Y Cornwallis?

—De atribuirse un acto ajeno de valentía en alta mar. En todos los casos la acusación es la más dolorosa que podría formularse contra el chantajeado. Nos enfrentamos con alguien que conoce bien a sus víctimas y posee una habilidad excepcional para hacerles daño.

—Ciertamente —dijo él, sombrío—, y para derrotarlo hará falta la misma habilidad, además de una buena dosis de suerte.

—Mucha, sí —asintió ella—. Quizá no sea conveniente acudir a la batalla con el estómago vacío. El cocinero tiene espárragos, pan negro y mantequilla, y espero que también haya champán.

—Conociéndote, querida, estoy segura de que sí —aceptó él.

Cornwallis se paseaba por delante de la Royal Academy, presa de un dolor cuya modalidad jamás había experimentado. Estaba acostumbrado a la soledad y las molestias físicas del frío, el agotamiento y los malos alimentos (galletas rancias, panceta en salazón y agua salobre). Mareos, fiebre, heridas... Todo eso había padecido; también, incuestionablemente, el miedo, la vergüenza y una compasión tan desgarradora que parecía insoportable.

Antes de conocer a Isadora Underhill, esposa del obispo Underhill, no sabía lo que era pensar en una mujer con gozo y dolor inextricablemente unidos, anhelar su compañía y tener tanto miedo de hacerle daño o decepcionarla que el mero hecho de imaginarlo le provocara náuseas.

No había nada más dulce que la idea de que ella también sintiera algo por él. ¿Qué? No osaba ni pensarlo. Bastaba con que ella lo tuviera en buen concepto, que lo considerara como un hombre de honor, compasión, valentía y aquella probidad interna que no cedía ni se dejaba afectar por ninguna circunstancia exterior.

En su último encuentro ella había comentado que visitaría la exposición de cuadros de Tissot en la Royal Academy. Si él no iba lo interpretaría como que no deseaba verla. La relación entre ambos era demasiado discreta para que Cornwallis se justificase, como si ella lo esperara. No obstante, si iba, se encontraban (como era inevitable) y entablaban una conversación (y ¿cómo no?), ¿detectaría ella el miedo provocado por la carta? Era sumamente perspicaz. Podía decirse que adivinaba en él emociones que nadie había sospechado. Si en la actual agonía de Cornwallis ella era capaz de caminar a su lado, conversar y no notarlo, ¿qué valor tenía su afecto?

Y en el caso contrario, si se daba cuenta, ¿cómo explicárselo?

Subió por la escalinata y entró en el edificio sin haber llegado a ninguna conclusión. La sala de la exposición estaba anunciada en un cartel. Pasó al lado de la virgen de Fra Angelico, de grave y primorosa belleza; de costumbre habría despertado en su interior una emoción incomparable, pero esta vez apenas le prestó atención. No pensaba entrar en la sala de los Turner, porque su apasionamiento lo habría desbordado.

Sin darse cuenta ya estaba en la exposición de Tissot. Vio a Isadora. Siempre la reconocía a simple vista por la especial inclinación de su cabeza morena. Llevaba un sombrero muy sencillo de ala ancha. Estaba sola, contemplando los cuadros como si fueran muy de su agrado, si bien él sabía que eran demasiado estilizados para su gusto y que prefería los paisajes, las visiones y los sueños.

Caminó hacia ella como impulsado por una fuerza irresistible.

—Buenas tardes, señora Underhill —dijo con sosiego.

Ella le sonrió.

—Buenas tardes, señor Cornwallis. ¿Cómo está usted?

—Muy bien, gracias. ¿Y usted, señora Underhill?

Deseaba decirle lo hermosa que estaba, pero habría incurrido en un exceso grave de confianza. El porte de aquella mujer estaba dotado de una elegancia perfecta, y toda ella de una belleza mucho más profunda y satisfactoria para la mente que la mera perfección de líneas o colores. Se hallaba en la expresión de sus ojos y sus labios. Deseó poder decírselo, pero sólo comentó:

—Hermosa exposición.

—Mucho —contestó ella sin entusiasmo, sonriendo vagamente—. De todos modos, yo prefiero las acuarelas de la sala de al lado.

—Yo también —asintió él—. ¿Vamos a verlas?

—Con mucho gusto —aceptó ella, cogiéndole el brazo.

Pasaron al lado de un grupo reducido de caballeros que admiraban el retrato de una joven con vestido a rayas. La sala contigua estaba prácticamente vacía. Se detuvieron de consuno delante de una marina de pequeño formato.

—¿No le parece que ha captado muy bien el efecto de la luz en el agua? —dijo él con intensa admiración.

—Sí —asintió ella, dirigiéndole una mirada fugaz—. Las pinceladas verdes son acertadísimas. Dan una sensación de frío y transparencia. Es difícil conseguir que el agua parezca líquida.

En su mirada había cierta preocupación, como si hubiera visto en la cara de Cornwallis las huellas del insomnio, el miedo y la desconfianza que empezaban a infiltrarse en todos sus pensamientos, y desde la noche anterior hasta en sus sueños.

¿Qué pensaría si lo supiera? ¿Creería en su inocencia? ¿Comprendería la causa de su miedo? ¿Lo tendría ella a que la acusación fuera creída por otras personas? ¿Querría entonces distanciarse de la vergüenza que implicaba, del embarazo de tener que decir que ella no le daba crédito, explicar el motivo, reparar en las miradas de educada diversión y extrañeza... y avergonzarse?

—¿Señor Cornwallis?

Su voz revelaba cierta preocupación.

—¡Sí! —dijo él de manera un poco precipitada. Sintió que le quemaban las mejillas—. Perdone, estaba abstraído. ¿Pasamos al cuadro siguiente? Encuentro muy agradables las escenas de la vida rural.

¡Qué frase más forzada! Como si fueran dos desconocidos hablando por compromiso. ¡Y qué fría! «Agradables.» ¡Qué palabra más tibia para aplicarla a una belleza como aquélla, llena de una paz profunda y perdurable! Miró las vacas blancas y negras que pastaban en la hierba entreverada de sol, y el paisaje estival de colinas que se adivinaba entre los árboles. Era una tierra a la que amaba con pasión. ¿Por qué no podía decírselo?

¿Qué es el amor sin confianza, perdón, paciencia ni ternura? El simple apetito y necesidad físicos, el hecho de gozarse en la compañía del otro, los placeres compartidos, la propia risa o el intercambio de opiniones, sólo demuestran una buena relación. La única manera de ir más allá es dar además de recibir, pagar los costes además de recibir los beneficios.

—Lo veo un poco preocupado, señor Cornwallis —dijo ella con dulzura—. ¿Trabaja en un caso difícil?

Él tomó una decisión.

—Sí, pero pienso olvidarme de él durante media hora. —Hizo

el esfuerzo de sonreír y unió su brazo al de la señora Underhill, algo que nunca había hecho—. Contemplaré esta belleza sin tacha, que nada marchita ni destruye, y el hecho de compartirla con usted la multiplicará por dos. Que espere el resto del mundo. No tardaré en reunirme con él.

Ella le devolvió la sonrisa, como si hubiera entendido mucho más que el contenido de sus palabras.

—Sabia decisión, que imitaré.

Y caminó pegada a él sin apartar el brazo.

6

Tellman tenía que averiguar más cosas acerca de Albert Cole, y en concreto de sus movimientos durante sus últimos días de vida. Hasta entonces cada dato nuevo había aumentado la confusión. Era necesario empezar otra vez desde el principio, y el mejor lugar para ello era el domicilio de Cole en Theobald's Road.

La casa era vieja, e iluminada por el sol de la mañana lo parecía más que en su primera visita, pero estaba limpia, con alfombrillas de tela en el suelo de madera, y Tellman encontró a la casera con el cubo y el cepillo de fregar. Llevaba un pañuelo en la cabeza para que no le cayera por la cara su cabello, de un rubio desvaído. Tenía las manos enjabonadas y con los nudillos rojos.

—Buenos días, señora Hampson —dijo él afablemente—. Perdone que vuelva a molestarla cuando trabaja.

Echó un vistazo al suelo del pasillo, parcialmente limpio. El olor a lejía y vinagre le recordó las habitaciones de su infancia, y a su madre arrodillada de la misma manera con el cepillo en la mano y la blusa arremangada. Era como volver a ser niño, con pantalones cortos y agujeros en las botas.

La señora Hampson se levantó y se alisó el delantal con expresión de desconfianza.

—¿Otra vez usted? Sigo sabiendo lo mismo del señor Cole que la primera vez que vino. Era un hombre tranquilo, buena persona y amable con todos. No se me ocurre ninguna razón para querer matarlo.

—Intente acordarse de los últimos días antes de su muerte, señora Hampson —dijo él con paciencia—. ¿A qué hora se levantaba? ¿Solía desayunar? ¿Cuándo salía? ¿Y cuándo volvía? ¿Recibía alguna visita?

—Yo nunca vi a nadie —contestó ella meneando la cabeza—. Prefiero que no vengan, porque no hay sitio y nunca sabes a qué suben; pero bueno, el señor Cole era un hombre decente, y si alguna vez hacía... lo natural, vaya... no era en esta casa.

Tellman no creía que Cole hubiera muerto por un asunto de faldas, y no se molestó en investigarlo.

—¿A qué horas llegaba y se marchaba durante los últimos días de su vida, señora Hampson?

Ella reflexionó.

—El último día que lo vi, que debió de ser el jueves, salió hacia las siete de la mañana. Tenía que pillar a los clientes de camino al trabajo. No podía darse el lujo de perderlos. —Adelgazó los labios—. Me explicó que la tanda siguiente era la de las nueve o las diez. Los abogados empiezan más tarde, porque son más señores. Gente de paso hay todo el día, claro.

—¿Y el día antes? ¿Se acuerda?

—Un poco. —La señora Hampson conservó el cepillo en la mano, sin importarle que goteara—. No recuerdo nada especial, pero si hubiera pasado algo diferente me acordaría. Cada día es lo mismo: gachas para el desayuno y un trozo de pan. Oiga, que tengo trabajo. Si quiere seguir preguntando tendrá que entrar y dejar que siga.

Se puso de rodillas para limpiar las gotas y lo poco que quedaba de agua y jabón. Tellman cogió el cubo con intención de llevárselo, y las manos de ambos se tocaron en el mango de madera.

Ella quedó tan sorprendida que estuvo a punto de soltarlo, pero no hizo ningún comentario.

Cuando llegaron a la cocina dejó el cubo en un rincón y empezó a mezclar polvo blanco de ladrillo con aceite de linaza, consiguiendo una pasta para limpiar la superficie de las mesas. Luego mezcló otro poco con agua para sacar brillo a los cuchillos y el pomo del atizador de los fogones.

Tellman se sentó en una esquina para no molestarla, y mientras la veía trabajar le hizo todas las preguntas que se le ocurrieron acerca de Albert Cole. Una hora después la cocina estaba limpia, y el sargento salió en pos de la casera, la cual, armada de un escobón, se disponía a barrer el rellano y sacudir las esteras. Al marcharse, Tellman se había formado una idea bastante precisa de la vida doméstica de Cole, normal, decente y de una confortable monotonía. Que supiera la señora Hampson, pasaba todas las noches solo en su cama, cabía suponer que dormido.

La siguiente parada del sargento fue la esquina de Lincoln's Inn Fields, donde preguntó a los transeúntes y los vendedores si recordaban haber visto a Cole en su puesto habitual. Desentrañar el recuerdo de un día concreto no era tarea fácil.

La florista de la esquina más alejada, la que daba a New Square, fue de mayor utilidad.

—El domingo no estaba. De todos modos no es día de compra y no viene casi ningún vendedor —dijo, rascándose la cabeza y torciéndose un poco el sombrero—. El lunes sí, porque lo vi y hablamos un poco. Dijo que estaba pendiente de un buen cobro y yo me reí pensando que me tomaba el pelo, pero contestó que lo decía en serio. Lo que no dijo es de dónde pensaba sacarlo. Luego ya no lo vi más.

—Sería el martes —la corrigió Tellman.

—No, el lunes —insistió ella—. Siempre sé qué día es por lo que pasa en la plaza. Nos lo cuenta todo Beanpole, que es el recitador. Era lunes. El martes no vino, y el jueves por la mañana es cuando lo encontró muerto la policía en Bedford Square. ¡Pobre, con lo buen hombre que era!

—¿Y dónde estaba el martes? —preguntó Tellman con perplejidad.

—A saber. Pensé que debía de estar enfermo.

La investigación en Lincoln's Inn Fields no dio más resultados, ni tampoco las preguntas en el Bull and Gate.

Por la tarde el sargento volvió al depósito de cadáveres, lugar que aborrecía. En días de calor el ambiente parecía más asfixiante y claustrofóbico, como si se pegara a la garganta. Flotaba una mezcla extraña de olores punzantes y acres. En días fríos era como si las paredes chorrearan humedad y el frío calara hasta los huesos. Parecía una especie de fosa común adecentada y artificial pendiente de que la cubrieran, y Tellman siempre tenía la sensación de que corría el peligro de quedarse dentro.

—No han traído a nadie nuevo —dijo con sorpresa el encargado.

—Quiero ver a Albert Cole. —Tellman tuvo que esforzarse para decirlo. Era lo último que deseaba, pero el paradero de Cole el día antes de su asesinato podía ser la única pista acerca de lo ocurrido—. Por favor.

—Cómo no —asintió el encargado—. Lo tenemos en la nevera, bien encerradito. Ahora mismo le acompaño.

Tellman, obediente, lo siguió hacia la salita donde se guardaban los cadáveres en un frío glacial cuando la policía necesitaba seguir examinándolos con relación a un crimen.

Se le hizo un nudo en el estómago, pero levantó la sábana casi sin temblar. Se sintió indiscreto, porque el cadáver estaba desnudo. ¡Sabía tanto y tan poco de aquel hombre! La piel del torso y los muslos estaba muy blanca, pero con un matiz gris de suciedad, y el olor a rancio se debía a algo más que al ácido fénico y la carne sin vida.

—¿Qué busca? —preguntó, servicial, el encargado.

Tellman no estaba seguro.

—En primer lugar heridas —contestó—. Fue soldado en el treinta y tres de infantería. Participó en muchas batallas y lo licenciaron por un tiro en la pierna.

—No puede ser —dijo el encargado con seguridad—. Puede que se rompiera algún hueso, porque eso sólo se sabe cuando los abres, pero las balas atraviesan la piel y dejan cicatrices. Éste tiene una de cuchillo en el brazo y otra en el pecho que le llega hasta las costillas, pero en las piernas nada. Mire, si quiere.

—Consta en su historial militar —argumentó el sargento—. Lo leí con mis propios ojos. Fue herido de gravedad.

—¡Pues compruébelo! —repitió el encargado.

Así lo hizo Tellman. Las piernas del cadáver estaban frías y la carne fofa, pero no había ninguna cicatriz ni marca de bala. No, aquel hombre no había recibido ningún disparo, ni en las piernas ni en ninguna otra parte del cuerpo.

El encargado lo miraba con curiosidad.

—¿Qué falla? —preguntó—. ¿El historial o el cadáver?

—No lo sé —contestó Tellman. Se mordió el labio—. Supongo que en cualquier hoja de servicios puede haber algún error, aunque me extrañaría. Pero si este hombre no es Albert Cole... ¿quién es? ¿Y por qué llevaba encima el recibo de los calcetines de Albert Cole? ¿Qué sentido tiene robar una factura por tres pares de calcetines?

El encargado se encogió de hombros.

—A mí que me registren. ¿Y cómo piensa averiguar quién es este desgraciado? Podría ser cualquiera.

Tellman pensó con denuedo.

—Era una persona que pasaba mucho tiempo en la calle y llevaba botas del número equivocado. Fíjese en los callos de los pies. Va sucio pero no es un trabajador manual, porque tiene la piel de las manos demasiado suave. En cambio las uñas están rotas y ya lo estaban antes de pelear contra el asesino, porque las tiene negras. Es delgado... y se parece mucho a Albert Cole, bastante para que el abogado que compraba cordones a Cole lo confundiera con él.

—¿Un abogado? —El encargado volvió a encogerse de hombros—. No creo que se fijara mucho en la cara. Seguro que miraba los cordones y casi no le dirigía la palabra.

Tellman lo consideró muy probable.

—¿Por dónde piensa empezar?

El interés del encargado era casi posesivo.

—Por los que dicen que Albert Cole era un ladrón —contestó Tellman, que acababa de decidirlo—, empezando por el prestamista. Puede que este hombre fuera el que le llevaba cosas robadas.

—Buena idea —dijo respetuosamente el encargado—. Si está cerca pase a verme. Tomamos una tacita de té y me cuenta las novedades.

—Gracias —contestó Tellman, sin la menor intención de regresar a menos que se lo exigiera el deber.

¡Ya le escribiría una carta!

No podía decirse que el prestamista se alegrara de verlo. La prueba fue que se le pintó el disgusto en la cara antes de que Tellman hubiera franqueado el umbral de su establecimiento.

—¡Ya le dije que aquí no tengo nada robado, al menos que yo sepa! ¡Déjeme en paz!

Tellman se quedó donde estaba y lo miró fijamente, complacido por su rabia y su incomodidad.

—El otro día dijo que Albert Cole le vendía anillos de oro y otras cosas que encontraba en las cloacas.

El prestamista apretó las mandíbulas.

—Se lo dije y es verdad.

—No; dijo que era el hombre que vio en la foto que le enseñé —lo corrigió Tellman—: delgado, rubio y un poco calvo por delante, con la cara chupada y una cicatriz en una ceja...

—Y usted dijo que se llamaba Albert Cole, había sido soldado y lo habían matado en Bedford Square —asintió el prestamista—. ¿Y qué? Ni lo maté yo ni sé quién es el asesino.

—¡Exacto! Le dije que era Albert Cole. —Tellman lamentó tener que reconocerlo—. Pues ahora parece que no. No coincide con su historial militar, conque me gustaría saber quién es. Me imagino que querrá ayudarnos a identificarlo, porque es una posibilidad de ganarse el favor de la policía sin delatar a nadie. Haga un esfuerzo. Dígame todo lo que recuerde del hombre que decía que bajaba a las cloacas. Quizá fuera verdad. Quizá no fuera vendedor de cordones.

El prestamista hizo una mueca de desprecio.

—Pues entonces no encontraba mucho, o no me lo traía. Por la zona oeste hay algunos que se ganan la vida la mar de bien. Parece increíble que los ricos sean tan descuidados con el oro y el resto de sus cosas.

—Adelante, cuénteme todo lo que sepa de él —insistió Tellman, paseando una mirada inquisitiva por los anaqueles—. Bonito reloj. Mucho lujo para la clase de persona que tiene que empeñar algo.

El prestamista se enfureció.

—Aquí viene gente de mucha categoría, y una mala racha puede tenerla cualquiera. Hasta puede que un día le pase a usted. Seguro que entonces se le quitan esos aires de superioridad que gasta.

—Sí, pero no tendría un reloj así para empeñar —respondió Tellman—. Creo que pasaré por la comisaría, no vaya a resultar que de repente el dueño esté en situación de desempeñarlo. No sé, quizá aparezca en una lista de objetos robados... Al grano: dígame todo lo que sepa del hombre que venía a venderle joyas.

El prestamista se apoyó en el mostrador.

—¿Si se lo digo todo me dejará en paz? Una vez entró casi al mismo tiempo que una mujer del barrio, una que se llama Lottie Menken y vive a unos cincuenta metros de aquí. Ella venía a empeñar la tetera, como tantas veces, la desgraciada. Debía de conocerlo, porque lo llamó Joe o un nombre así. Búsquela y le dirá quién era.

—Gracias —dijo Tellman—. Con un poco de suerte no me verá más.

El prestamista musitó una oración, a menos que fuera una blasfemia.

Tellman tardó casi una hora en encontrar a Lottie Menken. Era tan baja y corpulenta que se movía con una especie de cabeceo. Su pelo negro y rizado consistía en una mata despeinada colocada en la cabeza como un sombrero.

—¿Qué pasa? —dijo cuando la abordó el sargento.

Estaba al lado de la cocina fabricando jabón, que era su manera de ganarse la vida. Tenía a mano varios recipientes de grasas y aceites, una parte de los cuales se mezclaba con sosa para conseguir pastillas, si bien la mayor, mezclada con potasa, se convertía en jabón líquido, mucho más económico. En las estanterías altas, que debía de alcanzar con ayuda de los taburetes de la cocina, Tellman vio varios tarros con compuestos de añil, blanco de España y esmalte para el último lavado. Servían para quitar el color amarillo que daba el almidón o era consustancial a la ropa blanca de peor calidad.

Tuvo la prudencia de no interrumpir su trabajo. Se apoyó al desgaire en una de las mesas de trabajo como si fuera del barrio (en realidad había crecido en uno semejante).

—Me han dicho que conoce a un tal Joe, un hombre delgado y rubio que de vez en cuando vende cosas a Abbott, el prestamista. ¿Es verdad?

—¿Y qué si lo es? —replicó ella sin levantar la mirada. Había que mezclar las medidas exactas—. No lo conozco mucho. Sólo nos saludamos.

—¿Cómo se llama?

—Josiah Slingsby. ¿Por qué? —Seguía sin mirarlo—. ¿Usted quién es y qué le importa? No pienso mezclarme en ningún asunto de Slingsby, conque arreando. ¡Venga, fuera!

La rabia, y quizá el miedo, le tensaron las facciones.

—Puede ser que haya muerto —dijo él sin moverse.

Ella interrumpió su trabajo por primera vez y detuvo el movimiento de sus manos. El líquido casi le mojaba las mangas enrolladas.

—¿Que Joe Slingsby está muerto? ¿Por qué lo dice?

—Creo que se trata del cadáver que encontraron en Bedford Square.

Esta vez Lottie Menken sí se volvió a mirarlo, y en su cara había algo que a Tellman le pareció esperanza.

—¿Estaría dispuesta a venir conmigo y echarle un vistazo? —preguntó él—. Así me lo confirma. —Comprendió el coste de hacerle perder tiempo de trabajo—. Sería un servicio a la policía, que lógicamente se lo pagaría. ¿Le parece bien un chelín?

La vio interesada, pero todavía indecisa.

—Identificar cadáveres es un trabajo muy frío —añadió—. Después nos haría falta una cena bien caliente y una jarra de cerveza.

—Sí, supongo que sí. —Lottie Menken asintió con la cabeza, sacudiendo los rizos—. ¿Dónde está el cadáver que podría ser Joe Slingsby?

Lo primero que hizo Tellman al día siguiente fue ir a la comisaría de Bow Street para encontrar a Pitt antes de que saliera y comunicarle su seguridad de que el cadáver no pertenecía a Albert Cole, sino a Josiah Slingsby, ratero y persona pendenciera.

Pitt quedó perplejo.

—¿Slingsby? ¿Cómo lo sabe?

Estaban frente a frente con la mesa en medio, cubierta de papeles.

—Lo identificó alguien que lo conocía, y dudo que se equivocara o mintiera: describió el corte de la ceja y sabía lo de la cuchillada en el pecho. Se acordaba de cuando se la hicieron, hace dos años. Lo que está claro es que no se trata de Albert Cole. Lo desmiente la hoja de servicios, concretamente lo del disparo: a Cole lo licenciaron por una herida en la pierna, y el cadáver no tenía ninguna. Lo lamento, señor.

No entró en detalles. Su superior merecía una disculpa, pero no una larga historia, y menos una excusa.

Pitt se apoyó en el respaldo de la silla y se metió las manos en los bolsillos.

—Supongo que el abogado que lo identificó lo hizo de buena fe. Debía de estar poco acostumbrado a ver cadáveres, como casi todo el mundo. Además dimos por sentado que era Cole a causa de los calcetines, lo cual nos lleva a la interesante pregunta de por qué llevaba el recibo de Albert Cole en el bolsillo. ¡A menos que fuera suyo!

—Lo dudo. No vivía cerca de Red Lion Square, sino a varios kilómetros, en Shoreditch. Lo verifiqué ayer por la tarde. Por Holborn no lo conocía nadie de vista ni de oídas. Ni en la calle ni en el pub. Yo creo que no conocía a Albert Cole ni tenía nada que ver con él. Cuanto más lo pienso menos me cuadra. Slingsby era ladrón, pero ¿qué sentido tiene robar el recibo de unos calcetines? Sólo valen unos peniques, y lo normal es guardarlo como máximo uno o dos días.

Pitt se mordió el labio.

—Entonces ¿qué hacía Slingsby en Bedford Square? ¿Robar?

Tellman acercó la otra silla y tomó asiento.

—Es probable, pero lo raro es que no se sabe nada de Cole. También ha desaparecido. Dejó sus pertenencias en la habitación y el alquiler pagado, pero hace días que no lo ve nadie en su esquina ni en el Bull and Gate. El lunes, en cambio, tanto él como Slingsby fueron vistos en sus lugares habituales. Está claro que se trata de dos hombres con un parecido casual.

—Y que Slingsby apareció muerto con el recibo de Cole en el bolsillo —añadió Pitt—. ¿Se lo quitó por un motivo que se nos escapa? ¿O fue otra persona quien se lo robó a Cole, un tercer implicado a quien no conocemos y que se lo entregó a Slingsby? En ese caso, ¿por qué?

—Quizá no se nos haya ocurrido y sea una tontería —dijo Tellman sin creerlo posible. Se limitaba a dar palos de ciego—. Quizá no tenga nada que ver con el asesinato de Slingsby.

—¿Y por qué llevaba en el bolsillo la caja de rapé del general Balantyne? —añadió Pitt—. El general estaba siendo chantajeado...

Tellman se llevó una sorpresa. Tenía mala opinión de Balantyne, como de todos los privilegiados, pero era por desprecio a los que tomaban de la sociedad más de lo que invertían en ella, a los que gozaban de una autoridad inmerecida. Se trataba de algo aceptado por la mayoría, y en ningún caso un delito.

—¿Qué ha hecho? —preguntó, echando la silla un poco hacia atrás.

Por la cara de Pitt pasó un destello de rabia, y de repente los separó un abismo. Habían reaparecido las viejas hostilidades y barreras de cuando Pitt había recibido el mando de Bow Street. Ambos eran de origen humilde. Pitt, simple hijo de guardabosque, aspiraba sin embargo a alguna cosa más. Hablaba como la gente distinguida e intentaba adoptar sus modales. Tellman, por el contrario, permanecía fiel a sus raíces y su clase. Él quería luchar contra el enemigo, no pasarse a él.

—No ha hecho nada —dijo Pitt con frialdad y precipitación, quizá—, pero no puede demostrarlo fácilmente y la acusación lo hundiría. Se refiere a un incidente de la campaña abisinia, en la que también participó Albert Cole, como ha demostrado usted. Lo que todavía no sabemos es si Josiah Slingsby tenía algo que ver con el chantaje.

—¡La caja de rapé! —dijo Tellman con satisfacción—. ¿Un pago?

Lamentó sus palabras en cuanto las hubo pronunciado, y se irguió automáticamente en la silla.

Pitt era la viva imagen del desdén.

—¿Una caja de similor? No me parece que valga la pena. Josiah Slingsby quizá fuera capaz de matar por un puñado de guineas, pero Balantyne no.

La conciencia de haber dicho una estupidez tuvo efectos crispantes sobre Tellman. Intentó disimular, pero se dio cuenta de que se le notaba en la cara.

—Quizá hubiera algo más aparte de la caja de rapé —dijo con brusquedad—. Es posible que sólo fuera una fracción. No sabemos qué otra cosa puede haberle dado. Quizá fuera el último de muchos pagos y el general perdiera los estribos. Puede que se diera cuenta de que nunca se libraría de él, sino que el chantajista acabaría hundiéndolo después de haberle chupado la sangre.

—¿Y los calcetines de Cole? —preguntó Pitt.

—Es lógico. —Tellman se inclinó y apoyó una mano en la mesa—. Cole y Slingsby eran cómplices. Cole le contó a Slingsby lo del general. Puede que supiera cómo usaría la información y puede que no. Quizá Slingsby matara a Cole por las ganancias.

—Le recuerdo que el muerto es Slingsby —alegó Pitt.

—Bueno, pues lo mató Cole.

—Conclusión: Balantyne es inocente —dijo Pitt con una sonrisa forzada.

Tellman reprimió un juramento.

—Es una de las posibilidades —reconoció—, pero aún sabemos demasiado poco.

—Cierto —asintió Pitt—, conque vaya averiguando todo lo posible. Procure descubrir si existe alguna relación entre Slingsby y Balantyne, y si el general había pagado algo más aparte de la caja de rapé o hecho algo por instigación de Slingsby.

—A la orden.

Tellman se levantó, pero no para cuadrarse.

—Otra cosa...

—Diga.

—Esta vez procure informarme directamente en comisaría, no en casa.

A Tellman le ardió la cara, pero cualquier respuesta habría empeorado las cosas. Se negaba a rebajarse a dar explicaciones que pudieran entenderse como excusas. Permaneció tenso y callado.

—No quiero que se entere nadie de que investiga al general —insistió Pitt—, o de que lo sigue. ¿Entendido? E incluyo en ese «nadie» a Gracie y la señora Pitt.

—Sí, señor. ¿Algo más?

—No, de momento, no.

Los periódicos de la mañana siguiente anunciaban dos escándalos. Uno era la saga del caso Tranby Croft, que a cada nueva revelación tomaba un cariz más desagradable. Resultaba ahora que después de la acusación inicial de hacer trampas en el bacará Gordon-Cumming había accedido a firmar una carta por la que se comprometía a no hablar de ello con nadie.

Dos días después de Navidad recibía un anónimo desde París donde se mencionaba el caso Tranby Croft y se le aconsejaba no tocar las cartas en territorio francés, porque el tema estaba en el aire.

La carta lo dejó anonadado. El pacto de confidencialidad había sido infringido.

Y no acababa ahí la cosa: poco después el episodio había sido divulgado por otra fuente, la última amante del príncipe de Gales, Frances Brooke, o Brooke *la Charlatana* (por su inveterada propensión al chismorreo).

Gordon-Cumming escribió a su superior, el coronel Stracey, le envió su documentación y pidió ser licenciado del ejército con media paga.

Una semana después, el general Williams y lord Coventry (los dos amigos y consejeros del príncipe) visitaban a sir Redvers Butler en el Ministerio de Defensa y lo informaban a título oficial de los sucesos acaecidos el fin de semana en Tranby Croft. También solicitaron una investigación completa y lo más rápida posible por parte de las autoridades militares.

Gordon-Cumming pidió a Butler que retrasara la investigación a fin de no perjudicar el proceso civil que tenía pendiente por calumnias.

Enfrentado con la perspectiva de prestar declaración, el príncipe de Gales acabó al borde del agotamiento nervioso, pero de nada le sirvió, porque los demás testigos (Wilson, Lycett Green y Levett) se negaron a retirar las acusaciones de estafa.

Tal era el historial del caso. La causa estaba siendo oída por el presidente del Tribunal Supremo, lord Coleridge, y un jurado especial. Era una espléndida y calurosa mañana de principios de julio. La sala estaba repleta, y el público pendiente de cualquier palabra.

Pitt sólo tenía interés por el caso en la medida en que reflejaba la fragilidad de la reputación, así como la facilidad con que una mera insinuación podía hundir a cualquier hombre. ¡Y qué decir de un hecho!

Le llamó la atención otro escándalo en la parte inferior de la misma página. Era una noticia impresa debajo de una fotografía del parlamentario sir Guy Stanley, que aparecía hablando con una mujer de atuendo llamativo a quien el pie identificaba como esposa de Robert Shaughnessy. Habían sido sorprendidos en íntima conversación. Shaughnessy era un joven de ambiciones políticas radicales y contrario a la política gubernamental, que en los últimos tiempos, con la ayuda de lo que parecía información privilegiada, había logrado dar un paso de gigante hacia su meta. En la foto daba la espalda a su mujer y sir Guy.

El texto insinuaba que la intimidad de sir Guy, candidato aventajado a una cartera ministerial, y la señora Shaughnessy no se avenía con la moralidad ni el honor. Las frases ambiguas del periodista daban a entender que el primero había filtrado datos internos en pago por los favores de la segunda. El hecho de que la diferencia de edad fuera de unos treinta años afeaba el caso y le confería una aureola de sordidez y patetismo.

Sir Guy Stanley no tenía más remedio que decir adiós a sus esperanzas de ascenso. Poco importaba la veracidad del acto que se le imputaba, porque aquel golpe a su reputación destruía su perfil como candidato al cargo gubernamental para el que se había barajado su nombre.

Sentado a la mesa de la cocina, Pitt sostuvo el periódico con una mano y se olvidó de la tostada, la mermelada y el té, que se enfriaba.

—¿Qué pasa? —preguntó Charlotte con inquietud.

—No estoy seguro —dijo él. Una vez que hubo leído la noticia de Guy Stanley, bajó el periódico y miró a su mujer a los ojos—. ¿Es una coincidencia o la primera ejecución de una amenaza como advertencia para los demás?

Se preguntó qué habría precipitado los hechos.

—Da igual lo que sea, porque tendrá el mismo efecto —señaló ella, pálida. Dejó la taza en el plato—. ¡Como si no tuviéramos bastante con lo de Tranby Croft! Esto dará más fuerza a las pretensiones del chantajista, sea o no el responsable. ¿Sabes algo de Guy Stanley?

—Lo que acabo de leer.

—¿Y de la tal señora Shaughnessy?

—Nada. —Pitt respiró hondo y apartó el plato—. Creo que tendré que ir a ver a sir Guy. Debo averiguar si recibió una carta, pero sobre todo qué le pedían... y ha tenido el valor de rechazar.

Charlotte permaneció callada en su silla. Tenía tenso todo el cuerpo y sus hombros tiraban del algodón rosado de su vestido, pero no había nada más que decir.

Él le rozó la mejilla y salió en busca de sus botas y el sombrero.

La dirección de Guy Stanley figuraba en el periódico. Pitt se apeó del coche de caballos a media manzana de su domicilio, caminó deprisa bajo el sol matinal y tiró de la campanilla.

Apareció un lacayo que lo informó de que sir Guy no se hallaba en casa ni recibía visitas. Falto poco para que le cerrara la puerta en las narices, pero Pitt sacó su tarjeta y la sostuvo en alto.

—Lo siento, pero se trata de un asunto policial que no puede esperar —dijo con firmeza.

El lacayo no ocultó sus reservas, pero los límites de su autoridad no le permitían oponerse a la policía, pese a haber recibido órdenes de no dejar entrar a nadie.

Dejó a Pitt en el umbral y fue a consultar a su señor, llevándose la tarjeta en una bandejita de plata.

Julio estaba siendo más caluroso de lo normal, y se agradecía la brisa. A mediodía haría un calor sofocante. La incómoda espera recordó a Pitt su posición social. A un caballero lo habrían invitado a entrar, aunque sólo fuera para dejarlo en el salón de mañana.

El lacayo regresó con una expresión ligeramente perpleja y

condujo a Pitt a un gran estudio, cuya puerta abrió el propio sir Guy Stanley al término de una breve espera. Era un hombre alto y delgado, cuyo parecido con la fotografía del periódico era escaso. Debían de haber pasado dos o tres años, en los que su pelo blanco se había despoblado bastante al tiempo que sus patillas perdían centímetros y ganaban en pulcritud. Caminaba con precaución, como si temiera perder el equilibrio, y al cerrar la puerta de roble se dio un golpe en el codo. Tenía la cara casi blanca.

Pitt sintió que se le caía el alma a los pies. Stanley no parecía una persona que hubiera plantado cara al enemigo, sino la víctima de un golpe terrible e inesperado. Seguía muy afectado y casi no controlaba sus nervios.

—Buenos días, señor... —Echó un vistazo a la tarjeta que sostenía—. Señor Pitt. No le negaré que esta mañana está siendo muy desagradable, pero si me dice en qué puedo ayudarlo haré lo posible. —Señaló los sillones de cuero, exageradamente mullidos y con un dibujo complicado de botones—. Siéntese, se lo ruego.

Él casi se cayó en el que tenía más cerca, como si temiera no tenerse en pie más tiempo.

Pitt se sentó delante.

—Como no existe ninguna manera agradable o diplomática de formularlo, paso a exponerle la situación para no hacerle perder el tiempo. Omitiré los nombres de los implicados por respeto a sus reputaciones, como haré con el de usted si está en situación de prestarme alguna ayuda.

El rostro de Stanley no expresaba comprensión, sino cortés resignación. Sólo escuchaba por haberlo prometido.

—Conozco a cuatro personas importantes que están siendo chantajeadas... —empezó Pitt.

Calló bruscamente, viendo avivarse el interés de Stanley, sonrosarse sus mejillas enjutas y crisparse sus manos en los brazos de madera y piel de su sillón.

—Creo —prosiguió con lúgubre sonrisa— que los cuatro son inocentes del acto que les achaca el autor de las cartas. Por desgracia, en ningún caso es posible demostrarlo. Se trata en todos ellos de una falta que los avergonzaría más que ninguna otra, que es también el motivo de que la presión sea tan eficaz.

—Entiendo.

Los dedos de Stanley asían y soltaban el brazo del sillón.

—No ha habido ninguna petición de dinero —continuó

Pitt—. Es más: hasta hoy no se ha nombrado ni entregado nada a excepción de una pequeña prenda de buena voluntad... o sumisión, si lo prefiere.

La mano de Stanley se crispó todavía más.

—Entiendo. Y ¿qué ayuda espera de mí, señor Pitt? No conozco al culpable ni se me ocurre ninguna manera de resistir sus ataques. —Sonrió con amargura, burlándose de sí mismo—. Le aseguro que hoy no existe en toda Inglaterra un hombre menos indicado que yo para dar consejos sobre la salvaguarda del honor y la reputación.

Pitt ya había decidido ser franco.

—Antes de venir, sir Guy, se me ocurrió la posibilidad de que fuera usted una de las víctimas del chantajista, y que al conocer el precio de su silencio lo hubiera enviado al infierno.

—No merezco una opinión tan favorable —dijo Stanley sin alterarse, pero con las mejillas encendidas—. Lamento decirle que no lo envié al infierno, si bien me gustaría mucho verlo ahí. —Miró a Pitt sin flaquear—. Sólo me pidió algo muy pequeño, una petaca de brandy con baño de plata como prenda de buena voluntad, aunque quizá la palabra exacta sea rendición.

—¿Y se la dio? —preguntó el comisario, temiendo la respuesta.

—Sí —contestó Stanley—. La amenaza estaba formulada en términos indirectos, pero no dejaba lugar a dudas, y ya habrá visto por la prensa que la ha ejecutado. —Sacudió un poco la cabeza, gesto que no expresaba negación sino sorpresa—. No había vuelto a recibir ninguna otra advertencia ni amenaza. Tampoco me había pedido nada. —Esbozó una sonrisa—. Prefiero pensar que no se lo habría dado, pero ya no lo sabré. En realidad tampoco estoy seguro de que quisiera haber hecho la prueba. Me quedan ilusiones... pero ninguna certeza. ¿Usted qué cree? ¿Es mejor así? —Se levantó y se acercó a la ventana, que no daba a la calle sino al jardín—. En los buenos momentos creeré que lo habría enviado al cuerno y que en mi caída habría conservado intacto el honor, aunque la opinión general no lo creyera así. En los malos, cuando esté cansado o solo, tendré la seguridad de que me habría rendido por falta de coraje.

Pitt se había llevado una decepción. Lo sorprendió pensar hasta qué punto había confiado en que hubieran pedido a Stanley algo concreto, o el uso de su influencia, y que la negativa hubiera precipitado los hechos. De ese modo habría sabido qué desarrollo esperar en el resto de los casos, y hasta podía haberse estrechado el abanico de identidades del chantajista.

Stanley reparó en su expresión y acertó a interpretar sus emociones, pero no el motivo de ellas. Sus ojos expresaron dolor y vergüenza.

Pitt se encogió ligeramente de hombros.

—Lástima. Lamento haberlo molestado en un momento tan difícil. Venía con la esperanza de que el chantajista hubiera desvelado sus intenciones en grado suficiente para pedirle que abusara de su influencia o autoridad. Entonces habríamos sabido qué desea. Las otras víctimas pertenecen a ámbitos diversos, y no percibo ningún nexo que las una.

—Lo siento —dijo Stanley con sinceridad—. ¡Ojalá pudiera ayudarlo! Me he preguntado mil y una veces quién puede ser. He pensado en todos mis enemigos o rivales personales, todas las personas a quienes haya podido ofender o insultar, o cuyas carreras haya afectado desfavorablemente, pero no conozco a nadie capaz de caer tan bajo.

—¿Ni siquiera el propio Shaughnessy? —preguntó Pitt sin muchas esperanzas.

Stanley sonrió.

—Las creencias de Shaughnessy, que últimamente tiene bastantes más posibilidades de éxito en su puesta en práctica, concuerdan escasamente con las mías, pero él no las oculta. Es de los que luchan cara a cara por su causa, no de los que recurren al chantaje o el secreto. —Encogió levemente un hombro—. Por otro lado, si analiza usted la historia política reciente, comprobará la falta de móvil. Shaughnessy ya tiene todo lo que pueda darle yo. Lo único que conseguiría hundiéndome sería mancillar su causa, no fomentarla. —Apretó los labios y señaló el periódico que tenía encima de la mesa—. La foto da una imagen de mí como hombre traicionero y fácil de engañar, pero también deja a su esposa como una ramera, y eso, independientemente de que un matrimonio esté mejor o peor avenido, no desea pregonarlo nadie. Mi conocimiento de la señora Shaughnessy no llega ni mucho menos al que insinúan los comentarios, pero la he observado en muchas ocasiones y no he visto ningún motivo para dudar de su virtud.

—Claro —asintió Pitt, que no podía hacer otra cosa. Tuviera o no medios y ocasiones, Shaughnessy carecía de móvil—. ¿Conserva la carta?

Los labios de Stanley se torcieron con desagrado.

—No, la quemé para que no la viera nadie, pero puedo describírsela. Estaba hecha con recortes del *Times*, letras sueltas o palabras enteras pegadas a una hoja blanca de formato normal. El matasellos era del centro de Londres.

—¿Recuerda el texto?

—Por la cara que ha puesto veo que es lo que esperaba —observó Stanley—. Deduzco que las otras eran iguales.

—Sí.

Suspiró.

—Ajá. Pues sí, creo acordarme; palabra por palabra quizá no, pero sí del contenido. El texto sostenía que yo, a cambio de los favores físicos de la señora Shaughnessy, le había dado información gubernamental útil para su marido; que si llegaba a saberse sería mi ruina, y en ningún caso recibiría el nombramiento ministerial esperado. La carta solicitaba la entrega a su autor de un objeto que demostrara mi comprensión, como una petaca con baño de plata. Se incluían instrucciones para empaquetarla y dársela a un mensajero que pasaría a buscarla en bicicleta.

Pitt inclinó un poco el torso.

—¿Cómo sabía que tuviera usted ese objeto?

—No tengo la menor idea, y reconozco que me puso bastante nervioso. —Stanley sufrió un ligero estremecimiento—. Tuve la sensación de que... de que estaba observándome en todo momento... escondido... pero siempre cerca. Sospechaba de todos...

Perdió fuelle, abrumado por la derrota y el dolor.

—¿Y le dio la petaca? —preguntó Pitt en el silencio posterior.

—Sí, ciñéndome a sus instrucciones —repuso Stanley—. Lo hice para tener tiempo de pensar. Me la pedía inmediatamente, para ser recogida el mismo día.

—Ya —dijo Pitt—. Sigue las pautas de los otros casos. Le agradezco su sinceridad, sir Guy. Desearía ofrecerle algún alivio para el trance por el que pasa, pero no conozco ninguno. Cuente, sin embargo, con que haré todo lo que esté en mi mano para encontrar al culpable y hacer la justicia que se pueda. —Lo dijo tan sentidamente, y con tal vehemencia, que fue el primero en sorprenderse. Hervía por dentro con la misma rabia que si se hubiera producido un asesinato o un delito de lesiones.

—¿La que se pueda?

—La extorsión de una petaca con baño de plata no es un delito grave —señaló Pitt con amargura—. Si tiene pruebas de que ha sido difamado podrá denunciar al chantajista por daños y perjuicios, pero eso ya depende de usted, no de mí. La mayoría duda en tomar ese camino, por el simple motivo de que llevar el asunto a los tribunales atrae mucha más publicidad que el silencio. El pobre Gordon-Cumming y el caso Tranby Croft son la mejor prueba.

Se levantó y le tendió la mano.

—Soy consciente de ello, señor Pitt —dijo Stanley con pesar, estrechándosela—, y por muchas pruebas que haya nunca serán suficientes para borrar el daño a ojos de la opinión pública. Así funciona el escándalo. Es una mancha que no se lava. Supongo que el arresto del canalla me produciría cierta satisfacción, pero temo que se trate de un hombre cuya reputación no quede muy perjudicada por la divulgación de sus actos.

—No estoy de acuerdo —dijo Pitt, repentinamente satisfecho—. Yo creo que es un hombre cuyo íntimo conocimiento de las víctimas revela una posición social parecida.

Stanley lo miró de hito en hito.

—Si en algo puedo ayudarlo, señor Pitt, no dude en llamarme a cualquier hora. De ayer a hoy me he convertido en un enemigo mucho más peligroso, porque ya no tengo nada que perder.

Pitt se despidió y salió a la calle, donde seguía haciendo sol. No soplaba ni pizca de viento, y le agredió el olfato el olor acre de las deposiciones equinas. Un carruaje golpeó los adoquines. El sol arrancaba destellos al latón de los arneses, las damas se protegían el rostro con sombrillas y los lacayos, que llevaban librea, sudaban.

Después de caminar cincuenta metros vio acercarse a Lyndon Remus, cuyo rostro reflejó la alegría de reconocerlo.

Sintió una antipatía que reconoció como injusta. Remus no había escrito el insidioso artículo sobre sir Guy Stanley. Sin embargo estaba ahí para sacarle provecho.

—¡Buenos días, comisario! —dijo el periodista con entusiasmo—. Veo que ha visitado a Stanley. ¿Investiga usted las acusaciones?

—A mí, señor Remus, no me incumbe si la relación entre sir Guy y la señora Shaughnessy atenta o no contra el decoro —dijo Pitt con frialdad—, ni me parece que le incumba a usted.

—¡Cómo, señor Pitt! —Las cejas rubias de Remus se enmarcaron—. El hecho de que un parlamentario venda información del gobierno a cambio de los favores de una dama incumbe a todos los habitantes del reino.

—No tengo pruebas que lo demuestren. —Pitt permaneció inmóvil en la acera caliente, plantando cara—. Sólo he leído una insinuación maliciosa en las columnas de un periódico, pero aunque fuera cierto seguiría sin ser de mi incumbencia. No nos compete investigarlo ni a usted ni a mí.

—Lo pregunto por interés público, señor Pitt —persistió Remus, colocándose a escasa distancia—. ¡No me negará que el ciudadano de a pie tiene derecho a velar por la honradez y la moralidad de los hombres a quienes elige para que lo gobiernen!

Pitt supo que había que andarse con cuidado. Remus recordaría sus palabras y hasta era capaz de citarlas.

—Naturalmente que no —contestó, midiéndolas—, pero existen vías lícitas de investigación, y la difamación es un delito moral hasta en las pocas ocasiones en que no lo sea civilmente. Mi visita a sir Guy Stanley guarda relación con otro asunto en el que he considerado que su experiencia podía serme de ayuda. Lo ha sido, pero no puedo hacer ningún comentario porque interferiría con una investigación en marcha.

—¿El asesinato de Bedford Square? —concluyó Remus con agilidad—. ¿Tiene algo que ver con sir Guy?

—¿No me ha comprendido, señor Remus? Acabo de decirle que no puedo hacer comentarios, y le he explicado el motivo. No querrá entorpecer mi trabajo, ¿verdad?

—Eh... No, claro que no, pero tenemos derecho a saber...

—Tienen derecho a preguntar —lo corrigió Pitt—. Usted lo ha hecho, y yo he contestado. Ahora haga el favor de quitarse de en medio. Debo volver a Bow Street.

Remus lo hizo a regañadientes.

Cuando estuvo en su despacho de la comisaría, Pitt volvió a pensar en Remus. ¿Valía la pena encomendarle a alguien que lo investigara? No parecía culpable de nada aparte de cumplir con su trabajo, si bien con una fruición francamente molesta. Investigar casos de corrupción y abusos de autoridad o privilegio era una parte tan legítima de su trabajo como en el caso de Pitt. Los hombres como Remus eran socialmente necesarios, aunque su intromisión en las vidas privadas de sus conciudadanos pudiera llegar a ser dolorosa e injustificada. La alternativa era el inicio de una tiranía y la pérdida del derecho de la sociedad a entenderse a sí misma y disponer de algún freno sobre las personas que la gobernaban.

No obstante, el privilegio de la prensa también estaba sometido a abusos, y la pertenencia a la profesión no eximía de ser investigado por la policía. Pitt podía encargar a alguien que investigara si Lyndon Remus tenía alguna relación con Albert Cole, Josiah Slingsby o alguno de los chantajeados.

No tuvo tiempo de ocuparse de ello, porque recibió el mensaje de que Parthenope Tannifer deseaba verlo cuanto antes y la petición de ir a visitarla.

Lo esperaba, pero no de Parthenope Tannifer sino de su esposo, y tal vez de Dunraithe White, aunque quizá el juez no deseara llamar la atención de la policía, decidido como estaba a no enfrentarse con el chantajista y aceptar todas sus exigencias. Así se lo había dicho a Vespasia.

Pitt también pensó en la reacción de Balantyne cuando leyera la prensa matinal. Debía de estar enfermo de ansiedad e impotencia, sin nadie a quien acudir para defenderse. No podía demostrar la falsedad de la acusación inicial ni su inocencia en el asesinato del hombre de la puerta, Cole o Slingsby. El hecho de que fuera Slingsby no libraba de sospechas al general, ya que podía tratarse de un mensajero del chantajista.

Volvió a bajar por la escalera de la comisaría y salió a la calle, calurosa y polvorienta. En quien más pensaba era en Cornwallis, y en el abatimiento que se habría apoderado de él al darse cuenta de que las amenazas no eran gratuitas ni vacilaría el chantajista en ejecutarlas. Voluntad y medios no le faltaban. Lo había demostrado más allá de cualquier duda y esperanza.

Fue recibido en casa de los Tannifer y conducido al tocador de Parthenope (aquel saloncillo tan femenino donde las damas leían, bordaban o charlaban a gusto con escasas instrusiones masculinas).

El de la mujer del banquero se parecía poco a los que conocía. Los colores eran sencillos y poco saturados, y no se apreciaba el amaneramiento oriental alentado por la moda durante la última década. Se trataba de una pieza altamente idiosincrásica, hecha a la medida de los gustos de su dueña y sin concesiones a las expectativas ajenas. Las cortinas eran sencillas, de color verde pastel y sin flores. Tampoco las tenía el jarrón verde de cerámica vidriada que reposaba en la mesita, y cuya forma era ornato suficiente. El mobiliario era sencillo, antiguo y muy inglés.

—Gracias por venir tan pronto, señor Pitt —dijo Parthenope en cuanto la doncella hubo cerrado la puerta.

Vestía de gris azulado con un pañuelo blanco en el cuello, conjunto de cierta severidad que a pesar de ello la favorecía. Un color más suave habría disimulado sus proporciones angulosas. Estaba muy angustiada y no hacía el menor esfuerzo por ocultarlo. La mesa de al lado del sillón tenía encima el periódico de la mañana, así como labores de costura con la aguja clavada entre retales de seda de colores marrones y crema. Las tijeras estaban en la alfombra, con un dedal de plata, como si Parthenope los hubiera dejado caer con las prisas.

—¿Lo ha visto? —preguntó, poniendo el dedo en el periódico.

Se hallaba en el centro de la habitación, demasiado enojada para sentarse.

—Buenos días, señora Tannifer —dijo Pitt—. Si se refiere a la noticia sobre sir Guy Stanley, sí, la he leído y he hablado con el propio sir Guy...

—¿Y cómo está? —lo interrumpió ella.

Le brillaban los ojos. El miedo, por unos instantes, había sido reemplazado por la preocupación y la lástima.

—¿Lo conoce? —preguntó él.

Ella lo negó con un movimiento de la cabeza.

—No, pero me imagino lo mal que lo estará pasando.

—Da usted por sentado que es inocente de lo que insinúa el redactor —dijo Pitt, ligeramente sorprendido.

Era una opinión más generosa que la de mucha gente. La sonrisa de la señora Tannifer tuvo la fugacidad de un rayo de sol.

—Debe de ser porque sé que mi marido es inocente. ¿Me equivoco?

Era una interrogación perentoria, al borde del desafío.

—No, que yo sepa —contestó él—. Sir Guy ha sido víctima de una carta como la del señor Tannifer. Por eso le creo cuando dice que la acusación no tiene base.

Ella bajó un poco la voz.

—Pero él ha tenido el valor de plantar cara. Como dijo el duque de Wellington: «¡Que publiquen y los zurzan!» ¡Cuánto lo admiro! —Parecía sincera, y se le habían sonrosado un poco las mejillas—. ¡Pero a qué precio! Dudo que obtenga el cargo de gobierno que buscaba. Sólo lo consolará su propio valor, y quizá el respeto de los amigos que lo conozcan bastante para rechazar la acusación. —Respiró hondo e irguió los hombros. Había en su tono una calidez que confería a su voz una belleza excepcional—. Espero que nosotros también sepamos hacer frente al futuro. Le escribiré esta misma mañana para expresarle mi respeto. Quizá lo reconforte. No puedo hacer más.

Pitt no supo qué contestar. No quería mentir, y quizá no le conviniera si pretendía averiguar algo de ella, pero tampoco estaba dispuesto a revelar las confidencias y dudas íntimas de Stanley.

—Lo veo a usted dudoso, señor Pitt —observó Parthenope, mirándolo con detenimiento—. Me oculta algo. ¿Es peor de lo que creía?

—No, señora Tannifer, sólo pensaba en cómo decirlo para no cometer una indiscreción. A pesar de que sir Guy Stanley y el señor Tannifer estén en la misma situación, preferiría no hablar del uno con el otro hasta extremos embarazosos.

—¡Claro que no! —asintió ella de inmediato—. Y es admirable, pero ¿ha averiguado algo más acerca de la identidad del canalla? Imagino que le interesará cualquier información. Verá... No le he llamado sólo porque esté desesperada y no sepa qué hacer ni cómo empezar a librar esta batalla, sino porque tengo datos nuevos que comunicarle. Siéntese, por favor.

Indicó el sillón mullido y sencillo que estaba delante del suyo.

—Adelante, señora Tannifer —dijo Pitt—. ¿Qué ha averiguado?

—Hemos recibido otra carta de contenido muy semejante a la primera pero bastante más directa, con palabras como «engaño» y desfalco»... —La vergüenza y la ira le colorearon las mejillas—. ¡Es tan injusto! Sigmund no ha ganado ni un ochavo que no se deba a su habilidad e inteligencia. No conozco a nadie más honrado. Mi padre era militar, coronel de regimiento; sé mucho de honor y lealtad, de la absoluta confianza que debe tenerse en todo y de cómo merecerla. —Bajó la mirada—. Perdone. Lo estoy entreteniendo. Ya partimos de que las acusaciones son injustas. La carta en cuestión también estaba hecha con recortes del *Times* pegados a un simple folio. Llegó con el primer reparto. La echaron en la City, igual que la primera. Lo único diferente eran las expresiones.

Miró a Pitt.

—Pero ¿pide algo, señora Tannifer?

—No. —Negó con la cabeza. Sus manos finas estaban crispadas en el regazo, y sus ojos llenos de preocupación—. Parece que sea una especie de monstruo, y que quiera atemorizar y hacer daño a la gente por simple placer. —Lo miró con una seriedad desesperada—. Señor Pitt, me parece que conozco a otra víctima. No sabía si decírselo, y quizá a mi marido no le guste, pero daría lo que fuera por encontrar un remedio contra esta desdicha y evitar el precio que ha pagado el pobre sir Guy Stanley.

Pitt se inclinó hacia ella.

—Cuénteme todo lo que sepa, señora Tannifer. Quizá sea útil. Por otro lado, hagamos lo que hagamos dudo que cause algún perjuicio más allá de lo inevitable.

Ella respiró hondo y exhaló con lentitud. Parecía avergonzarse un poco de sus actos, pero no vaciló en la firme decisión de luchar y defender a su esposo.

—Me encontraba en el estudio, hablando del tema con mi marido. Sospecho que al entrevistarse con usted se fingió menos preocupado de lo que está. Se expone a mucho más que la ruina económica o el hundimiento de su carrera. Lo que peligra es la seguridad de que la gente normal, los amigos, todas las personas a quienes se admira y cuyas opiniones se valoran, lo tomarán a uno por una persona sin honor. Es eso lo que duele irreparablemente. Quizá en último término lo más valioso sea una conciencia tranquila, pero lo segundo es el buen nombre.

Pitt no se lo discutió, consciente de lo valioso que era para Tannifer que los demás creyeran en su honradez, y quizá en algo más: su generosidad, el hecho de no perjudicar a nadie de manera voluntaria.

—¿Qué ha averiguado, señora Tannifer?

—Acababa de salir pero no cerré del todo la puerta. Cuando estaba en el pasillo oí que mi marido cogía el teléfono. Compramos uno, y es un instrumento excelente. Pidió que lo pusieran en contacto con Leo Cadell, del Ministerio de Asuntos Exteriores. Al principio estuve a punto de seguir hacia la cocina, porque quería comentarle algo al cocinero, pero le oí cambiar de tono; de repente se puso muy serio y le noté compasión y miedo en la voz. —Miró a Pitt—. Conozco muy bien a mi marido; siempre hemos tenido mucha intimidad y entre nosotros no hay secretos. Supe enseguida que el señor Cadell le había contado algo grave y confidencial. Lo que oí de la conversación por parte de mi esposo me llevó a concluir que el señor Cadell lo consultaba acerca de la obtención inmediata de una fuerte suma de dinero. Es un hombre muy acaudalado, pero a veces no es fácil tener a mano una cantidad elevada en efectivo. Hay que asesorarse bien para no perder mucho dinero. —Respiró—. Sigmund intentó ayudarlo en cuanto pudo, pero noté que había adivinado que la suma iba destinada a pagar una deuda contraída de manera repentina, deuda cuyo importe todavía no se conocía pero que no podía eludirse ni retrasarse de ninguna manera.

—Parece chantaje, en efecto —asintió Pitt—. No obstante, sería el primero que hubiera recibido una petición concreta. Hasta ahora el chantajista no había pedido dinero a nadie.

—No estoy segura —reconoció ella—, pero oí el tono de voz de Sigmund y después le vi la cara. —Sacudió la cabeza—. Claro que a mí no me lo dijo, porque la conversación con el señor Cadell era confidencial, pero Sigmund estaba muy inquieto. Cuando hablamos volvió a referirse a la carta y me preguntó si me afectaría mucho que nos encontráramos en circunstancias muy disminuidas, y si estaba dispuesta a abandonar Londres y vivir en un lugar bastante distinto; incluso, de ser necesario, en otro país. —Hablaba con energía y confianza—. Le contesté que por supuesto. Mientras conserváramos el honor y siguiéramos juntos, viviría donde fuera y acataría los dictados de la necesidad. —Levantó la cabeza y miró a Pitt a los ojos—. Prefiero que me hunda una calumnia, como al pobre sir Guy Stanley, que pagar medio centavo a ese monstruo y alentar sus maldades.

—Gracias por su franqueza, señora Tannifer.

Pitt lo dijo muy en serio. Era una mujer excepcional, dotada de un coraje y una lealtad que despertaban su admiración. Al mismo tiempo estaba llena de pasión, conocía el dolor y era sensible a él. Su compasión hacia Stanley no era puramente imaginaria.

Se puso en pie con la intención de despedirse. Ella también se levantó.

—¿Servirá de algo? —quiso saber—. ¿Podrá avanzar en la investigación?

—No lo sé —reconoció él—, pero le garantizo que iré a ver al señor Cadell. Quizá pueda decirme algo más sobre lo que le han pedido y el contenido de la amenaza. Cualquier dato debería restringir el número de personas con suficiente información para haber escrito la carta. Las acusaciones siempre son las más graves para cada víctima, señal, señora Tannifer, de que el culpable sabe mucho. Si averigua algo más haga el favor de avisarme de inmediato.

—Cuente con ello y vaya con Dios, señor Pitt. —En medio de aquella sala donde se respiraba una paz tan excepcional, el cuerpo delgado y anguloso de la señora Tannifer irradiaba emoción por todos los poros—. Encuentre al demonio que nos tortura. ¡Hágalo por todos!

7

Una vez Pitt se hubo marchado para visitar a sir Guy Stanley, Charlotte cogió el periódico y releyó la noticia. No sabía si Stanley había sido amenazado por el chantajista, ni qué le había pedido. De hecho no importaba, porque las demás víctimas sentirían lo mismo: horror y compasión por él y miedo por sí mismas. El resultado sería el mismo tanto si se trataba de una coincidencia como de una advertencia expresa: el aumento de la presión, que esta vez amenazaba con volverse insoportable.

Expuso brevemente sus intenciones a Gracie, subió al piso de arriba y se puso el vestido amarillo de la primera vez, porque era el que la daba mayor sensación de seguridad. Después se dirigió a pie a Bedford Square.

La indignación y los nervios la acompañaron hasta el umbral de la casa de los Balantyne. Cuando se abrió la puerta, explicó con la mayor sencillez que venía a visitar al general, siempre y cuando estuviera en casa y quisiera recibirla.

Ocurrió, sin embargo, que al cruzar el vestíbulo topó con lady Augusta, la cual, magníficamente vestida de marrón y oro, bajaba por la escalera justo cuando Charlotte llegaba al pie de ella.

—Buenos días, señora Pitt —dijo con frialdad la mujer del general, arqueando las cejas—. ¿De qué desastre todavía ignorado viene a compadecerse? ¿Ha ocurrido alguna catástrofe de la que mi marido todavía no me haya informado?

Charlotte estaba demasiado furiosa para dejarse intimidar. Además tenía fresca su visita a Vespasia y se le había pegado una parte de la insuperable confianza en sí misma de la anciana. Detuvo, pues, sus pasos y miró a la señora Balantyne con la misma frialdad.

—Buenos días, lady Augusta. Le agradezco su interés, aunque bien pensado no me sorprende, dado el afecto y generosidad con que siempre ha juzgado a los demás. —Vio que Augusta se ponía roja de rabia, pero no le hizo caso—. La respuesta a su pregunta depende de si baja usted por primera vez o ya lo ha hecho antes. ¿Para desayunar, quizá? —Volvió a ignorar la evidente irritación de su interlocutora—. Las noticias, por desgracia, son penosas. Ha aparecido un artículo difamatorio sobre sir Guy Stanley, y no hablemos, porque no las he leído, de las nuevas y deplorables revelaciones sobre el caso Tranby Croft, que son el pan de cada día.

—¿Cómo sabe que son deplorables si no las ha leído? —replicó Augusta.

Charlotte, fingió una leve sorpresa.

—Considero deplorable que un mero y triste incidente entre caballeros que jugaban a cartas se haya convertido en la comidilla del país —contestó—. ¿He errado en atribuirle la misma opinión?

El rostro de Augusta estaba tenso.

—¡Por supuesto que no! —dijo con los dientes apretados.

—Me alegro —murmuró Charlotte, anhelando la aparición salvadora de Balantyne.

Augusta, que no se dejaba vencer con facilidad, reanudó el ataque.

—Ya que su visita no guarda relación con el caso Tranby Croft, deduzco que se debe a la suposición de que el infortunio de sir Guy Stanley nos afecta en algo. Yo, sin embargo, no tengo constancia de conocer a dicho caballero.

—¿No? —dijo Charlotte con vaguedad, como si el comentario fuera del todo irrelevante (y así era).

Augusta ya no disimulaba su irritación.

—¡No! Conque ¿por qué se imagina que estoy tan afectada por su infortunio, merecido o no, para precisar la compasión de usted, señora Pitt? Sobre todo a... —Echó un vistazo al voluminoso reloj del vestíbulo—. ¡Las nueve y media de la mañana!

Su tono expresaba a las claras la extravagancia de una visita a una hora tan insólita.

—Claro —convino Charlotte, sorprendentemente tranquila y deseando con más fervor que antes la aparición del general—. Si se me hubiera ocurrido que pudiera estar... preocupada le habría enviado mi tarjeta y habría venido a las tres.

—En ese caso, además de haber hecho el viaje en balde —replicó Augusta, mirando otra vez el reloj— llega usted un poco temprano.

Charlotte le sonrió, mientras buscaba con desespero una respuesta. Aparte de su deseo de ver a Balantyne no le gustaba ser vencida por una mujer a la que detestaba; no porque la hubiera perjudicado a ella de obra o palabra, sino por la frialdad con que trataba a su propio marido.

—Su indiferencia sólo puede entenderse como que desconoce el respeto del general Balantyne por sir Guy —dijo con una simpatía tan ostentosa como falaz—. Lo contrario sería demasiado poco caritativo; cruel, en verdad... y nadie osaría atribuirle a usted ese defecto.

Augusta aspiró una bocanada de aire y volvió a expulsarla.

Se oyeron pasos por el corredor y apareció en el vestíbulo el general Balantyne, que al ver a Charlotte se acercó a ella y dijo:

—¡Señora Pitt! ¿Cómo está?

Estaba demacrado por los nervios, el miedo y la angustia. Tenía oscura y muy fina la piel de alrededor de los ojos, y se le habían marcado más las arrugas de la boca.

Charlotte se volvió hacia él con grandísimo alivio, señal de que se desentendía de Augusta.

—Muy bien —contestó, sosteniendo la mirada del general—, pero afectada por la noticia. No lo había previsto y todavía no sé cómo reaccionar. Thomas ha ido a verlo, como es natural, pero no sabré qué ha averiguado hasta esta noche, suponiendo que quiera comentármelo.

Balantyne miró a Augusta y reparó en su expresión. Charlotte no se volvió.

Augusta hizo un ruidito como si quisiera decir algo, pero renunció. Su partida produjo un taconeo y un frufrú de faldas.

Charlotte siguió sin volverse.

—Su visita es muy amable —dijo Balantyne con voz queda—. Reconozco que me alegro enormemente de verla.

La condujo hacia el estudio y le abrió la puerta. El interior era cálido, luminoso y acogedor por la frecuencia con que se usaba. Estaba haciendo un verano tan caluroso que no hacía falta encender la chimenea. La mesita estaba adornada con un jarrón grande y vidriado de color verde, lleno de lirios que perfumaban toda la habitación y parecían absorber el sol que entraba por los altos ventanales.

El general cerró la puerta.

—¿Ha leído el periódico? —dijo ella.

—Sí. Conozco bastante a Guy Stanley, pero debe de encontrarse en un estado, el pobre... indescriptible. —Se tocó la frente y se estiró el pelo hacia atrás—. Claro que ni siquiera estamos seguros de que esté en la misma situación que el resto, pero no me atrevo a pensar lo contrario. Casi parece irrelevante; la noticia ha demostrado cómo se nos puede hundir con un susurro, una simple insinuación. ¡Como si no lo supiéramos... desde lo de Tranby Croft! Aunque en el caso de Gordon-Cumming considero posible que sea culpable.

Palideció e hizo una mueca de dolor.

—¡Pero qué digo, por Dios! —añadió—. No sé nada de él aparte de rumores, los cotilleos del club, fragmentos de conversación cogidos al vuelo... Es exactamente lo mismo que nos ocurrirá a nosotros, a todos. —Se acercó a una de las butacas de cuero con paso vacilante y se dejó caer—. ¿Qué esperanza nos queda?

Charlotte tomó asiento delante de él.

—El caso de Gordon-Cumming no es del todo igual —dijo con firmeza—. Nadie pone en duda que jugaran al bacará, y la reputación anterior del señor Gordon-Cumming justifica que haya muchas personas que lo consideren capaz de hacer trampas. Parece que ya había levantado algunas dudas. En su caso, general, ¿había circulado algún rumor, por ínfimo que fuera, de que pudiera entrarle pánico delante del enemigo?

—No. —Balantyne irguió un poco la cabeza y esbozó una sonrisa—. Es un consuelo, pero no impedirá que siga habiendo mucha gente con ganas de creer lo peor. Antes nunca había oído que se cuestionase el honor e integridad de Stanley. Ahora... Ya ha visto la prensa. Dudo que pueda interponer una querella por difamación. ¡Está escrito de manera tan sutil! Además ¿qué podría demostrar? Y aunque pudiera, ¿hay alguna indemnización cuyo valor pueda compararse al de la reputación perdida? Cuando están en juego el amor y el honor, el dinero no soluciona casi nada.

Era verdad. Discutírselo, además de inútil, habría sido ofensivo.

—La sentencia sólo tendría valor ejemplar —reconoció ella—, y supongo que lo único que se conseguiría con acudir a los tribunales sería dar a la gente la oportunidad de formular nuevas acusaciones. Las de ahora, además, están escogidas con tanta inteligencia que no se puede demostrar su falsedad. Se nota que el culpable lo ha tenido en cuenta. —Se inclinó un poco, dejando que el sol le dorara el borde de la manga—. De todos modos no hay que darse por vencidos. Seguro que queda algún superviviente de la emboscada en Abisinia que recuerde lo ocurrido y cuyo testimonio tenga credibilidad. Hay que seguir buscando.

El semblante del general no dejaba traslucir ninguna esperanza. Intentó adoptar una expresión decidida, pero fue un gesto maquinal, carente de convicción.

—Claro que sí. He estado pensando a quién nos queda acudir. —Sonrió a medias—. Uno de los aspectos más desagradables del caso es que se empieza a sospechar de todo el mundo. Me esfuerzo por no pensar en la identidad del chantajista, pero de noche, cuando no duermo, me asaltan malos pensamientos. —Se le tensó la boca—. Procuro no alimentarlos, pero pasan las horas y veo que lo he hecho. Ya no puedo pensar en nadie sin sospechas. Después de tanto tiempo sin poner en duda la rectitud y amistad de ciertas personas, de repente los veo como extraños y recelo de todas sus acciones. Mi vida ha sufrido un cambio radical, porque la veo de manera diferente. Me interrogo sobre todo lo bueno... ¿Es posible que sólo sea una pantalla, y que detrás haya engaños y traiciones secretas? —La miró sin disimular su congoja—. Con esas ideas me traiciono a mí mismo. Atento contra lo que deseo ser y creía haber sido. —Bajó la voz—. Quizá sea el efecto más nocivo de su ataque: enseñarme una parte de mí mismo que hasta hoy desconocía.

Charlotte entendió a qué se refería. Lo leía claramente en la persona del general: aislada, asustada, sola y vulnerable, viendo disolverse en pocos días todas las certezas construidas a lo largo de los años.

—No se trata de usted —dijo con dulzura, estirando el brazo y tocándole la tela de la manga, no la mano—. El ser humano es así. Podría estar cualquiera en su lugar. La única diferencia es que la mayoría no lo sabemos, ni somos capaces de imaginarlo cuando es ajeno a nuestra experiencia. Hay cosas que están fuera del alcance de la imaginación.

El general guardó silencio por unos instantes. La miró en una ocasión, y había en sus ojos una calidez, una ternura que ella no estuvo muy segura de saber interpretar. Pasó el momento, y Balantyne aspiró.

—He pensado en otras personas a quienes preguntar por la

campaña abisinia —dijo con calculada despreocupación—. También tengo que ir a almorzar a mi club. —No pudo ocultar la tensión que se había apoderado repentinamente de sus ojos y sus labios—. Preferiría no ir, pero tengo obligaciones ineludibles... y que no eludiré. No pienso permitir que este mal trago me lleve a quebrantar mis promesas.

—Naturalmente que no —asintió ella, apartando la mano y levantándose poco a poco. Habría deseado proteger de ello al general, pero la única defensa contra la derrota es no ceder y plantar cara al enemigo, visible o secreto. Le sonrió con cierta languidez—. Cuente, por favor, con que lo ayudaré en lo que pueda.

—Ya lo hago —dijo él con voz suave, ruborizándose—. Gracias.

Dio media vuelta, caminó hacia la puerta del pasillo y se la abrió. Ella salió al pasillo e hizo un gesto al lacayo.

Pitt estaba en el salón de Vespasia, luminoso y tranquilo, y miraba el jardín por la ventana en espera de que ella bajara de la planta superior. La tarde estaba demasiado poco avanzada para hacer visitas de cortesía, sobre todo a una mujer de su edad, pero la de Pitt se debía a una necesidad urgente y no había querido exponerse al riesgo de no encontrarla en casa (cosa muy probable si hubiera esperado hasta una hora más conveniente).

Las lilas blancas seguían perfumando el aire, y en aquel lugar apartado de la calle el silencio casi se podía tocar. A falta de viento, el follaje no susurraba. En una ocasión cantó un tordo, pero el calor engulló rápidamente sus trinos.

Oyó abrir la puerta y se volvió.

—Buenos días, Thomas.

Vespasia entró apoyándose un poco en el bastón. Llevaba un vestido de encaje de colores crudo y marfil, con un largo collar de perlas que le llegaba casi hasta la cintura y reflejaba la luz. Pitt sonrió, a pesar del motivo de su visita.

—Buenos días, tía Vespasia —contestó, disfrutando de que le dejara utilizar aquel tratamiento—. Siento molestarla a estas horas, pero se trata de algo demasiado importante para arriesgarme a no encontrarla en casa.

Ella movió la mano con delicadeza, queriendo expresar que no tenía importancia.

—Dejaré las visitas para otra día. No había ninguna importante. Sólo eran una manera de matar la tarde y cumplir una especie de obligación. Puedo esperar perfectamente hasta mañana o la semana que viene.

Caminó por la alfombra y se sentó en su butaca favorita, de cara al jardín.

—Es muy generosa —contestó él.

Ella lo miró con franqueza.

—¡Bobadas! Sabes perfectamente que las charlas de sociedad me matan de aburrimiento. Si vuelvo a oír a una tonta comentando el compromiso de Annabelle Watson-Smith daré una respuesta que me escandalizará hasta a mí. Pensaba visitar a la señora Purves. Me extraña que en su casa aún haya alguna lámpara entera, porque tiene una risa capaz de romper el cristal. Me conoces demasiado para andarte con zalamerías.

—Perdón —se disculpó él.

—Así me gusta. ¡Y siéntate, por Dios, que me cogerá tortícolis!

Pitt, obediente, ocupó la butaca de delante. Ella le dirigió una mirada inquisitiva.

—Supongo que vienes por lo que le ha pasado al pobre Guy Stanley. ¿Has averiguado si es otra de las víctimas? —Encogió un solo hombro—. Aunque no lo sea y sólo se trate de la coincidencia de dos tragedias, el efecto sobre los demás será el mismo. Me imagino lo afectado que estará Dunraithe White. Esto es gravísimo, Thomas.

—Lo sé. —Resultaba extraño hablar de tanta maldad y dolor infligido a conciencia en aquella hermosa sala, tan sencilla y perfumada por las flores—. Y usted aún no conoce todo su alcance. Esta mañana he estado en casa de sir Guy, y la situación es peor de lo que suponía. Se ha confirmado que lo amenazaron igual que a los demás...

—Y él se negó —concluyó Vespasia, muy seria—. Y he aquí la terrible venganza, junto con un aviso a los demás.

—No. Ojalá.

Ella enarcó las cejas.

—No lo entiendo. Sé directo, Thomas, por favor. No soy demasiado frágil para ninguna respuesta. He vivido muchos años y he visto más cosas de lo que imaginas.

—No es ninguna evasiva —dijo él sinceramente—. ¡Ojalá la respuesta fuera tan sencilla como que sir Guy recibió una petición y se negó a satisfacerla! Pero lo único que le pidieron fue una petaca con baño de plata, una prenda, como supongo que lo fue la caja de rapé de Balantyne: algo personal que simbolizase el poder del chantajista. Sir Guy le entregó la petaca a través de un mensajero. El escándalo de hoy se ha producido sin avisar, como simple demostración de poder. Sir Guy ha tenido la mala suerte de ser el elegido, pero podría haber sido cualquier otro.

Ella lo miró fijamente, absorbiendo sus palabras.

—A menos que sir Guy no tenga nada que le interese al chantajista —prosiguió él, pensando en voz alta— y fuera elegido para quedar en evidencia y asustar a los demás.

—Conque ni siquiera tuvo la oportunidad. —Vespasia estaba pálida y hablaba con la espalda recta, la barbilla en alto y las manos cruzadas en el regazo. Jamás delataría pánico o desesperación, puesto que la habían educado para controlar sus emociones, pero el primer sol de la tarde iluminaba en ella una rigidez que delataba un profundo dolor—. No ha podido decir ni hacer nada que influyera en el resultado. Hasta dudo que la acusación que se le imputa tenga algo de cierta.

—Él dice que no —confirmó Pitt—, y yo le creo, pero he venido por otro motivo. En el caso de sir Guy Stanley no se me ocurre ninguna ayuda que pedirle, pero sí en otro.

Las cejas plateadas de la anciana se arquearon.

—¿Otro?

—Esta mañana he sido convocado por la señora Tannifer. Ha oído la noticia y está muy preocupada...

—¿Tannifer? —lo interrumpió ella—. ¿Quién es?

—La esposa del banquero Sigmund Tannifer. —Por unos instantes había olvidado que Vespasia no lo conocía.

—¿Otra víctima?

—En efecto. Su esposa es una mujer valiente y con carácter, a quien Tannifer no ocultó la verdad.

Los labios de Vespasia insinuaron una sonrisa.

—Deduzco que el supuesto delito del señor Tannifer no era de naturaleza marital.

—No; financiera. —Él también cedió a aquel momento de fugaz humorismo—. Un abuso de confianza con el dinero de sus clientes. Es un delito feo, y la menor sospecha de que fuera cierto lo hundiría, pero no es tan personal. La señora Tannifer lo apoya incondicionalmente.

—Y estará asustada, como es natural.

—Sí. —Asintió con la cabeza—. Pero también algo más: decidida a luchar en todos los frentes. Me ha llamado porque había sorprendido una conversación telefónica entre su marido y Leo Cadell, quien por lo visto detenta un cargo importante en el Ministerio de Asuntos Exteriores. —Se quedó callado, porque en la cara de Vespasia había aparecido un dolor nuevo y en los dedos de sus manos una ligera crispación—. He venido a preguntarle si lo conoce, y veo que sí.

—Desde hace años —contestó ella en voz baja. Vio que Pitt se inclinaba un poco y carraspeaba—. A su mujer la conozco desde que nació. De hecho soy su madrina. Asistí a su boda... hace veinticinco años. Leo siempre me ha caído bien. Dime qué puedo hacer.

—Lo siento. Tenía la esperanza de que lo conociera, pero lamento que sea de una manera tan íntima. —Eran palabras sinceras. Frente a aquella desgracia de múltiples tentáculos, frente a la propagación del dolor y el miedo, él seguía sin saber dónde buscar, y menos cómo responder al ataque—. ¿Se le ocurre alguna relación entre Balantyne, Cornwallis, Dunraithe White, Tannifer y Cadell? ¿Algo en común?

—No —dijo ella, sin detenerse a reflexionar—. Ya he pasado demasiadas horas pensando si los une algún sector de influencia o de poder, algún parentesco, por ínfimo que sea, y me sorprendería que fueran algo más que simples conocidos. Me he planteado la posibilidad de que hubieran perjudicado a la misma persona, aunque no fuera de manera consciente, pero Cornwallis estaba en la marina y Balantyne en infantería. Que yo sepa Dunraithe nunca ha estado en el extranjero y siempre ha trabajado en la jurisprudencia. Dices que Tannifer es banquero, y Leo pertenece al Ministerio de Exteriores. Aunque hubieran ido al mismo colegio no podrían haber coincidido porque no son de la misma generación. Calculo que Brandon Balantyne no le lleva menos de quince años a Leo Cadell.

Parecía confusa, desorientada.

—Lo he intentado todo —reconoció él—. He investigado sus intereses económicos, sus inversiones, su afición por el juego o los deportes y no me consta que estén ligados por nada. Si hay algo tiene que pertenecer a un pasado muy remoto. Se lo he preguntado a Cornwallis, que es el único a quien puedo interrogar en detalle, y jura que hasta hace un par de años sólo conocía a Balantyne.

—Tendré que ir a ver a Theodosia. —Vespasia se puso en pie, aceptando a disgusto la mano de Pitt (que se había levantado con mayor presteza)—. Todavía no estoy decrépita, Thomas —dijo con cierta frialdad—, aunque tampoco salto como tú.

Pitt sabía que no estaba enfadada con él, sino con sus limitaciones, y más en aquellas circunstancias, sintiéndose incapaz de proteger a sus amigos y avanzando a diario en el amargo descubrimiento de hasta qué punto era grave la amenaza.

—Gracias por escucharme —dijo, caminando a su lado—. Le ruego que no haga ninguna promesa de confidencialidad a menos que sea la única manera de averiguar la verdad. Necesito saber todo lo que le cuenten.

Ella se volvió para mirarlo con sus ojos hundidos, entre grises y plateados.

—Soy tan consciente como tú del peligro que se corre en este caso, Thomas, y no sólo del daño que podría infligir a los hombres y mujeres afectados, sino a la corrupción que se cierne sobre la sociedad y que caerá sobre ella si alguno de esos hombres sucumbe a lo que le piden. Aunque sea algo trivial, y ni siquiera ilegal, el hecho de que puedan dejarse convencer por instigación ajena es el primer síntoma de una enfermedad mortal. Conozco a esos hombres, querido Thomas. He conocido a otros parecidos durante toda mi vida. Entiendo su sufrimiento y su temor. Entiendo su vergüenza por no saber contraatacar. Sé el valor que dan a la estima de sus pares.

Pitt asintió con la cabeza. Estaba todo dicho.

Vespasia se apeó de su carruaje en la acera de delante de la casa de Leo y Theodosia Cadell. Era un poco temprano para visitas, salvo las más formales (y por tanto más opuestas a su intención), pero no tenía ganas de esperar. Theodosia podía dejar dicho al lacayo que no estaba en casa para nadie. Podía escoger entre diversas excusas, como que tenía enfermo a un pariente mayor. No respondería a la verdad, puesto que la salud de Vespasia era inmejorable, pero serviría. Lo que sí estaba, y mucho, era angustiada.

Dijo a su cochero que llevara el carruaje a las caballerizas, donde no lo viera nadie. Ya le avisaría cuando quisiera marcharse. Permitió que antes de obedecer tirara de la campanilla.

La doncella la llevó al salón, grande y antiguo, con cortinas de color burdeos y unos jarrones chinos que nunca le habían gustado. Eran un regalo de bodas de una tía a quien nunca habían querido herir en sus sentimientos. Theodosia no tardó en llegar.

—Buenos días, querida.

Vespasia la examinó en profundidad. Los treinta y cinco años de diferencia se notaban todavía menos que de costumbre. Theodosia también había sido una belleza, quizá no tan excepcional como ella pero sí de las que hacían girarse las cabezas (y algunos, no pocos, corazones). Su negrísimo cabello ya tenía hebras blancas, no sólo en las sienes sino encima de la frente. Sus ojos negros eran espectaculares, y sus pómulos conservaban su límpido perfil, pero en su piel había manchas oscuras y una falta de color que delataba falta de sueño. Sus movimientos eran rígidos, sin la elegancia habitual.

—¡Tía Vespasia! —Ningún cansancio o miedo eran capaces de mitigar la alegría del saludo—. ¡Qué agradable sorpresa! Si hubiera sabido que venías habría avisado a la servidumbre de que no estoy para nadie más. ¿Cómo te encuentras? ¡Tienes un aspecto magnífico!

—Estupendamente, gracias —contestó Vespasia—. Una buena modista puede hacer muchas cosas, pero milagros no. Un corsé puede enderezarte el cuerpo y darte una postura inmejorable, pero con la cara no hay corsé que pueda.

—Tu cara está muy bien.

Theodosia parecía sorprendida y ligeramente divertida.

—Eso espero, aparte de algunas huellas del paso del tiempo —dijo Vespasia con ironía—; en tu caso, sin embargo, no puedo ser tan amable sin faltar a la verdad. Te veo muy preocupada.

—¡Vaya por Dios! ¿Tanto se me nota? Creía haberlo disimulado mejor.

Vespasia se ablandó.

—Casi nadie se daría cuenta, pero yo te conozco desde que eras un bebé. Además —añadió—, he utilizado suficientes arreglos exteriores para saber cómo se hacen.

—Por desgracia duermo mal —dijo Theodosia, dirigiéndole una mirada fugaz—. Es una tontería, pero quizá me acerque a la etapa de la vida en que ya no se trasnocha sin penitencia. Odio reconocerlo.

—Querida —dijo Vespasia con dulzura—, la persona que trasnocha suele levantarse tarde, y tú estás en excelente situación para dormir hasta mediodía. Si duermes mal es porque estás enferma o te preocupa demasiado algo para quitártelo de la cabeza al acostarte. Me inclino por lo segundo.

La intención de negarlo se veía tan clara en la expresión de Theodosia que quizá estuviera a punto de hacerlo con palabras, pero su resistencia se derrumbó contra la mirada fija de la anciana. Lo que no hizo fue dar explicaciones.

—¿Me dejas que te cuente algo sobre un amigo? —preguntó Vespasia.

—Por descontado.

Theodosia se relajó un poco. La presión se había suavizado. Se apoyó en el respaldo, formando una elegante voluta con la falda, y prestó atención a su madrina.

—Me abstengo de entrar en detalles sobre su historia y circunstancias —empezó a decir Vespasia—. Prefiero que no adivines su nombre, por motivos que entenderás de inmediato. Es posible que a él no le importara explicarte sus apuros, pero la decisión es suya.

Theodosia asintió con la cabeza.

—Lo comprendo. Si no quieres no hace falta que me digas nada.

—Es militar, y con una hoja de servicios brillante —explicó Vespasia sin apartar la mirada del rostro de su ahijada—. Ahora está retirado, pero tuvo una carrera larga y honrosa. Era muy valiente y con dotes de mando. Mereció la estima de sus amigos y de los que no le tenían tanto afecto.

Theodosia escuchaba atentamente, pero su interés no superaba la mera educación. Era mucho más fácil que ser interrogada acerca de sus preocupaciones. Tenía las manos en el regazo, y su anillo de perlas y esmeraldas reflejaba la luz.

—La vida le ha deparado muchos sufrimientos —continuó Vespasia—, como a casi todos, pero hace poco que le ha ocurrido un percance inesperado.

—Lo lamento —dijo Theodosia, compasiva.

A juzgar por su mirada, esperaba alguna discordia doméstica o revés económico; desgracias, en suma, que podían afectar a casi cualquier persona.

La voz de Vespasia no se alteró.

—Recibió una carta, naturalmente anónima, hecha con recortes del *Times*... —Vio que Theodosia se ponía tensa y juntaba fuertemente las manos, pero fingió no darse cuenta—. El texto, que estaba bien escrito, lo acusaba de cobardía delante del enemigo; algo ocurrido muchos años atrás, durante una de nuestras campañas menos importantes.

Theodosia tragó saliva y respiró más deprisa, como si se esforzara por no quedarse sin aire y le resultara sofocante aquella sala cálida y acogedora. Quiso decir algo, pero renunció.

Vespasia habría preferido no seguir, pero dejar a medias el relato no habría servido de nada ni habría ayudado a nadie.

—La amenaza de desvelar los detalles del incidente, que es enteramente falso, estaba bastante clara —dijo—, al igual que su efecto desastroso no sólo sobre mi amigo sino sobre su familia, como es natural. Él es inocente, pero ha transcurrido mucho tiempo y ocurrió en un país extranjero con el que apenas mantenemos relaciones, conque será prácticamente imposible verificarlo. Siempre es más difícil demostrar la inexistencia de un hecho que su existencia.

Theodosia estaba pálida, y su vestido azul grisáceo cubría un cuerpo tan tenso que parecía que la tela no diera de sí.

—Lo extraño —prosiguió Vespasia— es que el autor de la carta no pedía nada, ni dinero ni favores. Que yo sepa ya ha mandado dos.

—¡Qué horror! —susurró Theodosia—. ¿Y qué piensa hacer tu amigo?

—Tiene pocas opciones. —Vespasia la observó con atención—. Tampoco estoy segura de que sea consciente de que no es la única víctima.

Theodosia se sobresaltó.

—¿Qué? Digo... ¿Tú crees que hay más?

—Sé de cuatro, y considero posible que haya uno más. ¿Tú no, querida?

Theodosia se humedeció los labios y titubeó en silencio. El reloj del vestíbulo dio el primer cuarto. Cantó un pájaro en el jardín, detrás de los altos ventanales. Al otro lado de la tapia se oían gritos de niños jugando.

—Le prometí a Leo que no se lo contaría a nadie —dijo al fin Theodosia.

Su cara de angustia, sin embargo, delataba verdaderas ansias de explicárselo a alguien.

Vespasia se mantuvo a la espera.

El pájaro seguía cantando, y repetía sin descanso el mismo

reclamo. Era un mirlo, encaramado a la copa soleada de un árbol.

—Supongo que ya lo sabes —se decidió a decir su ahijada—. No sé por qué vacilo tanto, como no sea porque la acusación es... ¡tan estúpida, y al mismo tiempo tan real! Casi... casi no es verdad... pero... —Suspiró—. ¿Por qué me justifico? No importa. No cambia nada. —Miró a Vespasia sin flaquear—. Leo también ha recibido dos de esas cartas donde se le acusa sin pedir nada. Sólo lo avisan de que la divulgación de los cargos sería su fin; el suyo, el mío... y el de sir Richard Aston.

Vespasia estaba perpleja. No se le ocurría ninguna acusación que pudiera afectar simultáneamente a Leo, Vespasia y Aston. Este último era el superior de Leo en el Ministerio de Asuntos Exteriores, además de un político de carrera brillante y mucha influencia. Su mujer estaba emparentada con algunas de las familias más aristocráticas del país. Era un hombre cautivador, tan ingenioso como inteligente.

Theodosia rió, pero fue un sonido hueco, una carcajada sin alegría.

—Veo que no se te había ocurrido —observó—. El responsable del ascenso de Leo fue sir Richard.

—Lo ascendió únicamente por méritos —repuso Vespasia—, como ha quedado demostrado; no obstante, y aunque no fuera así, ascender a alguien por encima de sus capacidades es un error, pero no un delito, y menos de Leo o tuyo.

—Tu confianza en mí te vuelve ingenua —dijo Theodosia con un matiz de amargura—. Lo que insinúa la carta es que Leo pagó por su ascenso.

—¡Bah! ¡Patrañas! —Vespasia se las sacudió de encima, pero sin convicción ni alivio—. A Aston le sobra el dinero, y Leo no tiene bastante para pagarle nada que mereciera la pena. Además has dicho que tú estás implicada, o en todo caso has dado a entender que desempeñaste un papel más grande que el de correr el peligro de hundirte con él.

Se le ocurrió una idea a media frase, idea que le repugnaba por afecto hacia Theodosia, pero que en otra persona, alguien que le fuera indiferente, podría haber creído. Como harían otros.

—Veo que al final lo has entendido —dijo su ahijada con dulzura—. Tienes razón: la carta sostenía que la admiración de sir Richard por mí superaba los límites de la amistad, que Leo le vendió mis favores amorosos en pago de su ascenso y que sir Richard aceptó. —Acompañó la explicación con una mueca, mientras se retorcía las manos en el regazo—. La única parte que tiene algo que ver con la realidad es que yo era consciente de que sir Richard, en efecto... me deseaba, pero nunca hizo ninguna sugerencia molesta, y menos avances. Simplemente me sentía... un poco violenta por su posición respecto a mi marido. —Apretó la mandíbula—. ¿Tengo que pedir perdón? Yo entonces era guapa. Podría darte veinte o treinta nombres de mujeres que lo eran igual que yo.

—No hace falta que te justifiques —señaló Vespasia con un destello de humor—. Te aseguro que lo entiendo.

Theodosia se sonrojó.

—Perdona. Claro que lo entiendes, y mejor que yo. Seguro que a lo largo de tu vida has despertado mucha envidia y resquemor. Comentarios, insinuaciones...

Vespasia irguió un poco la cabeza.

—No es del todo agua pasada, querida. Quizá el cuerpo se entumezca un poco y se canse más deprisa; los apetitos carnales se atenúan, el pelo se aclara, el rostro acusa el paso de los años y lo que se ha hecho con ellos, pero la pasión y la necesidad de ser amada no desaparecen. Tampoco, por desgracia, los celos y los miedos.

—Mejor —dijo Theodosia después de un breve silencio—. Ser así es sufrir, pero creo que lo prefiero. ¿Cómo puedo ayudar a Leo?

—Callando —repuso Vespasia—. Si haces el menor intento de negarlo harás que la gente tenga ideas que hasta entonces no había tenido. Te aseguro que sir Richard no te lo agradecería, y lady Aston menos; es una mujer difícil, bastante dominante, y lo mejor que puede decirse de su aspecto es que se parece a un perro de raza, de esos que tienen dificultades de respiración. Lástima.

Theodosia fracasó en su tentativa de reír.

—No creas —dijo—; en el fondo es bastante simpática, y aunque empezara como un matrimonio dinástico creo que él la quiere mucho. Tiene sentido del humor e imaginación, dos cosas que duran más que la belleza.

—En eso tienes razón —asintió Vespasia—. Son virtudes más gratificantes, pero la mayoría de la gente no se ha dado cuenta. ¡La belleza, además, tiene un impacto tan inmediato! Pregúntale a cualquier chica de veinte años si prefiere ser guapa o divertida; me sorprendería que encontraras a una sobre veinte que escogiera el humor. En cuanto a Lucy Aston, no cabe duda de que figura entre las otras diecinueve.

—Lo sé. ¿Sólo puedo hacer eso, tía Vespasia? ¿Nada?

—De momento no se me ocurre ninguna otra manera —insistió Vespasia—, pero si Leo recibe una carta donde le pidan algo bajo coacción haz lo posible por disuadirlo. Hazlo por el amor que le tengas, o por ti. Sea cual sea el precio del escándalo que provoque el chantajista haciendo pública su acusación, será pequeño en comparación con lo destructor que sería ceder. Además de que no es ninguna garantía de silencio, como demuestra el caso de Guy Stanley, sumaríais al precio el verdadero deshonor de lo que os obligaría a hacer. El chantajista puede perjudicar vuestra reputación, pero los únicos capaces de perjudicar vuestro honor sois vosotros. No lo permitáis. —Se inclinó un poco y miró detenidamente a su ahijada—. Dile a Leo que puedes aguantar cualquier cosa mala que se diga de ti y las consecuencias a que dé lugar, pero que no debe permitir que ese hombre lo convierta en su igual o en un instrumento de su maldad.

—Descuida —prometió Theodosia. De pronto tendió el brazo y estrechó la mano de Vespasia entre las suyas—. Gracias por venir. Yo no habría tenido valor para ir a tu casa, pero ahora me siento más fuerte y bastante segura de lo que hay que hacer. Sabré ayudar a Leo.

Vespasia asintió con la cabeza.

—Resistiremos juntos —prometió—. Somos muchos y no dejaremos de luchar.

Tellman, entretanto, investigaba con denuedo los últimos días de la vida de Josiah Slingsby. Alguien lo había asesinado con premeditación, o en el transcurso de una pelea. Había que resolver el crimen, tanto si guardaba relación con el intento de chantaje como si no. Era el caso por el que había empezado todo y no había que perderlo de vista por ocupado que estuviera Pitt en otras cosas. Tellman preveía que en un momento u otro la pista que estaba siguiendo se cruzaría en el camino del general Balantyne, y quizá fuera más fácil llegar a la intersección desde aquel ángulo que investigando directamente a Balantyne, cosa, por otro lado, que también sería necesaria.

Empezó por descubrir dónde había residido Slingsby. Fue una tarea aburrida y que le llevó mucho tiempo, pero no entrañaba ninguna dificultad para alguien acostumbrado a la mezcla de amenazas, trucos y pequeños sobornos necesaria para tratar con los negociantes de objetos robados, las prostitutas y los encargados de cierta clase de pensiones, las que a cambio de pocos peniques prestaban acomodo nocturno a huéspedes que desearan mantenerse a distancia de la policía. Los dueños se limitaban a aceptar el dinero sin hacer preguntas sobre la clientela, gente que en ningún caso era afecta a la ley y el orden y cuyas ocupaciones era preferible no comentar.

Adoptando la actitud de los mendigos y rateros que rondaban por la zona, Tellman entabló conversación con un hombre con torso de barril y el pelo muy corto, señal de que había salido hacía poco de la cárcel. A pesar de su físico imponente, tenía tos de perro y ojeras de cansancio.

Por él averiguó que Slingsby solía trabajar en consorcio con un tal Ernest Wallace, de triste fama por su talento para trepar por las cañerías y hacer funambulismo por las cornisas y alféizares, además de por su mal genio.

Pasó el resto del día en Shoreditch, averiguando todo lo posible acerca de Wallace. Casi nada era bueno. Por lo visto inspiraba dos cosas: antipatía y bastante miedo. Se le daba bastante bien la rama del hurto que había escogido, y disfrutaba de ganancias elevadas y regulares. Hasta entonces no lo había tocado el brazo de la ley, que quizá tuviera constancia de sus actividades pero carecía de pruebas contra él. Sí se había peleado con todos sus compinches, y Tellman encontró a dos o tres con cicatrices.

En aquel barrio se partía del principio de que la colaboración con la policía nunca debía llegar al extremo de traicionar a un igual, aunque hubiera que pagarlo con la vida. Tellman era consciente de que era el enemigo, pero la venganza podía buscarse en más de una dirección. Debía encontrar a alguien a quien Wallace hubiera hecho suficiente daño para estar dispuesto a disfrutar con su caída y aceptar el precio. Quizá se pudiera influir en la discusión con una dosis de miedo y otra de provecho.

Dedicó otro día entero a visitar bulliciosas tabernas y mercados, donde recibió infinitos empujones y codazos y donde, pese a llevar vacíos los bolsillos, se los cortaron con tanta destreza que no notó el contacto de los dedos ni el cuchillo. Compraba bocadillos en puestos callejeros, se paseaba por calles húmedas esquivando la basura y oyendo el correteo de las ratas y mezclaba amenazas y lisonjas, pero acabó por encontrar a la persona que buscaba. No se trataba de un hombre, sino de una mujer que había abortado como consecuencia de una paliza de Wallace, a quien odiaba tanto que estaba dispuesta a cualquier cosa con tal de vengarse.

Para interrogarla Tellman tuvo que extremar la prudencia. No había que forzarla, porque si decía algo con la intención de hundir a Wallace no lo aceptaría ningún tribunal.

—Busco a Slingsby —insistió.

La mujer estaba apoyada en la oscura pared de ladrillos de la calle, con la cara iluminada a medias. Flotaba sobre ellos la bruma de las chimeneas, y los envolvía un fuerte hedor a aguas residuales.

—Pues encuentre a Ernie Wallace y tendrá a Joe —contestó—. Joe Slingsby es el único que quiere trabajar con él, o quería, porque ahora ya no sé. —Hizo ruido por la nariz—. Hace una semana tuvieron una pelotera que no le cuento; sí, una semana, porque fue la misma noche que la pelea que se armó en el Goat and Compasses. Ernie casi mata a Joe, el muy cerdo. Desde entonces no he vuelto a ver a Joe. Debió de coger las de Villadiego. —Volvió a hacer ruido con la nariz y se limpió la boca con el dorso de la mano—. Yo si fuera él habría vuelto y le habría dado un navajazo en las costillas. ¡Cabrón de mierda! Si me dejara acercarme lo haría ahora mismo, pero se lo olería y es demasiado listo para andar solo por los callejones.

—Pero ¿está segura de que esa noche, hace una semana, estaba Joe Slingsby con él?

Tellman intentaba disimular su agitación. Se percató del atropello de sus palabras, debido a la impaciencia. Ella también lo notó.

—Acabo de decírselo. —Se lo quedó mirando—. ¿Está sordo o qué? No sé dónde está Joe; desde entonces no le he visto el pelo, pero sí que sé dónde está Ernie Wallace. Lleva unos días tirando el dinero como si fuera rico.

Tellman tragó saliva.

—¿Cree que entraron a robar en una casa, que se pelearon por el botín y que ganó Wallace?

—¡Pues claro! —dijo ella con desdén—. ¿Qué si no? ¡Anda con el tío listo!

—Puede que sea verdad... —Había que tener mucho cuidado. Tellman le dio la espalda y se fingió dudoso—. Y puede que no.

La mujer escupió en el suelo.

—¡Como si le importara a alguien! —le espetó, retrocediendo un paso.

—¡A mí sí! —Él la cogió del brazo—. Tengo que encontrar a Ernie Wallace. Me interesa estar seguro de lo que pasó.

—¡Pues Joe no se lo dirá! —dijo ella, burlona—. Lo que está claro es que salió perdiendo.

—¿Cómo lo sabe? —insistió el sargento.

—¡Hombre, pues porque lo vi! ¿Cómo quiere que lo sepa?

—¿Slingsby hizo algún comentario sobre tomarse la revancha? ¿Adónde fue después?

—Ni idea. A ninguna parte. —Liberó el brazo con un fuerte estirón—. Como si estuviera muerto. —Su rostro sufrió un cambio repentino—. ¡Jo! ¡Pues igual sí lo estaba! Desde entonces no lo ha visto nadie.

—En ese caso —dijo Tellman mirándola a los ojos—, si puede demostrarse, Ernie Wallace será acusado de homicidio y lo ahorcarán.

—Sí que puede demostrarse, sí... —Ella sostuvo su mirada con los ojos muy abiertos—. Descuide, que me ocupo yo. Se lo juro. ¡Déjelo en mis manos!

Cumplió su palabra. Las pruebas eran más que suficientes. Tellman se llevó a dos agentes, con quienes encontró y arrestó a Ernie Wallace acusándolo del asesinato de Josiah Slingsby. No obstante, y a pesar de la sutileza o persistencia del interrogatorio (o de las amenazas o promesas que le fueron hechas), Wallace juraba haber dejado el cadáver de Slingsby en el callejón donde había caído y haber abandonado el lugar del crimen con toda la rapidez de sus piernas.

—¿Por qué coño iba a llevar el jodido cadáver a Bedford Square? —quiso saber con asombro—. ¿Para qué? ¿Qué se creen, que en plena noche habría arrastrado a un fiambre por medio Londres sólo para dejárselo a alguien delante de la puerta? ¿Para qué?

La idea de poner el recibo de los calcetines de Albert Cole en el bolsillo del cadáver lo condujo a poner seriamente en duda la cordura de Tellman.

—¡Usted está loco! —Resopló con los ojos muy abiertos—. ¿De qué coño habla? ¿Calcetines?

Soltó una carcajada.

Tellman salió ensimismado de la comisaría de Shoreditch y hundió las manos en los bolsillos de manera maquinal, sin darse cuenta de que imitaba a Pitt. Creía en las palabras de Wallace por el simple motivo de que tenían lógica. El detenido había matado a Slingsby durante una pelea violenta y estúpida, debida a un mal genio incontrolado y una discusión por dinero. Era un crimen sin la menor premeditación, ni anterior ni posterior.

Entonces... ¿Quién había metido el recibo de los calcetines en el bolsillo de Slingsby, y de dónde lo sacaba? ¿Dónde estaba Albert Cole? ¿Vivo o muerto? Y lo más importante: ¿por qué?

Sólo se le ocurrió una respuesta: para hacerle chantaje al general Brandon Balantyne.

El calor hacía temblar el aire. Se desprendía de los adoquines como un oleaje, y los muros de ladrillo visto que limitaban la calle producían un efecto claustrofóbico. Los caballos que trotaban entre las varas de los coches y los carros estaban oscuros por el sudor. El aire estaba cargado de olor a estiércol. Tellman, sin embargo, lo prefería al de cloaca, más asfixiante y pegajoso.

En una esquina había un recitador ambulante rodeado por un grupo pequeño de oyentes, desgranando versos sobre el caso Tranby Croft y el afecto del príncipe de Gales por lady Frances Brooke. Su versión de la historia dejaba bastante mejor parado a Gordon-Cumming que al heredero del trono o sus amigos.

Tellman se detuvo a escuchar durante un par de minutos y lanzó al narrador una moneda de tres peniques. Después cruzó la calle y prosiguió su camino.

¿Qué quería el chantajista? ¿Dinero o un acto corrupto? Además, para que Balantyne cediera hacía falta algo más que el cadáver de Slingsby, aunque fuera confundido con el de Albert Cole. La respuesta sólo podía tenerla el propio general. Seguiría las indicaciones de Pitt: investigarlo más a fondo. Lo haría, eso sí, con la mayor discreción y sin decirle nada a Gracie. Al pensarlo se ruborizó, y quedó tan sorprendido como enojado por el sentimiento de culpa que le producía esto último después de haberle dado su palabra (al menos implícita) de que la ayudaría.

Hundió las manos en los bolsillos y caminó dando zancadas por la acera, con los hombros encorvados, los labios apretados y en el fondo de la garganta un resto de olores a madera podrida, hollín y aguas residuales.

Empezó a primera hora de la mañana siguiente repasando lo que sabía del historial militar de Balantyne. Entender sus puntos flacos (el motivo de que tuviera enemigos y la identidad de éstos) exigía conocerlo. Según lo poco que había averiguado Tellman por el procedimiento de seguirlo, era un hombre frío y metódico cuyos pocos placeres eran solitarios.

Enderezó los hombros y apretó el paso, completamente seguro de que quedaba mucho por averiguar, más de lo que guardaba relación con el chantaje y la persona que había movido el cadáver de Josiah Slingsby para dejarlo en el umbral del general. Quizá no importara demasiado desde el punto de vista policial; Tellman había arrestado a Wallace y lo había acusado de homicidio, pero el chantaje también era un delito, fuera quien fuese la víctima.

No deseaba hablar con oficiales, gente que compartía el origen y posición social de Balantyne, compradores de cargos que cerrarían filas contra la investigación con la misma naturalidad que contra cualquier enemigo que atacara la comodidad y privilegio de sus vidas. Quería hablar con simples soldados que no tuvieran demasiada arrogancia para contestarle de hombre a hombre y alabar o reprender con sinceridad. Con ellos podría conversar en posición de igualdad y pedirles detalles, opiniones y nombres.

Tardó tres horas en dar con Billy Treadwell, que hasta cinco años antes había pertenecido al ejército indio. Ahora regentaba una taberna junto al río. Era un hombre delgado, narigudo y de sonrisa fácil, con los dientes torcidos y muy blancos. Los dos del medio estaban rotos.

—¿El general Balantyne? —dijo con tono jovial en el patio del Red Bull, apoyado en un barril—. Entonces era mayor. La verdad es que hace tiempo, pero sí que me acuerdo, sí. ¡Cómo no! ¿Por qué lo pregunta?

No lo dijo de manera agresiva, sino con curiosidad. Los años en India le habían tostado la piel, y no daba la impresión de estar molesto por aquella ola de calor excepcional. Entrecerró los ojos para que no lo deslumbrara el reflejo del sol en el agua, pero no buscó la sombra.

Tellman se sentó en el murito de ladrillo que separaba el patio del pequeño huerto. El sonido del río, que no se veía, era un fondo sonoro agradable, pero el calor le quemaba la piel y tenía los pies ardiendo.

—¿Verdad que estuvo a sus órdenes en India? —preguntó.

Treadwell lo miró con la cabeza un poco ladeada.

—Si no lo supiera no me lo preguntaría. ¿Qué pasa? ¿Para qué quiere saberlo?

Durante el viaje en barco de vapor Tellman había intentado encontrar una respuesta satisfactoria, pero seguía teniendo dudas porque no quería influir en lo que le dijera Treadwell.

—No puedo explicárselo del todo, porque es confidencial —dijo lentamente—. Creo que se fragua un delito y que el general podría ser una de las víctimas. Quiero evitarlo.

—¿Y por qué no lo avisa? —dijo Treadwell.

Era una pregunta razonable. Desvió la mirada hacia un vapor que pasaba cerca de la orilla y debió de preguntarse si eran los de aduanas.

—No es tan sencillo. —Tellman tenía la respuesta preparada—. También queremos detener al delincuente. Créame, si el general pudiera nos ayudaría.

Treadwell le devolvió su atención.

—¡Eso sí me lo creo! —dijo—. Era el colmo de la rectitud. Con él siempre sabías a qué atenerte; no como otros, y no digo nombres.

—¿Era estricto con el reglamento? —preguntó Tellman.

—No especialmente. —Treadwell dejó de lado sus negocios y se concentró en el sargento—. Si le parecía justificado saltárselo, no dudaba. Sabía que si les pides a tus hombres que mueran por una causa es necesario que crean en ella, igual que es necesario que crean en su oficial si tienen que obedecerle sin entender el motivo de sus órdenes.

—¿Las órdenes no se cuestionan? —dijo Tellman, incrédulo.

—Pues claro que no —contestó Treadwell desdeñosamente—, pero algunas se obedecen... digamos que poco a poco, y en otras se tiene confianza.

—¿Y en el caso de Balantyne?

—Confianza. —Lo dijo sin dudar—. Sabía lo que tenía entre manos. Nunca delegaba en nadie lo que pudiera hacer personalmente. Hay hombres que mandan desde la retaguardia, pero él no. —Se sentó encima del barril para hacer memoria. El sol le hacía entrecerrar un poco los ojos, pero su calor no lo afectaba—. Me acuerdo de que una vez, estando en la frontera noroeste... —Su mirada se volvió ausente—. ¡Qué montañas! Tendría que verlas: unos picos enormes y blancos que no se acababan nunca. Seguro que hacían agujeros en el suelo del cielo.

Respiró hondo.

—El caso —prosiguió— es que el coronel ordenó al mayor Balantyne que se llevara a unos cuarenta hombres (entre ellos yo), subiera por el puerto y sorprendiera a los patanes por detrás. Era bastante nuevo en el noroeste y no conocía a los patanes. El mayor Balantyne intentó convencerlo y le dijo que eran de los mejores guerreros que había, gente lista, dura y que no huía de nada. —Sacudió la cabeza y suspiró con fatiga—. Pero el coronel ni caso. Era uno de esos inútiles que siempre creen que tienen la razón.

Miró a Tellman para comprobar que estuviera atento a la historia.

—¿Y entonces? —lo animó el sargento, moviendo nerviosamente los pies. Sentía resbalar las gotas de sudor por su espalda.

—El mayor no tuvo más remedio que cuadrarse —continuó Treadwell—. «Sí, señor. No, señor.» Orden recibida. Pero en cuanto no nos vieron desde el puesto dijo en voz alta que se le había estropeado la brújula, nos ordenó dar media vuelta y siguió su plan: atacar a los patanes por dos flancos y en vez de defender nuestras posiciones seguir marchando. Pegamos unos cuantos tiros y desaparecimos antes de que hubieran averiguado por dónde llegábamos.

Miró con atención a Tellman, atrapado inevitablemente por el relato.

—¿Ganaron?

—¡Que si ganamos, dice! —contestó Treadwell con una sonrisa burlona—. Pues claro, y se llevó todo el mérito el coronel. Se puso como una fiera, pero ya no había remedio. El muy cretino se puso firme y les escuchó decir lo listo que era. ¡Hasta les dio las gracias! Claro, qué iba a hacer.

—¡Pero si había sido idea del mayor! —protestó Tellman—. ¿No se lo dijo al que estuviera al mando?

Treadwell sacudió la cabeza.

—Se nota que no ha estado en el ejército. —Su tono era al mismo tiempo conmiserativo y teñido de una especie de protección, quizá hacia los inocentes de este mundo—. Nunca se pone en evidencia a los camaradas, aunque se lo busquen, y menos el mayor, que era de la vieja guardia: lo aceptaba todo sin rechistar. Yo lo he visto tan hecho polvo que casi se caía, pero seguía caminando. Claro, es que no quería fallarles a sus hombres. Es lo que se llama ser oficial, al menos buen oficial. Siempre hay que ser un poco mejor que el resto. Si no ¿cómo podrían seguirte?

Salió una tremenda risotada por la puerta abierta del local. Tellman frunció el entrecejo.

—¿A usted le caía bien? —preguntó.

Treadwell no entendía la pregunta.

—¿Cómo que si me caía bien? Era el mayor. Los oficiales no caen ni bien ni mal. Los quieres o los odias. Los que te caen bien son los amigos, los que marchan a tu lado, no en cabeza.

Tellman conocía la respuesta antes de preguntar, pero necesitaba oírla.

—¿Usted quería u odiaba al mayor?

Treadwell sacudió la cabeza.

—¡Si no le viera la cara lo tomaría por tonto! ¿No acabo de decirle que era de los mejores?

Tellman estaba confundido. Tenía la obligación de creer a Treadwell porque la luz de sus ojos era demasiado clara, al igual que su regocijo delante de alguien que por ser ajeno al ejército no captaba lo que a él le parecía evidente.

Le dio las gracias y se marchó. ¿Qué le había ocurrido a Balantyne para convertirse en lo que era, un hombre frío y solitario? ¿A qué se debía que Treadwell tuviera una imagen tan... irreconocible de él?

El siguiente soldado que encontró se llamaba William Sturton. Era otro hombre de extracción humilde que había llegado a sargento después de muchos años en el ejército y estaba orgullosísimo de ello. Se movía con dificultad por culpa del reuma, y la sombra moteada del banco del parque donde se sentó le iluminaba el pelo blanco y las patillas. Se moría de ganas de hablar, rememorar las glorias del pasado con aquel joven que no las conocía y parecía tan interesado.

—¿Que si me acuerdo del general Balantyne? Por supuesto —dijo con la cabeza erguida, una vez Tellman se hubo presentado—. Estaba al mando cuando entramos en Lucknow después del gran motín. No he visto nada igual.

Después de tantos años, sus facciones estaban tensas por el esfuerzo de controlar la angustia con que seguía recordando el episodio. Tellman no alcanzaba a imaginar lo que estaría viendo en su fuero interno. Él conocía la pobreza, el crimen y la enfermedad; conocía los estragos del cólera en los arrabales y había visto cadáveres helados de mendigos, viejos y niños sin hogar; conocía el terrible sufrimiento nacido de la impotencia y la indiferencia, pero nunca había estado en una guerra. El asesinato individual era una cosa, y otra muy distinta e inimaginable una cruenta masacre. Sólo podía adivinarlo y observar la cara del sargento. Lo animó a seguir.

—Dice que entraron...

—Sí. —Sturton tenía la mirada ausente y los ojos vidriosos—. Lo que me pudo fue ver a las mujeres y los niños. Estoy acostumbrado a ver hombres cortados en pedazos.

—¿Y el coronel Balantyne? —dijo Tellman para reconducir la conversación.

No quería oír más detalles. Conocía el episodio por lecturas y por lo que le habían explicado en el colegio, más que suficiente para saber que no le gustaba.

Una ráfaga de brisa hizo temblar las hojas, haciéndolas murmurar como las olas en la playa. Se oyó a lo lejos una risa de mujer.

—Nunca se me olvidará la cara del coronel. —Sturton estaba perdido en el pasado. Se encontraba en India, no en una tarde de verano inglés mucho más tibia—. Parecía un cadáver. Tuve miedo de que se cayera del caballo. Al bajar tropezó, y cuando caminó hacia el primer montón de muertos le temblaban las rodillas. Había visto muchos en el campo de batalla, pero no era lo mismo.

Tellman intentó imaginárselo y le entraron náuseas. Se preguntó por la naturaleza y la hondura de los sentimientos de Balantyne. ¡Su imagen actual era tan fría e inflexible!

—¿Y qué hizo? —preguntó.

Sturton no lo miró. Sus pensamientos seguían en Lucknow, a treinta y cuatro años de distancia.

—Estábamos todos igual de afectados —dijo en voz baja—. Se hizo cargo el coronel; estaba blanco como el papel y le temblaba la voz, pero dio las órdenes necesarias y nos explicó cómo había que registrar los edificios para estar seguros de que no hubiera ninguna emboscada. Vaya, que no hubiera nadie escondido. —En su voz vibraba el orgullo de haber cumplido su deber y haber sobrevivido para vivir unos tiempos más clementes—. Ordenó cercar el perímetro y poner guardias por si volvían —añadió sin mirar al sargento, que estaba sentado a su lado—. Envió a los más jóvenes para que no vieran a los muertos. En la tropa había algunos que estaban muy impresionados. Ya le he dicho que eran las mujeres, algunas hasta con bebés. El coronel dio la vuelta al montón para ver si había alguien vivo. No sé cómo fue capaz. Yo no habría podido, pero bueno, para eso es coronel.

—Era coronel porque le compró su padre los galones —dijo Tellman.

Inmediatamente después, y sin saber por qué, lamentó el comentario. Sturton lo miró con un desprecio mitigado por la paciencia. Se le notaba en la expresión que no lo consideraba digno de recibir explicaciones.

—Usted no tiene ni idea de lo que es el deber, la lealtad ni nada. Si no no habría dicho una estupidez tan grande —replicó—. A un hombre como el coronel Balantyne lo habríamos seguido hasta el fin del mundo, y orgullosos, no se crea. Nos ayudó a enterrar a los muertos y después rezó por ellos. De noche, cuando hace calor, cierro los ojos y me parece oír su voz. No es que llorara (¿cómo iba a llorar?), pero tenía el horror pintado en la cara.

Suspiró y guardó silencio.

Esta vez Tellman no se atrevió a interrumpirlo. Lo embargaban unas emociones extrañas y desasosegadoras. Intentó imaginarse al general con muchos años menos y una vida interior poblada de emociones como la rabia, el dolor y la compasión, todo ello disimulado por un esfuerzo brutal porque era su deber y tenía que acaudillar a sus hombres sin que por bien de ellos dudaran de su oficial ni le observaran ninguna debilidad. No era el Balantyne a quien creía conocer.

Sturton salió de sus cavilaciones.

—¿Qué quería saber del coronel? No pienso criticarlo porque no hay nada que criticar. Si cree que ha hecho algo malo es que es tonto de remate, más tonto y más ignorante de lo que me había parecido al principio, que ya es decir.

Tellman aceptó el reproche sin quejas, porque estaba demasiado confuso para justificarse.

—No... —dijo lentamente—. No, no creo que haya hecho nada. Busco a una persona que intenta perjudicarlo. Un enemigo. —Reparó en la rabia de Sturton—. Es posible que lo acompañara en la campaña de Abisinia, pero no seguro.

—¿Tiene alguna pista? —dijo Sturton, indignado—. ¿Qué clase de enemigo?

—Alguien con tan pocos escrúpulos que es capaz de querer chantajearlo con una historia falsa —contestó Tellman.

Temió haber revelado demasiadas cosas. Tenía la sensación de caminar por arenas movedizas. De repente se movía todo bajo sus pies.

—¡Pues más vale que lo encuentre! —dijo Sturton con furia—. ¡Y pronto! ¡Yo le ayudo!

Se puso tenso, como si fuera a empezar de inmediato.

Tellman vaciló. ¿Por qué no? No estaba en situación de rechazar ninguna ayuda cualificada.

—De acuerdo —aceptó—. Necesito que me diga todo lo que averigüe sobre el ataque al tren de suministros en Arogee, que es el episodio al que se refiere la mentira.

—¡Hecho! —dijo Sturton—. Bow Street, ¿no? Allí estaré.

Durante dos días, el propio Tellman siguió discretamente los pasos de Balantyne. No era difícil, porque el general salía muy poco de casa y caminaba tan ensimismado que nunca miraba a los lados, y mucho menos atrás. El sargento habría podido caminar a su lado sin que lo viera.

La primera salida del general fue en carruaje y en compañía de su esposa, una mujer guapa y morena que a Tellman le pareció intimidadora. Se cuidó mucho de que lo sorprendiera mirándola, aunque fuera por casualidad. Se preguntó por el motivo de que Balantyne la hubiera escogido por esposa... hasta caer en la cuenta de que quizá no lo hubiera hecho. Tal vez se tratara de un matrimonio de conveniencia por cuestiones familiares o pecuniarias. Elegancia no le faltaba, pensó al verla por la acera siguiendo al general casi sin mirarlo y aceptando la mano del cochero para subir al coche descubierto.

Después la señora Balantyne se arregló la falda con un movimiento lleno de pericia y miró al frente. Ni siquiera volvió la cabeza para ver subir a su esposo, ni al contestar a unas palabras suyas. A continuación se anticipó a él en dar al cochero la orden de arrancar.

Tellman se sintió un poco violento por el general, como si hubiera sufrido un desaire. La sensación, además de extraña, lo tomó por sorpresa.

Siguió al matrimonio hasta una exposición de arte a la que no se le permitió acceder. Aguardó a que salieran, cosa que hicieron poco después de una hora. Lady Augusta irradiaba vida, dureza... e impaciencia. Balantyne conversaba animadamente con un hombre de pelo blanco. Se trataban con un respeto que lindaba con el afecto. Tellman se acordó de que el general practicaba la acuarela.

Lady Augusta dio unos golpecitos con la suela del zapato.

Balantyne siguió hablando por espacio de unos minutos. Durante el camino de vuelta ella no le hizo ningún caso, y cuando llegaron a Bedford Square se apeó del vehículo y subió hasta la puerta de la casa sin esperarlo ni mirar hacia atrás.

La segunda salida del general fue en solitario. Caminaba deprisa, pálido y muy fatigado. Dio una moneda de tres peniques al golfillo que barría el cruce con Great Russell Street y un chelín al mendigo de la esquina con Oxford Street.

Llegó al club Jessop y desapareció en su interior, pero tardó menos de una hora en salir. Tellman lo siguió durante todo el camino de vuelta a Bedford Square.

Después regresó a Bow Street y consultó los expedientes antiguos de Pitt para informarse del caso de los asesinatos en Devil's Acre y la asombrosa tragedia de Christina Balantyne. Su lectura le produjo un sentimiento de horror tan intenso que se le formó un nudo en el estómago, debido a la impotencia, la rabia por un sufrimiento contra el que nada podía, la destrucción intencionada y el dolor.

Cenó poco y deprisa. Su imaginación se había quedado en los oscuros callejones de Devil's Acre, viendo la sangre en los adoquines, pero de vez en cuando la asaltaban escenas todavía peores: niñas asustadas, de la misma edad que Jemima, la hija de Pitt; niñas cuyos gritos sólo oían otras niñas que compartían su impotencia, encogidas de miedo.

Se preguntó por Christina Balantyne y el general. Quizá en su lugar él también hubiera escogido aficiones solitarias. ¡Ojalá Dios no lo pusiera en situación de saberlo!

A la mañana siguiente, cuando siguió al general, lo hizo con un estado de ánimo muy diferente, y asistió con sorpresa a su encuentro con Charlotte Pitt en la escalinata del Museo Británico.

La alegría que detectó en Balantyne al reconocerla hizo que se sintiera como un intruso, un mirón. Vio en el general una profunda vulnerabilidad, como si experimentase un afecto muy intenso y no se atreviera a confesárselo a sí mismo, y menos a ella.

Presenciando la viva preocupación de Charlotte, su manera de mirarlo a los ojos y su franqueza ilimitada, Tellman se dio cuenta bruscamente de que ella desconocía la naturaleza u hondura de los sentimientos del general. Se le notaba en la cara que tenía miedo por él. Tellman lo habría averiguado con sólo mirarla, aunque no lo supiera por Gracie.

Dieron media vuelta para entrar en el museo, y él los siguió sin plantearse ninguna otra posibilidad. Cuando Charlotte miró de reojo a una mujer que casi le pisaba los talones, el sargento comprendió con un escalofrío que si llegaba a verlo lo reconocería al instante.

Apoyó una rodilla en el suelo e inclinó la cabeza como si se anudara los zapatos, con el resultado de que el hombre de detrás tropezó y recuperó el equilibrio con dificultad, además de con mal humor. El incidente atrajo sobre Tellman una atención mayor que si se hubiera limitado a seguir a la pareja a distancia más discreta. Se enfadó consigo mismo.

En adelante debería quedarse en el lado opuesto de las salas y observarlos a través de su reflejo en las vitrinas de cristal que contenían algunas piezas. Balantyne sólo tenía ojos para Charlotte; ella, no obstante, reconocería a Tellman de perfil, y quizá hasta de espaldas.

Por un tiempo consiguió quedarse detrás de una mujer muy charlatana con vestido negro de bombasí. Amparado por ella, vio desplazarse de sala en sala a Charlotte y Balantyne, que conversaban fingiendo mirar las obras. Ella estaba al corriente del chantaje y el asesinato, y decidida a intervenir en defensa de su amigo. Tellman ya le conocía aquella actitud; quizá el apasionamiento fuera nuevo, pero conocía su talento para involucrarse.

En algunas ocasiones, cuando cambiaban de vitrina, Tellman se veía obligado a fingir gran interés por el objeto que tuviera más cerca. Se hallaban en un lugar donde un hombre solo que no mirara nada llamaría la atención.

Se encontró en proximidad de lo que figuraba en la plaquita

como relieve de un palacio asirio, fechado en siete siglos antes de Cristo y complementado por un dibujo imaginario del conjunto del edificio. Su tamaño le produjo un gran asombro. Debía de haber sido magnífico. El nombre del rey que lo había gobernado le resultaba impronunciable. Se sorprendió de que fuera tan interesante. Volvería otro día en que tuviera más tiempo para leer el texto. Hasta podía ir con Gracie.

Ahora tocaba seguir a Charlotte y Balantyne. Casi se le habían escapado.

Empezaba a entender el interés de Charlotte por el caso. Balantyne no era como había creído Tellman. Por lo tanto, se había equivocado e incurrido en varios errores de apreciación. Si podía errar tanto en sus juicios sobre Balantyne, ¿qué decir de toda la gente arrogante y demasiado privilegiada por quien había sentido antipatía y rechazo?

¿Qué de sus ideas preconcebidas?

¿No quedaba, en suma, como una persona ignorante y llena de prejuicios? Alguien a quien Gracie no querría; alguien enfadado consigo mismo, y con las ideas confusas.

Dio media vuelta, salió de la exposición y del museo y bajó por la escalera a pleno sol. Le quedaba mucho que pensar, y su cerebro era un caos. Tanto como sus emociones.

8

Después de lo que le había contado Parthenope Tannifer, Pitt se sintió en la obligación de ir a ver a Cadell. Quizá supiera tan poco como los demás sobre la identidad del chantajista, pero no podía pasarse por alto ni la más pequeña oportunidad. Imposible descartar que fuera la primera víctima en recibir una petición concreta, y si algo tenía era poder: su cargo en el Ministerio de Asuntos Exteriores le permitía influir en delicadas negociaciones pertenecientes a muchos sectores. Pitt había tenido la idea de que quizá el chantajista diera más importancia a una de las víctimas que al resto. Quizá una de ellas fuera imprescindible para sus intenciones, las cuales podían consistir en influir sobre las relaciones del gobierno con alguna potencia extranjera o parte del imperio.

De ellas dependían verdaderas fortunas. La situación africana, sin ir más lejos, era imprevisible. Cuando había tierras u oro en juego nunca faltaba gente que diera poco valor a la vida, y menos al honor. En sus prisas por explorar, por adentrarse todavía más en aquel vasto continente, hombres como Cecil Rhodes y otros que seguían sus pasos estaban acostumbrados a pensar en términos de ejércitos y naciones. El bienestar de una persona pasaba casi desapercibido.

Pitt nunca había salido de Inglaterra, pero conocía a bastantes viajeros para saber que en los confines de la civilización, cada día más remotos, la muerte (violenta o debida a una de las muchas enfermedades endémicas de los climas tropicales) siempre acechaba, frecuente y repentina. Cuando los valores y las costumbres quedaban sometidos a cambios tan radicales como necesarios, nada era más fácil que olvidar el concepto del honor, que en Inglaterra conservaba su vigencia. Las consideraciones individuales podían quedar eclipsadas por lo mucho que había en juego.

Tuvo que concertar una cita con Cadell, y no accedió a su despacho del ministerio hasta dos días después de haber hablado con Parthenope Tannifer. Llegado el día, lo tuvieron esperando un cuarto de hora.

Por fin lo invitaron a pasar, y Cadell se levantó del escritorio con una expresión de perplejidad en su cara enjuta. No era apuesto, pero sus facciones eran regulares y las arrugas que habían dejado ciertas expresiones reflejaban un carácter amable. La entrevista, sin embargo, coincidía con un día de cansancio y tensiones, como observó Pitt. Cadell sólo accedía a ella por la insistencia de Pitt en que era un caso importante, un asunto policial que no podía esperar y en el que no podía ayudarlo nadie más.

—Buenos días... eh... comisario —dijo sonriendo un poco. Tendió la mano y la retiró casi al punto, como si hubiera olvidado el propósito del gesto—. Lamento darle prisas, pero tengo concertada una reunión con el embajador alemán para dentro de veinticinco minutos. Le pido disculpas, pero se trata de un tema imposible de posponer. —Señaló una butaca preciosa de estilo reina Ana con tapicería roja—. Siéntese, por favor, y dígame en qué puedo ayudarle.

Pitt aceptó y fue al grano. Veinticinco minutos eran muy pocos para profundizar en un asunto tan delicado y doloroso, pero sabía que Cadell hablaba en serio.

—En tal caso, si usted me lo permite, no le haré perder el tiempo en cumplidos —dijo—. Es un asunto demasiado grave para dejarlo a medias por otros compromisos profesionales.

Cadell asintió.

Pitt lamentaba tener que ser tan directo, pero no había más remedio.

—Lo que voy a contarle es confidencial, como lo será, por lo que a mí respecta, cuanto me diga usted.

Cadell volvió a asentir con la mirada fija, sin pestañear. O no tenía ni idea de lo que iba a decir Pitt o era un actor consumado, cosa, por otro lado, que en un diplomático no habría sido de extrañar.

—Varios personajes destacados, más por estatus que por medios económicos, están sufriendo un chantaje —dijo Pitt sin rodeos.

Las facciones de Cadell se tensaron de manera tan sutil que hasta podía tratarse de un cambio en la luz que entraba por la ventana. No dijo nada.

—De momento no se ha producido ninguna petición de dinero —continuó Pitt—. Podría llegarse a la conclusión de que el chantajista pretende obtener influencia o poder. Pende sobre todos una espada, y ninguno sabe cuándo o de qué manera exacta caerá. Tengo fe en la inocencia de todos ellos, pero las acusaciones son tan sutiles y se refieren a un pasado tan remoto que ninguno puede demostrarla.

Cadell suspiró lentamente.

—Entiendo. —Su mirada, fija hasta exceder los límites de la naturalidad, no se desviaba un ápice de la cara de Pitt—. ¿Puede decirme si Guy Stanley figura entre esos hombres?

—Puedo, y la respuesta es sí —dijo Pitt con serenidad.

Advirtió que Cadell abría más los ojos.

—Entiendo...

—Me parece que no —lo corrigió Pitt—. Lo único que le pidieron, más como prenda de sumisión que como otra cosa, fue una petaca con baño de plata, de valor muy relativo. En sí no poseía ninguno. Sólo era un símbolo de victoria.

—Entonces... ¿a qué se debe el escándalo?

—Lo ignoro —reconoció Pitt—. Sospecho que se trata de una advertencia a las otras víctimas, una demostración de poder... y de la voluntad de usarlo.

La única parte de Cadell que se movió fue su pecho, que subía y bajaba con una lentitud superior a la normal. Sus dedos no se crisparon encima de la mesa, pero estaban rígidos. Controlarse le estaba costando un esfuerzo descomunal.

Alguien pasó por el corredor y se alejó.

—Tiene toda la razón —dijo al cabo—. Desconozco cómo ha averiguado que formo parte de las víctimas, y quizá esté mal preguntarlo. Lo que se insinúa de mí es... repugnante, además de falso, pero hay personas con motivos personales para creer en ello y propagarlo. No sólo me hundiría a mí, sino a otras personas. El único resultado que tendría una negativa sería familiarizar con la idea a gente que nunca la habría tenido. Estoy indefenso.

—Pero ¿hasta ahora no le han pedido nada? —insistió Pitt.

—Nada, no; ni siquiera una prenda de sumisión, como la ha calificado usted.

—Le agradezco su franqueza, señor Cadell. ¿Sería tan amable de describirme la carta? A menos que la conserve, en cuyo caso lo mejor sería verla.

Cadell negó con la cabeza.

—No, ya no la tengo. Estaba hecha con letras recortadas del periódico, creo que del *Times*, y pegadas en una hoja normal y corriente. La habían echado en la City.

—Exactamente igual que las demás. —Pitt asintió con la cabeza—. ¿Me mantendrá al corriente de si le envían algo más, o de cualquier otra cosa que considere pertinente?

—Por descontado.

Cadell se levantó y lo acompañó a la puerta.

Pitt se marchó con la duda de si Cadell cumpliría su palabra. Saltaba a la vista que era un hombre con un gran dominio de sus emociones y profundamente afectado por los acontecimientos. A diferencia de otros no le había explicado el contenido de la amenaza. Debía de ser demasiado dolorosa y haber provocado un miedo demasiado hondo.

Dunraithe White, sin embargo, sólo se lo había dicho a Vespasia. En Pitt no habría confiado.

Detuvo un coche en Whitehall y fue a ver a Cornwallis.

Lo encontró sentado delante del escritorio, inmerso en un mar de papeles. Parecía que buscara algo. Levantó la cabeza en cuanto lo oyó entrar, como si agradeciera la interrupción. Tenía el cansancio y la tensión grabados en la cara. Sus ojos estaban enrojecidos y su piel parecía de papel, más oscura en las mejillas y alrededor de los labios.

Pitt experimentó una punzada de compasión, y su impotencia despertó una oleada de ira. Era consciente de que estaba a punto de decirle algo que empeoraría las cosas.

—Buenos días, Pitt. ¿Alguna novedad? —preguntó Cornwallis antes de que se hubiera cerrado la puerta.

Escudriñó el rostro del comisario, y la comprensión del fracaso se reflejó en sus ojos de manera gradual. Su cuerpo experimentó una especie de relajamiento cuya causa no era ningún bienestar, sino la desesperación y la conciencia de haber sido derrotado de nuevo.

Pitt se sentó sin que lo invitaran a ello.

—He hablado con Leo Cadell en el Ministerio de Exteriores. La señora Tannifer tenía razón: es otra víctima de lo mismo.

Cornwallis le dirigió una mirada penetrante.

—¿El Ministerio de Exteriores?

—Sí, pero a él no le han pedido nada, ni siquiera una prenda.

Se apoyó en la mesa y se acarició la frente y la calva.

—Ya tenemos un subjefe de policía, un juez, un alto cargo del Ministerio de Exteriores, un banquero de la City y un general retirado. ¿Qué tenemos en común, Pitt? —Lo miró con un destello de desesperación—. ¡Me he devanado los sesos! ¿Qué pueden pedirnos? Fui a ver al pobre Stanley...

—Yo también —dijo Pitt, apoyándose en el respaldo y cruzando las piernas—, y no tenía nada que añadir.

—No es cierto que plantara cara al chantajista. —Cornwallis se inclinó—. ¡El pobre no tuvo ni una miserable oportunidad! Creo que habrá que partir de que el escándalo de Stanley ha sido una demostración de poder pensada para asustarnos. —Aguardó a ver si Pitt le llevaba la contraria, y al comprobar que no era así reanudó su intervención en voz más baja y un poco entrecortada—. Esta mañana he recibido otra carta. No se diferencia de las otras en nada importante, aparte de que es un poco más corta. Sostiene que en todos mis clubes me harán el vacío. Sólo son tres, pero les tengo aprecio.

Contemplaba el desorden de papeles que cubría el escritorio como si le resultara insoportable mirar a otra persona.

—Me... me gusta ir y poder estar cómodo —continuó—. Al menos me gustaba. Ahora... le juro que lo aborrezco. Sólo voy porque no puedo faltar a ciertas obligaciones. —Apretó los labios—. Es de esos sitios donde sólo vas cuando te apetece, pero del que puedes estar ausente todo un año y encontrarlo igual que la última vez: butacones muy confortables, la chimenea encendida siempre que hace mal tiempo... Me gusta oír el fuego; parece que esté vivo, como cuando te rodea el mar. Los mayordomos te conocen, como si fueran tu tripulación. No hace falta que les digas qué te gusta cada vez que vas. Puedes pasarte varias horas leyendo el periódico, y si tienes ganas de conversación siempre hay alguien agradable cerca. A mí... —Desvió la mirada—. A mí me importa lo que piensen.

Pitt no supo qué decir. Cornwallis era un hombre solitario; a diferencia de él carecía del amor, el calor, la sensación de pertenencia y las responsabilidades que implicaba tener mujer e hijos. Los únicos en esperar su llegada eran los criados. Podía entrar y salir a su antojo. Nadie lo necesitaba ni lo echaba en falta. Su libertad, no obstante, tenía un alto precio. Ahora no tenía a nadie que hablara con él, solicitara su atención o le ofreciera consuelo; nadie que lo distrajera de sus miedos y su soledad, le permitiera olvidar sus pesadillas, le hiciera compañía y lo quisiera con un amor desligado de las circunstancias.

Empezó a mover papeles como si buscara algo, con el resultado de que el desorden se convirtió en caos.

—White se ha dado de baja —dijo, contemplando su obra.

Pitt se quedó de piedra. No sabía nada.

—¿De la magistratura? ¿Cuándo?

—¡No! Del club Jessop, aunque... —Hablaba con voz forzada—. Supongo que no le iría mal renunciar al cargo. Al menos no tendría el poder ni la tentación de ceder a los deseos del chantajista... si fueran de esa índole. —Volvió a pasarse una mano por la calva como si tuviera cabello que peinarse—. De todos modos, y en vista de lo que le ha hecho a Stanley, no me extrañaría que pusiera a White en evidencia después de la dimisión, sólo para avisar al resto, y seguro que White lo tendrá en cuenta.

—No lo sé —dijo Pitt.

Cornwallis suspiró.

—Yo tampoco. Lo vi en el club justo antes de que se diera de baja y daba pena verlo. Parecía que acabara de leer su sentencia de muerte. Yo me senté en mi butaca, como un tonto, e hice ver que leía el periódico. ¿Sabe que hace días que no consigo leer el *Times*?

Sus dedos manoseaban las cartas, notas y listados de la mesa distraídamente, sin indicar el menor interés por su contenido.

—Lo miré y supe cómo se sentía. Casi le leí el pensamiento, por lo mucho que se parecía al mío. Estaba con los nervios de punta, intentando disimular el miedo que tenía por si lo notaba alguien. Fingía naturalidad, pero estaba pendiente de todos; miraba de reojo a los demás socios, preguntándose quién conocía su situación, quién encontraba raro su comportamiento, quién sospechaba algo... Es horrible, Pitt. —Levantó la mirada con la cara tensa y la piel de los pómulos tirante—. Tener llena la cabeza de ideas que aborreces y no poder pensar en nada más. Tergiversas cualquier cosa que te digan, como si tuviera segundas intenciones. No te atreves a mirar a la cara a los amigos por si se les nota que saben algo, que te desprecian o peor aún: que notan tus sospechas. —Se levantó con un movimiento brusco y caminó hacia la ventana, dando la espalda parcialmente a Pitt—. Odio la persona en que me he dejado convertir, pero no sé cómo frenar lo que me está pasando. Ayer, cruzando Piccadilly, me encontré por casualidad con un amigo de la marina; se alegró mucho, y sólo por verme esquivó un carruaje y estuvo a punto de que lo atropellaran. Lo primero que pensé fue si sería el chantajista. Luego me dio tanta vergüenza que no pude mirarlo a la cara.

Pitt intentó encontrar palabras de consuelo, pero todo eran mentiras. No podía alegar que el amigo de Cornwallis hubiera comprendido o perdonado. ¿Cómo perdonar las sospechas de un amigo, por fugaces que sean? Si Cornwallis hubiera sospechado que el chantajista era Pitt, éste no habría vuelto a mirarlo de la misma manera. Se habría roto algo sin remedio. ¿Tan poco lo conocía? El chantaje era un pecado abismal, cruel, traicionero y sobre todo cobarde.

Cornwallis prorrumpió en una risa inesperada.

—Gracias por no consolarme con tópicos como que no tiene importancia o que él habría hecho lo mismo. —Seguía de espaldas a la habitación, mirando la calle—. Sí que la tiene, y no espero que me perdonen. Yo no perdonaría a nadie que me hubiera considerado capaz de algo así; y lo peor, independientemente de que lo sepa alguien, es que lo sé yo. No soy como creía ser. Me falta criterio y valentía. Es lo que me enfurece más. —Se volvió para mirar a Pitt a contraluz—. El chantajista me ha enseñado una parte de mí que preferiría no haber conocido, y que no me gusta.

—Tiene que ser alguien que lo conozca —contestó Pitt con voz tranquila—. Si no ¿cómo habría averiguado lo suficiente del episodio para tergiversarlo de esa manera?

Cornwallis tenía los pies un poco separados, como si estuviera en la cubierta y aguantara el equilibrio contra el vaivén de la nave.

—Ya lo he pensado. Créame, Pitt: me he paseado por mi dormitorio en plena madrugada y he pasado varias horas estirado en la cama mirando el techo, intentando acordarme de todas las personas que he conocido desde que iba al colegio. Me he devanado los sesos intentando acordarme de alguien con quien hubiera podido ser injusto, intencionadamente o no; alguien de cuya muerte o herida pudiera ser considerado autor o cómplice. —Tendió las manos con un gesto impulsivo—. Ni siquiera se me ocurre ningún punto en común con los demás. A Balantyne lo conozco de pasada. Los dos somos miembros del club Jessop y de otro club del Strand, pero debo de tener cien conocidos como él. No creo haberle dirigido la palabra en más de diez o doce ocasiones.

—¿Y Dunraithe White?

Pitt también estaba haciendo un esfuerzo mental.

—Más, pero tampoco demasiado. —Cornwallis ponía cara de perplejidad—. Hemos cenado juntos un par de veces. Sé que es un hombre viajado y que conversamos, pero ahora mismo no me acuerdo de qué. Me cayó bien. Era simpático. Le gusta mucho su jardín. Creo que hablamos de rosas. Su mujer sabe ordenar muy bien los espacios y los colores. Se notaba que la quería mucho, cosa que me gustó. —El recuerdo suavizó la expresión de Cornwallis—. Luego volvimos a cenar. Se quedó hasta tarde en el centro por una cuestión jurídica. Habría preferido cenar en casa pero no podía.

—Hace un tiempo que sus veredictos se han vuelto erráticos —dijo Pitt, recordando lo que le había contado Vespasia.

—¿Seguro? ¿Lo ha investigado? ¿Quién lo dice?

Con otra persona Pitt habría vacilado en contestar, prefiriendo la discreción, pero se trataba de un tema en el que no tenía secretos con Cornwallis.

—Theloneus Quade.

—¿Quade? ¡No me diga que es otra de las víctimas! ¡Dios mío! ¿Adónde iremos a parar? Quade es la persona más honrada que...

—¡No, él no! —se apresuró a decir Pitt—. Pero se fijó en los últimos fallos de White y los consideró preocupantes. Por eso lady Vespasia Cumming-Gould fue a ver a White.

—Ah... Comprendo. —Cornwallis se mordió el labio, frunció el entrecejo, volvió al escritorio y contempló los legajos dispersos con semblante taciturno. Después se volvió hacia Pitt—. ¿Cree que lo errático de sus veredictos se debe a los nervios del chantaje, al miedo a lo que ocurra y a lo que le pidan? ¿O es el precio que paga al chantajista? ¿Considera posible que uno de esos fallos tan excéntricos sea el que importa, la causa de todo?

Pitt lo meditó. Ya se le había ocurrido la misma idea, pero, absorto en su preocupación por Cornwallis, la había despachado con rapidez.

—Es una posibilidad —contestó—. ¿Está seguro de que no es la relación que buscamos entre él y usted? ¿Un caso en que trabajen ambos?

—¿Y en qué afectaría a los demás? ¿Es un caso político? Stanley ya está hundido. El papel que desempeñe ya no tiene importancia... ¿O sí? ¿Será posible que el objetivo de destruir su poder, de evitar que accediera al cargo que buscaba, siempre haya formado parte del plan? —Enseñó las palmas de las manos—. ¿Y Cadell? ¿Hay alguna potencia extranjera en juego? El banco de Tannifer trabaja con muchos bancos europeos. Podría ser cuestión de cifras astronómicas. Balantyne combatió en África. ¿Se tratará de eso? —Su voz subió una nota y adquirió un matiz de urgencia—. ¿Tendrá algo que ver con el pago de diamantes u oro en Sudáfrica? ¿O con tierras? ¿Expediciones al interior para hacerse con nuevos territorios, como Mashonaland o Matabeleland? A menos que se trate de algún descubrimiento del que nada sabemos.

—Balantyne pasó casi toda su carrera militar en India —dijo Pitt, dando vueltas a la pregunta en su cabeza—. Que yo sepa su única experiencia africana fue en Abisinia, que está en la otra punta del continente.

Cornwallis giró la silla, se sentó con el torso inclinado y miró a Pitt.

—Una línea de ferrocarril desde El Cabo a El Cairo. Piense en el dinero que movería. Sería la mayor empresa del siglo que viene. El continente africano es un mundo completamente nuevo.

Pitt captó a medias la visión, pero su mente no llegó a iluminarla del todo. En cualquier caso era una fortuna, un poder por el que muchos hombres estarían dispuestos no ya a chantajear sino a matar.

Cornwallis lo miraba con gran atención, y su rostro reflejaba la enormidad de sus sospechas. Adoptó un tono apremiante.

—Tenemos que solucionarlo, Pitt, y no sólo por mí u otro de los hombres a quienes amenaza con hundir. Esto quizá abarque muchas más cosas que el destino de unas pocas vidas. Podría tratarse de una corrupción que alterase el curso de la historia para... sabe Dios para cuántas personas. —Se inclinó todavía más con gran intensidad en la mirada—. Cuando uno de nosotros ceda a la amenaza y cometa algún desliz realmente grave, quizá un delito, por no decir una traición, el chantajista nos tendrá en sus manos. Podrá pedir lo que sea y no tendremos escapatoria. Sólo la muerte.

—Lo sé —asintió Pitt, viendo abrirse a sus pies una sima de corrupción donde los hombres sufrían a solas y sus actos eran impulsados por el miedo, el agotamiento y las sospechas hasta que ya no podían aguantar la presión. Un simple asesinato habría sido menos cruel.

La rabia, sin embargo, era energía derrochada, como debía de desear el chantajista. No servía de nada, hacía perder el tiempo y ofuscaba la mente.

Hizo un esfuerzo por serenarse.

—Investigaré los procesos de Dunraithe White y los que consten en su lista de pleitos.

—¡Infórmeme! —exigió Cornwallis—. Prefiero que venga a diario a darme el parte, a fin de comparar lo que sabemos. De momento es casi nada, ni siquiera por dónde empezar. Podría tratarse de una estafa, un desfalco o un simple asesinato de apariencia intrascendente. Tiene que haber dinero en juego, o no estaría metido Tannifer, e intereses en el extranjero, por Cadell y quizá por Balantyne... —Su voz se volvió más aguda. Levantó la mano y golpeó el escritorio con el dedo índice—. ¿Mercenarios? ¿Un ejército privado? Tal vez Balantyne conozca a la persona que se alistaría... ¡o que se pondría al mando! Es posible que sepa más de lo que piensa, y que esté implicado en un proceso judicial en el que trabajemos White y yo. O en el que trabaje yo en el futuro. ¿Qué le parece, Pitt? ¿Es posible que empecemos a entender algunas cosas? —Había esperanza en su mirada—. Podría habérselo preguntado a White, pero se ha dado de baja del Jessop y ya no tendré ninguna ocasión de entablar una conversación informal con él. En cuanto a Balantyne sólo acude a las reuniones del comité. Tengo la impresión de que lo pasa igual de mal que yo. Parece que lleve varias semanas sin dormir.

Pitt se abstuvo de comentar que a él le ocurría lo mismo.

—Y no hablemos de Cadell —añadió Cornwallis, levantándose de nuevo—, aunque hay que decir que llevo cerca de una semana sin verlo, o sea, desde antes de que se cebara el escándalo sobre el pobre Stanley.

—¿Conoce a Cadell? —Era un dato que ignoraba, aunque no tenía nada de sorprendente. La alta sociedad era un mundo pequeño, compuesto por cientos de hombres que pertenecían a un puñado de clubes y asociaciones.

Cornwallis se encogió de hombros.

—Un poco. Formaba parte del comité del club. Es un grupo que celebra reuniones periódicas para ayudar a los niños huérfanos. Ahora no voy por ningún otro motivo. No puedo abandonarlos.

Pitt también se levantó.

—Empezaré a investigar los sumarios de Dunraithe White, que es donde creo que encontraremos el nexo. Debe pertenecer al pasado reciente o estar previsto para el futuro. Considero más probable lo segundo.

—Perfecto. En cuanto encuentre algo infórmeme, aunque sean meras hipótesis —dijo Cornwallis—. Quizá vea yo la relación antes que usted.

Pitt volvió a asentir y se marchó, no sin hacerse con una lista de todas las investigaciones recientes sujetas a la autoridad general de Cornwallis. Con ella en mano y una nota breve de presentación y explicación, detuvo un coche y pidió ser llevado a Old Bailey, el Tribunal Central de lo Criminal.

Por la tarde ya contaba con una lista de casos, pero eran simples datos y había varias causas en espera de juicio que guardaban relación con Cornwallis y White, por escasa que fuera. Necesitaba la opinión de un experto, alguien que de ser posible estuviera al corriente de la situación. El candidato más obvio era Theloneus Quade. Pitt ignoraba su domicilio, y habría sido difícil, cuando no imprudente, abordarlo en el juzgado que presidía.

A las seis de la tarde estaba delante de la puerta de Vespasia.

—¿Traes noticias? —le preguntó ella cuando lo condujeron al salón.

Estaba sentada, leyendo el periódico a la luz del sol. Lo dejó, y no sólo por buena educación sino porque estaba muy preocupada. La perrita blanca y negra que tenía a sus pies abrió un ojo para asegurarse de que fuera quien creía, y una vez satisfecha volvió a dormirse.

—La verdad es que no —repuso él, echando un vistazo al *Times* por la página que había quedado abierta.

Era un artículo sobre el caso Tranby Croft, cuyo titular proclamaba la lectura del veredicto: culpable. Pitt lo halló extrañamente sobrecogedor. No tenía ni idea de si sir William Gordon-Cumming era culpable de hacer trampas, pero el hecho de que un asunto de aquella índole se hubiera convertido en proceso judicial con tantos implicados y testimonios contradictorios, y de que el proceso hubiera despertado tanto odio y un escándalo nacional, era una tragedia, y para colmo innecesaria. Ya había bastantes cosas que el ser humano no podía evitar. Parecía absurdo que el caso hubiera llegado a tanto.

—Supongo que cuando acabe todo el príncipe de Gales estará aliviado —dijo—. Algo es algo.

Vespasia miró el periódico medio caído y se le llenó la cara de indignación.

—Es de suponer —dijo con frialdad—. Hoy es el primer día de las carreras de Ascot, y no se ha quedado en el juzgado para escuchar el veredicto. Ha pasado a verme lady Drury de camino a su casa y me ha contado que el príncipe ha ido al palco real en compañía de lady Brooke, lo cual como mínimo es una falta de tacto, y que la multitud lo ha recibido con abucheos y silbidos.

Pitt se acordó de lo poco que le gustaba a Vespasia forzar el cuello para mirarlo desde abajo, y por consiguiente se sentó.

—¿Qué le ocurrirá a Gordon-Cumming? —preguntó.

Ella contestó sin vacilar.

—Lo expulsarán del ejército y de todos su clubes, y la alta sociedad le hará el boicot. Tendrá suerte si mantiene alguna relación.

La expresión de la anciana era de lectura difícil, porque mezclaba una aguda compasión y la posibilidad de que considerara culpable al acusado (y aun así la lamentase). Pitt la conocía bastante para darse cuenta de la complejidad de sus emociones. Pertenecía a una generación que colocaba el honor por encima de todo, y la condición regia del príncipe de Gales no justificaba su afición al juego ni sus excesos; los volvía, al contrario, tanto más reprensibles. Vespasia era de la misma generación que la propia reina Victoria; no obstante, a juzgar por lo que había oído Pitt, eran dos personalidades opuestas, pese a haber vivido la misma época histórica.

—¿Usted lo cree culpable? —preguntó.

Ella abrió más sus prodigiosos ojos grises, manteniendo casi inmóviles un par de cejas perfectamente dibujadas.

—Lo he pensado a fondo por motivos que guardan relación con el problema que nos ocupa a nosotros, y puede servir como aproximación a la opinión pública, al menos a la parte de ella que afectaría a personas como Dunraithe White y Brandon Balantyne. —Miró a Pitt a los ojos con el entrecejo ligeramente fruncido—. Parece innegable que el método de apuestas que usaba Gordon-Cumming no era el más acertado, sobre todo entre la clase de gente que lo rodeaba. —La expresión de sus ojos era indescifrable—. La persona que lo usa, sea varón o mujer, siempre sale mal parado. Se ha planteado la hipótesis, no del todo absurda, de que el escándalo fuera premeditado, a fin de desprestigiar a Gordon-Cumming y descalificarlo como rival del príncipe en el afecto de Frances Brooke.

—¿La misma lady Brooke que ha acompañado al príncipe a Ascot? —preguntó Pitt, sorprendido.

La estratagema parecía estúpida o innecesariamente arrogante, y quizá fuera ambas cosas.

—Exacto —confirmó ella con tono seco—. No tengo ni idea de si es verdad, pero el hecho de que pueda sugerirse revela un estado de opinión.

—¿Inocente? —dijo él.

—No lo sé —respondió ella—. Parece ser que el jurado sólo ha tardado un cuarto de hora en emitir su veredicto, el cual también ha sido recibido con abucheos y silbidos, pero después de las conclusiones del juez había pocas alternativas.

—¿Para salvar al príncipe?

Vespasia insinuó un gesto de desesperación.

—Parece incontestable.

—Entonces no tiene nada que ver con nuestra situación...

Ella esbozó una sonrisa.

—Lo tendrán otras cosas, querido Thomas. La opinión pública es un animal muy antojadizo, y temo que nuestro chantajista sea una persona muy hábil. Ha elegido demasiado bien los temas para que nos engañemos pensando que pueda cometer errores. Y en respuesta a tu pregunta: sí, creo probable que el pobre Gordon-Cumming fuera inocente.

—He repasado todos los casos donde pudiera haber alguna relación entre Cornwallis y Dunraithe White —dijo Pitt con tono reflexivo, volviendo al motivo de su visita—, y se me ha metido en la cabeza el miedo de que la conspiración sea mucho más ambiciosa de lo que me había imaginado. Que no tenga nada que ver con la simple entrega de dinero, sino con la corrupción del poder... —Hablaba prestando atención al rostro de Vespasia y buscando indicios de que la idea le pareciera absurda, pero sólo percibió una extrema seriedad—. Quizá esté relacionada con la expansión en África, que es lo primero que se piensa cuando se busca algo que relacione a todas las víctimas que conocemos.

—Es verdad. —Ella asintió con la cabeza—. Claro que no sabemos a quién más puede afectar. Es uno de los aspectos más inquietantes del caso. Podría perjudicar a otros miembros del gobierno, la magistratura o cualquier otra esfera de poder o influencia. De todos modos estoy de acuerdo con que lo de África parece verosímil. Es una zona donde hoy en día puede ganarse más dinero del que podamos concebir la mayoría. No me extrañaría que Rhodes acabara haciéndose prácticamente con su propio imperio. A lo largo de la historia, la promesa del oro ha tenido un efecto hipnótico. Es como si generara una especie de locura.

Pitt sacó el papel donde había anotado los nombres de los casos donde coincidían Cornwallis y Dunraithe White. Sólo había cinco.

Vespasia usó los impertinentes para descifrar su caligrafía.

—¿Qué necesitas? —preguntó al final de la lectura—. ¿Saber más de cada caso?

—Sí. White no me contaría nada, porque ya dijo usted que tiene la intención de ceder al chantajista. A Cornwallis prefiero no preguntárselo, porque creo que políticamente es un ingenuo y no querría comprometerlo, por si no consiguiéramos evitar que saliera todo a la luz pública. —Pitt sintió un peso en su interior, la sombra de un mal presagio que no se disipaba fácilmente ni siquiera en aquella sala tranquila y soleada a la que se había acostumbrado de manera tan placentera—. Tengo que estar preparado para ayudarlo.

—No es necesario que te expliques, Thomas —dijo ella con serenidad—. Sé lo que son la sospecha y el honor. —Sostuvo su mirada—. Quizá fuera oportuno que hablaras con Theloneus; sabrá muchas cosas, y el resto podrá averiguarlo. Está igual de preocupado que nosotros y también tiene miedo de que sea un plan político de gran alcance, con apuestas altas e irrevocables. Iremos a verlo. A menos que te parezca más sensato ir tú solo, claro...

En sus ojos grises no había ni rastro de ofensa personal. Él contestó con franqueza.

—Prefiero contar con su opinión. Quizá a usted se le ocurran preguntas que a mí se me hayan pasado por alto.

Ella asintió, agradecida, porque le encantaba participar en todo. Su intelecto y su curiosidad no habían perdido agudeza, y ya hacía años que la aburrían las flaquezas de la alta sociedad. Conocía a sus miembros tan a fondo que le resultaban predecibles, y los únicos en seguir despertando su curiosidad o estimulando su sentido del humor eran unos pocos excéntricos. Por supuesto que ella no lo habría dicho así. Se limitó a sonreír y preguntó a Pitt si le apetecía cenar antes de salir. Él aceptó y pidió permiso para usar el teléfono, a fin de avisar a Charlotte de que no iría a casa.

—Hay muchas posibilidades, por supuesto —dijo Theloneus Quade cuando estuvieron sentados en su biblioteca, tranquila e iluminada por la luz del final de la tarde.

Detrás de la ventana, en el pequeño jardín, trinaban los pájaros y murmuraba el agua de una fuente de piedra. Las rosas estaban completamente abiertas y la luz caía al sesgo sobre ellas, pintándolas de un oro anaranjado entre el que destacaba el destello plateado de una clemátide.

—Tannifer puede recibir presiones para conceder un préstamo sabiendo que no cuenta con las debidas garantías —prosiguió Quade con seriedad—. O que no será devuelto. O pasar por alto negocios fraudulentos y no investigar cuentas relacionadas con un desfalco.

—Sí, ya lo sé.

Pitt se recostó en su cómodo sillón. Era una sala tranquila, acogedora y llena de toques distintivos. Al entrar se había fijado en la diversidad temática de los libros: la caída de Bizancio, la porcelana china, una historia de los zares de Rusia, la poesía de Dante y William Blake... decenas de materias sin relación entre sí. En la pared había una acuarela de tema naval firmada por Bonington, a la que supuso cierto valor. Belleza no le faltaba.

—También podría ser alguien que ya haya cometido un delito por el que esté a punto de ser juzgado —continuó Theloneus—, y que tenga la esperanza de subvertir la causa de la justicia. Es posible que las demás víctimas fueran testigos de ese delito, aunque no lo sepan, y que el chantajista considere factible sobornarlas mediante la amenaza de un escándalo o invalidar su testimonio por el procedimiento de hundirlos.

Clavó en Pitt una mirada fija e interrogadora. Sus facciones eran finas y sensibles, pero no ocultaban una aguda inteligencia, y sólo un tonto habría tomado su voz serena y su suavidad de modales por falta de coraje o voluntad.

—No he encontrado ningún nexo entre las víctimas que conocemos —explicó Pitt—. No parece que estén unidas por ningún interés o experiencia comunes. Se conocen como cualquier londinense de cierto nivel social, teniendo en cuenta que existe un número limitado de clubes para caballeros, el museo, la Sociedad Geográfica, el teatro, la ópera, las carreras y el mismo circuito de acontecimientos sociales, pero no les he descubierto ningún interés compartido, ni tampoco relaciones personales que no compartan con cientos de personas más.

—¿Y todavía no les han pedido dinero? —dijo Theloneus—. ¿A ninguno?

—No estoy seguro. —Pitt pensaba en Cadell—. Es posible que a Cadell, del Ministerio de Exteriores, sí.

Le contó la información de Parthenope Tannifer, su visita a Cadell y la negativa de éste.

Theloneus guardó un silencio reflexivo. Fuera anochecía. El césped ya estaba oscuro, y el cielo dorado.

Vespasia rompió el paréntesis.

—No se me va de la cabeza la idea de que aquí hay algo más en juego que dinero —dijo—. El dinero sería más fácil de conseguir con amenazas lentas y razonables, y aclarando más el medio de pago. No me parece el sistema más indicado.

Pitt giró el sillón para mirarla, y vio que estaba muy seria. La luz del atardecer, más suave que el resplandor de la mañana, daba un brillo especial a su bella cara, que no se había deteriorado demasiado con los años. Su cabello, más que plateado, casi parecía rubio.

—Yo estaría bastante de acuerdo —dijo Theloneus después de un rato—. El chantajista ejerce su poder con tanto cuidado que cuando formule su petición a las víctimas que conocemos intuyo que se tratará de algo igual de repugnante para todas ellas, pero que a esas alturas estarán tan debilitadas por la tensión, el miedo y el agotamiento que no encontrarán fuerzas para resistir. Estarán dispuestas a hacer casi todo lo que se les pida, aunque en otras circunstancias lo hubieran rechazado sin pensárselo dos veces.

—Lo que me preocupa —dijo Vespasia con ceño— es que escogiera a Brandon Balantyne para una medida tan radical como dejar un cadáver en el umbral de su casa. —Miró a Pitt, después a Theloneus y otra vez al primero—. La intervención de la policía era inevitable. ¿Por qué iba a desearla el chantajista? Lo nomal sería que quisiera evitarla.

—A mí también me extraña —reconoció Pitt—. Parece que quiera ejercer una presión especial sobre Balantyne, pero no tengo ni idea de por qué.

—¿No será una coincidencia? —preguntó Theloneus—. ¿Hay alguna posibilidad de que el pobre Albert Cole muriera justo ahí por pura casualidad?

—No. —Pitt cayó en la cuenta de que no les había explicado el descubrimiento de Tellman. Su seguridad sorprendió a ambos—. No, no es ninguna coincidencia —dijo—. Lo ha investigado Tellman. Concluimos que era Albert Cole por el recibo de los calcetines, que parecía suyo. El abogado de Lincoln's Inn Fields lo identificó como Cole. —Tanto Vespasia como Quade lo miraban a la cara y estaban pendientes de sus palabras—. Pero resulta que era un raterillo que se llamaba Josiah Slingsby. Se peleó con su cómplice, Ernest Wallace, y el tal Wallace, que era un hombre colérico, lo mató.

—¿Y lo dejó en Bedford Square? —dijo Vespasia, azorada.

—Habían ido a robar —concluyó Theloneus—. ¿Se llevaron la caja de rapé de Balantyne? No... Dijo usted que el general reconoció que se la había entregado al chantajista. Mi querido Thomas, esto no tiene sentido. Le agradecería que repitiera sus explicaciones, porque se nos ha escapado algo. ¿Dónde está el verdadero Albert Cole, para empezar?

—No, Wallace no mató a Slingsby en Bedford Square —contestó Pitt—, ni tampoco cerca. Se pelearon en un callejón de Shoreditch. Dejó a Slingsby en el suelo y salió corriendo. Jura que no se acercó a Bedford Square, y Tellman le cree. Yo también.

—¿Y el recibo de los calcetines? —preguntó Theloneus—. ¿Wallace conocía a Albert Cole?

—Él dice que no, y no parece que haya motivos para dudarlo.

—¿Y qué dice Cole?

—No lo hemos encontrado. Le he pedido a Tellman que lo busque.

—Por lo tanto, alguien se apoderó del cadáver de Slingsby, le metió el recibo de Cole en el bolsillo y lo dejó delante de la puerta de Balantyne —dijo Vespasia, incapaz de controlar un escalofrío—. La única conclusión posible es que lo hizo para poner en aprietos a Brandon Balantyne, y quizá para que lo arrestaran como sospechoso del asesinato. ¿O no?

—Se te olvida decir que tuvo que ser el chantajista, querida

—le recordó Theloneus—, porque también metió la caja de rapé en el bolsillo del muerto.

Vespasia lo miró a él y después a Pitt.

—¿Por qué? Una vez bajo arresto, Balantyne no podía pagar ni ejercer su influencia, corrupta o no.

—Por lo tanto, sólo existe una alternativa concebible —dijo Theloneus—: que el chantajista quiera quitar a Balantyne de en medio para que no pueda interponerse en sus planes. Quizá intentara corromperlo y fracasara. Sería su manera de evitar que el general desempeñara algún papel en el asunto.

—Volvemos a lo mismo: la necesidad de averiguar de qué asunto se trata —dijo Pitt con impotencia—. ¡No lo sabemos! No hemos encontrado nada en común entre las víctimas, señor Quade. —Extrajo una lista de casos y se la entregó a Theloneus—. ¿Puede comentarme esta lista? Son los procesos asignados a Dunraithe White donde también participa Cornwallis. ¿Hay alguno que pueda tener algo que ver con los demás implicados, aunque sea de manera indirecta?

Theloneus leyó atentamente la relación, mientras Pitt y Vespasia guardaban silencio. Anochecía cada vez más deprisa. Las rosas eran manchas de color claro. Lo único dorado era el extremo de los árboles. La brisa del crepúsculo hizo temblar las hojas de un álamo, convirtiéndolo en un pináculo de luz trémula. Una nube de estorninos, negra contra el suave azul del cielo, dio vueltas en el aire. El ajetreo y la miseria urbanas quedaban a poca distancia, al otro lado de una tapia alta; aquello, sin embargo, parecía otro mundo.

El reloj del vestíbulo dio la media.

—Algunos de estos casos lo único que son es tristes —dijo Theloneus—. Gente que ha perdido la sensatez por una codicia miope, delitos individuales que hunden a toda la familia del culpable, pero nada más. En cierto modo el resultado es inevitable, y no podrán cambiarlo ni Cornwallis ni White. Quizá un abogado de talento reduzca la condena alegando circunstancias atenuantes y mostrando al acusado a una luz más humana, pero el veredicto será el mismo.

—¿Y los otros? —dijo Pitt.

—Éste es un asesinato doméstico. Es poco probable que implique a otras personas, pero no imposible. La esposa era guapa y muy liberal con sus favores. Es posible que haya otros hombres implicados, pero no me parece que un chantaje ayudara al acusado, que es el marido de la asesinada. Teniendo en cuenta que está en la cárcel, tendría que haberlo dejado en manos de otra persona. Es cierto que tiene dos hermanos leales y ambiciosos, conque imposible no es.

—¿Podría estar vinculado con todas las víctimas del chantaje? —preguntó Pitt sin convicción.

—¡Si te refieres a Laetitia Charles, rotundamente no! —dijo Vespasia—. No cabe duda de que era muy generosa en sus afectos, por decirlo de manera suave, pero también tenía gustos bastante campechanos, además de ser franca hasta la vulgaridad y poseer un desagradable sentido del humor que solía ejercer a costa de sus admiradores... ¡y de su marido! —Sus hombros se encogieron un poco. La penumbra volvía impenetrable su expresión—. Un hombre como el capitán Cornwallis le habría tenido más miedo que al mismísimo diablo, y ella se habría aburrido como una ostra. En cuanto a Leo Cadell, su instinto de supervivencia habría sido demasiado fuerte para relacionarse con ella, ni amorosamente ni de ninguna otra manera, y Dunraithe White nunca ha mirado a otra mujer; aunque quisiera, y admito la posibilidad, su sentido del honor lo haría sufrir horrores, y como mínimo lo sabría yo.

Theloneus sonrió apagadamente.

—Tal vez tengas razón, querida. Por lo tanto quedan dos casos de estafa y desfalco, ambos por sumas muy elevadas de dinero. Uno de ellos está relacionado con la banca internacional, concretamente la alemana, y el envío de fondos a una empresa sudafricana de índole muy dudosa. El otro es un caso de falsificación de títulos y escrituras de minas y vuelve a tener por escenario África.

—¿Podrían estar relacionados? —se apresuró a preguntar Pitt.

—No a simple vista, pero es posible. —Theloneus releyó el papel—. Habría que saber quién compró los títulos. Cabe la posibilidad de que afecte a todas nuestras víctimas.

—¿Qué parte de África? —quiso saber Pitt.

—Que yo recuerde, varias. —Theloneus frunció el entrecejo—. Es probable que se siga investigando. El sumario todavía no está completo. Falta bastante para el juicio.

—¿Sigue en fase de investigación? —preguntó Pitt, sintiendo un vuelco en el estómago—. ¿Quién está al frente?

—El comisario Springer —repuso Theloneus—, a las órdenes de Cornwallis.

Miró a Pitt con tristeza en sus ojos y facciones, pero no quiso desviar la mirada ni atenuar la idea que se había formado con toda claridad.

—Comprendo —dijo Pitt, odiándose a sí mismo por unos pensamientos que no podía rechazar.

Vespasia también lo miraba, pero los suyos eran más difíciles de leer a causa de la penumbra (ya que nadie había querido encender el gas). El día se consumía con rapidez. El susurro de las hojas del álamo entraba por las ventanas abiertas como el oleaje de una playa muy lejana.

Lo dijo Theloneus por él.

—Naturalmente, debemos contar con la posibilidad de que Cornwallis reciba presiones para abandonar el caso, ordenar a Springer que se retire de él, interrumpir las investigaciones o tergiversar las pruebas. También podría recibirlas Dunraithe White, para emitir un veredicto extraño o corrupto.

—¿No sería un motivo de anulación? —preguntó Pitt.

—Sólo si se declara culpable al acusado —contestó Theloneus—. La Corona no tiene derecho a recurrir una absolución. Lo contrario eternizaría los juicios.

—Claro.

Pitt no había pensado con claridad. Le dolía más de lo previsto la idea de que Cornwallis pudiera verse en aquella situación o ya se hubiera manchado las manos. Cornwallis no le había dicho nada, pero era un hombre excepcionalmente solitario, acostumbrado al aislamiento de ser capitán en alta mar, donde no podía confiarse a nadie para no menoscabar irreparablemente su poder. La soledad del capitán en el alcázar era la misma que si fuera el único hombre en todo el océano. Cualquier debilidad o indecisión, cualquier posibilidad de ignorancia o error, daban al traste con su autoridad. Lo refrendaba el propio concepto de jerarquía, con sus obligaciones y privilegios, única manera de sobrevivir en un elemento que sólo obedecía sus propias reglas y desconocía la conciencia y la piedad.

Cornwallis quizá pudiera cambiar, pero no en tan pocos años. En presencia del peligro recurriría a sus facultades anteriores, las que le habían permitido superar peligros innumerables. Se trataba de un instinto contra el que probablemente no pudiera resistirse, ni siquiera queriendo.

—¿Está implicado Tannifer? —preguntó Pitt, pensando en Parthenope y su acérrima lealtad.

—Es un caso de desfalco, conque es posible —contestó Theloneus.

—¿Y Cadell?

—Fondos africanos. Podría estar implicado el ministerio.

—¿Balantyne?

—No se me ocurre ninguna relación, pero queda mucho por averiguar.

—Claro. —Pitt se levantó poco a poco—. Muchas gracias por su tiempo... y sus ideas.

Vespasia se inclinó para levantarse, y Theloneus le ofreció la mano. Ella la cogió sin apretar, aceptándola como gesto pero no como ayuda.

—Me parece que no te hemos ayudado mucho —dijo a Pitt—. Lo siento, Thomas. A veces los caminos de la amistad están sembrados de trampas, algunas de las cuales pueden hacer mucho daño. Ojalá pudiera decirte que Cornwallis no cederá, pero sería una mentira y te darías cuenta. Tampoco puedo asegurar que no salga malparado, aunque reaccione con toda la valentía y el honor del mundo. Eso sí, seguiremos en la lucha, aunque nuestras armas sean pocas e inadecuadas.

—Lo sé. —Él le sonrió—. Aún no estamos derrotados.

Ella esbozó una sonrisa de respuesta, pero estaba demasiado tensa para contestarle verbalmente.

Se despidieron de Theloneus, a quien dejaron de pie en la entrada iluminada de la casa, y emprendieron el camino de vuelta en el carruaje de Vespasia. Durante el recorrido por las calles, iluminadas con farolas de gas, ninguno de los dos estimó necesario prolongar la conversación.

A la mañana siguiente, Pitt, dividido entre las lealtades personales de la amistad y su obligación de investigar hasta el fondo, fue a ver a Cornwallis. Lo entendiera o no su superior, no podía renunciar conscientemente a lo segundo sin renunciar a ayudarlos a todos.

Cornwallis volvía a pasearse como una fiera enjaulada. Oyendo entrar a Pitt, detuvo sus pasos y dio un giro brusco como si lo hubieran sorprendido en un acto nefando. Parecía que llevara varios días sin comer ni dormir de manera satisfactoria; sus ojos estaban hundidos, y por primera vez desde que lo conocía Pitt no le caía bien la chaqueta en los hombros.

—He recibido otra carta —dijo—. Esta mañana.

Aguardó a que Pitt le preguntara por su contenido. Éste experimentó un vuelco en el estómago y una repentina frialdad. Había llegado la temida petición. Se lo vio a Cornwallis en los ojos.

—¿Qué quiere?

Intentó no delatar lo que sabía.

La voz de Cornwallis sonó ronca, como si tuviera irritada la garganta. Hablaba con dificultad.

—Que abandone un caso —contestó—. De lo contrario el incidente del *Venture* aparecerá en todos los periódicos de Londres. Podré negarlo todo lo que me plazca, pero siempre lo creería alguien, y mi versión de los hechos toparía con muchas dudas. Me... me expulsarían de mis clubes, y es posible que fuera degradado. ¡Fíjese en lo que le ocurrió a Gordon-Cumming, y por mucho menos!

Estaba pálido, y si no le temblaban las manos era gracias a su fuerza de voluntad.

—¿Qué caso es? —preguntó Pitt, esperando que se refiriera al desfalco que investigaba Springer.

—¡Éste! —Cornwallis frunció el entrecejo—. La investigación de los chantajes. La verdad acerca de Slingsby, el asesinato de Bedford Square... y quién puso el cadáver delante de la puerta de Balantyne. ¿Qué diablos quiere de nosotros?

Había levantado la voz a su pesar, dejando que se infiltrara en ella una nota de pánico.

Con la luz restallante que entraba por la ventana abierta y el ruido ensordecedor del tráfico, la habitación parecía dar vueltas.

—Pero usted no lo hará... —dijo Pitt, violentando la rigidez de sus labios.

Aparecieron dos manchas en las mejillas demacradas de Cornwallis, y su boca se distendió un poco.

—¡No! Por supuesto que no —dijo, embargado por una emoción tan intensa que pareció tomarlo por sorpresa, como si no se juzgara capaz de apasionarse tanto por nada—. No, Pitt, naturalmente que no.

Parecía a punto de añadir algo más, una palabra de agradecimiento porque Pitt hubiera dado por supuesta la negativa, pero las palabras habrían sido demasiado claras, un reconocimiento demasiado íntimo de su amistad y vulnerabilidad. Más valía optar por un sobrentendido, puerta abierta a posteriores disimulos. Entre hombres no se decían esas cosas.

—Claro que no. —Pitt hundió las manos en los bolsillos—. Al menos ya tenemos algo más que investigar, y un punto de partida mejor que el anterior. —Tenía que decir algo trivial y neutro. El qué no importaba demasiado—. Me parece que volveré a pasar por casa de Cadell.

—Sí —asintió Cornwallis—; sí, claro. Infórmeme de lo que averigüe.

Pitt se dirigió hacia la puerta.

—Es posible que también visite a Balantyne —añadió al salir—. Si surge algo nuevo vendré a decírselo.

9

Pitt había vuelto tarde a casa, pero con ganas de contarle a Charlotte lo que había averiguado y aquellos pensamientos inquietantes que no lograba quitarse de la cabeza. Ella había sido todo oídos, más por curiosidad que por consideración, y se habían quedado hablando hasta después de medianoche, incapaces de librarse de sus ansias y la necesidad de compartirlas.

Charlotte despertó muy preocupada por el general, a quien el chantajista parecía dedicar una atención especial. Pitt se había abstenido de decir que si Balantyne hubiera sido acusado de asesinar a Josiah Slingsby habría perdido cualquier posibilidad de satisfacer las exigencias del chantajista, tratárase de dinero o influencia. Charlotte, sin embargo, lo había entendido perfectamente. Se deducía que quizá no quisiera nada de lo que pudiera darle el general, sino su destrucción; no un acto, sino la incapacidad de actuar. Para ello era tan útil el descrédito como la muerte. Pitt había eludido el tema para no herirla, pero una vez que el razonamiento estaba en marcha era inevitable llegar a aquella conclusión.

Por suerte, y aunque hacía mucho sol, el calor era más clemente. Por lo menos soplaba una ligera brisa que aliviaba el bochorno de la ola de calor. Era un día demasiado agradable para quedarse entre cuatro paredes, a menos que fuera por obligación. Charlotte había vuelto a citarse con Balantyne en el Museo Británico, pero quedó muy contenta de recibir una nota donde se le proponía cambiar el lugar de la cita por el jardín botánico de Regents Park.

Redactó con rapidez una respuesta afirmativa.

Ése fue el motivo de que al dar las once estuviera en la puerta de acceso al jardín, vestida de rosa y con uno de los sombreros más extravagantes de Vespasia. Se entretenía observando a la gente, ocupación que en dosis módicas le parecía muy interesante: se imaginaba quiénes eran, qué clase de hogares habían abandonado, qué vidas, por qué acudían al parque, en busca de quién...

Había varias parejas de novios que se paseaban del brazo, intercambiando susurros y risas sin ver a nadie más. Otros, más disimulados, fingían ser amigos y haberse encontrado por casualidad, motivo de que se esforzaran por hablar de banalidades. Pasaron varias chicas con vestidos de colores pastel, riendo en grupos cerrados, solapando miradas a los jóvenes y procurando que no se les notara. La poca brisa que soplaba era suficiente para agitar sus faldas de muselina. Tenían el cabello brillante y las mejillas coloradas de vitalidad.

Dos soldados jóvenes lucían su apostura y la elegancia de sus uniformes. Charlotte pensó que vestidos de marrón y gris, como cualquier civil, no se habrían distinguido del común de los empleados o aprendices. La diferencia estribaba en su manera de pavonearse. Los miró con una sonrisa. Tenían una especie de desparpajo inocente. ¿Se parecía a ellos el Balantyne de treinta años atrás?

Era imposible imaginárselo tan joven, ingenuo e inexperto.

Pasó una mujer de edad avanzada con un vestido azul lavanda. Quizá estuviera de medio luto, o simplemente le gustara el color. Caminaba despacio y sólo miraba las flores, tan vivas y hermosas que deslumbraban.

Pese a estar aguardando a Balantyne, Charlotte no lo vio hasta que lo tuvo al lado.

—Buenos días —dijo él, sobresaltándola—. Son bonitas, ¿eh?

Ella se dio cuenta de que se refería a las rosas.

—Maravillosas.

Su interés por ellas acababa de verse reducido a cero. Bajo aquella luz cruda, el rostro del general revelaba su cansancio, la trama de pequeñas arrugas alrededor de los ojos y la boca, las ojeras por falta de sueño...

—¿Cómo está? —continuó él, mirándola como si diera mucha importancia a la respuesta.

—Demos un paseo —propuso ella, haciendo el gesto de cogerle el brazo.

Él se lo ofreció sin vacilar.

—Estoy muy bien —contestó Charlotte, mientras caminaban entre las flores como simples paseantes anónimos—, pero la situación no ha mejorado. Al contrario: temo que esté peor que antes. —Sintió que se tensaban los músculos del brazo del general—. Se han producido una serie de hechos peculiares que no han sido recogidos por la prensa. Hay pruebas de que el cadáver no pertenecía a Albert Cole, sino a un ladronzuelo de Shoreditch que se llamaba Josiah Slingsby.

El general detuvo sus pasos, se volvió hacia ella y la miró fijamente.

—¡No tiene sentido! —protestó—. ¿Y robó la caja de rapé? ¿A quién? Es imposible que fuera el chantajista. ¡Esta mañana he recibido otra carta!

Charlotte ya lo había previsto, pero acusó el golpe como algo físico. El chantajista había vuelto a tocarlos de cerca, a afectarlos de manera personal; les había recordado que existía de veras, podía actuar y estaba en situación de hacerles daño.

—¿Qué ponía?

Tenía la boca seca y le costaba vocalizar.

—Lo mismo —contestó él, reemprendiendo la marcha.

Estaban tan rodeados de vegetación que ya no se beneficiaban de la brisa, y el perfume de las rosas al sol casi mareaba.

—¿Sigue sin pedir nada? —insistió ella.

Deseó lo contrario. Casi era peor esperar el golpe que recibirlo. Seguro que esto último formaba parte del plan: debilitar a la víctima, atemorizarla y desgastarla antes del ataque.

—No. —El general volvió a mirar al frente para no mirarla a ella—. Sigue sin constar ninguna petición de dinero ni de nada, y ya he perdido la cuenta de las horas que paso despierto en la cama intentando averiguar qué desea de mí. He pensado en todas mis esferas de actuación o influencia, en todas las personas que conozco y en quienes podría influir en buen o mal sentido, pero no se me ocurre nada.

Charlotte verbalizó una idea que le parecía abominable. Para luchar contra ella, sin embargo, lo primero era hacerle frente.

—¿Se interpone usted en el ascenso o beneficio de alguien?

—¿Militarmente? —La risa del general sonó seca y desesperada—. Lo dudo. Estoy retirado. Lo que poseo, en títulos y patrimonio, sólo puede heredarlo Brandy, y sabe usted perfectamente que no puede ser el culpable.

—¿Y algún otro beneficio, social o económico? —insistió ella—. ¿Algún cargo electivo?

Él sonrió.

—Soy presidente de un club de exploradores que celebra reuniones trimestrales, en las cuales, por puro entretenimiento, se cuentan historias muy adornadas por la imaginación. Todos pasamos de los cincuenta, y en muchos casos de los sesenta. Nos regodeamos en la gloria y el colorido de nuestras antiguas hazañas. Nos acordamos de África cuando era de veras el continente negro, lleno de misterio y aventuras. Nosotros viajábamos por amor a lo desconocido, mucho antes de que se le ocurriera a nadie relacionar esas tierras con alguna inversión o extensión del imperio.

—Pero ¿usted conoce África? ¿A fondo, de primera mano? —quiso saber Charlotte.

—Sí, claro, pero dudo que a los exploradores y financieros de hoy en día les sirviera de algo lo que sé. —Balantyne frunció el entrecejo—. ¿Sospecha que tiene algo que ver con África?

—Thomas sí, al menos como posibilidad. Mi tía abuela Vespasia sostiene que se trata de una gran conspiración, y que su responsable puede obtener importantes beneficios.

Habían dejado atrás varios parterres de flores olorosas y multicolores. El roce de las faldas y el murmullo apagado de las conversaciones no impedía oír el zumbido de las abejas.

—Parece verosímil —contestó él.

—¿Algún otro cargo?

—Fui presidente de una sociedad que ayuda a los artistas jóvenes, pero se me acabó el mandato el año pasado. —Lo dijo con un tono que ponía de relieve la trivialidad de la infomación—. Aparte de eso hace poco que he ingresado en un grupo del club Jessop que recauda fondos para un orfanato, pero me parece imposible que quieran robarme la plaza. De hecho tampoco es exclusivo. Creo que se recibiría con los brazos abiertos a cualquier nueva incorporación.

—Parece poco aliciente para un chantaje —convino ella.

Recorrieron cerca de cien metros en silencio, siguiendo el camino que rodeaba los jardines y desembocaba en la parte principal de Regents Park. El sol quemaba cada vez más, y la brisa había desaparecido. Se oían las notas lejanas de una banda de música.

—No creo que el hecho de que el cadáver pertenezca a Slingsby en lugar de a Cole haya influido en que la policía me considere sospechoso de su muerte —dijo el general—. Podía hacer recados para el chantajista como cualquier otro. ¿Dice que era ladrón?

—Sí, de Shoreditch, que no está precisamente cerca de Bedford Square —contestó ella con celeridad—. Murió en Shoreditch asesinado por su cómplice. Thomas ya sabe que usted no tiene nada que ver.

—Entonces ¿por qué sigue investigándome ese sargento que tiene a sus órdenes?

—Para averiguar qué quiere el chantajista —dijo ella, convencida—. Debe tratarse de alguna cuestión de influencia, poder o información. ¿Qué hay en común entre usted y las otras víctimas?

Balantyne contestó con una sonrisa lúgubre.

—No puedo formular ninguna hipótesis porque no sé quiénes son.

—Ah... —Charlotte estaba desconcertada—. Claro, claro. Son un banquero, un diplomático, sir Guy Stanley, como ya sabe... —Vio en su cara una mueca compasiva, pero siguió—. Un juez... —¿Debía nombrar a Cornwallis? Quizá Pitt prefiriera que no, pero la situación era demasiado grave para unos secretos cuyo objetivo, por lo general, era no avergonzar a determinadas personas—. Y un subjefe de policía.

Él la miró.

—Cornwallis —dijo en voz baja—. No espero que me lo confirme. Por supuesto que no. Lamento la noticia. Es una persona excelente.

—¿Lo conoce mucho?

—No, no demasiado, pero somos miembros del mismo club, o mejor dicho de dos. Siempre me ha parecido buena persona, sin dobleces. —Volvió a guardar silencio durante varios metros—. También conocía a sir Guy Stanley. No mucho, pero me caía bien.

—Habla de él en pasado...

Las facciones de Balantyne se tensaron.

—Cierto. Perdone, es inexcusable. Desde que apareció la noticia he pensado mucho en él. ¡Pobre! —Tuvo un pequeño escalofrío y encorvó los hombros, contrayendo los músculos como si a pesar del sol tuviera frío—. Fui a verlo. Quería decirle que... no sé, quizá nada más que lo que vino a decirme usted, que seguía considerándolo amigo mío. No creo que sea culpable de la acusación, pero ignoro si me creyó.

Cruzó por delante de ellos un perro con un palo en la boca. La mirada de Balantyne seguía fija en el camino.

—Quizá debiera haber tenido valor para decirle que soy víctima del mismo chantaje —continuó—, pero no me atreví a explicarle de qué se me acusaba; ni siquiera a él, y no me admiro por ello. Ahora me gustaría habérselo dicho. Quizá entonces se hubiera dado cuenta de que creo en su inocencia, aunque para serle sincero sospecho que temí que él no creyera en la mía. —Volvió a girarse hacia Charlotte—. Ésa es la cuestión, que ya no estoy seguro de nadie. Tengo momentos de desconfianza que hace unos meses habrían sido inconcebibles. La gente me ofrece bondad, amistad, simpatía, pero yo los miro y dudo. Intento descubrirles malas intenciones, falsedad, y busco dobles sentidos en el comentario más inocente. Mancho hasta lo bueno que tengo.

Charlotte le apretó un poco más el brazo y se mantuvo a poca distancia a la luz del sol, con el resultado de que las plumas de su sombrero, movidas por la brisa, estuvieron a punto de tocar la mejilla de Balantyne.

—Debe mantener clara la cabeza además del corazón —dijo amablemente—. Sabe que no es cierto. No nos tenga en tan bajo concepto, juzgándonos tan fáciles de engañar o tan propensos a la crueldad. —Hizo el esfuerzo de sonreír—. Le conocemos un solo enemigo, y ni siquiera él cree en la acusación.

El viento le puso un cabello por la frente.

—Gracias —dijo él con voz muy queda, poco más que un suspiro.

A continuación devolvió el cabello a su lugar de procedencia (debajo del sombrero de Vespasia). Bastó aquel gesto para traicionarlo, y él lo supo. En aquel momento aislado, bajo el sol, no le importó. Quizá lo hiciera al día siguiente, pero el de hoy permanecería en el recuerdo.

Charlotte sintió una mezcla de dulzura y dolor, y con ella la conciencia de haber cometido una grave falta de atención, algo que no pretendía ni podía borrarse.

A unos metros de ellos reía una mujer con sombrilla azul. Dos niños se perseguían, retozaban por la hierba y se ensuciaban con total felicidad.

Era necesario reemprender la marcha, decir algo natural.

—Ya le he dicho que la tía Vespasia considera que podría estar relacionado con África —comentó—. La situación africana es muy cambiante, con fortunas que se hacen y se deshacen.

—Tiene razón —asintió él, que también había reanudado su paseo y volvía a concentrar sus pensamientos en el problema principal—. Explicaría la diversidad de las víctimas.

—¿La línea de ferrocarril de El Cabo a El Cairo? —sugirió ella.

Dedicaron cierto tiempo a la política africana: Cecil Rhodes y la expansión hacia el norte, la posibilidad de que hubiera grandes cantidades de oro por descubrir, tierras, diamantes y los intereses opuestos de otros países europeos, sobre todo Alemania.

Se despidieron a mediodía sin haber dado ningún paso más en el conocimiento de lo que pudiera exigir a Balantyne cualquier aventurero de la política, ni de lo que pudiera saber el general y se interpusiera en el camino de alguna persona con deseos de explotar las riquezas africanas o de otro lugar del planeta.

Mientras Charlotte estaba en el jardín botánico hablando con Balantyne, Pitt volvió a casa de Sigmund Tannifer por petición del propio banquero. Lo encontró muy serio, y esta vez no estaba presente Parthenope.

—He estado hablando con mi esposa —dijo Tannifer una vez satisfechas las formalidades, cuando él y Pitt hubieron tomado asiento en el suntuoso y acogedor estudio—. Hemos reflexionado a fondo sobre las personas implicadas, y sobre todo en lo que pueden pedirme cuando llegue el momento.

Además de serio, Tannifer estaba demacrado y con aspecto de hallarse al borde de una crisis nerviosa. Su mano izquierda no dejaba de moverse, y Pitt observó que la licorera de cristal del mueble que tenía detrás sólo contenía brandy hasta un cuarto de su capacidad. No sería él quien criticase a nadie por buscar consuelo en tan duras circunstancias.

—¿Y han llegado a alguna conclusión? —preguntó.

Tannifer se mordió el labio.

—Más que conclusiones, comisario, hipótesis que me gustaría plantearle. —Sonrió a medias—. Es posible que esté buscando excusas para hablar con usted, con la esperanza de que me tranquilice. Temo que el momento sea parecido al de apartar las vendas de una herida a fin de ver si está curándose... o no. —Sus hombros voluminosos se encogieron, gesto peculiar por la derrota que expresaba—. No sirve de nada, ni para la herida ni para estar más tranquilo, pero el impulso es irresistible.

Pitt lo entendió.

—¿Y de qué hipótesis se trata, señor Tannifer?

El banquero parecía un poco cohibido.

—No pretendo robarle su trabajo, comisario. Tengo la seguridad de que usted sabe mucho más del caso que yo, pero he meditado sobre todas mis posibilidades de intervención, todos los ámbitos donde mis actos podrían utilizarse de manera ilícita en beneficio de otra persona... —Tamborileó sin hacer ruido en el brazo del sillón—. Y siempre desemboco en consideraciones económicas.

Calló y miró a Pitt con gravedad. Pitt asintió con la cabeza en señal de comprensión, pero no intervino.

Tannifer no podía esconder su nerviosismo.

—Lo primero que se me ocurrió fue preguntarme por lo que teníamos en común. Claro que desconozco las identidades de las otras víctimas, más allá de lo que pueda deducir con un poco de sentido común. El caso del pobre Guy Stanley es evidente, aunque habiéndose cumplido la amenaza... —El ritmo de los dedos sobre el brazo del sillón se incrementó—. También me atrevo a suponer que Brandon Balantyne... —Aguardó a que Pitt lo confirmara, o a ver si podía descifrar su expresión. Apretó los labios. Por lo visto sí podía—. Y, como creo que le explicó mi esposa (me ha dicho que habló con usted), en mi fuero interno albergo la seguridad de que Leo Cadell está siendo objeto de la misma amenaza. Cree que le pedirán dinero, o ésa es la impresión que me dio, pero nunca he pensado que el objetivo principal del chantajista sea económico.

Pitt asintió con la cabeza.

—¿Está de acuerdo? —se apresuró a preguntar Tannifer—. Seguro que tenemos razón. He realizado indagaciones discretas en las actividades de los demás y he revisado las mías. Estoy facultado para autorizar préstamos de gran importancia encaminados a la inversión en determinadas áreas, sobre todo en tierras y el fomento de la minería de metales preciosos como el oro.

Pitt vio que había adoptado una postura más erguida, a pesar de su intención de no traicionar sus emociones.

Tannifer no dio indicios de haberlo advertido. Estaba arrellanado en el sillón, concentrado.

—Autorizar un préstamo de esa índole sin la debida seguridad sería un acto corrupto —dijo, pensativo—, pero se halla dentro de mis atribuciones. Como quería averiguar qué sectores podían estar afectados y saber algo más del resto de las víctimas, he investigado los últimos viajes de Leo Cadell, así como sus intereses, dentro, claro está, de lo que podía averiguarse mediante indagaciones discretas. —Observaba a Pitt con atención—. En todos los casos, comisario, tenían su base en África. Todavía no existe una conciencia clara de los enormes tesoros que encierran las regiones desarrolladas por Cecil Rhodes. En un plazo de veinte años, la persona que intervenga ahora podría amasar una fortuna digna de un rey, y hasta hacerse con todo un imperio.

Era lo que temían Vespasia y Theloneus Quade. Ahora Tannifer decía prácticamente lo mismo.

El banquero observó a Pitt sin parpadear, con los hombros caídos.

—Veo que me sigue a la perfección. —Respiró hondo—. Cuando conversaba con Cadell se le escapó un comentario que me lleva a la conclusión de que el juez Dunraithe White podría ser otra de las víctimas...

Pitt estaba asombrado. ¿Cómo lo había averiguado Cadell? ¿Observando el comportamiento errático de White o bien la tensión emocional a que estaba sometido, tensión que lo había puesto al borde de la enfermedad física? Quizá no fuera tan difícil detectar a otra víctima cuando se tenía una conciencia aguda del propio sufrimiento.

—No puedo hacer comentarios —dijo con calma—. Sepa, sin embargo, que entre las víctimas figura como mínimo un juez. ¿Le aclaro en algo sus deducciones?

—No estoy seguro. Confieso que lo veo todo muy borroso. —Tannifer sonrió de manera lúgubre—. Quizá esté haciéndole perder el tiempo, pero me resulta imposible quedarme sentado en espera de que caiga el golpe, sin hacer nada para protegerme de él.

Parecía incómodo y dudoso, pero saltaba a la vista que tenía ganas de añadir algo.

—Hable con franqueza, señor Tannifer —lo instó Pitt—. Si es cierto lo que cree, la conspiración es amplia y profunda, y si tiene éxito sus efectos serán mucho mayores que el desprestigio de una serie de ciudadanos honrados, junto con sus familias respectivas.

Tannifer bajó la mirada.

—Lo sé. Lo único que me retiene es el respeto a la intimidad de otras personas, y es posible que a estas alturas esos reparos estén fuera de lugar. —Volvió a mirar a Pitt—. Cadell me comentó que en la carrera naval de Cornwallis existía un incidente abierto a interpretaciones erróneas, y por lo tanto a la misma clase de presiones que se ejercen sobre mí. —Observaba a Pitt con gran preocupación—. Temo que el chantajista pretenda poner fin al conjunto de la investigación a fin de protegerse a sí mismo. Es posible que Cornwallis no le sirva para fomentar sus intereses africanos, sino para convencerlo de que le ponga trabas insalvables a usted... —Suspiro—. ¡Es espantoso! Estamos rodeados de calles sin salida y nuevas amenazas.

Pitt expresó su acuerdo con un ademán, pero no se le iba de la cabeza el comentario que había hecho Tannifer sobre Cadell sin percatarse de su importancia. El incidente de la carrera naval de Cornwallis no era cuestionable. El único en verlo así había sido el chantajista. Tannifer no lo sabía, pero Pitt sí. No debía delatar su conocimiento de aquel hecho.

—Es un peligro muy grave —dijo.

No le hizo falta fingir preocupación. El miedo era muy real y lo agravaba su respeto a Cornwallis, porque preveía lo que podía ocurrirle. Era el paso siguiente del chantajista, un paso natural, y ahora Pitt sabía que Cornwallis sufriría. Quizá ya lo hiciera. ¿Qué haría entonces, guardarse su dolor o confesar?

Se odió a sí mismo por permitirse aquella idea, pero ahí estaba, clavándose en él como un cuchillo y sorprendiéndolo por su virulencia.

—Pero usted no se dejará disuadir, ¿verdad? —dijo Tannifer con voz ronca—. No... —Dejó la frase inacabada.

Pitt no contestó. ¿Qué haría si Cornwallis recibiera la antedicha amenaza y le pidiera protección? Él no dudaba de la inocencia de su superior. ¿Permitiría que lo hundiesen, que lo avergonzasen y le quitasen públicamente lo que más valoraba? No podía prometerlo sin faltar a la honradez.

Tannifer apartó la mirada.

—No es fácil —dijo—. Nos complace la idea de que somos bastante valientes para resistir... pero la vergüenza, la soledad y la humillación son reales. —Volvió a mirar a Pitt, y lo hizo con serenidad—. Una cosa es hablar de que te destruyan la vida y otra vivirlo. Le agradezco su honradez.

—Se nos había ocurrido la posibilidad de que se obtuviese a la fuerza el permiso para destinar fondos importantes a una expedición africana, saliendo de El Cabo y yendo hacia el norte por Mashonaland y Matabeleland —dijo Pitt, pensativo—. O una inversión en una vía férrea de El Cabo a El Cairo...

Tannifer se irguió con un movimiento brusco.

—¡Brillante! —Asió con fuerza los brazos del sillón—. Lo felicito, comisario. Reconozco que no lo tenía por un hombre tan agudo. Me ha dado ánimos. Quizá sea una tontería, pero me aferraré a ello.

Se levantó y tendió la mano. Pitt se la estrechó y quedó sorprendido por la fuerza del apretón. Se marchó con la sensación de haber dado el paso adelante que anhelaba, aunque tuviera como meta una conclusión desconocida y seguramente cruel.

No le quedaba más remedio que ir a ver a Leo Cadell. No pudo visitarlo en el Ministerio de Asuntos Exteriores, donde Cadell tenía toda la tarde ocupada, pero pasó por su casa y aguardó su llegada. No era una entrevista que le hiciera mucha ilusión, y el rostro cansado de Cadell empeoró las cosas.

Se levantó del sofá.

—Buenas tardes, señor Cadell. Lamento molestarlo al final de una jornada de trabajo. Por desgracia debo hablar con usted de ciertos temas y hasta ahora estaba usted ocupado.

Cadell se sentó. Lo hizo como si le doliera todo el cuerpo, y saltaba a la vista que el mantenimiento de una actitud cortés lo obligaba a usar todas sus reservas de fuerza interior.

—¿De qué desea hablar, señor Pitt?

—He meditado a fondo sobre las presiones injustas a que podrían someterlo, sobre todo en relación con su cargo en el ministerio —empezó a decir Pitt.

Era difícil mantener la rabia que había sentido en casa de Tannifer. Tuvo que recordarse el dolor que podía estar infligiendo a otras personas como la que tenía delante, y el desastre personal que el chantajista había desatado sobre Guy Stanley sin darle la oportunidad de defenderse, aunque fuera de manera poco honrosa. Nada impedía al chantajista disfrazarse de víctima. Era la mejor manera de mantenerse al corriente de la investigación. ¿Qué ocultaba el aspecto nervioso de Cadell, su sonrisa educada y paciente? Era diplomático. Había hecho carrera enmascarando sus emociones.

En aquel momento observaba a Pitt en espera de que fuera al grano.

—Tiene usted un interés y una responsabilidad considerables en la situación africana —prosiguió Pitt—, sobre todo en la exploración de algunas regiones como Mashonaland y Matabeleland.

—Colaboro en las relaciones con otras potencias europeas que tienen intereses en la región —dijo Cadell, introduciendo una pequeña corrección—. Alemania, en concreto, también está interesada por África oriental. No sé si sabe hasta qué punto es delicada la situación. El potencial de beneficios es enorme. La mayoría de la población sudafricana no es británica, sino bóer, y no alberga sentimientos positivos hacia Gran Bretaña. Es más: temo que no pueda contarse con su buena voluntad. —Lo dijo mirando a Pitt a la cara, a fin de evaluar su comprensión—. El señor Rhodes hace y deshace a su antojo. Tenemos poco control sobre él, mal que nos pese.

Pitt no deseaba revelarle sus pensamientos. Lo que sabía por Tannifer podía ser su única ventaja. Un chantajista, por exquisitos que fueran sus modales, siempre era un hombre sin escrúpulos en lo concerniente a quién perjudicar y con qué gravedad. Todo inducía a pensar que se regodeaba en el uso de su poder, sobre todo en la caída de Guy Stanley.

Miró a Cadell a los ojos.

—Dígame una cosa, señor Cadell: si el chantajista se lo pidiera, ¿en qué podría contribuir a sus fines, suponiendo que tuviera intereses en la expansión africana, una fortuna en el país o el control de una línea de ferrocarril desde El Cabo a El Cairo?

Cadell quedó azorado.

—¡Válgame Dios! ¿Cree usted que es lo que busca?

¿A qué se debía su sorpresa? ¿A la idea en sí o a oírsela decir a Pitt?

—¿Sería posible? —insistió éste.

—Pues... no lo sé. —Cadell parecía incómodo—. Supongo que yo sí que podría pasar cierta... información a determinadas personas... relacionada con las intenciones del gobierno de Su Majestad, información que beneficiaría o podría beneficiar a la persona en cuestión.

—¿Qué me dice de un aventurero militar? Alguien, por ejemplo, con pretensiones de reclutar un ejército privado.

Cadell palideció.

—Es más grave de lo que imaginaba. Creía que era una simple cuestión de dinero. Quizá haya sido ingenuo. Le aseguro que si recibiera esa clase de propuesta informaría de inmediato a sir Richard Aston, y las consecuencias tendrían que seguir su curso. Jamás traicionaría a mi país, señor Pitt.

Pitt quiso creerlo, pero si Cadell fuera culpable habría contestado lo mismo. No podía quitarse de la cabeza que la persona que tenía delante, con su aspecto de inocencia, había informado a Tannifer de la vulnerabilidad de Cornwallis, la cual sólo podía conocer a través del chantajista, puesto que en realidad no existía. Era el único punto en común incontestable entre las víctimas. El chantajista las conocía bastante para manipular ciertos episodios de sus vidas y destruir la valentía y determinación de todas ellas, reduciéndolas a seres angustiados y llenos de dudas; seres inmersos en una pesadilla constante que dudaban hasta de sus allegados.

—¿Conoce al subjefe de policía Cornwallis? —preguntó a bocajarro.

—¿Cómo? —Cadell fue cogido por sorpresa—. No... bueno, sí, pero poco. Pertenecemos a los mismos clubes y de vez en cuando coincidimos. ¿Por qué? ¿O está mal que lo pregunte?

¿Lo decía por conocimiento o como deducción inteligente que haría cualquier hombre en sus circunstancias? Era necesario idear una respuesta que no comprometiera a nada, además de no traicionar la confianza de Tannifer. Si Cadell era el chantajista, sería lo bastante cruel para vengarse de manera terrible.

—Es el responsable... último del caso. Aludió a la posibilidad de un móvil político.

—No puedo ayudarlo —repuso Cadell con fatiga—. Le aseguro, señor Pitt, que si supiera algo que pudiera serle útil y fuera libre de comentárselo no vacilaría. Comprenda que gran parte de la información que poseo sobre África guarda relación con los planes del gobierno en torno al señor Rhodes y la British South Africa Company, y es confidencial, como todos los asuntos relativos a la colonización de Mashonaland y Matabeleland o nuestras relaciones con otras potencias europeas interesadas en el continente africano. Cometería una traición si le expusiera a usted algo más que un simple bosquejo sin la menor utilidad.

Pitt comprendió que era inútil seguir insistiendo y se despidió de Cadell dándole las gracias.

Vespasia caminaba lentamente por el césped de su jardín, pensando que iba siendo hora de volver a cortarlo. De repente vio a Pitt al otro lado de la cristalera del salón y se sorprendió del corte de respiración y la aceleración cardíaca que produjo en ella el miedo a las noticias que pudiera traer. Se acercó a paso rápido, casi sin apoyarse en el bastón.

—Buenas tardes, Thomas —dijo. No quería delatar su nerviosismo—. Lástima que ya haya pasado el mejor momento de los tulipanes. Empiezan a estar hechos un desastre.

Él sonrió, mirando las rosas abiertas, la cascada de glicinias y unos cuantos tulipanes enormes y chillones cuyo mejor momento ya había pasado.

—A mí me parecen perfectos.

Ella lo miró de pies a cabeza y recordó que en sus momentos de ocio le gustaba hacer de jardinero.

—Estoy de acuerdo, pero quizá un purista fuera de otro parecer.

Aceptó el brazo que le ofrecía Pitt y recorrieron sin prisas el césped, la terraza y los escalones.

—Lo siento, tía Vespasia, pero traigo muy malas noticias —dijo él una vez estuvieron dentro y ella sentada.

—Se te nota en la cara. Más vale que me lo cuentes.

—Hoy me ha llamado Tannifer. Parece que comparte la opinión de que el objetivo final del chantajista podría ser influir en la situación africana.

—No es ninguna noticia, Thomas —dijo ella con cierta dureza. No se había dado cuenta de lo tensa que estaba. Percibió lo cortante del tono—. Ya lo habíamos supuesto —añadió—. ¿Te ha dado alguna prueba?

Pitt debía de haber detectado su estado de ánimo, porque fue al grano.

—Ha mencionado dos veces a Cadell, una de ellas a propósito, en relación con sus intereses profesionales en la política africana.

La angustia reflejada en su rostro llenó a Vespasia de un miedo cada vez mayor. A pesar de ello no quiso interrumpirlo.

—La otra fue accidental, al menos por lo que respecta a su significado —prosiguió él con voz serena—. Tannifer tiene miedo de que Cornwallis sea otra de las víctimas, miedo que nace del hecho de que Cadell se refirió a un incidente en la carrera de Cornwallis abierto a interpretaciones erróneas y que podría perjudicarlo.

Al principio ella no comprendió. Estaba preocupada por Pitt.

—Cornwallis dijo que lo había salvado —alegó—. ¿Ahora dudas de que sea inocente?

—No. —Pitt acompañó la negativa con un gesto casi imperceptible de la cabeza—. Lo que me cuestiono es que lo sepa Cadell, y sus motivos para incluir a Cornwallis entre las víctimas.

Sólo entonces lo entendió Vespasia, y sintió en su cuerpo un peso frío. No se atrevía a pensar en la tragedia que podía avecinarse. Conocía y quería a Theodosia desde su más tierna infancia. La había visto crecer como a sus propios hijos.

—Leo Cadell es otra de las víctimas —dijo.

Se dio cuenta de que era un comentario gratuito. Al chantajista no le costaba nada hacerse pasar por uno los afectados. El engaño le aprovecharía en muchos sentidos.

Pitt no discutió, consciente de que era innecesario.

—Comprendo que eso no lo excluye —dijo ella—, pero lo conozco desde hace años. He observado su manera de actuar. Y no me digas que la presión o la tentación pueden cambiar a la gente, Thomas, porque ya lo sé. —Hablaba demasiado deprisa, con vehemencia excesiva; ella misma se lo notaba en la voz, pero no tenía la sensación de que pudiera controlarlo. Sus pensamientos se adelantaban mucho a sus palabras y eran inexorables—. Claro que tiene sus debilidades; es ambicioso y sabe leer en los demás, pero también es muy patriota, con un patriotismo convencional. —Sintió un leve escalofrío de terror—. No es avaricioso ni le gusta correr riesgos.

Pitt la escuchaba con semblante grave. La luz dorada del sol entraba por la cristalera y se alargaba por la alfombra. La perrita blanca y negra había vuelto a dormirse.

—Yo no creo que Leo tenga la crueldad ni la inventiva necesarias para haber concebido una estratagema así —dijo ella con convicción—, pero no es imposible que usara la belleza de Theodosia para medrar, aunque él se lo negaría hasta a sí mismo.

Aborrecía sus propias palabras, a todas luces repugnantes. Reconocerlo, aunque fuera a Pitt, constituía una especie de traición. Aun así era verdad, hasta el extremo de que Vespasia se había preguntado si no tendría algo de cierta la acusación, demostración más poderosa que ninguna otra de la habilidad del chantajista. Si hasta ella alimentaba la idea, ¿con qué facilidad se les ocurriría a los demás? Se avergonzó de ser tan desleal, no sólo con Leo sino con Theodosia. La idea, no obstante, estaba ahí, y con ella la duda.

Pitt seguía hablando.

—Fui a verlo —dijo, muy serio—. Él, por lo visto, considera posible que le pidan dinero. La señora Tannifer sorprendió una conversación acerca de una cantidad elevada, aunque sin concretar.

—Pero el chantajista no ha pedido ni un centavo —alegó ella—. No tiene lógica. —Le asaltó la idea antes de haber acabado la frase, pero se negó a aceptarla. Era desleal, falsa. Estaba haciendo justo lo que quería el chantajista: renunciar a su independencia, sus convicciones—. ¡Son tonterías! —dijo con excesiva vehemencia.

Él no lo negó. Conversaron un poco más y Pitt se marchó, pero Vespasia no conseguía librarse de la idea y la congoja que la oprimía. Fue una tarde larga y sorprendentemente solitaria.

Mientras Pitt hablaba con Vespasia, Charlotte estaba en la cocina sirviendo té a Tellman, que había ido con la esperanza de encontrar en casa a su superior. A juzgar por la expresión del sargento, la tardanza inesperada de Pitt y el hecho de que las únicas oyentes de su informe fueran Charlotte y Gracie le produjeron, además de sorpresa, satisfacción.

Saboreó el té y descansó los pies. Probablemente le hubiera gustado quitarse las botas, como el propio Pitt, pero habría sido una libertad excesiva.

—¿Qué? —dijo Gracie, mirándolo desde el fregadero—. Habrá venido para algo más que para sentarse, digo.

—A ver al señor Pitt —repuso él, evitando mirarla.

Gracie conservó la paciencia con dificultad. Charlotte le vio el mal genio en la cara y observó que un hondo respiro hinchaba y deshinchaba su pecho menudo.

Archie, el gato blanco y rojizo, encontró el lugar perfecto delante del fuego y se sentó.

—O sea que no se fía de que se lo digamos —dijo Gracie sin alterarse.

Tellman parecía haberse olvidado casi por completo de Charlotte. Era evidente que lo incomodaba la idea de que Gracie creyera que no se fiaba de ella. Su lucha interior se reflejaba en su aspecto.

Gracie no acudió en su ayuda. Aguardó con los brazos cruzados, mirándolo con impaciencia.

—No tiene nada que ver con fiarse o no —se decidió a contestar el sargento—. Es que son asuntos internos de la policía.

Gracie se lo pensó.

—Tendrá hambre, ¿no? —preguntó.

Él alzó la vista, pillado por sorpresa. Esperaba una protesta o un estallido de mal genio.

—¿Qué, sí o no? —insistió ella—. ¿Se le ha comido la lengua el gato? —Su tono se volvió sarcástico—. ¿O también es secreto de la policía?

—¡Pues claro que tengo hambre! —dijo él—. Llevo todo el día dando vueltas.

—Siguiendo al pobre general Balantyne, ¿no? —repuso ella, haciendo el mismo caso a Charlotte (es decir, ninguno)—. Debe de haber sido agotador. ¿Adónde ha ido?

—Hoy no lo he seguido. No tenía ningún motivo.

—Conque no ha hecho nada, ¿eh? —concluyó ella—. Ya me lo parecía, ya.

Hizo ruido por la nariz.

Tellman estaba silencioso, pero igual o más violento que antes. Charlotte, que lo observaba, supo que su mente pasaba por un momento de confusión a la que no estaba acostumbrado. Sus ideas habían sido puestas en duda y habían revelado graves deficiencias. Se había visto obligado a cambiar de opinión acerca de alguien, sin duda el general Balantyne, y quizá de rebote acerca de muchas personas a las que hasta entonces metía en el mismo saco, la misma clase. Ahora no tenía más remedio que verlas como individuos. La destrucción de los prejuicios siempre es dolorosa, al menos al principio, aunque el paso del tiempo lleve a acostumbrarse y el efecto a largo plazo sea liberador.

Se compadeció del sargento, que no se habría alegrado por ello. De vez en cuando Charlotte se acordaba de cuando había conocido a Pitt y él le había descubierto otro mundo lleno de personas concretas con amores, sueños, miedos, soledades y sufrimientos cuya causa quizá fuera diferente a la de los suyos, pero no su esencia. Antes apenas prestaba atención a la gente normal con quien se cruzaba por la calle. La veía como clase, más que como suma de personas tan únicas como ella, con vidas tan llenas de incidentes y emociones como la suya. La comprensión de su ceguera había sido dolorosa.

Su reacción había sido despreciar su estrechez de miras, que a pesar del tiempo transcurrido seguía siendo difícil de asumir.

Leyó la confusión de Tellman en su cara, su cabeza inclinada y sus manos huesudas encima de la mesa, al lado de la taza de té que le había servido Gracie.

Angus, el gato negro, entró por la puerta trasera y caminó tranquilamente hasta sentarse tan cerca de *Archie* que éste se vio obligado a moverse. *Angus* emprendió su aseo.

Gracie carraspeó.

—Si quiere le pongo un arenque ahumado con pan y mantequilla —propuso, mirando a Charlotte de reojo para ver si estaba de acuerdo.

Estaba en plenas pesquisas, actividad que no requería permisos adicionales.

Tellman vaciló, sin darse cuenta de que sus ganas de aceptar eran más que evidentes.

Gracie se rindió con un encogimiento de hombros y deparó al sargento el mismo trato que al pequeño Daniel, de siete años: encargarse ella de su decisión. Ni corta ni perezosa, descolgó la sartén, la depositó en el fuego, echó agua y fue a buscar el arenque.

—Se lo doy escalfado —dijo por encima del hombro—. No pienso enredarme con fritangas. Escalfado, además, queda más tierno.

Se metió en la despensa en busca del pescado. Tellman miró a Charlotte con inquietud.

—Está usted en su casa, señor Tellman —dijo ella muy amablemente—. Me alegro de que haya descubierto que el general Balantyne no tiene nada que ver con el asesinato de Josiah Slingsby, y me felicito de que así sea.

Él, que seguía confuso, se mordió el labio.

—Parece buen hombre, señora Pitt, y buen militar. He hablado con varias personas que sirvieron a sus órdenes, y le tienen mucho... respeto; más que respeto una especie de... lealtad... y afecto.

La sorpresa y la reticencia seguían presentes en su voz. Charlotte reaccionó con una sonrisa que en parte se debía al alivio. No había creído lo contrario, pero era importante que lo reconociera Tellman. También la divertía su expresión.

Gracie volvió con un arenque grande y lo colocó en la sartén con cara de satisfacción, ignorándolos a ambos. Los dos gatos, sorprendidos, se levantaron de inmediato con las narices temblando y se acercaron al fuego con verdaderas ansias. Gracie sacó un trozo de pan de la panera de madera, lo cortó en rebanadas finas empezando por la punta, las untó de mantequilla y las puso en un plato. Después colocó más agua a hervir, trabajando con la misma diligencia que si estuviera sola en la cocina.

Charlotte, que seguía sonriendo, decidió dejarlos solos. Ya se las arreglaría Tellman con su timidez. Viéndola caminar hacia la puerta, el sargento le lanzó una mirada cargada de desesperación, pero ella fingió no percatarse de las emociones que flotaban en la sala y dejó a Gracie con el arenque dando la excusa de que tenía que jugar con Jemima y Daniel.

A la mañana siguiente Pitt llegó a Bow Street más tarde de lo habitual. De hecho acababa de entrar cuando oyó llamar con fuerza a la puerta de su despacho. Se abrió sin darle tiempo a contestar, y apareció un sargento jadeante y consternado.

—Señor... ¡Han encontrado muerto de un tiro al señor Cadell! —Tragó saliva y recuperó el aliento—. Parece un suicidio. Ha dejado una nota.

Pitt quedó pasmado. Mientras seguía inmóvil, digiriendo la impresión como si fuera un bloque de hielo, su cerebro le dijo que era previsible. Indicios no habían faltado, aunque él se hubiera negado a reconocerlos por el dolor que habría causado a Vespasia. Pensó en ella y en Theodosia Cadell, para quien sería un golpe casi insoportable; casi, sí, porque no había otra opción que soportarlo.

¿Era culpa suya? ¿Podía ser que su visita del día anterior a Cadell hubiera precipitado los hechos? ¿Se lo reprochería Vespasia?

No, por supuesto que no. Habría sido una injusticia. Si Cadell era culpable, la responsabilidad era suya y de nadie más.

—¡Señor!

El sargento se apoyaba alternativamente en uno y otro pie, con una gran inquietud en sus ojos muy abiertos.

—Sí. —Pitt se levantó—. Voy. ¿Está Tellman?

—Sí. ¿Lo aviso?

—Dígale que salga a la puerta. Voy a llamar un coche.

Salió antes que el sargento, descolgando al vuelo la chaqueta pero sin pensar ni siquiera en coger el sombrero.

Cuando llegó a la planta baja se encontró con Tellman, salido de la parte posterior de la comisaría. Estaba serio y pálido. No dijo nada. Salieron juntos a la calle, donde hacía sol, y caminaron deprisa por Drury Lane. Pitt bajó a la calzada moviendo los brazos y asustó a un percherón que tiraba de una carreta llena de muebles. Avisó con un grito a un coche que doblaba la esquina de Great Queen Street y empezó a correr tras él, deteniendo el tráfico y recibiendo una lluvia de improperios.

Subió, dio instrucciones al cochero y se desplazó en el asiento para dejar espacio a Tellman. Naturalmente que ya no tenía sentido, puesto que no cambiaría nada por llegar a casa de Cadell unos minutos antes, pero el ímpetu alivió un poco su rabia y dolor.

A los dos o tres minutos Tellman pareció a punto de decir algo, pero se lo pensó mejor al ver la cara de Pitt.

Cuando llegaron, Pitt pagó al cochero y se acercó a la puerta principal con unas cuantas zancadas. Había un agente montando guardia, muy rígido.

—Buenos días, señor —dijo en voz baja—. Dentro está el sargento Barstone, que le espera.

—Gracias.

Pitt abrió la puerta y entró. Todo, absurdamente, estaba igual que la tarde anterior. El suntuoso reloj del vestíbulo no había interrumpido su fuerte tictac, ni el segundero de avanzar a saltitos. El borde dorado del paragüero seguía brillando, pero esta vez se debía al sol que entraba por debajo de la puerta cerrada del salón. El jarrón de rosas no había dejado caer ningún pétalo. Quizá los hubiera retirado la criada.

Todas las puertas estaban cerradas. Pitt había entrado por su propio pie, sin que se le ocurriera preguntar dónde estaba el cadáver de Cadell. El vestíbulo estaba desierto. Volvió a la puerta, llamó al timbre y entró por segunda vez.

—¿Quiere que hable con los criados? —preguntó Tellman—. No sé qué podríamos averiguar. Parece el final. No me lo imaginaba así.

—Hable, sí —dijo Pitt—. Quizá le den algún detalle que explique lo ocurrido. Sí... sí, por supuesto. —Se puso derecho. Estaba siendo descuidado—. Todavía no sabemos si ha sido un suicidio. Es una suposición.

—Sí, señor.

Tellman no se hizo de rogar, por motivos que Pitt ya conocía:

le desagradaba profundamente tener delante a las familias de los difuntos. Los cadáveres no le producían la misma inquietud, puesto que ya no podían sufrir, pero la gente viva, afectada, perpleja, doliente, era otra cosa. Como era incapaz de hacer nada por ellos se sentía como un intruso, aunque estuviera en situación de justificar su papel ante cualquier persona que le pidiera cuentas. Pitt entendía y compartía su actitud.

El mayordomo salió por la puerta forrada que llevaba a las dependencias de la servidumbre, y el descubrimiento de que Pitt ya estaba en el vestíbulo le produjo una mezcla de sorpresa y contrariedad. Con tanto revuelo se había olvidado hasta de quién era.

—Buenos días, Woods —dijo Pitt—. Lamento la muerte del señor Cadell. ¿El señor Barstone está en el salón?

—Sí, señor. —Tragó saliva y movió el cuello como si le quedara estrecha la camisa—. El... el estudio está cerrado con llave. Supongo que tendrá que entrar.

—¿Está ahí el señor Cadell?

—Sí. Eh...

Pitt aguardó.

Woods no encontraba las palabras. Parecía muy afectado.

—¡No me lo creo, señor! —dijo—. Llevo casi veinte años al servicio del señor Cadell y no me creo que se haya quitado la vida. Tiene que haber otro motivo, otra respuesta.

Pitt no lo discutió. Delante de un hecho tan desagradable (y, desde el punto de vista de Woods, tan inexplicable) la reacción lógica era la incredulidad. ¿Cómo iba a encontrarle algún sentido?

—Descuide. Investigaremos todas las posibilidades —dijo con calma—. ¿Me permite que entre en el estudio? El sargento Tellman ha ido a hablar con el resto de la servidumbre. ¿Quién ha encontrado al señor Cadell?

—Polly, la criada que se ocupa de la planta baja. Había entrado para quitar el polvo y comprobar que el despacho estuviera limpio y ordenado. No creo que pueda hablar con ella, porque se lo ha tomado muy mal. Para alguien de su edad es un descubrimiento horrible. —Parpadeó varias veces—. Normalmente es muy sensata y trabajadora, pero se ha desmayado. Está en el salón del ama de llaves, y tendrá que concederle un poco de tiempo. No hay más remedio.

—Claro, claro. Quizá usted pueda darme casi todos los datos que necesito para empezar.

—Haré lo posible, señor —dijo Woods.

Quizá lo confortara la perspectiva de poder entretenerse con alguna actividad. Hurgó en el bolsillo, extrajo una llavecilla de latón y se mantuvo a la espera con ella en la mano.

—¿A qué hora ha sido? —le preguntó Pitt.

—Justo después de las nueve.

—¿La normal para que Polly entrara en el estudio?

—Sí. Siempre se establece una rutina. Es la mejor manera. Así no se olvida nada.

—Por lo tanto, todo el mundo sabía que entraría en el estudio a esa hora.

—Sí.

Woods estaba muy nervioso, y era comprensible. Sus pensamientos se le reflejaban en la cara. El propio Cadell tenía que haber sido consciente de que lo encontraría casi con seguridad una chica joven.

—Y la puerta no estaba cerrada con llave...

Era evidente, pero no dejó de sorprender a Pitt. Los suicidas solían cerciorarse de su intimidad.

—No.

—¿Hay alguien que haya oído la detonación? Ha debido de ser bastante fuerte.

—No que sepamos. —Woods estaba un poco violento, como si hubiera algo que reprocharle. Si lo hubieran oído podrían haber evitado la tragedia. Era irracional, pero el dolor y la incomprensión habían embotado sus facultades—. Tenga en cuenta que a esa hora del día casi todos los criados estaban ocupados en sus quehaceres. En la cocina había mucho ajetreo. El patio estaba lleno de mozos trayendo mercancías. Por la calle pasaban carros haciendo mucho ruido, y las ventanas estaban abiertas para ventilar. Supongo que lo oímos pero que no nos dimos cuenta de qué era.

—¿El señor Cadell había desayunado?

—No, sólo una taza de té.

—¿Era normal?

—Sí, últimamente sí. El señor Cadell llevaba cierto tiempo sin ser el mismo en cuestión de salud. —Volvió a parpadear e hizo un esfuerzo para dominar sus emociones—. Parecía muy preocupado. Debe de haber algún asunto de política exterior que lo justifique. Es un cargo de mucha respon... —Se interrumpió al recordar de nuevo que el dueño de la casa había muerto. Dio la espalda a Pitt con lágrimas en los ojos, avergonzado por perder el control de aquella manera en presencia de un extraño.

Pitt estaba acostumbrado al dolor. Había vivido incontables situaciones como aquélla. Fingió no darse cuenta.

—¿Dónde tomó el té el señor Cadell?

Woods tardó en contestar.

—Creo que se lo llevó Didcott, el ayuda de cámara, al vestidor.

—¿Después bajó al estudio?

—Eso creo. Lo sabrá Didcott.

—Se lo preguntaremos. Gracias. Ahora, si me deja entrar, iré al estudio.

—Por supuesto.

El mayordomo abrió la marcha con paso inseguro. Cruzó el vestíbulo y enfiló un pasillo bastante largo hasta llegar a una puerta de roble que abrió con la llave. No acompañó a Pitt al interior.

Leo Cadell estaba caído de bruces sobre el escritorio, con las manos en una postura un poco forzada y la cabeza de costado. La sangre que había brotado de la sien derecha cubría una parte de la superficie de madera de la mesa, en la que también había una pistola de duelo en contacto con la mano derecha, a cinco centímetros de una pluma de ave con la tinta seca. En el suelo, cerca de la silla, yacía un cojín. Pitt se agachó para recogerlo y se lo acercó a la nariz. Olía claramente a pólvora y quemado. Por eso nadie había oído la detonación.

Quedaba por explicar el hecho de que Cadell no hubiera cerrado la puerta por dentro con el objetivo de que los demás sospecharan algo raro y no tuviera que descubrirlo una chica joven, o su propia esposa.

Por otro lado, y a aquellas alturas, parecía inverosímil que un individuo capaz de chantajear al prójimo de semejante manera tuviera en cuenta los sentimientos de una criada o cualquier otra persona. ¡Con qué facilidad erramos por completo, y estrepitosamente, en nuestras valoraciones personales! Pitt seguía teniendo dificultad en aceptarlo, y en cuanto a Vespasia posiblemente no llegara a hacerlo. Por lo visto era capaz de equivocarse de manera radical, pese a toda su sabiduría y astucia.

Examinó los papeles que estaban encima de la mesa. Había media docena de cartas del ministerio pulcramente amontonadas, a la izquierda de las cuales se observaba otra confeccionada con recortes de periódico (de nuevo el *Times*, probablemente), pegados a una hoja blanca. La leyó.

> Sé que tengo a la policía en los talones. No puedo tener éxito y no esperaré a que me arresten. No podría soportarlo.
>
> Este final es rápido y limpio. No sabré lo que ocurra después de que me vaya, salvo que el caso ha terminado. Todo ha acabado.
>
> LEO CADELL.

Era una carta escueta, sin arrepentimientos ni disculpas. Quizá hubiera otra dirigida a Theodosia. Pitt no podía creer que conociera la culpabilidad de su marido.

Sometió la carta a un nuevo examen. Su aspecto era idéntico al de las otras. El espaciado era ligeramente distinto, menos preciso, pero en aquellas circunstancias no tenía nada de sorprendente.

En la mesa había tijeras, un cortapapeles, una barra de lacre, una bolita de cuerda y dos lápices en una funda. Quizá se hubiera gastado y el recipiente estuviera en la basura.

¿Dónde estaba el periódico de donde procedían las letras recortadas? Ni en la mesa ni en el suelo. Miró la papelera: ahí estaba, perfectamente doblado. Lo sacó. Era el *Times* del día anterior, con los recortes claramente visibles.

Lo dejó caer. Parecía casi todo dicho. Cadell tenía razón: caso concluido, al menos para la policía. Nunca lo estaría para las víctimas, y menos para Theodosia.

La luz intensa de la mañana entraba de lleno por la cristalera incolora que daba al jardín. La doncella se había llevado un susto demasiado grande para que se le ocurriera correr las cortinas. No había nadie a la vista. Pitt se encargó de ello: echó el cierre y corrió el pesado terciopelo.

Salió y cerró con llave la puerta del pasillo. Tenía que encontrar a Theodosia. Los dos momentos más desagradables de una investigación eran hablar con los parientes de la víctima y arrestar a alguien. Aquel caso los unía en una sola ocasión, y el dolor debía sufrirlo una sola persona.

La encontró sentada en el salón, con mal color, rígida y las manos tan crispadas en el regazo que se veía el color blanco de los nudillos. Theodosia lo miró fijamente. Estaba sola, sin doncellas ni lacayos.

Pitt entró con pasos silenciosos y se sentó delante de ella. Además de perder a su marido (a quien, de acuerdo con Vespasia, amaba sinceramente), además de enfrentarse con un oscuro porvenir, veía destruido su pasado, golpe inconmensurablemente más doloroso. Le habían hecho trizas algo tan valioso como su imagen del mundo, con todo lo que comportaba. Los cimientos de su fe en las cosas estaban deshechos. Todo lo que tenía importancia en lo tocante a su marido, lo que formaba la estructura de sus relaciones, había demostrado ser una mentira, y hasta su manera de verse a sí misma y sus opiniones. La habían engañado en todo. ¿Qué le quedaba?

¿Con qué frecuencia percibimos el mundo y a los seres queridos no como son sino como queremos que sean?

Pitt deseó ofrecerle algún consuelo, pero era imposible.

—¿Quiere que avise a Vespasia? —preguntó.

—¿Qué? Ah... —Ella meditó en silencio, dolorosamente, hasta dar muestras de que había tomado una decisión—. No, gracias... Todavía no. Le costará mucho asimilarlo. Sentía... —Se le resquebrajó la voz—. Sentía mucho afecto por Leo. Lo tenía en buen concepto. Espere a que me haya recuperado un poco, por favor; a que me haya formado una idea más clara de lo ocurrido y pueda contárselo.

—¿Quiere que se lo cuente yo? —propuso él—. Puedo ir a verla a su casa. De lo contrario lo leerá en la prensa.

El último vestigio de sangre abandonó el rostro de Theodosia, y Pitt tuvo miedo de que se desmayara. Vio que se esforzaba por recuperar el aliento.

Siguiendo un impulso ajeno a las convenciones, se acercó a ella hasta ponerse de rodillas a su lado y cogerle las manos, juntas y unidas férreamente en el regazo. Le pasó el otro brazo por la espalda.

—¡Poco a poco! —le indicó—. Respire poco a poco, lentamente.

Ella obedeció, y aun así tardó varios minutos en recuperar el control físico de sí misma.

—Perdone —dijo—. Le ruego me disculpe. No había pensado en la prensa.

—Iré a su casa desde aquí —dijo él—. Seguro que querrá estar con usted. Lo asimilará mejor en compañía.

Ella lo miró, y pasó por sus ojos un destello de gratitud. No se opuso a la decisión. Quizá se alegrara de que alguien diera un paso por ella, de ver un poco aliviado el peso que a partir de entonces tendría que llevar a solas.

—Gracias —dijo.

Ya no había más preguntas. Pitt se levantó. Theodosia tenía a la doncella a su disposición. Podía llamarla, aunque quizá en aquel momento prefiriera estar a solas para llorar. Lo más probable, sin embargo, era que las lágrimas tardaran todavía cierto tiempo.

Oyó su voz antes de salir.

—Señor Pitt... Mi marido no se suicidó. Lo asesinaron. No sé cómo ni quién, pero es de suponer que se trata del chantajista. Si no sigue investigando se saldrá con la suya. —La última frase fue pronunciada con una rabia sin límites.

En los ojos de Theodosia brilló la llama de un desafío, y casi de una acusación.

Él no supo qué contestar. La única base de lo que acababa de oír eran la lealtad, el dolor y la desesperación.

—No daré nada por supuesto, señora Cadell —prometió—, ni aceptaré nada sin buscar pruebas.

Interrogó a toda la servidumbre con la ayuda de Tellman, pero no se había producido ningún allanamiento ni había visto nadie a ningún desconocido. Los dos mozos que habían llevado mercancías a la entrada posterior no habían franqueado la puerta de madera que daba acceso al jardín. Lo cierto es que habían estado demasiado ocupados en tontear respectivamente con la fregona y la doncella para bajar del umbral. Ya les había costado bastante desempeñar el trabajo por el que les pagaban.

Nadie había penetrado en la casa, y el único en franquear la puerta del jardín había sido el aprendiz del jardinero, que ponía alambres y arreglaba un poco la vieja rosa trepadora blanca, que estaba en flor y debía enderezarse.

De la pistola no sabía nadie nada. Debía de llevar cierto tiempo en posesión de Cadell. En el estudio había dos, metidas bajo llave en un cajón del armario rinconero, pero no se trataba de ninguna de ellas. Theodosia aseguró que la veía por primera vez, pero reconoció ser enemiga de las pistolas e incapaz de distinguirlas.

Los criados carecían de información, porque no tenían permiso para tocarlas. Por lo visto seguiría siendo un misterio dónde y cuándo se había hecho con ella Cadell, al igual que tantas cosas relacionadas con el plan de chantaje.

Antes de regresar a Bow Street, Pitt pasó por casa de Vespasia, quien quedó igualmente afectada por la noticia de la muerte de Leo Cadell y tuvo grandes dificultades en creer que fuera culpable de los chantajes. Lo que no hizo, a diferencia de Theodosia, fue negarlo. Después de dar las gracias a Pitt por haberla informado personalmente en lugar de permitir que se enterara por la prensa, ordenó que prepararan su carruaje, mandó llamar a su doncella y se dispuso a visitar a su ahijada, a fin de consolarla en lo posible.

Lo siguiente que hizo Pitt fue decírselo al subjefe de policía. Tampoco quería que se enterara por la edición vespertina de los periódicos.

—¿Cadell? —dijo Cornwallis, sorprendido. Se encontraba de pie en el centro del despacho, como si acabara de interrumpir un paseo. Estaba demacrado. Llevaba varias semanas sin comer ni beber bien. Tenía un pequeño tic nervioso en la sien izquierda—. ¿Está del todo seguro?

—¿Se le ocurre alguna otra explicación? —repuso Pitt con tristeza.

Cornwallis vaciló. Parecía abatido, pero menos tenso que antes de hablar. Sus hombros iban recuperando una postura más natural. Al margen de la sorpresa, y de la comprensión del dolor ajeno, el mal trago había pasado. No podía dejar de constatarlo, aunque se despreciara por ello.

—No... —dijo al fin—. No. Por lo que dice tiene que ser la respuesta. ¡Qué horrible tragedia! Lo siento. Habría preferido que fuera... un desconocido. Supongo que es una idiotez. Era inevitable que me conociera, a mí y a los demás. Le felicito, Pitt... y...

Quería darle las gracias por su lealtad; se le notaba en la mirada, pero no sabía cómo verbalizarlo.

—Me voy a Bow Street —dijo Pitt lacónicamente—, para encargarme de los detalles.

—Sí. —Cornwallis asintió—. Sí, claro.

10

Vespasia acudió de inmediato al lado de Theodosia, llevándose a su doncella y los pertrechos necesarios para quedarse a dormir una o más noches. No tenía intención de permitir que su ahijada capeara a solas la pena, la confusión y la desesperación que sucedían necesariamente a una pérdida tan atroz. No era la primera vez en su larga vida que topaba con el suicidio, una muerte que en cierto modo era la más difícil de soportar. La soledad y el sentimiento de culpa que provocaba de manera invariable no hacían sino duplicar el sufrimiento.

Durante la tarde y noche iniciales no había nada que hacer a excepción de sobrevivir a ellas, estar con Theodosia y ayudarla a que empezara a asimilar el hecho irrefutable de la muerte de Leo. Lo peor sería la mañana siguiente; el sueño, por breve que fuera, sería un respiro, pero poco después de despertar volverían los recuerdos. Sería como oírlo por segunda vez sin el aturdimiento de la sorpresa.

Se sentaron a conversar en el tocador de Theodosia. Ella, por lo visto, necesitaba hablar de Leo, sobre todo de la clase de hombre que había sido al conocerlo. Recordó con un tono de creciente desesperación decenas de actos de valor, bondad o inteligencia, gestos de honradez en situaciones que podrían haberse solucionado con menos esfuerzo sin despertar críticas; gestos, silenciosamente, de hacer las cosas lo mejor posible.

Vespasia la escuchaba. Es más: se acordaba personalmente de muchas cosas. Costaba poco recordar todo lo bueno de Leo, todo lo que había admirado a lo largo de los años.

De repente, poco antes de la medianoche, Theodosia descubrió que podía llorar y el llanto la dejó exhausta. Después la doncella de Vespasia le preparó una infusión para dormir. Vespasia tomó otra y se retiró un cuarto de hora después que su ahijada.

La mañana fue peor de lo esperado, y se enfadó por no haberlo previsto. Se encontró con Woods en el pasillo, cuando se dirigía al salón de mañana. Estaba pálido y con los ojos enrojecidos.

—Buenos días, señora —dijo con voz ronca. Carraspeó—. ¿Cómo se encuentra la señora Cadell?

—Duerme. No quiero molestarla. Tenga la bondad de traerme los periódicos.

—¿Los periódicos, señora?

Las cejas del mayordomo se arquearon.

—Sí, por favor.

—¿Se refiere al periódico completo, señora?

—Completo, Woods, naturalmente. ¿Me explico mal? —Habría sido más agradable mandarlos quemar. Fue el primer impulso de la anciana, pero necesitaba saber lo que decían. Ciertas verdades no podían eludirse—. Estaré en el salón de mañana. Tomaré té con tostadas. No hace falta nada más.

—Sí, señora —se apresuró a decir Woods—. Voy a... mandar que los planchen.

—No se moleste. —Ella se dio cuenta de que la muerte del amo de la casa había modificado las tareas habituales en lo tocante a la prensa—. Los leeré tal como están.

Fue a la sala de desayuno sin aguardar ninguna respuesta.

Woods se los llevó en una bandeja, alisados pero sin planchar. Vespasia los cogió. Todos eran igual de horribles. Uno de ellos resumía lo peor de los tres y añadía abundantes conjeturas, tan crueles como destructivas. El autor era Lyndon Remus, que había llevado a cabo una investigación sobre el cadáver aparecido en Bedford Square y la posibilidad de que estuviera relacionado con el general Balantyne. Debía de haber seguido a Pitt, porque también estaba al corriente de sus visitas a Dunraithe White, Tannifer y sir Guy Stanley.

En su artículo sobre el suicidio de Cadell, Remus daba a entender que Pitt había descubierto una conspiración y había estado a punto de arrestar a Cadell.

> El comisario Thomas Pitt ha rechazado hacer comentarios, pero la comisaría de Bow Street no niega que el señor Cadell fuera

investigado por su vinculación con un caso de gran importancia, caso que posee componentes de extorsión y homicidio y afecta a personajes destacados de los ámbitos financiero y militar, así como del gobierno.

Dado que el señor Cadell, quien ayer por la mañana se suicidó en su estudio con una pistola, detentaba un alto cargo en el Ministerio de Asuntos Exteriores, surge la pregunta de si la conspiración tenía algo que ver con los intereses de Gran Bretaña en el extranjero, y si la rapidez de reflejos de la policía no habrá evitado una traición en el último momento.

Si existen otros culpables, es de esperar que no reciban protección contra el castigo que merecen por sus delitos, tanto si los llevaron a cabo como si han quedado en meros planes. Muchos hombres de menor relevancia han sido acusados de delitos de menor gravedad, y han pagado por ellos.

Seguían varios párrafos en la misma línea, y cuando Vespasia llegó al final estaba tan furiosa que el temblor de sus manos casi le impedía leer. Dejó el periódico encima de la mesa. Quizá en sus inicios Lyndon Remus hubiera sido un periodista sincero, empeñado en denunciar la corrupción, pero había dejado que la ambición maleara sus puntos de vista. La promesa de la fama y el poder que le daba la pluma lo habían impulsado a formular suposiciones sin fundamento, todas las cuales se distinguían por su falta de compasión hacia el efecto de sus conjeturas sobre los afligidos. Éstos quizá fueran inocentes, pero la prueba les llegaría demasiado tarde para poner remedio al dolor u ostracismo que solían acompañar a las sospechas.

—Ya los he leído —dijo a Woods, que había regresado para ver si ya podía desembarazar la mesa—. Puede quemarlos. No hay ninguna necesidad de que los vea la señora Cadell.

—Sí, señora —dijo él con prontitud. Su opinión se reflejaba en su rostro, y al coger los periódicos le temblaron un poco las manos.

—¿Cómo están los criados? —le preguntó Vespasia.

—Se hace lo que se puede, señora. Lamento decir que en la calle hay varias personas que intentan hacer preguntas... para la prensa. Sus modales dejan que desear. Son gente entrometida, sin respeto a... la muerte.

—¿Ha cerrado con llave las puertas del patio? —preguntó ella—. Hoy nos las arreglaremos sin reparto.

—No lo había hecho —reconoció—, pero con su permiso las cerraré.

—Concedido. Y que no abra nadie la puerta sin haberse cerciorado de quién es, ni sin mi permiso o el de la señora Cadell. ¿Queda claro?

—Clarísimo. La cocinera me ha encargado que le pregunte qué desea para comer, lady Vespasia. Porque se quedará, ¿verdad?

Parecía un poco desesperado.

—Por supuesto —contestó ella—, y consideraré excelente cualquier cosa que desee preparar la cocinera. Yo, si me lo permite, sugeriría algo muy ligero.

—Gracias, señora.

Vespasia pasó al salón, cuyo ambiente de formalidad parecía adecuarse a las circunstancias.

Poco después de las diez bajó Theodosia con mala cara y aspecto cansado. Iba de negro, pero con la cabeza erguida y una expresión resuelta.

—Tengo que hacer muchas cosas —dijo, antes de que Vespasia hubiera tenido oportunidad de preguntarle cómo estaba (aunque la pregunta habría tenido escaso sentido; jamás, probablemente, había sufrido más que aquella mañana)—. Y tú eres la única persona a quien puedo pedir ayuda —concluyó.

—Seguro que Leo tenía a alguien que administraba sus negocios —contestó Vespasia—. No hace falta que tú hagas casi nada, y si quieres me ocupo yo de lo poco que haya.

Theodosia arqueó las cejas.

—No me refiero a esas cosas, tía Vespasia. Estoy convencida de que podrá solucionarlas el señor Astell, aunque me gustaría contar con tu consejo. —Frunció el entrecejo a causa de la concentración—. Estoy segura de que Leo no se suicidó. Da igual lo que pensara o el miedo que tuviera. No se habría dejado empujar a tales extremos. Y en cuanto al chantaje, estoy aún más convencida de que el culpable no era él.

Estaba de espaldas a la habitación, con la cara hacia el jardín pero sin ver las flores ni la luz moteada.

—No pretendo saberlo todo de él —prosiguió—, porque ni es posible ni estaría bien saberlo todo de nadie. Además de indiscreto sería aburrido, lo cual es todavía peor. De lo que estoy convencida es de que conocía demasiado a Leo para no haberme percatado de su alegría cuando el plan parecía tener éxito, ni de su desesperación al darse cuenta de la inminencia del fracaso, un fracaso tan grave como para llevarlo al suicidio.

Vespasia no sabía qué decir. En más de una ocasión los hechos habían rebatido el conocimiento que creía poseer sobre las personas. Theodosia, sin embargo, había hablado de emociones, no de moralidad. En ese caso lo que contaba era la observación, más difícil de poner en duda.

—No es necesario que me sigas la corriente —dijo Theodosia. Seguía de cara a la ventana—. Sé lo que parezco. ¿Qué mujer admitiría algo así de su marido sin oponer resistencia? Pero no pienso limitarme a simples quejas.

—No será fácil —señaló Vespasia—. Temo que debas prepararte para encontrar muchos obstáculos.

—Por descontado. —Theodosia no se movió—. Si no lo hizo Leo significa que fue otro, y dudo que se alegren de que resucite un caso que les interesa presentar como cerrado, y bien cerrado. —Se volvió—. ¿Me ayudarás, tía Vespasia?

La anciana contempló el semblante demacrado de Theodosia, sus hombros tensos y su mirada de desesperación. Existía el riesgo de agravar el dolor, pero ¿cómo negarse? Theodosia no se arredraría por ello.

El único resultado de una negativa sería aumentar su aislamiento.

—¿Seguro que quieres hacerlo? —preguntó—. Es posible que no acabe de gustarte lo que averigüemos. Hay veces en que vale más no ahondar en toda la verdad. Por otro lado, cuenta con que te granjearás enemigos.

—Es natural. ¿Qué crees, que puede ser más grave que cuando se sepa todo? No será Gordon-Cumming la única persona que se sienta incapaz de quedarse en Londres. El chantajista me ha quitado tanto que me queda poco que perder. No es necesario que me prometas un final de cuento de hadas, tía Vespasia. Sé que no existen. Lo único que quiero es que me prestes tu inteligencia y tu apoyo. No hace falta que te diga que pienso seguir adelante con o sin ellos, porque ya debes de intuirlo, pero tendré muchas menos oportunidades de éxito.

Vespasia reaccionó con una sonrisa seca y triste.

—Dicho así no me dejas alternativa, salvo querer que pienses que he preferido que fracasases. Me alegraría más que nada en el mundo descubrir que Leo era inocente, tanto del chantaje como del suicidio. Debemos meditar la estrategia con cuidado. También, lógicamente, el punto de partida.

Theodosia cruzó la sala y se desplomó en una butaca con expresión de perplejidad.

—Perdona —dijo—, pero ¿a quién podía acudir? ¿Y quién mejor que tú?

Estaba decidida, sí, pero carecía de una idea clara sobre sus posibilidades.

—¿Seguro que estás dispuesta a aceptar todo lo que descubramos? —preguntó Vespasia por última vez—. Es posible que no sea lo que quieras.

—Tal vez. —Fue una respuesta clara y segura. No transmitía alegría pero sí convicción—. Pero no será lo que dicen ahora. ¿Cómo empezamos?

—Con lógica... y una taza de té bien caliente —dijo Vespasia.

Theodosia esbozó una sonrisa y dio unos pasos en dirección a la borla del timbre. Cuando entró la doncella, le encargó té caliente.

—Adelante con la lógica —pidió cuando volvieron a estar a solas.

Vespasia se dispuso a empezar.

—El chantajista, sea quien sea, tiene que tener trato personal con todas las víctimas, porque conoce bastante su pasado para saber qué acusación los afecta más y en qué campo de sus trayectorias resulta más creíble.

—Cierto. El chantajista, dices. ¿Tiene que ser hombre? ¿No podría ser mujer? Sería ingenuo considerarnos incapaces de tanta inteligencia o crueldad.

—Efectivamente, pero habría que partir de que la colocación del cadáver delante de la puerta de Brandon Balantyne no guardaba ninguna relación con el caso, lo cual me parece improbable. Tengo serias dificultades en imaginar una situación donde una mujer relacionada con las víctimas también estuviera informada de la muerte de Slingsby y tuviera medios para trasladar su cadáver. Aunque imposible supongo que no es.

—Se me había olvidado —reconoció Theodosia—. Empecemos por los hombres. Tengo información sobre todas las épocas de la vida de Leo: dónde nació, dónde vivió de niño, en qué colegio y universidad estudió, su ingreso en el cuerpo diplomático... Ya he intentado acordarme de cualquier enemigo que pudiera ser el responsable. —Frunció el entrecejo—. Cuando una persona tiene éxito, despierta como mínimo envidias, y es una pena, pero en muchos casos las que no llegan tan lejos se justifican echando la culpa a los demás.

Entró la doncella con el servicio de té en una bandeja y la depositó en una mesita baja entre Vespasia y Theodosia. Ofreció servirlo ella, pero Theodosia prefirió hacerlo personalmente.

Vespasia aguardó a estar a solas para contestar.

—Dudo que se trate de una venganza personal, a menos que encontremos algún incidente en el que participen todas las víctimas. ¿Leo las conocía a todas?

Theodosia la miró con un destello de ironía.

—No lo sé. Has sido demasiado discreta para decirme quiénes son.

—¡Ah! —Vespasia lo había olvidado. El miedo a ser indiscreta no parecía tener mucho sentido. Reivindicar el buen nombre de Leo y descubrir al verdadero chantajista, suponiendo que no fuera él, parecían objetivos de mayor importancia—. El general Balantyne, John Cornwallis, Sigmund Tannifer, Guy Stanley y Dunraithe White.

Theodosia puso cara de sorpresa.

—No lo sabía —dijo—. Pertenecen a varias generaciones, y son personas bastante diferentes. Por mi parte conozco a Parthenope Tannifer, que ha venido a casa varias veces y es una mujer muy interesante. Dunraithe White es juez, ¿verdad?

—Sí, y John Cornwallis subjefe de policía —añadió Vespasia—. Es como para preguntarse si no habrá un componente de subversión de la ley, pero ¿cómo encajaría Brandon Balantyne?

—Tiene que haber alguna relación. Encontrarla es cosa nuestra. No puede ser profesional, ni del colegio o la universidad.

—Entonces tiene que ser social —dedujo Vespasia entre sorbo y sorbo de té. La infusión tenía un efecto sumamente reparador, aunque la sala estuviera bien caldeada y gozara del sol matinal. Reinaba un silencio desusado en el conjunto de la casa. Los criados caminaban de puntillas y alguien había tenido el detalle de poner paja en la calle para amortiguar el ruido de los caballos. Vespasia tuvo una idea—. ¡O económica! ¿No sería posible que Leo hubiera hecho inversiones en un plan que compartiera con los demás?

—¿Y que en ese plan hubiera algo dudoso? —Theodosia cogió la idea al vuelo—. ¡Sí! ¿Por qué no? Tiene sentido. —Se levantó—. Seguro que en su estudio hay notas al respecto. Vayamos a comprobarlo.

Vespasia la acompañó, abandonando el té.

Dedicaron a ello el resto de la mañana y las primeras horas de la tarde. Sólo descansaron para comer un bocado por insistencia de Vespasia, preocupada por Theodosia, quien a su vez obedeció por respeto. Buscaron documentos referentes a las inversiones de Leo Cadell en todos los sectores y averiguaron que el balance general era de extrema prudencia. La única excepción era el respaldo un poco precipitado a una aventura en el Caribe, la cual se había saldado con la pérdida de una cantidad modesta. Las demás inversiones oscilaban entre lo correcto y lo muy acertado. Sorprendía la escasez de las que tenían por objeto especulaciones en ultramar. Leo había evitado escrupulosamente cualquier actividad que lo expusiera a la acusación de aprovecharse de sus conocimientos en tanto que miembro del cuerpo diplomático.

La lectura de los datos sobre inversiones y beneficios, repartidos a lo largo de los años, fue entristeciendo a Vespasia. Eran la manifestación de la vida financiera de alguien que hacía previsiones para su familia, pero que a la hora de sacar provecho de su ventaja profesional actuaba con tanta prudencia que a veces hasta perdía dinero. Aquellos documentos reflejaban al hombre a quien había conocido ella, en absoluto al que dibujaba Lyndon Remus en la prensa o deducía de su muerte la policía. Parecía mentira que unos simples números fueran tan reveladores.

—Aquí no hay nada —dijo Theodosia con desesperación, poco después de las tres y media. Estaba sentada delante del escritorio, rodeada de papeles y con la pena y la fatiga reflejadas en el rostro—. Hizo algunas obras de caridad, pero es la única relación que se me ocurre con las otras personas que has mencionado, y tampoco era mucho; vaya, que no eran cantidades que justificasen un chantaje.

—¿Qué obras eran? —Vespasia sólo lo preguntó por decir algo e impedir que el silencio fuera interpretado como una rendición.

Theodosia reaccionó con sorpresa.

—¿Concretamente? Un orfanato gestionado por varios miembros del club Jessop. Sé que Leo acudía siempre a las reuniones del comité, incluso cuando tenía más trabajo. Me comentó que el general Balantyne también formaba parte del grupo.

No dijo nada más. Sacó un fajo de cartas del cajón del escritorio y emprendió su lectura.

Vespasia abrió otro y encontró más cartas.

Durante media hora no vio nada que pareciera revestido de la menor importancia. Le desagradaba leer cartas ajenas que no habían sido escritas para nadie más que el destinatario, no porque contuvieran nada que pudiera avergonzar a Leo ni porque fueran excesivamente personales, sino por el mero hecho de que las leyera otra persona. La asaltó una percepción abrumadora de la muerte de su autor, muerte cuya realidad se volvía casi tangible a través del registro de sus pertenencias.

Leyó una carta de principio a fin, o más que carta memorándum, y estuvo a punto de no darse cuenta de su relevancia. Residía en el membrete, impreso debajo del del club Jessop. La parte manuscrita iba dirigida a Leo Cadell y se refería al patrocinio de una exposición de arte para recaudar fondos. Estaba prevista la asistencia de un miembro destacado de la alta sociedad, de sexo femenino. La exposición se había celebrado seis meses atrás sin demasiado relieve. Leo debía de haber conservado la carta sólo porque llevaba escrita con su letra una dirección, la de un coleccionista de jarrones chinos que vivía en París. Lo que llamó la atención de Vespasia fueron los nombres del comité: Brandon Balantyne, Guy Stanley, Lawrence Bairstow, Dunraithe White, John Cornwallis, James Cameron, Sigmund Tannifer y Leo Cadell.

Alzó la vista. Theodosia seguía leyendo y cada vez estaba rodeada por más papeles descartados.

—¿Conoces a Lawrence Bairstow? —le preguntó—. ¿O a James Cameron?

—Conocía a Mary Ann Bairstow —repuso Theodosia—. ¿Por qué? ¿Qué has encontrado?

—¿Es posible que Lawrence Bairstow sea otra víctima?

Su cara reflejó decepción.

—No, el pobre chochea. Es mucho mayor que ella. Dudo que pudiera ejercer alguna influencia, para bien o para mal, y tengo entendido que sus asuntos personales los gestionan los abogados de la familia. —No podía disimular su carga de sufrimiento.

—¿Y James Cameron? —insistió Vespasia sin estar segura de por qué, ni si tenía algún sentido aparte de lo insoportable de darse por vencida.

—El único James Cameron a quien conozco se marchó a vivir

al extranjero hace siete meses. Tiene problemas de salud y se trasladó a un clima más seco y más cálido. Me parece que a India, pero no estoy segura. ¿Por qué? ¿Por qué lo preguntas? ¿Qué ocurre?

—Creo que es posible que hayamos descubierto lo que tienen en común —dijo Vespasia—. Lo que no entiendo es el beneficio que se puede sacar de algo así.

Theodosia se levantó como un resorte y arrebató el papel a su madrina. Lo leyó y la miró con desconcierto.

—Todos forman parte del comité que te decía, el del club Jessop, pero es para un orfanato. Recaudan dinero para un orfanato. ¿Será lo que buscamos? ¿Malversación de fondos? —La expresión de sus ojos vacilaba entre la esperanza y la desesperación—. No me parece que valga la pena. ¿Cuánto puede ser?

—Si lo descubren, mucho desprestigio —contestó Vespasia con gravedad, intentando que la emoción no afectara a su voz—. Robar de un orfanato es una de las cosas más despreciables que hay.

—No se me había ocurrido. —Las manos de Theodosia temblaban. Las juntó para controlar sus movimientos. Deseaba con tanto fervor que aquella nueva información tuviera algún sentido que no se atrevía a esperar demasiado. No obstante, estaba tan cerca de rendirse al dolor que tenía que aferrarse a ella—. Podría... podría ser, ¿no...?

Vespasia no tuvo el valor de negarlo, pese a intuir que podía no ser cierto. En aquel momento quizá fuera más importante dar una alegría a Theodosia que disponer de una verdad probable. Era necesario que sobreviviera.

—Sí —asintió—. Primero buscaremos alguna otra referencia. Después se lo llevaré a Thomas para ver qué opina.

—¿Te refieres al comisario Pitt? —La esperanza se borró del rostro de Theodosia—. Está seguro de que Leo era culpable.

—Si se lo cuento me escuchará.

Vespasia tiñó su voz de una convicción absoluta que no sentía.

—¿Sí?

Theodosia se aferró a ello.

—Seguro. A ver si encontramos algo más.

En otras dos horas de lectura meticulosa de todos los papeles del escritorio y los cajones del armario sólo encontraron un documento que pareciera tener alguna relación con el anterior. Se trataba de una carta fechada unas dos semanas antes.

Estimado señor Cadell:

Quizá me exceda en mi celo, pero me preocupa la cantidad de dinero destinada al orfanato de Kew. He releído las cuentas y me parece necesario someterlas a una evaluación más detallada. Lo planteé una vez en comité, pero mi observación fue desestimada.

Por supuesto que existe la posibilidad de que ignore el coste real de la vida, pero le agradecería su opinión. Espero poder comentárselo en el momento que mejor le convenga.

Su humilde servidor,

BRANDON BALANTYNE.

Theodosia lo consideró tan alentador que Vespasia no tuvo ánimos para señalar la trivialidad casi segura del asunto.

—¿Se lo llevarás al comisario Pitt? —insistió la primera.

—Por supuesto.

—¿Enseguida?

—Pasaré a verlo antes de volver a casa —prometió Vespasia—, pero ahora mismo la que me preocupa eres tú, querida. ¿Seguro que sola pasarás bien la noche? Si quieres vuelvo. No sería ninguna molestia. Puedo mandar que me traigan ropa limpia sin la menor dificultad.

Theodosia vaciló.

—No... Tendré que acostumbrarme... Creo que...

Se quedó callada, y Vespasia decidió por ella.

—Volveré después de haber hablado con Thomas. No sé cuánto tardaré, porque es posible que no lo encuentre enseguida. No me esperes para cenar, por favor. Comeré con mucho gusto cualquier cosa que me prepare la cocinera.

—Como quieras —dijo Theodosia con expresión de profunda gratitud—. Y... ¡gracias!

A pesar de lo dicho, Vespasia encontró a Pitt en su despacho de Bow Street. Todos consideraban cerrado el caso, y el comisario se veía en la obligación de encargarse de los muchos casos surgidos mientras el asesinato de Bedford Square y el chantaje absorbían todo su tiempo. Se alegró de ver a Vespasia.

Ella observó con recelo la cantidad de papeles amontonados en su escritorio.

—Veo que te interrumpo —dijo con afable sarcasmo—. ¿Quieres que espere y pase a verte por casa?

—¡Por favor! —Pitt cambió la posición de la silla que sostenía para ella—. No puede haber nada más urgente que verla a usted.

—Parece que lo sea bastante —observó ella con una sonrisa, tomando asiento—. Urgente y bastante arduo. No te entretendré demasiado.

—Descuide. —Él le devolvió la sonrisa, y por primera vez en varias semanas le brillaron los ojos. Volvió a ocupar su propio asiento—. Tendré que arreglármelas con el que me dedique. ¿Qué ocurre?

Ella suspiró y se le borró el buen humor.

—Casi seguro que nada, pero al revisar los papeles de Leo Cadell he descubierto algo en común entre todas las víctimas, algo que como mínimo preocupaba a una de ellas. La que recibió la acusación más cruel.

—¿Balantyne? —Pitt puso cara de sorpresa—. ¿De qué se trata?

Ella extrajo de su bolso la carta y el memorándum con el membrete del club Jessop y le entregó ambas cosas. Él las leyó atentamente y volvió a mirarla.

—¿Un orfanato? ¿Y qué me dice de los otros dos, Bairstow y Cameron? ¿También son víctimas?

—No tengo ningún motivo para suponerlo, y sí para creer que ni lo son ni pueden serlo —contestó ella—. Dice Theodosia que Bairstow chochea y Cameron ha abandonado Inglaterra por el extranjero. Quedan los miembros del comité que conocemos. —Observó con atención la cara de Pitt y advirtió una chispa de interés, acompañada por un ligero cambio en su expresión—. ¿Me harás el favor de investigarlo, Thomas? Hazlo por Theodosia. Me doy cuenta de que es muy poco verosímil que sea más de lo que parece, una buena causa a la que contribuye un grupo de caballeros que resultan pertenecer al mismo club, pero quiero mucho a Theodosia y a mí también me cuesta y me duele creer que Leo fuera culpable de chantaje y suicidio. Siento el impulso de indagar en todas las posibilidades de que no sea así, por remotas que parezcan.

Le gustaba muy poco pedir favores. Por la cara que puso Pitt, vio que se había dado cuenta.

—No se preocupe. Mañana iré a Kew, pediré que me enseñen

los libros y enviaré a algunos hombres para que comprueben lo de Bairstow y Cameron. Cornwallis no pondrá reparos.

—Gracias, Thomas. Te lo agradezco mucho.

Vespasia se levantó para marcharse. Habían sido dos días agotadores y casi no conservaba fuerzas para hacer frente al regreso a casa de Theodosia y las horas de vigilia necesarias para ofrecerle consuelo y compañía. Sólo podía compartir la pena de su ahijada, no aliviarla, pero se lo exigía el cariño.

El día siguiente fue espléndido. Continuaba la ola de calor, pero se había aclarado un poco la atmósfera y de vez en cuando corría una ráfaga de brisa. Las calles y los parques estaban llenos de paseantes, y en el río había decenas de barquitos, vapores de recreo, trasbordadores y cualquier clase de embarcación que se mantuviera a flote. Todo eran cantos, organillos y flautines. Los niños gritaban, y de vez en cuando se oían carcajadas.

Pitt tomó el barco que llevaba a Kew. Parecía el medio de transporte más rápido, además del más agradable.

Una vez en la cubierta, entre una mujer gorda con blusa a rayas y un hombre con la cara roja, se preguntó si hacía bien. Era una manera de huir de las montañas de papeles que se le habían acumulado mientras se ocupaba del caso de chantaje, y no quería decirle que no a Vespasia. La había visto más cansada de lo habitual. La pena no había afectado sus energías mentales, pero se observaba en ella una aceptación de la derrota que era un cambio profundísimo, más que cualquier otro que pudiera imaginar Pitt. El comisario estaba bastante preocupado para emprender aquel viaje río arriba con el sol y la brisa en la cara. El vapor pasó por Battersea y enfiló en dirección a Wandsworth. Para llegar a Kew quedaba otro zigzag completo. Lo disfrutaría.

Contempló sonriendo los botes de remo, algunos de los cuales estaban a punto de chocar. Había varios niños vestidos de marinero flanqueados por mujeres ansiosas. Las niñas, con lazos en los sombreritos, agitaban la mano con entusiasmo. Los padres se inclinaban sobre los remos con la satisfacción del que manda.

La orilla estaba llena de gente que hacía picnic en las zonas de hierba. Pitt pensó que por la tarde habría quemados. Como estaban al borde del agua no se daban cuenta de la fuerza del sol.

Aquel viaje a un orfanato era una pérdida de tiempo. Aunque

se hubiera producido un pequeño desfalco y Balantyne lo hubiera sospechado, no era un delito del mismo calibre que el chantaje que habían estado investigando. Como máximo ascendería a unos centenares de libras, repartidos, para colmo, en varios años, puesto que de lo contrario habría sido detectado mucho antes.

¿A qué se debía que Balantyne se hubiera contentado con simples preguntas, pudiendo solicitar una auditoría de los libros? El general había comunicado sus temores por escrito a Cadell, y parecía difícil que éste, para disuadirlo de la petición, lo hubiera chantajeado mediante algo tan extremo como un cadáver en el umbral de su casa.

Respecto a esto último, la gran pregunta, a la que Pitt no conseguía responder, era la siguiente: ¿quién había llevado el cadáver de Josiah Slingsby desde Shoreditch a Bedford Square? ¿Quién había metido el recibo de los calcetines de Cole en el bolsillo de Slingsby? ¿De dónde lo había sacado?

Y a propósito, ¿dónde estaba Albert Cole? Si estaba vivo ¿adónde había ido, y por qué? Y si estaba muerto ¿por qué habían dejado el cadáver de Slingsby y no el suyo en la puerta de Balantyne? ¿Había fallecido de muerte natural y por pura coincidencia?

Esto último parecía descabellado, y no contestaba a la pregunta relativa al cadáver de Slingsby y el hecho de que Cadell conociera su existencia y lo hubiera trasladado a Bedford Square.

¿Tenía alguna importancia, a excepción del rompecabezas en sí?

Pasó un vapor de recreo cuyos pasajeros gritaban y saludaban con la mano, y que hizo cabecear al ferry. El reflejo del sol en el agua deslumbraba.

Aquella pretensión de que todos los casos tuvieran una solución completa, de entender lo ocurrido con exactitud, ¿era pedir demasiado o simple diligencia en la comprobación de la verdad?

Lo que hacía Pitt, en realidad, era darse un viajecito por el río en lugar de estar sentado en Bow Street con sus papeles, e intentar ayudar un poco a Vespasia... aunque ésta, tarde o temprano, tuviera que aceptar que Leo Cadell era el chantajista. Lo había confesado en una carta idéntica a las demás. Sin duda conocía las vidas de las otras víctimas porque había hablado con ellas en el club Jessop. Una simple charla, enriquecida con preguntas disfrazadas de interés o admiración, puede arrojar mucha información sobre la gente. El resto podía haberlo sacado de los archivos. Nada era más fácil que consultar datos del ejército y la marina con el pretexto de que su cargo en el Ministerio de Asuntos Exteriores le exigía conocerlos.

La pregunta, sin embargo, se mantenía en pie: ¿por qué conocía a Slingsby? ¿Cómo se había fijado en su parecido con Cole?

Pitt se abstrajo unos minutos de sus cavilaciones y disfrutó del río y la luminosidad del día. Estaba rodeado de gente que se divertía.

El orfanato de Kew Green era un viejo caserón cuyo jardín, profusamente arbolado, estaba ceñido por una tapia. A juzgar por su volumen podía dar cabida a un mínimo de cincuenta o sesenta niños, más el personal necesario para atender sus necesidades.

Llegó a la puerta principal, se fijó en que el umbral estaba perfectamente barrido y llamó al timbre. Al poco apareció una chica de unos diecisiete años, vestizo azul marino de algodón, delantal almidonado y cofia.

—¿Qué desea? —preguntó.

Pitt se presentó y solicitó hablar con la persona que dirigía el centro, dando a entender que no toleraría ninguna negativa.

La joven lo condujo a una sala acogedora y, antes de ir en busca de Horsfall, invitó al visitante a tomar asiento en uno de los sillones, raídos pero confortables.

Llegó el tal Horsfall y cerró la puerta. Era todavía más alto que Pitt, considerablemente barrigudo y de rostro cordial, como si sonriera con frecuencia y facilidad.

—Usted dirá en qué podemos ayudarlo —dijo con tono amigable—. Dolly ha dicho algo de la policía. Espero que no se trate de ninguno de nuestros internos. Nos esforzamos por que tengan un buen comportamiento, y me permitirá que presuma de haber tenido mucho éxito en casi todos los casos; aunque claro, no dejan de ser niños.

—No tengo el menor motivo para dudarlo —contestó Pitt—. Soy de Bow Street, no de Kew. —Ignoró la sorpresa que reflejaba el rostro de Horsfall—. Y vengo por temas económicos. El suicidio reciente de un miembro del comité de benefactores que donó una suma considerable a la institución ha despertado dudas en torno a posibles irregularidades.

Horsfall expresó la tristeza que correspondía.

—¡Vaya! Crea que lo lamento. No dude en examinar nuestros libros a su antojo, aunque le aseguro que si se ha perdido algo habrá sido antes de que llegara el dinero a nuestras manos. Somos muy cuidadosos. —Asintió con la cabeza—. No tenemos más remedio. Hay que tener en cuenta el hecho de que manejamos dinero de otras personas, y que si no pudieran fiarse de nosotros no seguirían ayudándonos.

Miró a Pitt con los ojos muy abiertos. La verdad de sus palabras era irrefutable, y Pitt tuvo la sensación de que era una tontería malgastar el tiempo de Horsfall y el suyo. Claro que no podía decirlo.

—Gracias —contestó—. Es un mero trámite, pero sería una negligencia no verificarlo.

—Naturalmente. —Horsfall volvió a asentir con la cabeza y encajó los pulgares en el chaleco—. ¿Desea que se los traiga o prefiere pasar a mi despacho, donde podrá sentarse en una mesa?

—Muy amable —dijo Pitt, aceptando lo segundo.

Se daba cuenta de que existía la posibilidad de que hubiera dos juegos de libros, pero reconoció interiormente que nunca había previsto obtener ningún fruto de la visita aparte de poderle decir a Vespasia que lo había intentado.

A excepción de un breve receso para almorzar en la taberna del barrio, dedicó el resto de la mañana y casi toda la tarde a repasar innumerables recibos, tanto de dinero como de comida, combustible, ropa, sueldos y otros artículos, y lo encontró todo en un orden intachable. Eran cuentas tan perfectas que podría haberlas encontrado sospechosas, de no ser porque Horsfall le había explicado la necesidad de que lo fueran. Estaba todo justificado, hasta el último centavo, y tuvo la seguridad de que el examen minucioso de los donativos del club Jessop arrojaría un balance igual de exacto.

Casi no oyó a los niños que debían de atestar el edificio. Se confirmaba lo dicho por Horsfall acerca de su excelente educación. Vio a dos niñas cogidas de la mano, de unos cinco y seis años respectivamente. De repente una de ellas echó a correr, arrastrando a la otra. Poco después pasó otra de unos diez, llevando en brazos a un crío que no pasaría de los dos. Percibió otros movimientos con el rabillo del ojo, y oyó voces.

Cerró los libros, dio las gracias a Horsfall, se disculpó por haberlo importunado y se marchó del orfanato con la sensación de haber hecho un poco el tonto. No parecía que Balantyne (ni Cadell, dicho fuera de paso) tuviera motivos para estar preocupado. Quizá lo estuviera por la recaudación de fondos, más que por su empleo.

Podía preguntárselo al general, pero no le pareció que valiera la pena.

Decidió dar mucha más importancia a la pregunta de cómo se había enterado Cadell de la muerte de Slingsby, y cómo había trasladado el cadáver. ¿Dónde estaba Albert Cole? Si estaba muerto debían averiguar si había fallecido por causas naturales. En caso contrario ¿qué le había ocurrido? Encargaría la investigación a Tellman en cuanto regresara a Bow Street, es decir, mañana. Antes, por la noche, escribiría a Vespasia para decirle que los libros del orfanato eran impecables.

Charlotte quedó afligida por la noticia de la muerte de Leo Cadell, sobre todo por tía Vespasia, aunque no dejó de imaginarse los sentimientos de la viuda. En contrapartida, se sintió aliviada de un peso enorme de ansiedad y hasta de miedo por el general Balantyne y Cornwallis. Tenía simpatía por el subjefe, y conocía la hondura del afecto que le profesaba Pitt.

Pensó que Balantyne debía de haber leído la noticia de la muerte de Cadell en el periódico. No podía habérsele pasado por alto, porque figuraba en primera plana junto con las especulaciones de Lyndon Remus sobre la larga y trágica historia que podía esconderse detrás de la caída de Cadell: de diplomático a chantajista, extorsionador y por último suicida.

En parte comprendía la necesidad de que la vida de todos los personajes públicos pudiera ser investigada libremente, ya que en ausencia de aquella libertad el secreto engendraba opresión y acababa en tiranía. Por otro lado, la libertad era inseparable de la responsabilidad, y el enorme poder de la palabra impresa estaba sujeto a fáciles abusos. En cierto modo, Lyndon Remus hacía lo mismo que había intentado Cadell. El hecho de que éste y su familia se hubieran convertido en víctimas no satisfizo a Charlotte, ni le pareció que fuera un acto de justicia. Lo único que consiguió fue concienciarla de lo vulnerable que era la reputación e inducirla a pensar en cómo debía de sentirse Theodosia Cadell.

Un recadero trajo un mensaje del general Balantyne. Charlotte contestó que tendría mucho gusto en reunirse con él a las tres en el jardín botánico.

Ya no hacía un calor tan sofocante, y muchos londinenses habían salido de sus casas para solazarse al aire libre. Charlotte se extrañó de que hubiera tanta gente desocupada, exenta de la necesidad de trabajar. Era una idea que nunca se le habría ocurrido antes de conocer a Pitt. Las chicas de su clase social tenían demasiado tiempo, y demasiadas pocas maneras de llenarlo con una satisfacción duradera. Ella recordaba su vida de entonces como un eterno esperar el día siguiente con la esperanza de que aportara alguna novedad.

Reconoció a Balantyne después de entrar en el jardín. Estaba solo y le pasaba por delante un desfile de soldados de uniforme, parejas cogidas del brazo y muchachas con sombrillas que se paseaban en compañía de sus madres (y que, al mirar a los chicos de reojo para que no se les notara, imprimían una oscilación peligrosa a los citados artilugios). El general daba la impresión de contemplarlos, pero la inmovilidad de su cabeza delataba otros pensamientos.

Vio a Charlotte cuando casi la tenía al lado.

—¡Señora Pitt! —exclamó—. ¿Cómo está? —No prestó atención al aspecto de su amiga, de quien sólo le importaba el estado de ánimo.

—Muy bien —contestó ella. La preocupación era recíproca. El rostro del general no denotaba el alivio que habría sido de esperar, teniendo en cuenta la desaparición de la amenaza que había pendido sobre él por espacio de varias semanas—. ¿Y usted?

Él esbozó una sonrisa.

—Había previsto estar mejor —reconoció—. Es posible que aún me dure el desconcierto. Cadell me era simpático. —Le ofreció el brazo—. Convendrá en que es ridículo, pero no es un sentimiento del que pueda desembarazarme en un solo día, ni siquiera conociendo sus intenciones. Supongo que no sé juzgar tan bien a las personas como creía.

Se encogió de hombros, compungido.

—Lo siento —se limitó a decir ella—. Creo que mi tía abuela Vespasia tampoco se había equivocado tanto como esta vez. No sé si sabe que la señora Cadell es su ahijada.

—No, no lo sabía. —El general dio unos pasos en silencio—. ¡Pobre! Me imagino lo aterrada que estará, la confusión y la pena que estará sintiendo.

Charlotte pensó en Christina. Quizá el general lo hubiera dicho recordándola a ella. El tiempo podía haber embotado el filo de su dolor, pero nada era capaz de erradicarlo. Lo miró de reojo y sin la intención de inmiscuirse, porque habría sido imperdonable, pero se lo imaginó pensando en Theodosia Cadell con una compasión que sólo podía nacer de la experiencia compartida.

Las comisuras de los labios del general estaban tensas, al igual que la musculatura de su cuello.

—Nos han quitado el miedo a todos —dijo él después de un rato, caminando entre matas de rosales que desprendían un perfume cabezón—. Ya no hace falta que temamos la llegada del correo. Podemos encontrarnos con nuestros amigos en la calle y mirarlos a los ojos sin preguntarnos por lo que estarán pensando, ni por el doble sentido que pueda encubrir un simple comentario. Me siento culpable por haber dudado de otras personas y rezo por que no lleguen a saberlo. Es curioso, pero no se me había ocurrido sospechar de Cadell.

Charlotte deseó contestar algo inteligente, pero no se le ocurría nada.

Él no parecía esperar una respuesta, aparentemente satisfecho con estar en su compañía, agradecido por la presencia de otra persona a quien comunicar el libre curso de sus pensamientos.

—Lo triste es que nuestro alivio, el final de nuestro suplicio, deba ser el principio del de otra persona —prosiguió—. ¿Cómo lo aguantará la señora Cadell? Lo que ha descubierto destruirá su pasado y su futuro. ¿Sabe usted si tiene hijos?

—No, no lo sé. Creo recordar que la tía Vespasia aludió a alguna hija, pero no estoy segura porque no prestaba atención. ¡Es increíble la brutalidad con que la vida puede cambiar de un día a otro!

Miró a la gente que pasaba al lado de ellos, gente que parecía despreocupada, como si no estuviera ocupada en nada más profundo que en pensar si llevaba una falda a la moda o preguntarse si el mozalbete o la joven de detrás les había sonreído. Por debajo, sin embargo, quizá tuvieran roto el corazón. Todos debían triunfar o fracasar de un modo u otro, y el precio era alto: la pobreza, quizá la soledad... Charlotte también había tenido su edad, y a su manera había estado igual de desesperada, al menos una vez.

—Lo que no entiendo —prosiguió Balantyne con ceño— es que Cadell pusiera el cadáver de Slingsby delante de mi puerta con el recibo de Cole y la caja de rapé en el bolsillo. ¿Qué se proponía? ¿Que me arrestaran por asesinato? —Se volvió hacia ella y le dirigió una mirada preñada de confusión—. ¿Tanto me odiaba? Yo le tenía aprecio...

—No lo sé —admitió ella—. A mí lo que me cuesta más entender es cómo se hizo con el cadáver. Slingsby fue asesinado en Shoreditch.

Él suspiró.

—Supongo que ya no lo sabremos. Debía de llevar una vida paralela a la que conocíamos. Nunca me había equivocado tanto sobre nadie. —Profirió un amago de carcajada—. Fue a quien escribí cuando estaba preocupado por el orfanato de Kew.

—¿Preocupado por qué? —preguntó ella para mantener la conversación, no porque tuviera importancia.

—Por el dinero —repuso él con una sonrisa compungida—. Ahora parece un trivialidad. Ni siquiera era mucho.

—¿Había demasiado poco?

—No, al contrario. Me parecía que no dábamos bastante para las necesidades de la institución. Es posible que peque de ingenuo en lo relativo a cómo arreglárselas cuando se sabe gobernar una casa. Deben de tener un buen huerto. Ya se me ha olvidado lo que comen los niños. Bizcocho, pan con mermelada... Seguro que hay muchas más cosas.

Siguieron caminando sin decirse nada. A los cinco minutos habían completado el circuito y volvían a estar a la entrada del jardín. El general se detuvo.

—Le... —Carraspeó—. Le... Le agradezco muchísimo su amistad. —Tosió y separó el brazo del de Charlotte—. La valoro más de lo que pueda imaginarse; mucho más de lo que sería decoroso que le dijera. —Calló de manera brusca, consciente de que ya se había excedido.

Charlotte reparó en la apasionada dulzura de su mirada y entendió todo lo que él jamás podría decirle, ni ella debería haber permitido que ocurriera.

Cerró los ojos para esquivar los del general.

—Actué por impulso —dijo, casi susurrando—. A veces... mejor dicho a menudo, tengo más sentimiento que sentido común. Le pido perdón. Nunca lo consideré culpable, y me importaba mucho demostrarlo. —Se sonrió de sus palabras sin levantar la vista—. Me alegro de que al menos se haya demostrado su inocencia. Ojalá pudiéramos haber resuelto lo demás. Ya no sabremos la respuesta.

Dirigió al general una mirada fugaz. Poco después dio media vuelta y se alejó hacia la entrada del jardín. Salió a la calle sabiendo que él la miraría hasta que se perdiera de vista, pero no podía mirar hacia atrás. No debía.

11

Pitt había llegado tarde a casa, después de pasar por la de Vespasia a su regreso de Kew. La compadecía. No había podido decirle nada que no tuviera el efecto de pulverizar los últimos vestigios de esperanza.

Estaba sentado delante de la chimenea apagada del salón. Las puertas del jardín habían sido cerradas después de casi todo un día de no estarlo. Aún era de día, pero se notaba que había refrescado bastante, por lo menos al no moverse. Flotaba en la sala el olor dulce del césped recién cortado del vecino, como un recordatorio de que había llegado el momento de cortar el de Pitt y arrancar las malas hierbas.

Charlotte, que estaba sentada delante de él, se había desprendido de sus labores, en las que Pitt adivinó un vestido nuevo para Jemima. La abundancia del material le recordó con un sobresalto lo deprisa que había crecido su hija. Ya no era tan pequeña, y poseía opiniones propias. En un par de ocasiones su padre no tuvo más remedio que darse cuenta de ello. Entonces se acordaba de Christina Balantyne con una punzada de piedad y reflexionaba sobre la rapidez con que el tiempo puede cambiar a las personas sin que nos demos cuenta, absortos como estamos en otros menesteres. Las niñas crecen y se hacen mujeres.

—¿No has encontrado nada en el orfanato? —preguntó Charlotte, interrumpiendo sus pensamientos.

Él agradeció la posibilidad de compartir con ella sus averiguaciones. No mejoraba nada, pero hacía que dolieran menos.

—No. Estaba todo ordenadísimo. He revisado los libros a fondo y constaba cada céntimo. Además estaba todo limpio y parecía muy cuidado. Los niños que he llegado a ver, que serían una media docena, me han parecido contentos y con buena salud, además de bien vestidos y limpios.

—Pues el general Balantyne estaba preocupado por el orfanato. —Charlotte frunció el entrecejo—. Me lo ha dicho.

Miró a su marido. Éste supo que estaba esperando que le preguntara cuándo había vuelto a verlo.

Sonrió a pesar de su tristeza. Charlotte era muy transparente.

—Parece que no tenía motivo —contestó él—. Ojalá todas las instituciones estuvieran igual de bien administradas.

—No sospechaba que malversasen fondos —explicó ella—, sino que dejasen de usarlos. —Respiró hondo—. Aunque es el primero en admitir que no entiende mucho de administrar el dinero. Sospecho que no se da cuenta de lo que se puede hacer con... qué sé yo, patatas, avena, huevos, arroz... y pan, claro.

—Entonces tampoco debe de ser un experto en intendencia militar —observó él.

—No se lo he preguntado —reconoció ella—. Sinceramente, creo que lo que más le preocupaba era haber juzgado mal a Leo Cadell. Le tenía simpatía... y confianza.

—Ya lo sé —dijo Pitt—. La tía Vespasia también está muy afectada. Yo creo...

—¿Qué? —saltó ella.

—Que durante una temporada podrías visitarla más a menudo. Como mínimo ofréceselo... pero con tacto.

Ella sonrió con cierta compunción.

—Es difícil tener tacto con la tía Vespasia. Me lee los pensamientos casi antes de que los haya tenido.

—Entonces quizá sea mejor que no lo intentes. Basta con que se lo ofrezcas.

—Thomas...

—Dime.

—¿Qué quería? ¿Qué pensaba pedirles Cadell? ¿Dinero o algo relacionado con África, como pensabas tú?

—No lo sé. La nota que dejó era muy escueta. Lo que me desconcierta más es que conociera a Slingsby y se enterara de su parecido con Cole. Y de su muerte, claro.

—¿No lo sabes?

Charlotte estaba perpleja.

—No. Comprendo que le interesara que confundiéramos el

cadáver de Slingsby con el de Albert Cole, para aumentar la presión sobre Balantyne, pero ¿por qué no usó al verdadero Cole? Tenía muchas más posibilidades de encontrarlo, porque trabajaba en Lincoln's Inn Fields, una zona donde podían pasar tanto Cadell como sus víctimas. Sobre todo Dunraithe White.

—¿Y qué le ocurrió a Albert Cole? —preguntó ella—. ¿Dónde está?

—Ni idea.

—¿Por qué no reaccionó cuando apareció la noticia de su muerte? —insistió.

—Dudo que lea la prensa —contestó él con una sonrisa—. Hasta es posible que no sepa leer.

—Ah, claro... No se me había ocurrido. —Después de unos instantes de consternación por su ceguera, Charlotte continuó—. De acuerdo, pero hay otra gente que sí sabe leer y ¿verdad que Cole ya no aparece por los lugares que solía frecuentar? Ha desaparecido de su habitación, de la esquina donde vendía cordones y de su taberna habitual. Me lo dijiste tú.

El buen humor de Pitt pasó tan deprisa como había llegado.

—Temo que también haya muerto. Quizá muriera por algún motivo que no les convenía.

—¿Por ejemplo? —quiso saber ella.

—Alguna enfermedad, o ahogado. No podíamos acusar al general de haber asesinado a un ahogado que había aparecido delante de su casa.

Ella no pudo aguantarse la risa. Era absurdo, grotesco. Se le pasó enseguida.

—¡Pobre hombre! —se dijo a sí misma, más que a Pitt—. Pero sigue sin explicarse que Cadell conociera a Slingsby y estuviera en Shoreditch en el momento adecuado. ¿Qué hacía ahí?

Él se encogió de hombros.

—Ni lo sé ni estoy seguro de tener que saberlo. Me gustaría, pero ¿qué importancia tiene ahora?

—Mucha. —No hubo ninguna vacilación en la respuesta—. Esto no tiene ningún sentido. Como mínimo tendrás que averiguar qué le ocurrió a Albert Cole. Que no lo eche nadie en falta no significa que no tenga importancia.

Él no discutió. Quizá fuera la excusa que había estado deseando.

Por la mañana Pitt fue a ver a Cornwallis y le pareció otra persona. El subjefe conservaba las ojeras de cansancio, pero sus ojos ya no tenían la expresión obsesiva de antes. Había recuperado su porte erguido, y miró a Pitt casi con avidez.

Pitt tardó poco en comprender el peso de lo que había tenido que soportar su superior, y la intensidad de su miedo. La desaparición de aquella carga había vuelto a cambiar todos los aspectos de su vida. El coraje, la fe en sí mismo, habían regresado.

Estuvo a punto de renunciar a su propósito. Lo ocurrido a Albert Cole ya no tenía remedio. ¿De veras tenían alguna necesidad de saberlo? Cadell se había reconocido culpable, y su confesión se ajustaba a los hechos: estaba en posición de obtener datos sobre el resto de las víctimas y las conocía a todas del club Jessop.

—Buenos días, Pitt —dijo Cornwallis alegremente—. Excelente trabajo. Le estoy enormemente agradecido. —Su expresión se ensombreció—. Lo que me apena es lo de Cadell, porque me caía bien; al menos tal como creía que era. Siempre es duro descubrir que una persona no es ni remotamente como te parecía. Acabas por no fiarte de tus juicios. ¡Yo que creía saber juzgar a los demás! —Frunció el entrecejo—. Formaba parte de mi trabajo.

—Respecto a él se equivocaron todos —repuso Pitt, cuya postura era un poco rígida.

Cornwallis se relajó.

—Cierto. En fin, ahora ya está. —Arqueó las cejas—. ¿Trabaja en otro caso?

Era el momento de tomar la decisión. Había demasiadas preguntas. Pitt pensó en Vespasia.

—No... Mal que me pese es el mismo. Aún no estoy satisfecho.

La expresión de Cornwallis reflejó sorpresa, y su mirada contrariedad.

—¡Cómo! No puede dudar de que Cadell fuera culpable. ¡Por Dios, si confesó y se pegó un tiro! ¡No me dirá que fue para proteger a otra persona! —Mostró las palmas con un gesto brusco—. ¿A quién? Si no era culpable era tan víctima como los demás. ¿Sugiere una conspiración?

—¡No! —Pitt empezaba a sentirse tonto—. Ni por asomo. Sólo quiero entender cómo lo hizo.

—Yo también he estado pensando —lo interrumpió Cornwallis, metiéndose las manos en los bolsillos y volviendo al escritorio—. Ahora que sabemos quién era el culpable todo adquiere claridad. Nos conocía bastante, como mínimo a través del Jessop. —Tomó asiento, se apoyó en el respaldo, cruzó las piernas y miró a Pitt con seriedad—. Recuerdo que una vez cenamos juntos. No me acuerdo de qué hablamos, pero tuvo que ver con nuestros viajes. Es muy posible que yo le nombrara los barcos donde había servido. Le bastaría con consultar mi hoja de servicios. Como pertenecía al ministerio no habría tenido que dar demasiadas excusas.

Sonrió atribuladamente. Pitt también se sentó, dispuesto a expresar su punto de vista cuando fuera necesario.

—También podía consultar la hoja de Balantyne —prosiguió Cornwallis—. Es increíble lo a gusto que se está cenando bien en el club. —Sonrió ligeramente—. Le da a uno por recordar, y si el comensal es simpático, buen oyente y también cuenta algo de su vida se acaba charlando hasta altas horas de la noche sin que venga nadie a molestar ni a insinuarnos que nos marchemos porque es tarde. Podía enterarse de muchas cosas acerca de todas sus víctimas. —De repente miró a Pitt con mala cara—. Si usted considera que vale la pena ir al Jessop y preguntar a los mayordomos si se acuerdan de que Cadell tuviera largas sobremesas con alguien, adelante, pero no espere que demuestre nada. Quizá les falle la memoria u ocurriera en otro lugar. La mayoría pertenecemos a más de un club.

—Mis dudas no se referían a su manera de recabar información —contestó Pitt—. Sólo tenía que conversar, investigar un poco y ejercer sus facultades de deducción.

—¿La caja de rapé? —dijo Cornwallis—. Es posible que Cadell visitara a Balantyne en casa. Posible pero no necesario, porque me acuerdo de que el general se la llevaba al club. Sí, ahora que lo pienso se la vi, aunque sin fijarme porque es de esas cosas que se ven sin verlas. Yo diría que Guy Stanley también se llevaba su petaca. Hay gente que tiene un whisky o un brandy favorito. Creo recordar que el de Stanley era de malta.

—Sí, es muy sencillo —dijo Pitt, nuevamente de acuerdo—, pero no es lo que me preguntaba. —¿Cuánto debía decir? ¿Había algo más que lealtad de amiga en las dudas de Vespasia?—. ¿Cómo se enteró de que habían asesinado a Slingsby en Shoreditch, y cómo llevó el cadáver hasta Bedford Square? Es más: ¿cómo sabía que Slingsby se parecía a Cole y por lo tanto le sería de utilidad? ¿De dónde sacó el recibo de Cole, y dónde está el auténtico Albert Cole?

—No tengo ni idea de qué hacía en Shoreditch —contestó Cornwallis con ceño—. Todo indica que llevaba una doble vida de la que nada sabíamos. Quizá fuera aficionado al juego. —Arrugó la cara por lo desagradable de la idea, y su tono de voz adquirió un matiz de exasperación—. Puede que le gustaran las peleas sin guantes, o cualquier otra cosa. No sería el único. Es la parte oscura de su personalidad. Usted debe de saberlo mejor que yo. Quizá asistiera a la muerte de Slingsby y se percatara de la oportunidad.

—¿La de hacerlo pasar por Cole y dejarlo delante de la puerta de Balantyne? —preguntó Pitt—. ¿Por qué? ¿Por qué iba a correr el riesgo de arrastrarlo en plena noche por medio Londres? ¿Y qué le ocurrió al auténtico Albert Cole? ¿Dónde está?

—Es evidente que a Cadell le gustaba el riesgo —dijo Cornwallis con cierta dureza—. Cabe suponer que su vida respetable como diplomático, casado con una sola mujer durante toda su vida adulta e intachable en su comportamiento, violentara una parte de su personalidad. Conozco otros casos. —Cerró el puño de manera inconsciente, y su voz fue ganando en agresividad—. ¡Pero hombre, Pitt! ¡Con la de gente que hace tonterías! Y me consta que no sólo hombres, sino mujeres. —Se inclinó hacia su interlocutor—. ¿Por qué jugamos, conducimos demasiado deprisa, montamos caballos peligrosos y nos enamoramos de las mujeres que menos nos convienen? ¿Por qué nos afanamos por cosas inútiles y peligrosas, como escalar montañas o provocar a la naturaleza para poner a prueba nuestras fuerzas? En nueve casos sobre diez lo único que se consigue es saber que se ha vencido. Es lo único que queremos.

—¿Y usted cree que Cadell pertenecía a esa clase de personas? Pitt no podía disimular sus dudas.

—No, no lo creía —contestó Cornwallis—, pero salta a la vista que me equivocaba. No consideraba que fuera un hombre capaz de chantajear a sus amigos por el simple gusto de tenerlos en su mano y verlos sufrir —añadió amargamente—. El motivo de que se pueda disfrutar con esas cosas se me escapa. Lo único que se me ocurre es que tuviera una necesidad acuciante de dinero por deudas de juego, y que su plan, cuando estuviera seguro de que pagaríamos, fuera pedirnos todo el dinero que pudiéramos reunir.

Pitt se mordisqueó el labio.

—Y ¿dónde está Albert Cole?

Cornwallis se levantó sin avisar, caminó hacia la ventana y miró por ella dando la espalda a Pitt.

—No tengo la menor idea. Probablemente sea una coincidencia. O se ha marchado o está muerto. No tiene nada que ver con Cadell.

—¿Y el recibo?

Pitt se resistía a darse por vencido; no sólo por Vespasia, sino porque el raciocinio exigía mejores respuestas que las que tenía.

Cornwallis siguió contemplando la calle.

—No lo sé —reconoció—. Quizá se tratara de una equivocación, un error del encargado de la tienda. A estas alturas, ¿qué importancia tiene?

Pitt se fijó en los hombros de Cornwallis, anchos y erguidos.

—Balantyne consultó a Cadell acerca de los fondos del orfanato. Temía que fueran insuficientes.

Cornwallis se volvió con cara de perplejidad.

—¿Por qué lo comenta? ¿Qué tiene que ver?

—Probablemente nada —confesó Pitt—. Fui al orfanato y los libros de cuentas estaban impecables.

—¿Por qué motivo fue?

—Lady Vespasia Cumming-Gould sigue teniendo muchas dificultades para creer en la culpabilidad de Cadell.

—¡Pues claro! —Cornwallis volvió a acercarse, ceñudo por la irritación—. La viuda es ahijada suya. ¿A quién no le costaría creer que un ser querido haya cometido un delito odioso y cruel? Hasta yo lo encuentro difícil, porque me caía bien. —Respiró hondo—. Pero cuanto más tarde en asimilarlo más le costará y más le dolerá.

Pitt se dejó llevar por la emoción.

—Si cree que la tía Vespasia sólo es una vieja que se niega a aceptar una verdad desagradable es que la conoce muy poco y la subestima equivocadamente. Conocía a Leo Cadell desde que se casó con su ahijada, y es una mujer muy sabia y con mucha experiencia. Conoce más el mundo que usted y yo, sobre todo a la clase de personas que nos ocupa.

Lo había dicho con una dureza no deseada, pero ya era tarde para moderarla.

Cornwallis se ruborizó. Pitt lo atribuyó a la ira, hasta que se dio cuenta de que era por vergüenza.

El subjefe le dio la espalda.

—Perdone. Siento mucho respeto por lady Vespasia. Por unos instantes mi alivio me ha... me ha cegado a la realidad del dolor ajeno. —Su voz acusó la contención del sentimiento—. Tengo tantas ganas de que se cierre el caso que no soporto la idea contraria. Me ha obligado a meditar en muchas cosas, hechos y personas que no me había cuestionado en ningún momento de mi vida. La opinión que merezco a los demás, y que creía conocer. Hasta mi carrera... pero ahora no tiene importancia. —Se volvió hacia Pitt con un suspiro inaudible—. Será mejor que encuentre a Cole... o encargue su búsqueda a Tellman. No hay otros casos urgentes, ¿verdad?

Pitt no tuvo tiempo de negarlo porque alguien llamó a la puerta.

—Adelante —dijo Cornwallis, mirándola.

El hombre que entró ponía cara de sorpresa.

—Ha venido el juez Quade —dijo a Cornwallis—. Está muy afectado y dice que es urgente.

—Que pase —ordenó Cornwallis—. Vale más que se quede, Pitt.

Theloneus Quade tardó muy poco en aparecer, confirmando que el subalterno no había exagerado: el rostro delgado y afable del juez llevaba impresa una gran preocupación.

—Disculpe la molestia, señor Cornwallis. —Dirigió a Pitt una mirada fugaz—. Me alegro de tenerlo con nosotros, Thomas. Ha ocurrido algo preocupante, muy preocupante, tanto que he considerado oportuno venir a informarlo por si tuviera alguna relevancia. —Parecía avergonzado y al mismo tiempo resuelto.

—¿De qué se trata? —preguntó Pitt con aprensión, pero menos sorprendido de lo que hubiera debido estar.

Theloneus los miró a ambos.

—Dunraithe White ha excusado su participación en un proceso que figuraba en su lista de pleitos. Era un juicio importante, relacionado con una estafa grave en uno de los grandes fondos de inversión. Su retirada causará profundas molestias a todos los implicados y pospondrá la vista hasta que se encuentre a un sustituto.

Cornwallis no se movía.

—¿Está enfermo? —dijo sin esperanza.

—Eso ha dicho —repuso Theloneus—, pero lo vi anoche en la ópera y gozaba de excelente salud. —Apretó los labios—. Se da la coincidencia de que conozco a su médico, a quien me he tomado la libertad de visitar apenas he sabido la noticia. Confieso que he recurrido a una mentira. Le he preguntado si Dunraithe había sido ingresado en algún hospital, para enviarle una carta o ayudarlo en lo que hiciera falta. Se notaba que el doctor no sabía de qué hablaba, y ha dado por supuesto que era un error. Claro que podría estar enfermo en casa y no haber considerado necesario que se le preste ayuda médica, pero no sería lo normal, y Dunraithe es un hombre apegado a las convenciones. Aunque no hubiera llamado él al médico lo habría hecho la señora White.

Cornwallis abrió la boca para dar una explicación razonable, pero renunció. Su cuerpo, sin saberlo él, había recuperado su tensión anterior, y ya no tenía las facciones relajadas.

—Mi teoría —dijo Theloneus con tristeza— es que esta mañana ha recibido una carta retrasada. Quizá se imagine que Cadell tenía cómplices y que la amenaza sigue en pie. —Miró sucesivamente al subjefe y al comisario—. Ignoro si ustedes conocen la respuesta. En caso de que sea así, quizá consigan convencerlo. De lo contrario será mejor que continuemos con nuestro trabajo, porque no parece que haya terminado por completo.

Cornwallis miró a Pitt y a Theloneus.

—No sabemos la respuesta —dijo con franqueza—. Lo comentábamos justo antes de que llegara usted. Hemos dado por supuesto que se trataba de dinero, pero no deja de ser una suposición. Otra, que quizá sea un error, es la de que Cadell actuaba solo.

Su voz se había enronquecido un poco. El peso del miedo, del que acababa de desembarazarse, recaía sobre él, y parecía haberse agravado por el breve respiro. De repente volvía a estar demacrado y con la cara blanca. Su única noche de descanso no había tenido razón de ser, ni las pocas comidas ingeridas a gusto.

—Iré a ver al señor White —dijo Pitt serenamente. Miró a Theloneus—. ¿Me acompaña? Quizá se niegue a recibirme. Cabe la posibilidad de que ordene decir al mayordomo que está demasiado enfermo, y yo no puedo alegar que sé que todavía no ha avisado al médico.

—Cuente conmigo —dijo Theloneus—. A mí también se me había ocurrido. Como último recurso puedo convencerlo aduciendo cuestiones jurídicas. Por muy enfermo que esté no puede negarse a discutirlas conmigo. —Hizo una mueca triste—. No sé qué desear, que sea cierto lo que dice o no.

Resultó una sabia decisión. El mayordomo abrió la puerta con gran frialdad, dispuesto a rechazar cualquier intento de turbar el descanso del señor de la casa. No obstante, cuando se presentó Theloneus y anunció el motivo de su visita, el mayordomo se dio cuenta de que no entraba en su jurisdicción negarse y llevó la tarjeta al piso de arriba en una bandejita de plata.

Regresó a los pocos minutos con el rostro compungido.

—Ya le he dicho que esta mañana el señor White no se encuentra nada bien. Naturalmente que si se trata de algo que no puede esperar lo recibirá. ¿Le importa concederle el favor de unos minutos, los necesarios para adecentarse y bajar? —En realidad no era una pregunta.

—Cómo no —dijo Theloneus con tono compasivo.

Se sentó en uno de los sillones grandes del estudio, donde habían sido conducidos. Pitt no pudo evitar la constatación interna de que era una de las estancias de la casa donde existían menos riesgos de ser interrumpidos por Marguerite White. Dunraithe no tendría que explicarle la presencia de sus dos visitantes.

Guardaron silencio. Pitt estuvo a punto de hablar en varias ocasiones, pero no se decidió en ninguna. Ya habían dicho todo lo que había que decir mientras no supieran cuál de las dos cosas era cierta, que White hubiera recibido una carta o que estuviera enfermo. Quizá esto último. Quizá los nervios y la angustia de las últimas semanas hubieran erosionado tanto su valentía que ya no tenía fuerzas para ofrecer resistencia.

Se abrió la puerta y apareció Dunraithe White, que entró y la cerró. Llevaba pantalones y un batín de tela flexible. Estaba pálido, como si llevara muchas noches sin dormir, y su piel tenía una textura reseca y quebradiza. Se había afeitado, pero mal, como si pensara en otra cosa; tenía una parte de la barbilla sin rasurar y dos manchas de sangre debidas a la cuchilla. El mayordomo había limitado su descripción de Pitt a las palabras «otro caballero», y White quedó muy afectado por su presencia.

—¡Comisario! ¿Ha ocurrido algo nuevo? —Carraspeó—. Stokes no me ha dicho que estuviera usted aquí. Sólo tú... —Se volvió hacia Theloneus—. Tenía entendido que se trataba de una cuestión judicial.

—Efectivamente —contestó Theloneus, mirando a su amigo con serenidad y sin rehuir su mirada—. Estoy muy preocupado por tu retirada del caso Leadbetter. Supongo que eres consciente de las graves alteraciones que sufrirá el calendario de juicios, y del alto coste del retraso que provocará inevitablemente la búsqueda de alguien que te sustituya. ¿Hay alguna manera, con ayuda de tu médico, de que en espacio de uno o dos días te hayas recuperado lo suficiente para volver a tu puesto?

Dirigió a White una mirada de inocente preocupación.

—No —contestó su amigo sin tomarse la molestia de reflexionar—. No sería sincero si te diera esperanzas sobre mi recuperación. No puedo decirlo, no. —Tragó saliva—. Para... para ser justo con todos los implicados, tanto la acusación como la defensa... debéis reemplazarme.

Miró a Theloneus con algo parecido a la desesperación.

Pitt vio aparecer la compasión en el rostro de Theloneus y previó que cedería, pero no fue así. Quade continuó como si White no hubiera hablado, sin modificar en lo más mínimo la afabilidad de su mirada y su voz.

—Lo siento, amigo, pero debo conocer la verdad. Es cierto que tienes aspecto de sufrir intensamente, pero no me pareces enfermo, lo cual es diferente.

White fue a protestar, pero no encontró las palabras.

—Si tienes alguna dolencia —prosiguió Theloneus—, te ruego que me autorices a avisar a tu médico. Lo conozco bien, y estoy seguro de que acudirá en menos de una hora.

—¡Habráse visto! —protestó White—. Puedo llamarlo yo mismo, en caso de que precisara su ayuda. Das demasiado por... —Se volvió a medias, moviendo un brazo con escasa convicción—. Quade, por favor, acepta mi palabra y mis disculpas y no sigas insistiendo. He dicho todo lo que tenía que decir.

Theloneus no se movió.

—No opino lo mismo —dijo—. Es posible que te ofenda, lo cual me dejaría en deuda contigo, pero creo que no estás enfermo en ningún sentido médico, y hasta el lord Canciller entendería que...

White se volvió.

—¿Me amenazas? —dijo con tono acusador, echando fuego por los ojos.

Theloneus ni siquiera puso cara de sorpresa.

—¿Te amenaza alguien a pesar de la muerte de Cadell? —preguntó afablemente.

El rostro de White perdió los últimos restos de color. Tardó bastante en hablar, y ni Theloneus ni Pitt rompieron el silencio.

—¿Estás seguro de que el chantajista era Cadell? —dijo White cuando recuperó el uso de la palabra, con una voz tan tensa que amenazaba con quebrarse.

—Lo confesó —dijo Pitt. Era su primera intervención—. Su nota era idéntica a las cartas de chantaje, y el papel también era el mismo.

—Me gustaría creerlo —dijo White con desesperación—. ¡Dios mío! No sabe usted cuánto me gustaría...

Theloneus frunció el entrecejo.

—¿Por qué te cuesta tanto? ¿Has recibido otra carta? ¿Te han pedido que abandones el caso Leadbetter?

White negó con la cabeza. La risa amarga que profirió bordeaba la histeria.

—No, no tiene nada que ver con el caso Leadbetter. —Se le quebró la voz—. No puedo más. Creo que me retiraré por completo de la judicatura. No puedo seguir así. —Tendió ambas manos con las palmas hacia abajo. Temblaban un poco—. Pero estás en lo cierto. Esta mañana he encontrado otra carta en el correo.

—¿Me deja verla? —solicitó Pitt.

White señaló la chimenea con un gesto.

—La he quemado... para que no la encontrase Marguerite, pero era igual que las demás: amenazas... alusiones al desastre personal, pero sin pedir nada. —Cerró los puños—. No puedo seguir así... ¡Ni seguiré! —Miró a sus dos visitantes—. Mi mujer está aterrorizada. Ignora lo que ocurre, pero no puede evitar darse cuenta de que estoy fuera de mí por la inquietud. Le he contado que estoy preocupado por un juicio, pero no lo creerá eternamente. Sabe poco del mundo real, pero no es tonta ni poco observadora. —Se le suavizó la voz a su pesar—. Y se preocupa tiernamente por mi bienestar. Esta desgracia empieza a minar su salud, y yo no puedo callar indefinidamente. Empezará a saber que miento y tendrá todavía más miedo. Siempre ha confiado en mí. Todo esto acabará con su tranquilidad espiritual. —Tensó la mandíbula y enderezó los hombros—. Pregunta lo que quieras, Quade. Yo haré cualquier cosa que me pida ese villano. No pienso exponer a Marguerite al escándalo y la ruina. Te lo dije en otra ocasión, y no me explico que no me creyeras. Creía que me conocías mejor.

Les dio la espalda, rígido y con la boca apretada.

Pitt sintió el impulso de exponer una docena de argumentos,

pero sabía que White no le escuchaba. El miedo, el agotamiento y el deseo apasionado de proteger a su esposa habían cerrado su mente a cualquier clase de razonamiento.

Theloneus lo intentó por última vez.

—Cadell ha muerto, amigo. No puede hacerte daño a ti ni a tu familia. Te ruego que medites antes de embarcarte en unos actos que pondrán fin a una carrera larga y honrosa. Fingiré no haber oído tus últimas palabras...

White lo miró con agresividad.

—... porque si las hubiera oído —continuó Theloneus— tendría que informar de su importancia al Canciller, y es posible que él, en vista de que antepones el amor a tu familia al deber profesional, tuviera reparos en mantenerte en un cargo de responsabilidad.

White, pálido, lo miró y se balanceó sobre sus pies.

—Eres muy brutal, Quade. No me lo había planteado de esa manera. —Tragó saliva—. Supongo que es una forma de verlo.

—Si estuvieras en mi lugar, y yo en el tuyo, seguro que adoptarías el mismo punto de vista —afirmó Theloneus—. Te darás cuenta por poco que reflexiones. ¿Preferirías que te lo dijera cuando ya hubieras tomado una decisión?

White tardó en contestar.

—No —dijo al fin—. No, no lo preferiría. Mi carrera me ha dado muchas satisfacciones, y lamentaré perderla, pero me doy cuenta de que mi mala salud actual debe convertirse en permanente. Redactaré mi dimisión esta mañana. —Lo dijo de manera terminante y desesperada—. El lord Canciller la recibirá con el correo de la tarde. Te doy mi palabra. Sólo entonces dejaré de prestar atención a la maldita carta, independientemente de quién sea su autor. Quizá a mi esposa y a mí nos convenga irnos de vacaciones al campo para recuperarnos. Un mes, quizá.

Theloneus, que había renunciado a disuadir a White, se despidió sin aspavientos y salió con Pitt a la calle, llena de sol, ruido y movimiento. Ni uno ni otro hicieron alusión a la visita. Cuando llegó el momento de despedirse, Pitt dio las gracias a Theloneus por haberlo acompañado. No había nada más que comentar.

La naturaleza exacta de lo que sabía Cadell seguía preocupando a Pitt. No hacía falta esforzarse mucho para imaginar cómo había averiguado (e inventado) suficientes detalles para chantajear a sus colegas del club Jessop, pero quedaba un problema sin respuesta: el hecho de que el fallecido conociera la existencia de Slingsby y Cole, además de a Ernest Wallace y el crimen de Shoreditch. ¿Quería dinero? ¿Por qué? ¿Qué gastos tenía para que no tuviera bastante con un salario generoso y los bienes de su herencia?

¿Y si lo había hecho por el goce sádico de infligir dolor, atormentar y hundir a otras personas? Era una hipótesis que se daba de bruces con todas las observaciones de la tía Vespasia en veinticinco años de relación.

¿Serían ciertas sus sospechas anteriores? ¿Se trataría de una empresa enloquecida en África, alentada por la especulación y la creación de un imperio? Fuera cual fuese la respuesta, seguro que un examen más detenido de sus documentos y un interrogatorio más exhaustivo a su mujer y servidumbre revelarían algún hilo, sombra o indicio de respuesta.

Por eso Pitt detuvo el primer coche de alquiler que pasó e indicó al cochero la dirección de la casa de Cadell.

La calle seguía cubierta de paja. Las cortinas, que estaban corridas, daban a las ventanas un aspecto de ceguera, casi como si estuviera muerta la propia casa.

A pesar de ello, cuando tiró del timbre le abrieron la puerta de inmediato, y en cuestión de minutos entró en el salón la mismísima Theodosia. Iba de negro riguroso, con el único adorno de un broche de luto en la pechera. Sus ojos carecían de expresión, y su piel de color. Cualquier aplicación artificial habría destacado como el maquillaje de un payaso. Seguía siendo, con todo, una mujer hermosa; sus pómulos marcados, su esbelto y largo cuello, eran inmunes al dolor, como lo era la oscura cabellera, muy acicalada y con hebras de plata. Le recordó a Vespasia.

—¿Puedo ayudarle en algo más, comisario? —preguntó—. ¿O ha descubierto...?

Theodosia hizo un esfuerzo doloroso porque la esperanza no contaminara su voz, y estuvo a punto de lograrlo.

¿Qué respuesta evitaría la crueldad de sugerir algo y negarlo enseguida?

—Nada nuevo —se apresuró a contestar Pitt. Vio desvanecerse el brillo de los ojos de su anfitriona—. Meras preguntas sin respuesta, que me obligan a echar otro vistazo.

Ella era demasiado educada para incurrir en una descortesía, y quizá se acordara de que tenía delante a un amigo de Vespasia.

—Y supongo que querrá echarlo aquí.

—Sí, por favor. Me gustaría volver a consultar las cartas y los documentos del señor Cadell, todo lo que guardara en casa, e interrogar a los criados por segunda vez, sobre todo al ayuda de cámara y el cochero.

—¿Por qué? —preguntó ella, y en su rostro apareció una mezcla de comprensión y abatimiento—. ¡No creerá que asesinara al desdichado de Bedford Square! ¡Imposible! ¿Cómo iba a conocerlo?

—No, no creo que lo asesinara —repuso él—. Sabemos quién lo hizo porque hay testigos. Hemos arrestado e inculpado al asesino, pero jura que no trasladó el cadáver de Shoreditch a Bedford Square, sino que huyó. De esto último también hay testigos. Quiero averiguar el motivo de que el cadáver llegara hasta la puerta del general Balantyne, y la identidad de la persona que le metió en el bolsillo la caja de rapé e intentó que fuera identificado como Albert Cole.

—¿Qué caja de rapé?

Theodosia estaba desconcertada.

—El general Balantyne poseía una caja de rapé muy original —explicó él—, una especie de relicario fabricado en similor. Se lo dio al chantajista... —Reparó en que la palabra arrancaba una mueca a Theodosia, pero no podía emplear ninguna otra—. Como prenda de rendición. Apareció en el bolsillo del cadáver, junto con el recibo de unos calcetines que nos condujo a identificarlo erróneamente como Albert Cole, un hombre que había estado a las órdenes de Balantyne en la campaña donde ocurrió el incidente por el que fue amenazado.

—¿Y usted cree que mi marido encontró el cadáver, lo cambió de lugar y le colocó esos objetos? —preguntó ella con incredulidad, pero sin fuerzas para negarlo. Estaba tan confusa y dolorida que se había mareado—. ¿Ahora importan algo los detalles, señor Pitt? ¿Es necesario poner todos los puntos sobre las íes?

—Necesito saber más de lo que sé, señora Cadell —contestó Pitt—. Sigue habiendo demasiadas cosas que parecen inexplicables. Tengo la sensación de haber dejado algo a medias, y quiero saber qué le ocurrió al verdadero Albert Cole. Si está vivo, ¿dónde está? Si muerto, ¿murió de manera natural o también lo asesinaron?

Ella no movió ni una pestaña.

—Supongo que es necesario. Quiero... quiero confiar en que encontrará alguna otra explicación, algo que exculpe a mi marido. De momento todos los datos que ha encontrado se oponen a su inocencia, pero me resisto a creer que el hombre que conocí... y a quien amé fuera culpable. —Le tembló un poco el labio. Hizo un gesto de impaciencia—. Debe de pensar que soy una tonta. Seguro que todas las mujeres casadas con un delincuente dicen lo mismo. Ya debe de estar acostumbrado.

—Si fuera tan fácil entender a las personas, señora Cadell, mi trabajo podría hacerlo cualquiera, y mucho mejor que yo —dijo él—. A veces necesito varias semanas para resolver un caso, y fracaso en demasiadas ocasiones. Aunque tenga éxito, suelo quedar igual de sorprendido que los demás. Casi siempre vemos lo que esperamos y queremos ver, no las cosas como son.

Ella casi sonrió.

—¿Por dónde desea empezar?

—Con su permiso, por el ayuda de cámara.

Didcott (que así se llamaba), resultó de poca utilidad. Estaba muy afectado, además de nervioso por su porvenir, lo cual era lógico, puesto que se quedaría sin empleo en cuanto se hubiera decidido el destino de las pertenencias de Cadell. Contestó a las preguntas lo mejor que pudo, pero no tenía nada que aclarar respecto a la vida de Cadell al margen de lo que ya se sabía sobre su actividad en el ministerio y sus lógicas funciones sociales y diplomáticas. Si el difunto poseía ropa adecuada para aventurarse en el East End, entrar en las casas de juego de peor fama o presenciar deportes como el boxeo sin guantes o las peleas de perros, no la guardaba en casa.

Pitt revisó personalmente todos los armarios y cajones y descubrió lo que esperaba: Cadell había sido una persona ordenada y de buen vestir, pero no derrochadora, teniendo en cuenta su posición social y sus ingresos. Casi todos sus trajes eran de etiqueta. Escaseaba lo informal.

Didcott tenía un diario donde anotaba todos los actos a que asistía Cadell, a fin de cerciorarse de que tuviera preparada, limpia y planchada cada prenda en el momento justo y que siempre hubiera un número suficiente de camisas limpias a mano. Pitt leyó atentamente los últimos tres meses. Si Cadell había respetado todos sus compromisos, como aseguraba Didcott, lo cierto era que le quedaba muy poco tiempo para ir a Shoreditch o cualquier otro lugar donde abandonarse al derroche o los vicios privados.

Resultó que en época reciente sus visitas al club Jessop se habían espaciado más de lo habitual. El diario de Didcott no registraba más de tres a lo largo de las ocho últimas semanas. Pitt se preguntó si no convendría preguntarlo en el propio club; quizá fuera irrelevante, pero se trataba de un detalle que no encajaba en el conjunto.

Descendió a la planta baja y entró en las caballerizas, donde encontró al cochero. Lo interrogó, pero no consiguió sonsacarle nada útil. Llevaba a Cadell de manera regular desde hacía ocho años y no recordaba ningún desplazamiento a Shoreditch u otros barrios similares. Miró a Pitt con ojos tristes y reaccionó con perplejidad a casi todas las demás preguntas.

Por lo tanto, si era cierto que Cadell había realizado viajes en secreto, debía de haber recurrido a coches de alquiler u otros medios de transporte público. También podía haberlo llevado un cómplice, pero no parecía probable.

¿Se trataba de una conspiración?

¿Con quién?

Había que revisar todos los papeles y releerlo todo en busca de alusiones a otras personas, otros cerebros de la operación.

Aceptó el ofrecimiento de comer en casa. Lo hizo en el comedor de los criados, que lo trataron con gran educación pero casi no le dirigieron la palabra, visiblemente apenados.

Volvió al trabajo y tardó casi toda la tarde en revisar uno a uno todos los cajones y armarios. Hasta hojeó los libros de la biblioteca del estudio, única estancia de la casa donde sólo entraba Cadell, y a la que los criados sólo tenían acceso en su presencia. Cuando traía documentos del ministerio solía guardarlos ahí.

Pitt interrogó a todos los criados acerca del envío de una carta el día anterior a la muerte de Cadell, o la mañana misma, pero nadie recordaba ninguna carta dirigida a Dunraithe White u otros destinatarios.

El cajón del escritorio del estudio no contenía pegamento. Sí hojas blancas, pero de una textura y tamaño que no coincidían por completo con los de la carta. Cadell no debía de haberlas escrito en casa. ¿Lo había hecho en el ministerio? ¿O en otro lugar desconocido?

Aparte de eso, lo único que llamó la atención de Pitt fue una nota al margen del diario donde Cadell anotaba sus citas: «Balantyne sigue preocupado por lo de Kew. No es tonto, conque habría que tomárselo en serio.»

Dio las gracias a Theodosia y se dirigió a Bedford Square. Ya había estado en Kew, y Charlotte había hablado con Balantyne, pero quizá existiera una pregunta cuya respuesta explicara la preocupación del general de manera satisfactoria.

Pitt no lo creía, pero no podía dejar de intentarlo.

Justo después de que el lacayo lo invitara a entrar en casa, recibió el frío y desdeñoso saludo de Augusta. La mujer del general llevaba un vestido gris a rayas y presentaba un aspecto magnífico. Pitt se estremeció al recordar su valentía y determinación. Pensó en su dolor y en el desamparo que debía de apoderarse de ella en las horas de soledad. No le quedaba alegría, sólo fría fortaleza. Su presencia provocaba admiración, cierto temor y una dosis nada desdeñable de compasión.

—¿Qué tragedia lo trae esta vez, señor Pitt? —preguntó ella, acercándose con una gracia admirable en alguien de su edad. No tenía nada de frágil, o que insinuara la menor vulnerabilidad—. ¿Y qué lo lleva a imaginar que podamos aclarar en algo sus ideas?

—La misma tragedia, lady Augusta —contestó él con tono grave—, y no estoy nada seguro de que el general Balantyne pueda ayudarme. Aun así debo preguntárselo.

—¿De veras? —dijo ella con cierto sarcasmo—. Me cuesta entenderlo, pero supongo que tiene que justificarse de alguna manera.

Pitt no discutió. Además de hacer perder el tiempo a Balantyne, probablemente malgastara el suyo. Con todo, seguía dispuesto a preguntarle por Kew.

—¿El orfanato? —dijo Balantyne, sorprendido. Estaba de espaldas a la chimenea de la sala de desayunos, mirando a Pitt—. Sí, le comenté algo a Cadell. Creo que fueron dos veces... o quizá tres. —Tenía el entrecejo un poco fruncido—. Lo que no entiendo es que me lo pregunte usted. Si hay un problema de mala administración o falta de fondos, no me parece que sea competencia de la policía.

—¿Mala administración? ¿Es lo que le preocupaba cuando se

puso en contacto dos o tres veces con Cadell? —preguntó Pitt con sorpresa—. ¿Por qué con él? ¿Se lo comentó al comité en general?

—Sí, claro que sí, pero los demás no le dieron ninguna importancia.

—Usted consideraba que los fondos eran insuficientes —volvió a decir Pitt—. ¿No sospechó que los malversara otra persona o que los desviara para su beneficio personal?

—No —dijo Balantyne—. Ignoro a qué lo atribuí. Sólo sé que me pareció que las necesidades del centro estaban desatendidas.

—Y habló con Cadell. ¿Por qué con él?

—Consideré que me prestaría atención y se lo comentaría al encargado... Horsfall.

—Fui a Kew —admitió Pitt—. Revisé las cuentas y eran intachables.

—No lo dudo —dijo Balantyne con cierta dureza—. Yo no sospechaba ningún fraude. Mis quejas eran por la reticencia a pedir más dinero, el que hiciera falta para atender como era debido a los niños del centro. Temía que tuvieran frío... o hambre.

—Yo los vi —repuso Pitt—, y estaban limpios, bien vestidos y con aspecto saludable.

Balantyne estaba desconcertado.

—Debí de equivocarme. —Lo dijo con incredulidad. Se resistía a renunciar a su anterior convicción.

—¿En qué se basaban sus temores? —Pitt compartía el desconcierto, porque respetaba al general y no podía rechazar sus ideas a la ligera, aunque no les observara ningún fundamento.

Balantyne frunció el entrecejo.

—Voy a Kew con cierta frecuencia; conozco el tamaño del centro, la cantidad de niños que podría alojar y no entiendo que consigan gestionarlo con los escasos fondos de que disponen. No entiendo que no pidieran más.

—¿Era usted el único en creerlo?

Pitt pensó en los demás miembros del comité del club Jessop. Por mucha imaginación que le pusiera, no se le ocurría ninguna relación entre el orfanato y el chantaje o la muerte.

—Lo dudo —contestó Balantyne—. Se lo comenté a todos cuando nos reunimos y me pareció que Cornwallis rechazaba la idea, pero está acostumbrado a la intendencia naval, que no es precisamente lo mismo. —Apretó los labios—. Tampoco es ideal, y menos para niños. Al menos tuve la impresión de que Cadell se tomaba en serio la posibilidad de examinar la situación.

—Comprendo —dijo Pitt, asaltado por una intensa decepción. ¿Qué esperaba? Fuera lo que fuese, jamás constituiría un motivo para el chantaje, y menos para el asesinato—. Gracias por dedicarme su tiempo, general. Va siendo hora de darlo por cerrado.

—¿Lo del orfanato de Kew? —preguntó Balantyne.

—No, no. Me refiero a la posibilidad de que esté relacionado con las tentativas de chantaje de Cadell, y con su muerte. Aunque tuviera usted razón, difícilmente constituiría un móvil.

Balantyne no ocultó su sorpresa.

—¿Esperaba que lo fuera?

—No lo sé. Parecía lo único que tenían ustedes en común, pero ahora me doy cuenta de que lo importante era la pertenencia al comité, no su objetivo.

—¿Qué le ocurrió al verdadero Albert Cole? —preguntó Balantyne.

—Lo ignoro, pero insistiremos en su búsqueda. —Pitt le tendió la mano—. Gracias. Confío en no tener que molestarle de nuevo.

Volvió a casa caminando. El crepúsculo era cálido. Persistía la inquietud, la falta de respuesta a unas preguntas que además de turbar sus pensamientos le daban la impresión de algo inacabado.

12

«Encuentre a Albert Cole —le había dicho Pitt a Tellman—. Vivo o muerto. Si está vivo, averigüe por qué desapareció de su habitación y de Lincoln's Inn Fields; si está muerto, cómo murió, de manera natural o provocada. Si lo asesinaron, quién, por qué y cuándo. Y dónde.»

Tellman había reaccionado con sarcasmo, interesándose por el motivo de que Pitt se hubiera molestado en desplazarse hasta Kew y por la improbable relación que pudiera existir entre el caso y un orfanato administrado de manera muy satisfactoria.

Pitt no había sabido responder. Mientras Tellman emprendía su búsqueda, él había seguido investigando los movimientos de Cadell. ¿Podía ser que hubiera transportado personalmente el cadáver de Slingsby desde Shoreditch? Si la respuesta, como todo indicaba, era negativa, ¿quién lo había hecho? Pitt también había informado a Tellman de que pensaba visitar a la viuda de Cadell, interrogar al ayuda de cámara y el cochero y averiguar si ese cabo le permitía seguir la pista de Cadell hasta Shoreditch.

Tellman recibió las órdenes y en el fondo no le desagradaban. El suicidio le parecía una manera frustrante de cerrar un caso. Consideraba que quedaban demasiados cabos sueltos. Probablemente no llegaran a saber el motivo de que alguien como Leo Cadell arriesgara todo lo que tenía, que era mucho: una fortuna y una felicidad que Tellman no podía ni soñar... a pesar de que en los últimos tiempos se hubiera introducido cierta dosis de felicidad en sus sueños. Se puso rojo al pensarlo.

Él, sin embargo, no pretendía entender a Cadell como persona, sino los hechos del caso, los detalles lógicos y materiales, y encontrar a Albert Cole formaba parte de ellos. Emprendió la búsqueda con profunda determinación.

Pitt abordó la tarea de averiguar cómo había sido desplazado de Shoreditch a Bedford Square el cadáver de Slingsby, pero sobre todo por quién. Empezó, naturalmente, por Cadell. Como estaba muerto, el Ministerio de Asuntos Exteriores no lo protegería tanto como hasta entonces.

No tuvo demasiadas dificultades en reconstruir los movimientos de Cadell el día antes del hallazgo del cadáver: una jornada de trabajo repartida entre su despacho y diversas reuniones con funcionarios de la embajada alemana. A la hora en que Slingsby y Wallace se peleaban en Shoreditch, Cadell estaba en plenas negociaciones con el propio embajador teutón.

Claro que podía haber ido a Shoreditch de madrugada, suponiendo que alguien se hubiera llevado de la calle el cadáver de Slingsby y lo hubiera ocultado en un lugar seguro y conocido por Cadell. La hipótesis daba por sentadas muchas cosas, entre ellas que Slingsby hubiera sido asesinado premeditamente y que Wallace hubiera conspirado con Cadell a ese fin porque Slingsby se parecía a Albert Cole.

¿De qué se conocían Cadell y un rufián como Wallace?

Pitt aceleró el paso por la acera abarrotada de vendedores, empleados, recaderos y turistas. Debía hablar con Wallace antes de que fuera juzgado, y sin duda ejecutado. ¿Por qué al hablar con Tellman no se había confesado culpable de mover el cadáver? La sentencia no cambiaría mucho por decir que no había sido una agresión premeditada, sino una pelea. En ambos casos lo ahorcarían.

¿Acaso confiaba en que lo juzgaría Dunraithe White... y sería absuelto? ¿Era el motivo de que White se contara entre las víctimas?

¿Y qué sentido tenía matar a alguien para que recayeran las sospechas sobre Balantyne? ¿Por qué no bastaba con chantajearlo por el incidente de Abisinia? ¿Qué se le pedía al general que no se les pidiera a los demás?

Casi corría. Movió los brazos para detener un coche, y al subir gritó al cochero:

—¡A la cárcel de Newgate!

Sintió el impulso del vehículo, que lo arrojó contra el asiento.

Cuando llegaron a Newgate, Pitt había cambiado de planes. Se inclinó hacia la cabina, dio unos golpes y exclamó:

—¡Perdone! ¡Olvídese de Newgate y lléveme a Shoreditch!

El cochero masculló algo ininteligible (lo cual quizá fuera una suerte) y cambió de dirección con una maniobra brusca.

Pitt empezó por la taberna donde Tellman decía que habían empezado a pelearse Wallace y Slingsby. Después habló con los asiduos de la zona y tuvo que desprenderse de bastantes monedas para fomentar la memoria y la buena voluntad. Al término del día no tenía nada que pudiera servir de prueba delante de un tribunal, pero estaba casi seguro de que Wallace podía haber vuelto media hora después del crimen y haberse llevado el cadáver de Slingsby. Lo que estaba claro era que el cadáver había desaparecido en ese margen de tiempo. Nadie tenía constancia de que lo hubiera movido otra persona, y prevalecía la opinión de que Wallace había solucionado él solito su problema. Habían supuesto que estaría en el río, pero sólo porque era la manera más evidente de librarse de él. Jamás se les habría ocurrido coger un carro y llevar el cadáver a Bedford Square, porque era una idea descabellada y sin sentido.

Como último paso, lo mejor era enterarse de si se había producido el préstamo o robo del vehículo en cuestión.

Gracias a un poco más de generosidad, y a cierto número de amenazas y promesas, consiguió averiguar que un tal Obadiah Smith había sufrido la molesta sustracción (o eso decía) del carro donde transportaba la verdura. Se lo habían devuelto a la mañana siguiente.

Se marchó de Shoreditch eufórico. Ya no valía la pena ir a Newgate. Seguro que Wallace lo negaba, pero Pitt estaba convencido de que había asesinado a Slingsby con la intención de mover su cadáver y depositarlo en el umbral del domicilio de Balantyne con la caja de rapé y el recibo de los calcetines en el bolsillo. Quizá el segundo artículo hubiera sido obtenido por el propio Wallace, haciéndose pasar por Cole. Todo se había hecho siguiendo instrucciones de Cadell. Sería muy satisfactorio ver la cara de Wallace cuando se enterara de que Cadell había muerto y ya no podría ayudarlo.

Pero ¿por qué Slingsby y no el auténtico Cole? ¿Dónde estaba éste? ¿Qué éxito tenía Tellman en su búsqueda?

Esa misma tarde, a los veinte minutos de que Pitt llegara a casa, Tellman le dio un parte que no tenía nada positivo que ofrecer. Se sentaron casi a oscuras alrededor de la mesa de la cocina. Charlotte había preparado una buena tetera, y Gracie ni siquiera fingía pelar patatas o judías verdes. No pensaba dedicarse a nada de ello cuando había cosas tan importantes de que hablar.

—Nadie tiene ni idea —dijo Tellman a la defensiva—. Puede haberse ido a cualquier lugar. No se le conoce ningún pariente. Hasta podría tener familia en Gales, o Escocia.

—En la hoja de servicios debe de constar su procedencia —señaló Pitt.

Tellman se ruborizó, furioso consigo mismo por no haber pensado en ello.

—Seguro que si lo seguían no volvió —dijo Gracie para defenderlo—. Si nosotros podemos averiguarlo, seguro que ellos también. Es lógico, ¿no? —Miró primero a Pitt, después a Tellman y otra vez a Pitt—. Se habría marchado a donde no lo conociera nadie. Yo lo haría.

—¿Por qué iban a seguirlo? —preguntó Pitt—. Que sepamos no hizo nada malo ni sabía nada.

—¿Qué otra razón tenía para largarse? —preguntó ella razonablemente—. Por lo que dice usted, tenía un buen trabajo y una buena habitación. A nadie se le ocurre abandonarlo todo si no tiene algo mejor o hay alguien que le siga.

—Un poco raro, ¿no? —dijo Tellman a regañadientes, dedicando a Gracie una fugaz mirada de gratitud. Se notaba que no quería hacerle el desaire de pagar el favor con una crítica a su razonamiento, pero que no tenía alternativa—. ¿Un desconocido sigue a Cole justo el día antes de que al pobre Slingsby lo mate alguien que quiere que lo confundan con Cole?

—¡Exacto! —Pitt dio un puñetazo en la mesa. De repente lo veía todo claro—. Primero fueron a por Cole; quisieron matarlo, pero fallaron y se les escapó. Quizá fuera mejor soldado de lo que creían, un experto en la lucha cuerpo a cuerpo —dijo, entusiasmado—. Huyó, pero sabía que volverían a intentarlo y esta vez con un navajazo en la espalda o un disparo, conque puso pies en polvorosa y desapareció. De momento no importa saber dónde; lejos de Londres, en algún lugar donde no se les ocurriera buscarlo. —Se volvió hacia Gracie—. Es lo que has dicho tú: conocen su historial militar, que es la razón de que lo persiguieran. Por lo tanto nunca se le habría ocurrido volver a ningún lugar con el que pudiera ser relacionado. —Miró fijamente a sus compañeros de mesa—. Por eso no hemos podido encontrarlo... ni podremos, sospecho.

—Y encontraron a alguien que se le parecía —dijo Charlotte, tomando el hilo del razonamiento—. La caja de rapé ya la tenían; en cuanto al recibo de los calcetines, o lo robaron o lo falsificaron.

—Lo segundo —intervino Tellman—. Es muy fácil: vas, compras tres pares, procuras que se fijen en ti y haces algún comentario sobre que has sido soldado y que es muy importante tener los pies en buen estado. El vendedor se acordaba bien de todo menos de su cara.

—¿Quiénes son? —preguntó Charlotte, meneando la cabeza como brusco regreso de la lógica a la emoción—. Cadell... si no hay más remedio... y ¿quién más? ¿Ernest Wallace? —Se mordió el labio con una expresión incrédula—. Sigo sin poder aceptarlo. —Miró a Pitt, y después a Tellman—. No habéis encontrado ninguna explicación de que de repente le hiciera falta dinero, ni lo habéis relacionado con ningún plan para invertir en África o cualquier otra región. La tía Vespasia dice que no era de esa clase de personas.

Pitt suspiró y le cubrió la mano con una de las suyas.

—Es normal que no quiera pensarlo, pero ¿qué alternativa hay?

—Que el culpable sea otra persona —contestó ella, pero sin el tono de certeza que le habría gustado adoptar—. Se suicidó porque... no lo sé. Estaba tan afectado por el chantaje que no le quedaban fuerzas para seguir.

—¿Y confesó sabiendo lo que le pasaría a su familia? —dijo Pitt amablemente—. ¿A Theodosia? Tienen hijos mayores, un hijo y dos hijas. ¿Has visto el partido que le han sacado al escándalo Lyndon Remus y el resto de la prensa? A su lado, el pobre Gordon-Cumming palidece.

—Señal de que no lo hizo —dijo ella con desesperación—. Debieron de asesinarlo.

—¿Quién? —preguntó su marido—. Aparte de los criados no entró ni salió nadie, y las entradas estaban vigiladas.

Charlotte apartó la mano y cerró los puños.

—Sigo negándome a creerlo. Hay algo que no sabemos...

—¿Algo? Mucho —dijo él con mordacidad, haciendo el recuento con los dedos—. No sabemos por qué Cadell quería o necesitaba dinero; por no saber, no sabemos ni si era el objetivo del chantaje. Tampoco sabemos por qué eligió precisamente a los demás miembros del comité del orfanato del club Jessop. Seguro que conocía a muchas más personas y que podría haber creado una telaraña de miedo a base de ficciones y tergiversaciones. Otra cosa que no sabemos: cómo conoció a Ernest Wallace y por qué se fiaba de él.

—Tampoco sabemos por qué Wallace mintió y sigue mintiendo para protegerlo —añadió Tellman.

—Eso sí lo sabemos —contestó Pitt—, o podemos deducirlo: está en Newgate y no se ha enterado de la muerte de Cadell. Seguro que espera que Cadell presione a Dunraithe White y haga que lo absuelvan. Tampoco sabe que White acaba de renunciar a la judicatura.

—Pues díselo —intervino Charlotte—. Quizá le ayude a concentrarse. Que sepa que está completamente solo y que lo han abandonado todos: Cadell ha huido a su manera, dejando que lo ahorquen... únicamente a él.

—¿Qué más da que te ahorquen solo o en compañía? —dijo Gracie, asqueada—. No creo que cambie la sensación. Lo ahorcarán igual, porque mató a Slingsby.

Pitt se levantó.

—De todos modos iré a verlo.

—¿Ahora? —exclamó Charlotte—. Son las seis y media.

—A las nueve estaré en casa —prometió su marido, yendo hacia la puerta—. Tengo que hablar con él.

Pitt tenía aversión a las cárceles. Los muros lo agobiaban con el sufrimiento gris de tantas vidas malgastadas y llenas de rabia. Parecía que las piedras supuraran falta de esperanza; el eco de sus pasos, sumados a los del celador (a quien seguía), parecía multiplicarse, como si lo precedieran y siguieran reclusos invisibles, fantasmas que jamás escaparían.

Faltaban una o dos semanas para el juicio de Ernest Wallace. Lo trajeron a la salita donde lo esperaba Pitt. Su aspecto era menudo y compacto, y su expresión de suficiencia encubría un rencor metido hasta los huesos, fruto de toda una vida. Miró a Pitt sin que se advirtiera ningún miedo en sus ojos. Parecía divertido por el hecho de que el comisario hubiera ido a Newgate sólo para verlo. Tomó asiento al otro lado de la mesa de madera, sin que se lo ofrecieran. El celador, hombre de torso robusto y cara de desinterés, se quedó al lado de la puerta. Ni Pitt ni el preso podían decir nada que no hubiera oído mil veces.

Pitt formuló su primera pregunta con un tono próximo a la familiaridad.

—¿Adónde fue después de la pelea con Slingsby?

Wallace ocultó su posible sorpresa.

—No me acuerdo —contestó—. ¿Ahora qué más da?

—¿Por qué se pelearon?

—Ya se lo dije al otro poli: porque me quitó algo que no era suyo. Yo intenté recuperarlo, me dio de puñetazos y se los devolví. Lógico. Tengo derecho a defenderme. —Lo dijo con cierta satisfacción, sosteniendo la mirada de su interrogador.

En aquella sala fétida que olía a desesperación, Pitt vio confirmada su sospecha de que Wallace esperaba que el chantajista ejerciera presión sobre el juicio y obligara a absolverlo, al menos de la acusación de asesinato.

—¿Y salió corriendo al ver que lo había matado?

—¿Qué?

—Que si huyó.

—Sí. Es que estaba seguro de que no me creería ningún poli, y ¿a que tenía razón? Si no no estaría aquí acusado de asesinato. Se habrían dado cuenta de que sólo me defendía de alguien más alto que yo, y con muy malas pulgas.

Casi sonreía.

—¿Y Albert Cole? —dijo Pitt a bocajarro—. ¿También está muerto?

Wallace permaneció impasible, pero no pudo evitar que se le pusiera blanca la cara. Contrajo involuntariamente las manos, que había colocado encima de la mesa como muestra de lo relajado que estaba.

—¿Quién?

—Albert Cole. —Pitt sonrió—. El que se parecía tanto a Slingsby que al encontrar el cadáver los confundimos. Slingsby llevaba en el bolsillo un recibo de Cole.

Wallace sonrió enseñando los dientes.

—¡Ah, sí! Menudo follón se armaron ustedes, ¿eh?

—Por el recibo —explicó Pitt—, y por el abogado de Lincoln's Inn Fields que lo identificó. Claro que Cole ha desaparecido.

Wallace fingió sorpresa.

—¿Sí? ¡Vaya por Dios! Qué sorpresas da la vida, ¿eh?

Se divertía, y quería hacérselo saber a Pitt.

—Muchas —asintió éste—. Le voy a decir una cosa: creo que no puede explicarme adónde fue después de matar a Slingsby porque volvió en pocos minutos y cuando ya era de noche subió el cadáver a un carro de verduras que había tomado «prestado». Lo llevó a Bedford Square y lo dejó en el umbral de la casa del general Balantyne, siguiendo instrucciones.

Wallace estaba tenso, con la musculatura de los hombros contraída; se le marcaban los tendones del cuello pero no desvió la mirada.

—¿Usted cree? Da igual, porque no puede demostrarlo. Yo digo que lo maté porque se me echó encima, y que luego salí corriendo porque tenía miedo de que la poli no me creyera. —Su voz tomó un sesgo burlón—. Ahora me arrepiento. No volveré a cometer el mismo error.

—Hablando de jueces —observó Pitt sin alterarse—, Dunraithe White ha renunciado a la judicatura.

Wallace puso cara de perplejidad.

—¿Tendría que conocerlo?

Pitt quedó afectado, pero disimuló.

—Quizá no. Se me había ocurrido que podía juzgar el caso.

—Si ya no es juez lo veo difícil.

Pitt asestó el golpe que tenía reservado.

—Y otra noticia que quizá no haya llegado hasta aquí dentro: ha muerto Leo Cadell.

Wallace no se movió.

—Se suicidó —añadió Pitt— después de confesarse culpable de chantaje.

Wallace abrió los ojos desmesuradamente.

—¿De chantaje? —dijo, y Pitt habría jurado que estaba sorprendido.

—Sí. Está muerto.

—Ya, ya lo ha dicho. ¿Qué más?

Miró a Pitt con los ojos muy abiertos, en nada nervioso. Persistía en sus labios la sonrisa de antes, y no era la mueca atroz de quien ve alejarse su última esperanza, sino la expresión satisfecha de alguien que tiene plena confianza en sí mismo, aunque acabe de oír una noticia sin entenderla del todo.

El confuso fue Pitt. Se le escapaban de las manos la razón y la esperanza.

Wallace lo notó, y se le ensanchó la sonrisa hasta comunicarse a su mirada.

Pitt sufrió un acceso de ira y le entraron ganas de pegarle. Prefirió levantarse y anunciar el final de la entrevista al celador, para no delatar todavía más su derrota. Salió de la cárcel, gris y asfixiante, sumido en la mayor perplejidad.

—¿Qué pasa? —quiso saber Charlotte cuando entró en la cocina.

Debían de haberle oído caminar por el pasillo, porque los encontró sentados alrededor de la mesa y mirándolo. Ni siquiera se había quitado las botas. Tomó asiento, y Gracie le sirvió automáticamente una taza de té.

—Le conté mi teoría de que había vuelto para llevar el cadáver hasta Bedford Square —contestó él—, y vi que se ponía nervioso.

Tellman asintió.

—Después le dije que Dunraithe White ya no es juez —añadió Pitt—, y no ha reaccionado.

—Porque no lo conoce de nombre —explicó Charlotte—. Sólo sabe que el chantajista tenía dominado a un juez.

—Luego le conté que Cadell estaba muerto —terminó Pitt, sosteniendo sus miradas de expectación—, pero le importó un comino.

—¿Qué? —Tellman quedó boquiabierto de incredulidad.

—No puede ser —dijo Charlotte—. Seguro que se conocían. Es imposible que sólo se comunicaran por carta. —Abrió mucho los ojos—. ¿O quieres decir que no fue Cadell?

—No sé lo que digo —reconoció él—. Sólo sé que no entiendo nada.

Hubo un largo silencio. El agua puesta a hervir silbó con una nota cada vez más estridente, y Gracie se levantó para apartarla del fuego.

Pitt bebió un sorbo de té con gran alivio. No se había dado cuenta de la sed que tenía, ni del ansia por quitarse de la boca el regusto del aire de la cárcel.

Charlotte se puso un poco roja.

—El general Balantyne estaba preocupado por la financiación del orfanato de Kew... —dijo ligeramente avergonzada.

—Fui y repasé a fondo las cuentas —contestó él—, pero consta hasta el último penique. También vi a los niños y están sanos, bien vestidos y bien alimentados. Además, a Balantyne le parecía que recibían poco dinero, no demasiado.

—¡Pues qué novedad! —dijo Gracie, mordaz—. No conozco ningún orfanato que ande bien de dinero, y menos que tenga demasiado. La verdad, tampoco recuerdo ninguno que tenga fama de alimentar y vestir a los niños como Dios manda. Perdone, señor Pitt, pero creo que le tomaron el pelo. Seguro que eran los hijos del director, no los huérfanos.

—Imposible —dijo Pitt—, porque vi a más de veinte niños.

—¿Veinte?

Gracie no se lo creía.

—Como mínimo. Quizá unos veinticinco —afirmó él.

—¿En un orfanato?

—Sí.

—Pues ¿qué tamaño tiene? Serán un par de casitas.

—Es un edificio muy grande. Calculo que originalmente debía de tener más de diez dormitorios.

Gracie lo miró con paciencia.

—Lo dicho: le tomaron el pelo. En una casa tan grande tendrían como mínimo cien niños, diez por habitación más los adultos que los cuidan.

—Había muchos menos.

Pitt recordó las salas luminosas que había visto, cierto que sólo dos o tres, pero elegidas al azar; Horsfall, por otro lado, se había mostrado dispuesto a enseñarle todo lo que quisiera.

—Pues ¿dónde estaba el resto? —preguntó Gracie.

—No había más —contestó Pitt, frunciendo el entrecejo—, y el dinero estaba calculado para los que había. Era el que hacía falta para darles de comer, vestirlos y tener la casa caldeada y limpia.

—Entonces no sería mucho —dijo Gracie con desdén—. Con pan, patatas y salsa, la comida de un huérfano sale a unos peniques al día. Les ponen ropa vieja o reformada. En Seven Dials se consigue una montaña por un chelín, y las botas igual. Los pocos que encuentran familia seguro que dejan la ropa. Lo que le va estrecho a un crío se lo queda otro más pequeño.

—¿Qué quieres decir?

Charlotte se volvió hacia ella con los ojos muy abiertos, oscurecidos por la penumbra. La luz de gas era un parpadeo amarillo en la pared.

—Puede que sean muy eficaces en colocar a los niños —dijo

Tellman—. Si los educaran un poco podrían aprender alguna profesión, ser útiles...

—Usted vive en las nubes, ¿no? —dijo Gracie, sacudiendo la cabeza—. No hay nadie que coloque tan rápido a los huérfanos. ¿A quién le interesa tener más bocas que alimentar en la época que estamos? A menos que trabajen.

—Eran pequeños —señaló Pitt—. De los que vi había pocos que pasaran de los tres o cuatro años.

La mirada de Gracie se llenó de rabia y compasión.

—¿Cree que los niños de tres o cuatro años no pueden trabajar? Pues yo le digo que sí, y algunos, pobres, se desloman, con la ventaja de que ni contestan mal ni se escapan. Están demasiado asustados y no tienen a nadie. Los explotan hasta que se hacen mayores o se mueren.

—No trabajaban —dijo Pitt—. Estaban contentos y sanos. Jugaban.

—Hasta que los coloquen —contestó Gracie—. Es buen negocio. Los niños sanos dan mucho dinero, sobre todo teniendo un suministro regular.

Charlotte empleó una palabra que habría escandalizado a su madre, y la pronunció con un suspiro de horror.

Tellman miró a Gracie con contrariedad.

—¿Cómo lo sabe?

—Porque sé lo que les pasa a los niños que no tienen a nadie que los cuide —dijo ella sombríamente—. Le pasó a una amiga mía que vivía en la misma calle que yo. A su madre la mataron, y a su padre lo ahorcaron. La enviaron a un orfanato con sus hermanos. Fui a verla cuando había pasado un año y la habían mandado a recoger estopa, y a sus hermanos al norte, a la mina.

Charlotte ocultó la cara entre las manos.

—¿Es necesario que lo sepa la tía Vespasia, Thomas? No lo aguantaría. Si se enterara de que Cadell hacía eso se le partiría el corazón.

—Todavía no sé si es verdad —contestó él.

Era una evasiva. En el fondo estaba seguro. Se trataba de un secreto cuya ocultación justificaba un chantaje. Por eso Brandon Balantyne había sido elegido como víctima de la peor amenaza, y hasta de la destrucción: por haber hecho demasiadas preguntas. Después de lo de Devil's Acre, quizá resultara muy difícil silenciarlo. Por eso todos los miembros del comité del orfanato eran víctimas. Su elección no tenía nada de aleatoria ni de oportunista.

Charlotte no se molestó en discutir, porque conocía demasiado a su marido. Tellman y Gracie guardaron silencio.

—Mañana —dijo Pitt—. Mañana iremos a Kew.

Pitt y Tellman llegaron al orfanato a media mañana. El día, caluroso y sin viento, ya resultaba sofocante a las diez, hora en que emprendieron el ascenso de la suave cuesta que llevaba a la casa.

Tellman contrajo la cara por el exceso de luz y observó el edificio, apretando los labios de manera inconsciente. Pitt sabía que el sargento guardaba en su memoria las hirientes palabras de Gracie. Tomó aliento como si quisiera hablar, pero no dijo nada. Se acercaron en silencio a la puerta principal.

La abrió una niña de unos once años, feúcha y con el pelo lacio.

—¿Qué desean? —preguntó.

—Queremos ver al señor Horsfall —dijo Pitt, con una rotundidad que impedía cualquier negativa.

Dentro de la casa había un niño que corría imitando un caballo al galope, seguido por otro que reía. Los dos se metieron por un pasillo que confluía en ángulo recto con el que llegaba hasta la puerta. Se oyó un chillido.

Pitt sintió crecer la rabia, tal vez sin motivo. ¿Y si Gracie se equivocaba? Había demasiado dinero para los pocos niños que había visto él, pero quizá hubiera más en otro lugar. ¿Y si era cierto que Horsfall les encontraba familias? ¿Y si se vivía un momento de escasez de huérfanos y abundancia de familias sin hijos?

—Ahora mismo, por favor —añadió ante el aspecto dubitativo de la niña.

—Sí, señor —dijo ella, obediente, mientras abría más la puerta—. Esperen en el salón e iré a buscarlo.

Los condujo a una sala acogedora, que Pitt ya conocía. La oyeron alejarse por el suelo de madera del pasillo. Como estaban demasiado tensos para sentarse, se quedaron de pie.

—Espero que no huya —dijo Tellman con recelo—. ¿Usted qué cree?

A Pitt también se le había ocurrido, pero Horsfall ya no tenía motivos para temer nada.

—Que entonces ya lo habría hecho al suicidarse Cadell.

—¿Sabe algo? —Tellman apretó los labios y frunció el entrecejo—. Y en ese caso ¿por qué se queda? ¿Hereda el orfanato? ¿Y el dinero? ¿Adónde va el dinero? ¿Por qué lo dividía con Cadell? ¿Usted cree que Cadell era el propietario de la casa?

Eran, de nuevo, ideas que Pitt ya había tenido, junto con otras más preocupantes. Guardaba en su memoria la expresión satisfecha de Wallace al recibir la noticia de que Dunraithe White había renunciado a la judicatura, y hasta la de la muerte de Cadell.

La impasibilidad de Wallace respecto a White podía tener dos explicaciones: desconocimiento de la implicación del juez en el caso (y, por lo tanto, que su renuncia no significara nada para el preso) o seguridad de que el chantajista no permitiría su dimisión, haciéndole saber que si la llevaba a cabo él cumpliría su amenaza y lo hundiría.

Entonces ¿cómo explicar que no le hubiera afectado la noticia de la muerte de Cadell, la cual eliminaba todas sus posibilidades de librarse de la horca? Sólo cabía una respuesta: el depositario de su confianza no era Cadell. O bien éste tenía un cómplice (lo cual explicaría la permanencia de Horsfall en el orfanato) o bien el chantajista no era él sino otra persona.

Tellman observaba a Pitt en espera de que hablase.

No podía tratarse de Guy Stanley. No se habría desprestigiado a sí mismo, o al menos no tan gravemente. Pitt tampoco creía que fuera Balantyne, y en cuanto a Cornwallis ni siquiera se lo había planteado. Quedaban White y Tannifer.

Miró al sargento.

—¿Dónde estaba Dunraithe White cuando se produjo el disparo que mató a Cadell?

—¿Duda que fuera un suicidio? —saltó Tellman, aprovechando la ocasión de decirlo.

—No lo sé —repuso Pitt, apoyado contra la pared.

Metió las manos en los bolsillos y sostuvo la mirada de Tellman.

—No había nadie más —señaló éste—. Lo dijo usted.

—Wallace cree que el chantajista sigue vivo, y sabe que ha muerto Cadell —alegó Pitt—. ¿Y Tannifer?

—No sé qué decirle. —Tellman meneó la cabeza y se paseó inquieto por el salón—. No podía estar en casa de Cadell porque lo habrían visto.

No tuvieron más tiempo para discutir, porque justo entonces

se abrió la puerta y entró Horsfall mirándolos a ambos de manera afable.

—Buenos días, caballeros. ¿En qué puedo ayudarles esta vez?

Su despreocupación provocó en Pitt una rabia agravada por su confusión interna. Seguía escapándosele un dato fundamental, de lo cual era amargamente consciente.

—Buenos días —dijo con el cuerpo rígido y la mandíbula tensa—. ¿Cuántos niños tiene usted actualmente, señor Horsfall?

El director del centro puso cara de sorpresa.

—Pues... creo que unos quince. —Dirigió a Tellman una mirada fugaz y tragó saliva—. Últimamente hemos tenido la gran suerte de colocar a varios.

—Estupendo —dijo Pitt—. ¿Dónde?

—¿Cómo?

—Que dónde —repitió con énfasis.

—No le entiendo...

Aún no estaba demasiado incómodo.

—¿Dónde los ha colocado, señor Horsfall?

Tellman se acercó a la puerta como si quisiera cortarle la retirada.

—Mmm... ¿Se refiere a las direcciones exactas? Tendría que consultarlo. ¿Ocurre algo? ¿Ha habido algún caso insatisfactorio?

—¿Insatisfactorio? Extraña manera de referirse a un niño —dijo Pitt fríamente—. Parece que hable de colocar a un criado.

Horsfall volvió a tragar saliva y movió los hombros de arriba abajo, como si quisiera aliviar una tensión muscular.

—Sí... Ha sido una tontería —convino—, pero es que me siento responsable de nuestros chavales. A veces la gente espera que se porten mejor de... de lo que es capaz alguien tan joven. Un entorno nuevo... extraño... gente nueva... Hay casos en que no reaccionan bien. Se acostumbran a nosotros, a nuestros hábitos... Es normal. —Hablaba con cierto atropello—. A veces no asimilan el cambio... aunque sea para bien...

—Lo sé. —La voz de Pitt era como hielo—. Tengo hijos, señor Horsfall.

—Ah... —Horsfall palideció y se humedeció los labios. Pitt no había dicho nada amenazador, pero su mirada era indicio suficiente de una extrema repulsa—. Y... ¿cuál es el problema, señor... mmm...?

Pitt repitió la pregunta original.

—¿Dónde colocó a los niños?

Horsfall abría y cerraba las manos.

—Ya se lo he dicho... Tendría que consultarlo. No tengo buena memoria para las direcciones... hay muchas...

—Aproximadamente —insistió Pitt.

—Ah... pues... Lincolnshire, Spalding... Y varios al norte... Lejos, hasta Durham.

—¿Y Nottinghamshire? —sugirió Pitt.

Las cejas de Horsfall se arquearon.

—Sí, a Nottinghamshire también.

—¿Y Gales? —continuó Pitt—. Por ejemplo el sur, donde hay tantas minas.

Horsfall estaba pálido, y el sudor le cubría el rostro.

—¿M... minas?

—Sí. Los niños sirven para muchas cosas: en las minas, para meterse por las chimeneas; en las fábricas, para limpiar rincones donde no llegan los adultos... Sobre todo si son niños pequeños. Hasta a los de tres o cuatro años se les puede enseñar a recoger harapos, estopa, a trabajar en el campo... Hay muchos cultivos que se recogen a mano; las manos pequeñas sirven igual que las grandes, y no hay que pagarlas... habiéndolas comprado...

—Eso sería... —Horsfall tragó saliva y se atragantó.

—Trata de esclavos —dijo Pitt, quitándole la palabra de la boca.

—No puede... no puede demostrarlo... —Horsfall respiraba con dificultad y el sudor le corría por la cara.

—Yo creo que sí. —Pitt le enseñó los dientes. Horsfall se secó la frente con las manos—. ¿Conoce a un tal Ernest Wallace? —preguntó el comisario con un cambio brusco de tema—. Es pequeño, fuerte y con muy mal genio.

La expresión de Horsfall delataba sus dudas. Le costaba decidir qué empeoraría más su situación: confesar o negarlo.

Pitt lo observaba sin compasión.

Tellman permanecía inmóvil.

—Pues... —Horsfall vacilaba.

—No está en situación de mentir —le advirtió Pitt.

—Pues... —Horsfall se humedeció los labios—. Creo que hizo algunos trabajitos en el... jardín. Sí, en efecto. Ernest Wallace, sí.

Miró a su interrogador como si fuera un animal peligroso. Pitt volvió al primer tema.

—¿Adónde va el dinero?

—¿El di... dinero? —balbuceó Horsfall.

Pitt avanzó un paso.

—¡No lo sé! —exclamó Horsfall como si sintiera amenazado físicamente—. Yo sólo cobro lo que me toca, pero no sé quién se queda el resto.

—Pero sí sabe adónde lo envía —dijo Tellman con acritud.

Era más bajo y menos corpulento que Horsfall, pero lo amedrentó con la rabia de su voz.

—¡Enséñemelo! —ordenó Pitt.

—N... no llevo... ¡libros! —protestó Horsfall, levantando las manos como para protegerse de un golpe.

Pitt no quedó convencido.

—Alguna cuenta llevará. O tiene a algún superior que se lleva el dinero o es usted el responsable de todo. —No le hizo falta continuar. Horsfall negaba con la cabeza y las manos—. ¿La casa es suya?

—No, claro que no. Pertenece al orfanato.

—¿Y los beneficios por la venta de los niños?

—Pues... yo no lo diría de esa manera... —farfulló Horsfall.

—En este país, señor Horsfall, la esclavitud, el comercio con seres humanos, es ilegal. Puede ser acusado como cómplice o como único responsable. Usted elige —contestó Pitt—. ¿Adónde va el dinero?

Horsfall se rindió.

—Ahora ss... se lo enseño. Yo me limito a cumplir órdenes.

Pitt lo miró con absoluto desprecio. Pasaron a otra dependencia, y en ella vio anotadas las operaciones. Las sumó. Eran decenas de miles de libras, repartidas en ocho años, pero no constaban los nombres de los destinatarios del dinero.

La policía local arrestó a Horsfall y asignó al centro un director interino. Pitt y Tellman emprendieron el regreso a Londres y disfrutaron del aire puro que se respiraba en el ferry, así como del ajetreo del río.

—Deberían ahorcarlo —masculló Tellman—. El puerco del chantajista no lo sacará de apuros.

—Ni a Wallace, o mucho me equivoco —repuso Pitt.

Tellman contemplaba el río, viendo aproximarse el puente de Battersea. Se cruzaron con un barco de recreo lleno de gente que los saludaba con la mano, y adornado con cintas y banderines de colores brillantes. El sargento no parecía verlo.

—Si no era Cadell sólo pueden ser White o Tannifer. —Se fijó en los bolsillos abultados de Pitt—. Tenemos papel de sobra para averiguar adónde iba el dinero.

Dedicaron un día y medio a descifrar las compras y las ventas y averiguar quién se ocultaba detrás de los nombres inscritos. Fue un trabajo duro, realizado con una paciencia feroz, pero a las cuatro de la tarde del segundo día desde su regreso del orfanato podían demostrar que la pista llevaba hasta Sigmund Tannifer.

Tellman sostuvo el último documento.

—¿Cómo van a condenarlo? —dijo con ira—. Se ha dedicado a vender criaturas para que trabajen como bestias en las minas. Algunos de ellas no volverán a ver la luz del día. —Estaba conmovido, y se le notaba en la voz—. Pero no podemos demostrar que supiera lo que hacía Horsfall. Él lo negará; dirá que eran rentas, beneficios de otras propiedades... Ha chantajeado a personas inocentes y casi las ha vuelto locas de miedo. Cadell se suicidó, y White ha dimitido... pero tampoco tenemos pruebas. Tendríamos que demostrar que amenazó con exponerlas a un escándalo, y sólo serviría para lo mismo que quería hacer él: hundirlas.

Dijo otro taco, apretando los puños y echando chispas por los ojos. Esperaba que Pitt le diera una respuesta y solucionara la injusticia.

—Ni siquiera fue chantaje —dijo Pitt, encogiéndose de hombros—, porque no les pidió nada. Si hubieran llegado a enterarse de lo del orfanato les habría exigido silencio... pero no se dio la ocasión.

Tellman levantó el puño y la voz.

—¡De algo tenemos que acusarlo!

—Arrestémoslo por quedarse con los beneficios de los negocios de Horsfall —contestó Pitt—. Ningún jurado se creerá que los tomara por ganancias del huerto.

—Como si sirviera de algo —dijo Tellman con amargura.

—Quién sabe. —Pitt hizo una mueca—. Yo creo que aquel periodista de tres al cuarto que trabaja tanto, Remus, podría sacarle partido a la noticia.

Tellman se lo quedó mirando.

—Sí, pero no sabe nada.

—Podría decírselo yo —contestó Pitt.

—No tenemos pruebas de que Tannifer supiera lo que hacía Horsfall.

—Dudo que a Remus le importe demasiado.

Tellman puso unos ojos como platos.

—¿Estaría dispuesto a contárselo?

—No lo sé, pero me divertiría mucho hacer que lo creyera Tannifer.

Tellman rió, sin alegría.

Sigmund Tannifer los recibió en su suntuoso salón sin que sus facciones agradables delataran la menor inquietud o preocupación por cualquier cosa que no fueran los avances de Pitt en la resolución del caso. Miró a su esposa, que estaba de pie al lado del sillón; por una vez, el rostro vivaz de Parthenope Tannifer estaba completamente tranquilo y no reflejaba la ansiedad que tanto perturbaba su sosiego en las visitas anteriores de Pitt.

—Me alegro de su visita, comisario —dijo el banquero, indicando los sillones donde podían sentarse Pitt y Tellman—. ¡Qué final más triste! Reconozco que nunca me había imaginado a Cadell tan... No encuentro palabras.

—Malvado... cruel... el colmo del sadismo —lo ayudó Parthenope con la voz temblorosa, rebosando furor y desprecio por los ojos—. Compadezco de todo corazón a la señora Cadell. ¿Hay algo más horrible que descubrir que el hombre a quien se ha querido, la persona con quien se ha estado casada toda la vida adulta y a quien se ha entregado toda su confianza y lealtad... es un villano redomado?

La intensidad de sus emociones hacía temblar su cuerpo espigado. Tellman miró a Pitt de reojo.

—No se puede responder de todos los males del mundo, querida —dijo Tannifer con tono tranquilizador—. Theodosia Cadell acabará por recuperarse. Tú no puedes ayudarla.

—Lo sé —repuso ella con desesperación—, y es lo que me angustia. Si pudiera...

—Me enteré de la noticia a mi regreso, el día después de su muerte, y me afectó mucho —prosiguió Tannifer, mirando a

Pitt—. Reconozco que me lo habría creído de casi cualquiera menos de él. Lo cierto, sin embargo, es que nos engañó.

—¿Regreso de dónde? —preguntó Pitt de manera irracional, decepcionado.

Sabía que la casa de Cadell no había recibido ningún visitante. ¿Qué esperaba?

—De París —repuso Tannifer, recostándose en su ancho sillón y juntando las manos relajadamente—. Tomé el vapor un día antes. ¡Qué agotamiento! Pero la banca es un negocio internacional. ¿Por qué lo pregunta?

—Simple interés —respondió Pitt. Su rabia volvió repentinamente, como una ola que estuviera a punto de ahogarlo—. ¿E hizo algún depósito en un banco francés?

Tannifer abrió más los ojos.

—En efecto. ¿Le interesa, comisario? —Hablaba y se movía con afabilidad, seguro de sí mismo.

—¿Es ahí donde acaba el dinero del orfanato? ¿En un banco francés? —dijo Pitt con voz gélida.

Tannifer no se movió; tampoco se le demudó la expresión, pero su voz delató un extraño cambio de timbre.

—¿Dinero de un orfanato? No le entiendo.

—El orfanato de Kew, sufragado por el comité del club Jessop —explicó Pitt sin escatimar detalles—, la totalidad de cuyos miembros han sido víctimas del chantajista.

Tannifer le sostuvo la mirada.

—¿De veras? Es la primera vez que especifica la identidad de las demás víctimas.

—Sí: Cornwallis, Stanley, White, Cadell, Balantyne y usted —contestó Pitt, muy serio y con voz gélida—. Sobre todo Balantyne. De ahí la aparición de un cadáver delante de su puerta: querían atemorizarlo, y de ser posible conseguir su arresto por asesinato. Por eso Wallace empezó queriendo asesinar a Cole, pero Cole se resistió y logró escapar. —No apartaba la mirada de los ojos de Tannifer—. Después se le ocurrió una idea buenísima: utilizar a Slingsby, conocido suyo y sosia de Cole. Fue el propio Wallace quien compró los calcetines, inventando una historia ideada para que el dependiente se acordara de él y lo identificara como Cole. Luego metió el recibo en el bolsillo del cadáver de Slingsby, y la caja de rapé de Balantyne, claro.

—Muy ingenioso.

Tannifer lo observaba. Abrió la boca como para humedecerse los labios, cosa que al final no hizo.

—Mucho —asintió Pitt—. Si algún otro miembro del comité hubiera compartido la preocupación de Balantyne por la suma invertida en el orfanato, destinada a una cantidad de niños que efectivamente era muy baja, la amenaza de chantaje habría conseguido que callara.

Parthenope miraba a Pitt fijamente, con sus cejas rubias contraídas y la boca fruncida.

—¿Qué relevancia tenía el exceso de dinero en comparación con el número de internos, comisario? —preguntó—. A mi entender, lo preocupante habría sido que el dinero no bastara. ¿Qué motivo tenía el señor Cadell para querer silenciarlo? No entiendo.

—No ha sido fácil averiguar la respuesta. —Ahora Pitt se dirigía a ella, no a Tannifer—. Resulta que el comité invertía en el orfanato, el cual recibía a muchos huérfanos de todo Londres, pero a lo largo de los años la institución obtuvo asimismo grandes beneficios, decenas de miles de libras, gracias a que los niños no se quedaban mucho tiempo. —Contempló el rostro perplejo de la esposa del banquero, con sus emociones desatadas, y por unos instantes dudó, pero su rabia estaba al rojo vivo—. Resulta que los vendían para trabajar en fábricas y minas, sobre todo minas, porque pueden meterse en recovecos inaccesibles para los adultos.

Ella palideció y se quedó sin habla.

—Lo lamento —se disculpó Pitt—. Siento que haya tenido que enterarse, señora Tannifer, pero los beneficios del negocio en cuestión son los que han sufragado esta casa tan hermosa y el vestido de seda que lleva usted encima.

—¡No puede ser! —Las palabras salieron de la boca de Parthenope como un alarido desgarrador.

Pitt sacó los documentos del orfanato y los enseñó.

Parthenope se volvió hacia su marido con una mirada suplicante y aterrorizada.

—Casi todos eran huérfanos del East End, querida —dijo él con tono razonable—, acostumbrados a las peores condiciones. No eran hijos de gente como nosotros. En cualquier caso habrían tenido que trabajar. Al menos así no se morirán de hambre.

Ella se había quedado helada.

—¡Parthenope! Haz el favor de tener cierto sentido de la proporción y las realidades de la vida. Tú no sabes nada de esta situación. No tienes la menor idea...

La voz de su esposa sonó chillona, como una imitación grotesca de su anterior atractivo:

—¡Leo Cadell era inocente! —Fue una exclamación torturada.

—De chantaje sí —reconoció él—, pero nunca se les pidió nada aparte de alguna chuchería. —La miró con exasperación—. Sospecho, sin embargo, que era culpable de haber utilizado la belleza de su mujer para ascender de posición, lo cual es bastante inquietante, porque cuando tuvo miedo de que se supiera se pegó un tiro. En verdad que el sentimiento de culpa tiene efectos extraños.

La cara de su esposa delataba unas emociones tan profundas que se había convertido en una máscara blanca y contorsionada, cuyo simple aspecto infundía terror y compasión.

—Ya sabes de qué se le acusaba.

—Te aconsejo que te acuestes —dijo Tannifer con mayor dulzura y un poco de color en sus mejillas—. Voy a avisar a tu doncella. Subiré a verte en cuanto haya terminado con Pitt y... —Hizo un gesto hacia Tellman—. Como se llame.

—¡No!

Ella se tambaleó y huyó de la estancia, haciendo bascular la puerta.

Tannifer volvió a mirar a Pitt.

—Debo decirle, comisario, que ha actuado con una torpeza innecesaria. Podría haberle ahorrado esa clase de descripción a mi mujer. —Echó un vistazo a los papeles que sostenía Pitt—. Si considera que tiene pruebas para acusarme vuelva cuando esté presente mi representante legal. Entonces hablaremos. Ahora debo ir con mi esposa e intentar que entienda lo ocurrido. Es bastante ingenua en lo tocante a la realidad de este mundo; idealista, como muchas mujeres.

Abandonó el vestíbulo sin aguardar la respuesta de Pitt.

Tellman dirigió a su superior una mirada que concentraba toda su rabia y frustración, junto con el reto y la exigencia de que se hiciera justicia.

Pitt caminó hacia la puerta. Antes de llegar a ella se oyó un disparo, una detonación seca, seguida por un golpe sordo.

Pitt echó a correr con Tellman en los talones.

Parthenope estaba en la escalera y sostenía una pistola de duelo con los brazos rígidos, la espalda y la cabeza muy erguidas.

Sigmund Tannifer yacía a sus pies en el suelo, sangrando por el orificio que tenía en la frente, entre dos ojos muy abiertos en un rostro lleno de asombro e incredulidad.

Tellman se agachó, pero de nada servía examinarlo. Estaba muerto.

Parthenope soltó la pistola, que cayó ruidosamente por la escalera, y miró a Pitt sin pestañear.

—Yo lo quería —dijo—. Con tal de defenderlo habría hecho cualquier cosa. Y lo hice... lo hice todo. Me disfracé de aprendiz del jardinero y maté a Leo Cadell pensando que chantajeaba a Sigmund y lo hundiría por algo que no había hecho. Sabía dónde encontrarlo. Confeccioné la nota de suicidio con nuestro propio papel de cartas, que era el mismo que el de las amenazas que recibía Sigmund... habiéndolas escrito él mismo.

Rompió a reír, y después tosió por falta de aliento.

Pitt dio un paso hacia ella.

Parthenope salió de su inmovilidad. Le temblaba el cuerpo por la pérdida del amor, la vida y la honra. Llevó la mano detrás de la cintura y empuñó la otra pistola, la pareja de la que estaba en el suelo a los pies del comisario.

—¡No! —exclamó Pitt, abalanzándose hacia ella.

Parthenope, no obstante, con una calma que parecía deberse al grito, sujetó el arma con ambas manos, se la llevó a la boca y apretó el gatillo.

Resonó una detonación.

Pitt la sujetó, deteniendo con sus brazos la caída. Era tan delgada que parecía faltarle cuerpo para tanta pasión. Ya no había nada que hacer. Estaba muerta. Habían terminado la traición, el dolor y el intolerable sentimiento de culpa.

Se inclinó para levantarla, sin prestar atención a la sangre ni a la inutilidad de tratarla con dulzura. Había sido una mujer ciega y fiera en sus amores, una mujer que había entregado su corazón al responsable de envilecer sus sueños y se había traicionado a sí misma a fin de proteger algo que jamás había existido.

La sostuvo con ternura, como si ella aún pudiera saber lo que él sentía. Como si a aquellas alturas importara algo la compasión.

Pasó por encima de Tannifer, y Tellman le sostuvo la puerta del salón con la cara pálida y la cabeza inclinada.

[illegible] en mi vida, [illegible]

[illegible] muy [illegible]

[illegible]

[illegible] lo mismo [illegible]

[illegible]

[illegible] que [illegible]

[illegible]

[illegible]